BIENVENUE À HOLLYWOOD

DU MÊME AUTEUR

Le Crépuscule des flics
Presses de la Cité, 1982

Soleils noirs
Presses de la Cité, 1984 ; LGF, « Le Livre de poche », n° 6628

Un chien dans un jeu de flics
Librairie des Champs-Élysées, 1989

La Voix du sang
Presses de la Cité, 1989

Dans la clameur des ténèbres
Éd. Du Masque, 1991

Golden Orange
Presses de la Cité, 1992

Les Nuits du fugitif
Presses de la Cité, 1993

Le Mort et le Survivant
LGF, « Le Livre de poche », n° 7621

Une semaine d'enfer
Presses de la Cité, 1995

Flic à Hollywood
Seuil, 2008 ; « Points » n° P2118

Corbeau à Hollywood
Seuil, 2009 ; « Points » n° P2399

L'Envers du décor
Seuil, 2010

Joseph **WAMBAUGH**

BIENVENUE À HOLLYWOOD

Roman traduit de l'anglais par Elsa Maggion

calmann-lévy

Titre original (États-Unis) :
HOLLYWOOD HILLS

Couverture :
Rémi Pépin, 2011
Photo de couverture :
© J.-F. Humbert

ISBN 978-2-7021-4260-8
ISSN 2115-2640

CHAPITRE 1

— La bonnasse au string ficelle est grillée, gars, lança le surfeur blond fou d'allitérations brûlé par le soleil.

Il portait déjà sa combinaison noire et, allongé sur le sable, matait la séance photo une trentaine de mètres plus loin au sud de Malibu Beach, là, par une journée de fin d'été qui poussait les *kahunas*[1] de Californie du sud à se demander pourquoi le reste du monde vivait ailleurs.

— Ils peuvent pas la coincer, mec, lui renvoya son pote de surf plus grand que lui et aux cheveux d'un blond plus foncé, mais méchés comme les siens, tandis qu'il se tortillait pour enfiler lui aussi sa combinaison noire. Le décret interdit de se faire bronzer à poil. Et d'un, elle fait pas vraiment de la bronzette et de deux, elle porte un cache-œil doré sur le minou et des pansements pour cors Dr Scholl sur les nichons. Donc, techniquement, elle n'est pas déshabillée, même si elle est genre, hormonalement parlant, aussi nue que Minnie la sirène qui hante mes rêves.

— De toute façon, tout le monde voit bien que c'est pas une surfeuse, répliqua le plus petit. Même ses orteils sont grave décorés de bijoux et nickel chrome. Alors si des tas de nanas veulent se désaper pour une prise de vue professionnelle, elles méritent un laissez-passer.

1. Terme hawaïen désignant une personne experte dans un domaine. Ici, l'océan. *(Toutes les notes sont de la traductrice.)*

— Elle mérite plus que ça pour supporter ce naze de métrosexuel, c'est clair, dit le grand surfeur en faisant allusion au photographe squelettique à tee-shirt rose moulant et mèche de cheveux décolorés, à la pointe du cool, lissée sur l'œil.

Le photographe aboyait – presque aussi vite qu'il prenait des photos de la rouquine – des ordres à son jeune assistant en sueur aux cheveux imprégnés de gel et ramenés vers le sommet du crâne style fausse crête.

— Si elle se prend une amende, ça devrait être pour polluer la plage avec ces deux pseudo-surfeurs accoutrés de plastoque arc-en-ciel, pas pour exposer son corps de folie, répondit le plus petit surfeur en pensant clairement aux deux dandys qui participaient à la séance photo comme simples figurants.

L'un portait une combinaison rouge cerise avec une bande blanche le long d'une jambe, l'autre une jaune citron tout aussi choquante pour le cercle des représentants de la confrérie aquatique à la mimique méprisante qui revendiquaient cette zone de Malibu comme territoire kahuna. Pour eux, quiconque portait autre chose qu'une combinaison unie noire ou bleu marine insultait les coutumes du surf et devenait une cible légitime à harponner de sa planche si elle osait pénétrer dans l'eau pour s'approprier une vague.

Cette moue critique fut accentuée lorsqu'il vit les *leash*[1] fixées aux *long-boards*[2] flambant neuves utilisées comme accessoires, les *leash* de planches étant presque aussi inconvenantes que les combinaisons colorées aux yeux du groupe de puristes qui se formait pour observer la scène. Les *long-boards*, l'une turquoise, l'autre violette, avaient été placées juste derrière la splendide rouquine qui changeait sans cesse de pose pour le photographe. Celui-ci cadrait avec soin de provocants plans en pied en avançant et en reculant sans s'inquiéter de la voiture des services du shérif de Los

1. Terme de surf pour désigner le cordon élastique qui relie le surfeur à son embarcation.
2. Planche longue et épaisse au nez arrondi.

Angeles en train de se garer sur une place de parking réservée aux véhicules d'urgence.

— V'là les flics, lança le petit surfeur à son collègue quand deux shérifs adjoints en uniforme, un jeune homme et une femme plus âgée, descendirent de leur véhicule, puis traversèrent la plage à grands pas en direction de la séance photo. Jamais de flic quand on en a besoin. Et là, on n'en a pas besoin ! La dernière fois que la petite polissonne les a secoués, un de ses pansements pour les cors est tombé genre « rien à cirer de la loi ».

— Carrément, renchérit le grand. Elle est trop bonne. À fond ! Mais personnellement, là, j'attends de voir ce qui va se passer si les deux abrutis arc-en-ciel se mettent à l'eau sur leurs planches sans wax. Les nazis du surf vont se la jouer « retour des dents de la mer » quand ils vont sentir le sang de ces p'tits joueurs dans l'eau.

— Allez, la patate, gars, lança son collègue. Oublie les deux calmars. Waxe ta planche et profite des girations gymnosophiques de cette bombe.

— « Gymno… » ? répéta le grand avant d'ajouter : Mec, ça me saoule quand tu prends des cours au centre universitaire et que tu te la joues vocabu-lyrique au lieu de parler l'anglais de tous les jours.

À ce moment-là, le shérif adjoint – une grande asiatique pleine d'expérience à la chevelure noire coiffée en chignon serré – devança son jeune collègue latino bien charpenté pour apostropher le photographe qui, de mauvaise grâce, arrêta ses prises de vues et lui fit face.

— Vous troublez l'ordre public, dit-elle. Ce n'est ni le moment ni l'endroit pour une séance photo de ce genre à Malibu Beach. J'aimerais que vous arrêtiez et que vous alliez travailler dans un lieu plus discret.

Lorsqu'elle prononça ces mots, la rouquine était en train d'exécuter un grand écart sur la planche de surf jaune qu'un des mannequins mâles avait posée sur le sable comme piédestal pour la prochaine rafale de photos. Mais quand elle eut terminé son mouvement, elle perdit le contrôle de son string-cache-œil maintenu par une ficelle qui lui passait sur les hanches et disparaissait entre ses fesses autobronzées. Lorsque le cache-œil se retrouva, en boule, contre le haut de sa cuisse, son sexe épilé se trouva découvert, des acclamations montant aussitôt du groupe bruyant de vingt jeunes mecs – la plupart en combinaison – qui, à présent, encerclaient complètement la séance photo. Une salve de commentaires salaces s'ensuivit tandis que les jeunes jouaient des coudes pour s'approcher.

— Vous voyez ce que je veux dire? demanda le shérif au photographe. Rangez votre matériel.

— C'est rapport à son string, lui renvoya le photographe. Si elle en enfilait un avec une plus grande largeur de tissu, ça irait? Non, parce qu'on m'a dit que s'il y a un bandeau sur ses pétales et assez de tissu derrière pour que les fesses ne se touchent pas, on n'enfreint pas le décret sur la nudité.

La rouquine, qui gloussait, apparemment excitée par les effluves masculins qui l'enveloppaient comme de la fumée, lança alors à son patron :

— Tu veux dire que mon maillot sera légal si mes fesses ne se touchent pas?

Sur quoi elle se cambra, se saisit une fesse dans chaque main et les écarta légèrement tout en faisant des clins d'œil à ses faux surfeurs de collègues en combis arc-en-ciel. Tous deux avaient refusé sa proposition de s'envoyer quelques rails de coke juste avant la séance photo et, à présent, semblaient déconcertés par son comportement déjanté.

— Gloria, ce n'est pas osé, merde, c'est risqué! lui murmura à l'oreille celui en combinaison jaune. On est entourés de bêtes shootées à la testostérone.

— Ça suffit, conclut le shérif adjoint alors que la fille réajustait son string. Vous êtes en infraction. Quittez la plage et dirigez-vous vers notre véhicule. Immédiatement.

Le photographe poussa un soupir d'écœurement, les mains sur ses hanches étroites, et contempla en marmonnant le vaste ciel sans nuages au-dessus de Malibu et de l'océan Pacifique avant de lancer à contrecœur :

— OK les enfants. C'est dans la boîte, bordel.

— Et moi qui commençais juste à sentir le truc ! cria la rouquine en saisissant une serviette posée sur une chaise pliante.

Bien que la consommation d'alcool fût interdite sur la plage, les plus grunge des non-surfeurs étaient bourrés comme des coings et une cannette de bière ouverte fut lancée depuis l'arrière de la foule. Elle s'éleva dans les airs au-dessus des crânes des surfeurs à proximité et frappa le shérif adjoint à la tête, juste au-dessus de son chignon, répandant de la bière sur la chemise de son uniforme beige.

— Aïe ! hurla-t-elle en se retournant vers la foule.

— J'ai vu le mec qu'a fait ça ! s'écria son collègue en écartant la cohorte de types en combi mouillée pour se lancer à la poursuite d'un adolescent vêtu d'un tee-shirt déchiré.

Comme il s'était enfilé deux bouteilles de un litre de bière Olde English et un pack de six Corona, le gamin trébucha sur une touriste obèse. En pantalon de golf écossais, celle-ci ronflait, les tétons pointés vers le ciel, et virait au rose chewing-gum sous le soleil de la fin d'après-midi.

Le shérif adjoint poussa le gamin sur le sable, l'air de se demander s'il devait saisir les menottes ou le gaz lacrymo lorsque sa collègue, des gouttelettes de sang mouchetant le col de sa chemise d'uniforme, le rejoignit en courant et épingla l'adolescent qui se débattait en criant :

— J'ai voulu toucher personne ! C'était juste un coup de bol !

— Pas pour toi en tout cas, connard ! lança le shérif latino.

— Je peux l'épingler, dit la fille à son collègue tandis qu'ils se bagarraient. Tords-lui le bras dans le dos.

— Je vous attaque en justice ! beugla le gamin.

Puis, à l'adresse de la foule grouillante de curieux :

— Vous êtes témoins de violences policières ! Donnez-moi vos noms et vos numéros de téléphone !

Une fois leur prisonnier menotté, les shérifs le relevèrent sans ménagement et entreprirent de le traîner jusqu'au parking.

À ce moment-là, une autre créature parmi les plus grunge de la plage – caleçon de bain, tatouages du cou aux genoux en passant par les bras, une incisive et deux prémolaires en moins en haut – cria :

— Relâchez-le ! Il a rien fait. C'est un nègre qu'a lancé la bière avant de partir en courant.

Il se dirigea en titubant vers les shérifs et, plein de bravade et de bibine, brandit un goulot de bouteille comme un marteau. Le jeune shérif dégaina son Taser et le braqua sur lui. Aussitôt, sa collègue, Rover[1] à l'oreille, demanda des renforts en gardant l'œil sur la foule survoltée, se demandant lequel de la demi-douzaine de vers de sable, tous des non-surfeurs, pouvait représenter une réelle menace.

Elle n'avait pas remarqué les renforts, plus proches qu'elle ne le pensait ; ils arrivèrent dans une violente explosion d'énergie qui stupéfia tout le monde. Le grand surfeur blond et son camarade de taille plus réduite ne lancèrent pas de sommation, mais le plus grand, courant à fond de train tel un linebacker plaquant un quarterback, donna un grand coup d'épaule dans les reins du mec à la bouteille, qui, propulsé en avant, s'écroula de tout son poids sur deux surfeurs et les entraîna dans sa chute. Un autre des poux de mer miteux en jean troué bondit sur le dos du grand surfeur qui se relevait et tenta un étranglement. Il lâcha prise quand le plus petit surfeur le saisit par les cheveux, lui tira la tête en arrière et lui décocha trois coups de coude en rafale dans les reins ; il tomba alors sur le sable en beuglant plus fort que son pote blessé.

— Embarquez-le tout de suite ! cria le grand surfeur aux shérifs.

Il ramassa la bouteille de bière, la brandit et, au coude à coude avec son pote, fit face au troupeau moqueur de surfeurs

1. Radio portative que les agents portent à l'épaule, équivalent du Storneau dans la police française.

qui hésitaient tandis que les shérifs tiraient toujours leur prisonnier menotté sur le sable blanc et chaud de Malibu Beach.

Le reste de la foule dut soudain reconsidérer l'affaire après avoir vu les deux rats de plage se faire choper par ce duo péchu et foutrement inconnu au bataillon. En plus de quoi, dans la mesure où la vahiné d'enfer et son équipe décampaient vers leur SUV, le quart d'heure érotique était fini. Les surfeurs se dirent que, très bientôt, il y aurait encore plus de flics.

Sans compter qu'ils étaient restés hors de l'eau trop longtemps. L'adrénaline commença à jaillir, les synapses à crépiter quand ils virent une demi-douzaine d'autres surfeurs passer sous les rouleaux. Il y avait un *beach break*[1] ; un débutant attaquait une vague gigantesque avec des trajectoires bien tranchées tandis que les autres surfeurs le sifflaient. Alors qu'est-ce qu'ils foutaient sur la terre ferme à glandouiller avec ces flics ?

Tout à coup, comme sur commande, ils se tournèrent et se précipitèrent vers l'océan tel un troupeau de lions de mer empotés, mais une fois à l'eau, là, sur leurs planches, ils se métamorphosèrent et entrèrent, luisants comme des loutres, dans le *shore break*[2] – les flics, et même la rouquine, complètement oubliés. Leur seul souci consistait à garder la priorité tandis qu'ils ramaient de pic en pic sur des vagues rapides et désordonnées en attendant une grosse, parce que c'était leur but ultime... Ils avaient découvert le sens de la vie.

Quand les shérifs eurent attaché leur prisonnier à l'arrière de leur véhicule de patrouille, le grand surfeur et son collègue de taille plus réduite entendirent les mugissements des sirènes : les voitures du Los Angeles Police Department déboulaient sur le parking.

— Mec, j'ai dû remettre en place quelques vertèbres dans le dos de ce pou de mer, dit le grand surfeur à l'adresse de son

1. Un *beach break* est une vague qui déferle sur un banc de sable, souvent proche du bord.

2. Désigne une vague très puissante qui déferle dans très peu d'eau.

collègue. Si on veut pas s'engluer dans la paperasse, les poursuites et toutes ces conneries, je crois qu'on devrait genre… se faire discrets et peut-être fréquenter Bolsa Chica Beach pendant les prochaines semaines.

— C'est clair, mec, répondit son collègue. Le bouffon miteux que j'ai coincé va pisser du sang pendant quelques jours, alors j'suis pas prêt à répondre à un tas de questions sur le pourquoi qu'on s'est pas identifiés et pourquoi qu'on les a pas informés de leurs droits pour leur donner à tous la possibilité de foutre une volée aux shérifs et à nous avec. Allez, on se casse.

Le plus jeune des deux shérifs adjoints, le Latino, avait mis le grappin sur l'équipe photo afin d'avoir des témoins pour ses rapports, tandis que sa collègue se passait la main sur le crâne avec précaution tout en balayant du regard la foule grandissante de gobe-mouches sans y trouver le tandem de surfeurs qui avait flanqué les rats de plage à terre. Elle avait vraiment besoin d'eux pour les PV d'interpellation maintenant qu'ils s'apprêtaient à inculper leur prisonnier pour agression sur agent, mais comme l'arrivée des unités de renfort provoquait un bouchon, elle se retrouva à faire la circulation. Ce qui permit au mystérieux duo, caché derrière la nuée de baigneurs, de s'éclipser, de récupérer ses planches et de se précipiter incognito vers son pick-up garé sur le parking.

Ils démarrèrent et prirent la direction du In-N-Out Burger le plus proche, où ils dévorèrent chacun deux *cheeseburgers* avec des frites. Ils arrivèrent au boulot assez tôt pour se doucher, se raser, s'appliquer du gel en quantité « conforme au règlement » et changer vite d'uniforme afin d'être prêts pour l'appel de 17 h 15.

Tous les officiers de police du commissariat d'Hollywood les appelaient le Bris et le Débris.

CHAPITRE 2

Depuis des années, on le surnommait « Hollywood Nate » parce qu'il trimballait une carte de membre de la Screen Actors Guild[1] et qu'il courait toujours après la célébrité, ce qui, à Los Angeles, était le cas de milliers de barmans et barmaids, serveurs et serveuses, gardiens de parking, réceptionnistes, laveurs de vitres, promeneurs de chiens, voire de personnes qui, ayant une vocation et une profession, nourrissaient toutes les mêmes espoirs et les mêmes rêves. Sa mère et sa sœur aînée affirmaient depuis toujours que s'il n'avait pas eu le malheur de jouer dans quelques téléfilms au début de sa carrière dans la police – à l'époque où Hollywood produisait encore des téléfilms –, la fièvre de l'écran ne l'aurait pas tenu aussi longtemps. Beaucoup de flics d'Hollywood et d'autres divisions bossaient lors des événements « tapis rouge » réservés aux VIP, ou étaient embauchés comme consultants pour des films ou des séries télé, mais là s'arrêtait leur investissement affectif dans le show-business. Nate, lui, était différent.

Son beau profil aquilin, ses cheveux bruns ondulés – à présent grisonnants aux tempes –, ses yeux noisette au regard limpide et pénétrant et sa carrure « salle de muscu » lui avaient procuré plus que de simples nuits avec de simples assistantes sur presque toutes les productions auxquelles il avait participé. Il avait aussi décroché plein de boulots en tant que figurant et même quelques lignes de

1. Ou SAG, guilde des acteurs américains.

dialogue dans des productions télé, accumulant ainsi rapidement assez de crédit pour obtenir une carte de la SAG, qu'il rangeait fièrement dans son porte-écusson, sous sa carte de police. Le surnom d'« Hollywood » lui collerait pour le restant de sa carrière, le LAPD ayant toujours adoré compter un « Hollywood Lou » ou un « Hollywood Bill » dans ses rangs – et dans la mesure où c'était un vétéran du LAPD avec dix-sept ans de maison et une carte de la SAG en prime, « Hollywood Nate », c'était encore mieux.

Les membres de la brigade de nuit avaient été aux petits soins pour leur collègue de trente-huit ans pendant une période très douloureuse pour tous. Cela s'était produit après que la coéquipière de Nate, Dana Vaughn, avait été abattue par un voleur que Nate avait ensuite descendu par un tir de riposte. Nate avait beaucoup pleuré Dana et dû surmonter le sentiment accablant de culpabilité du survivant et le profond regret de ne lui avoir jamais dit certaines choses intimes, comme la manière dont elle avait touché son cœur et ce qu'elle avait représenté pour lui au cours du peu de temps qu'ils avaient passé ensemble comme coéquipiers de patrouille. Depuis, il faisait des rêves récurrents, dans lesquels il le lui disait et elle, elle ne répondait jamais, mais souriait et partait de ce petit rire bien à elle qui lui avait toujours rappelé les carillons à vent.

C'est pendant cette période difficile et agitée qu'Hollywood Nate avait décroché une audition après une soirée VIP donnée par une chaude nuit d'été au Kodak Theatre sur Hollywood Boulevard. Ils étaient trente flics cette nuit-là, tous ravis de se faire des heures sup. Rudy Ressler, un réalisateur et producteur de deuxième zone qui avait un jour coproduit un film sélectionné aux Oscars, avait assisté à cet événement accompagné d'un duo de jeunes beautés prometteuses connues seulement de ceux qui passaient leur temps à regarder les programmes de nuit de la télé destinés à la Génération X[1]. À ses côtés, ce soir-là, Ressler avait une étudiante en théâtre d'UCLA[2] plus maigre que Victoria

1. Soit nés entre 1959 et 1981.
2. Université de Californie, campus de Los Angeles.

Beckham et plus jeune que sa propre fille. Les festivités ayant pris fin, le Kodak Theatre s'était vidé et Nate avait eu l'occasion de se servir de ses muscles sur le troupeau de paparazzis qui s'était rué sur le quatuor alors qu'il se dirigeait vers la limousine de location du réalisateur.

Non que les paparazzis agressifs aient eu pour but de prendre en photo le réalisateur, mais le couple Brangelina, d'un pas rapide, était sorti de la foule juste derrière le quatuor Ressler. La situation était très vite devenue incontrôlable et l'étudiante d'UCLA, terrorisée, s'était mise à geindre au moment où un paparazzi obèse, appareil pendu à une lanière autour du cou et gobelet en polystyrène à la main, reculait contre elle et la faisait entrer, en l'écrasant, dans la limousine.

Alors Nate était intervenu et, des paparazzis poussant de toute part, il avait balancé son coude dans le ventre du gros ; qui avait lâché un grand « Aaah! », s'était plié en deux et avait dégobillé du Jamba Juice sur ses confrères. Personne dans cette cohue de fans de programmes nocturnes – les autres paparazzis y compris – n'avait remarqué le coup de coude furtif, et même le paparazzi gémissant ne savait pas ce qui l'avait frappé. Mais Rudy Ressler, lui, avait observé la scène, tout comme un autre agent du LAPD chargé de la sécurité du chef de police. L'agent attendait à côté de son SUV aux airs menaçants avec ses vitres teintées.

Quand le groupe de Ressler était entré dans la limousine, le réalisateur s'était tourné vers Nate et lui avait lancé :

— Merci de nous avoir aidés, officier. Si jamais je peux vous être utile...

Et il lui avait tendu sa carte.

Hollywood Nate lui avait alors répondu :

— Vous pourriez regretter cette remarque irréfléchie, monsieur.

Puis il avait sorti son porte-écusson de sa poche pour montrer sa carte de la SAG à Rudy Ressler et avait annoncé :

— Au commissariat, on m'appelle « Hollywood Nate » à cause de ça.

— Ça par exemple ! Cet officier est membre de la SAG ! s'était écrié le réalisateur en éclatant de rire et en se tournant vers ses compagnons. Y a qu'à Hollywood qu'on voit des trucs pareils !

— Passez une bonne soirée, monsieur, lui avait renvoyé Nate, un sourire plein d'espoir aux lèvres.

— Appelez-moi quand vous aurez un moment, officier. Non, sérieusement ! avait dit le réalisateur en jaugeant Nate avec attention cette fois.

Et avant que la limousine ne démarre, Nate avait entendu Rudy Ressler murmurer au chauffeur :

— On dépose Mlle Franchon à sa résidence d'étudiantes et ensuite, vous nous amènerez chez Mme Brueger dans les Hollywood Hills. Vous vous rappelez où se trouve sa propriété depuis la dernière fois ?

— Yes, sir, monsieur Ressler, avait répondu le chauffeur.

La limousine avait démarré, laissant les autres voitures klaxonner et faire des appels de phares dans l'inévitable embouteillage tandis que les paparazzis mitraillaient la foule. Hollywood Nate avait décidé de regarder de plus près le SUV du chef de police et l'agent du LAPD qui, planté juste à côté, lui rappelait quelqu'un. En s'approchant, il avait reconnu le flic latino dégarni, râblé et moustachu en costume sombre trois-pièces. C'était Lorenzo « Snuffy[1] » Salcedo, un vieil ami et camarade de promo qui avait servi avec lui à la division de la 77e Rue alors qu'ils étaient frais émoulus de l'Académie de police, mais aussi plus tard, quand Snuffy avait travaillé à la patrouille du commissariat d'Hollywood pendant deux ans.

Snuffy avait servi neuf ans dans la marine avant de devenir flic et avait dix ans de plus que Nate. Mais rien en lui ne trahissait ses quarante-huit ans. Il avait concouru aux Olympiades de la police dans la catégorie *Powerlifting*[2] et avait un thorax de bison. Le surnom « Snuffy » lui était venu de l'habitude qu'il avait de se

1. Soit « le Chiqueur ».
2. Sorte d'haltérophilie.

glisser une pincée de tabac à chiquer Red Man sous la lèvre inférieure et d'en cracher le jus dans un gobelet en polystyrène. Certains flics pensaient à tort qu'il chiquait. Nate se souvenait que leurs instructeurs à la 77e avaient menacé Snuffy de lui faire boire le contenu de son gobelet s'ils l'y prenaient, mais au commissariat d'Hollywood, une fois en période d'essai, il avait gardé sa lèvre chargée la plupart du temps. Il était toujours le numéro 1 de la division en matière de papotage et de ragots, dans une profession où ces derniers valent de l'or.

À l'époque, leur regretté sergent, qu'ils appelaient l'« Oracle » était souvent chargé par le chef de brigade de s'occuper de la moustache tombante de Snuffy. Mais l'Oracle disait simplement :

— Zapata est mort, Snuffy. Taille-moi les bouts de ce plumeau la prochaine fois que tu te couperas les ongles.

Snuffy le faisait rarement et l'Oracle n'en perdait pas franchement le sommeil. Nate avait alors songé à quel point l'Oracle, mort d'une crise cardiaque foudroyante sur la promenade de la Gloire devant le commissariat d'Hollywood, lui manquait. Les étoiles en marbre et cuivre disposées sur cette portion de Wilson Avenue n'étaient pas là pour commémorer des stars de cinéma, mais servaient de mémorial aux flics de la division d'Hollywood tués dans l'exercice de leurs fonctions.

Nate cessa de se remémorer des souvenirs lorsque Snuffy Salcedo lâcha le SUV du chef du LAPD au bord du trottoir et courut à petite foulée vers le parking de l'événement, bras écartés. Derrière sa moustache, il souriait de toutes ses dents qui étincelaient d'un blanc polaire sous les lumières d'Hollywood Boulevard.

— Snuffy Salcedo, je suppose ? lui lança Nate.

Et Snuffy de lui répondre :

— Hollywood Nate Weiss ! Où t'étais, bordel ! Et comment tu vas ? *¡Abrazos, 'mano*[1]*!*

Il avait serré Nate dans ses bras à lui casser les côtes et, de près, Nate avait remarqué le renflement sous sa lèvre inférieure.

1. « Dans mes bras, mon frère ! »

— Je t'ai vu harponner le gros paparazzi, sacré lascar, reprit Snuffy. Content de voir que t'as pas oublié les coups que t'as appris avec moi à l'époque.

Sur quoi il s'était mis à imiter Elvis et avait chanté :

— *In the ghet-to!*

— Je vois que t'as encore cette immonde chique de fumier sous la lèvre, lui fit remarquer Nate. Le grand patron te laisse conduire avec un godet de jus de tabac dans le porte-gobelet?

— Je le fais disparaître quand Monsieur se montre.

Nombreux parmi les anciens du LAPD n'avaient jamais accepté ce chef de police, le deuxième à avoir été importé de la côte Est depuis les émeutes qui avaient éclaté suite à l'affaire Rodney King en 1992. Ce chef était arrivé sept ans plus tôt et, quand ils parlaient de lui en privé, les flics n'utilisaient pas le terme « chef » devant son patronyme, mais celui de « Monsieur », l'invective suprême, suggérant ainsi qu'il n'était qu'un énième politicien d'importation et ne serait jamais un vrai flic.

— Alors, qu'est-ce que ça fait de conduire ce truc? reprit Nate.

— T'as déjà eu une coloscopie?

— Pourquoi t'es resté au Metro pendant toutes ces années, Snuffy? T'en as toujours pas marre?

— Le fric des heures sup passées à le conduire à droite et à gauche m'a incité à rester où je suis. Monsieur est le premier chef du LAPD à avoir besoin d'auxiliaires de sécurité partout, sauf dans le bain. On pourrait croire qu'un gars qui a été marié autant de fois que lui se serait choisi une nana qui cuisine, mais non, il n'y a rien à manger chez eux et ils sortent dîner tous les soirs. Le week-end, quand il est en congé, il a même besoin qu'on l'accompagne. On est un détachement multiservice avec lui. On est cinq auxiliaires de sécurité et on gagne plus que Bruce Springsteen et le E Street Band réunis.

— J'avais l'impression que la lueur irlandaise dans ses yeux pouvait masquer un fond de mélancolie celte.

— En plus d'un ego qui lui fait croire que le dirigeable de la MetLife devrait porter son effigie plutôt que celle de Snoopy, je crois que Monsieur est atteint d'un truc genre TOC. Il est obsédé par les feux rouges et il les compte. Je risque de me faire gueuler dessus si je prends un itinéraire où il y en a trop. Et il n'arrête pas de s'essuyer la gueule avec des Kleenex. Si ne serait-ce que la moitié du sébum qu'il croit que ses pores sécrètent était du pétrole, on n'aurait plus besoin d'en importer d'Arabie saoudite. Comme je n'ai pas de diplôme de psychologie comportementale, je me contente de penser à la paie quand ça le prend. Au fait, tu t'es remarié ?

— Ah ça non ! Et j'ai pas de gamins non plus, répondit Nate.

— T'as vraiment eu de la chance que ses melons n'aient jamais fabriqué de produits laitiers. Moi, je vais payer pour nos gosses jusqu'au jour du Jugement dernier.

— Même sans enfants, je sais ce que coûte un divorce, dit Nate en hochant la tête. J'ai passé un an à manger des plats cuisinés Hungry Man avant de pouvoir me payer une côtelette de veau de temps en temps.

— J'appelais la mienne « tas de viande » parce que, au lit, elle était à peu près aussi active qu'un chien écrasé. Mais elle m'a convaincu de lui payer des prothèses mammaires, à elle et à sa sœur, et après, elle s'est déchaînée. Quatre mamelles neuves et je n'avais accès à aucune. C'était moi, le cor-nichon.

— Moi, je vais pas épouser une autre Juive, peu importe ce que veut ma mère, renchérit Nate. Mon ex devenait méchante à faire flipper dès l'instant où son taux de glycémie s'élevait avec le jus d'orange du matin. Il lui a fallu un moment après le divorce avant qu'elle arrête de casser des œufs sur ma voiture.

— Les types comme nous devraient se mélanger. Et toujours se marier en dehors de leurs tribus.

— J'aimerais que tu sois transféré à la brigade n° 5 du commissariat d'Hollywood, dit Nate, sincère. Ce serait comme au bon vieux temps. On pourrait bosser ensemble. Je te laisserais même mettre ton crachoir dans le porte-gobelet et j'essaierais de pas me gerber dessus quand tu t'en servirais.

— Comment ? s'écria Snuffy, incrédule. T'es pas au courant ?

— Au courant de quoi ?

— Pour finir, j'en ai eu ma claque de ce boulot de chauffeur. Je reviens à Hollywood à temps pour le prochain transfert. Je croyais qu'y aurait des annonces sur les panneaux d'affichage à l'heure qu'il est, et des photos de moi dans la salle d'appel pour la patrouille à côté de celles de l'Oracle.

— Super ! Attends que j'fasse passer le mot. *Snuffy Salcedo rend sa casquette de chauffeur et rentre au bercail.*

— *Après s'être fait attendre.* J'ai conduit trois chefs de police, moi. Le seul que j'aie bien aimé, c'était le premier que la mairie avait importé de la côte Est. J'espère que le maire s'est pas débarrassé de lui quand il a compris que le type ne renoncerait jamais à ses escapades à Las Vegas. Je m'étais attaché à lui. Au fond, c'était juste un Black inoffensif.

Nate était sur le point de lui demander s'il avait eu des nouvelles de leurs camarades de formation ces derniers temps, quand le Latino baraqué s'arrêta de bavarder suffisamment longtemps pour se tourner vers le troupeau qui sortait sur le tapis rouge et s'écrier :

— Putain de merde ! Il est déjà dehors !

Hollywood Nate tourna la tête et vit le chef de police, sa femme et un autre couple sur son trente et un qui attendaient au bord du trottoir devant le Kodak Theatre – et le regard du chef n'était pas bienveillant. Toute la bonhomie dont il avait fait preuve avec les paparazzis s'était envolée.

Snuffy Salcedo se dirigea au trot vers le SUV, sauta dedans, gagna à toute allure l'aire de stationnement, puis bondit du véhicule et le contourna à la hâte pour ouvrir la portière arrière à Mme Chef. Nate vit alors le chef engueuler Snuffy ; aucun des deux ne semblait ravi.

Lors du plan de mutation suivant, le policier de classe 2 Snuffy Salcedo réintégra le commissariat d'Hollywood, où il ne pourrait plus jamais devenir aussi riche que le E Street Band.

CHAPITRE 3

Leona Brueger avait toujours parlé de sa demeure dans les Hollywood Hills – presque à Woodrow Wilson Drive[1] – comme d'un mini-domaine. Trois lotissements résidentiels avaient été achetés et débarrassés de leurs maisons un peu vétustes, puis réunis pour en faire la plus grande parcelle de cette partie de la colline, avec une vue splendide, presque sur l'océan. Son défunt mari, Sammy Brueger, avait acquis le plus clair de sa fortune en achetant des parts dans trois sociétés de grossistes en viande à une époque où l'on disait qu'il était impossible de s'enrichir dans ce commerce.

Sammy Brueger avait prouvé le contraire et ce, avec un slogan que sa première épouse avait imaginé : « La viande de Sammy, tendre à l'envi. » Et après, au début du mandat de Richard Nixon, Sammy avait commencé à suivre la bourse de New York et à s'intéresser à une action particulière simplement parce que son intitulé NASDAQ, à savoir « POND », était le nom de jeune fille de sa femme. C'était un joueur-né, et lorsqu'il avait appris que le sigle POND était celui de la Ponderosa Steak House de Dayton, Ohio, il s'était dit que la chance lui souriait. Le placement portait le nom de sa femme et le produit était quelque chose qu'il achetait et vendait au quotidien : de la viande ! Alors il avait investi tout ce qu'il possédait dans cette action, qui était montée en flèche pour atteindre un incroyable rendement de dix mille pour cent, et il

1. Rue de Los Angeles où de nombreuses stars ont élu domicile.

était devenu très riche. Il avait divorcé d'avec Pond et épousé une actrice ratée dont le patronyme ne l'avait jamais aidé, ni elle non plus, d'ailleurs. Grâce au contrat de mariage, se débarrasser de cette deuxième compagne ne lui avait pas coûté trop cher.

Sa troisième et dernière épouse, Leona, de trente-deux ans sa cadette, avait confié aux autres « épouses-faire-valoir » de son cours de pilates que le slogan sur la viande s'était avéré exact durant les dix dernières années de la vie du vieil homme dont la virilité ne tendait plus vers quoi que ce soit et elle en remerciait Dieu. Elle frissonnait encore en pensant à lui dans ses vieux jours, là, en train de ramper sur elle la nuit tel un mille-pattes.

Leona Brueger faisait encore un 36, était ferme comme une athlète et avait des yeux marron, un regard expressif, un visage aux traits fins et un teint méditerranéen, le tout sans afficher la moindre trace du travail considérable, et onéreux, qui lui permettait de paraître aussi jeune à soixante ans. Son dernier anniversaire avait été accablant malgré les immenses efforts qu'elle avait déployés pour s'y préparer psychologiquement. Ses cheveux avaient été brun chocolat au lait jadis et elle détestait imaginer la teinte qu'ils auraient si jamais elle arrêtait la coloration et les mèches mensuelles.

Par un après-midi d'été, alors qu'elle était assise au bord de sa piscine à feuilleter *Elle* et *Vogue* et à lire *Wine Spectator* d'un bout à l'autre, elle était tombée sur le nom d'une galerie d'art à Beverly Hills, où Sammy avait acquis trois œuvres impressionnistes extrêmement chères – deux d'artistes français et une d'un Suédois. Elle ne se rappelait pas grand-chose des artistes et avait à peine remarqué les tableaux du vivant de Sammy, déclarant à ses amies que les arbres et les fleurs auraient dû avoir l'air plus naturel et se détacher de la terre qui les nourrissait. Et le corps presque nu d'une paysanne donnant à manger à un chaton sur l'un des tableaux la déprimait. Elle avait peur de lui ressembler quand, malgré ses séances de pilates et sa partie hebdomadaire de tennis sur son court avec ses camarades de gym, son cul finirait par abandonner et s'affaisser d'ennui et d'épuisement.

L'article qu'elle lisait l'avait amenée à se demander pourquoi elle avait attendu aussi longtemps avant de faire estimer les tableaux après la mort de Sammy qui – et elle le croyait – les trouvait « exposables dans un musée ». Il avait toujours dit que les œuvres de grand prix devaient être accrochées exactement là où il les avait placées : dans leur séjour cathédrale, dans la salle à manger et dans le couloir principal de la « Casa Brueger ».

Elle était rentrée d'un pas nonchalant en sirotant un thé glacé non sans regretter qu'il ne soit pas assez tard pour un bon verre de pouilly fumé blanc bien frais, et avait examiné les trois œuvres les plus anciennes afin de comprendre pourquoi on pouvait leur attribuer une aussi grande valeur. Elle s'était plantée devant la plus grande, celle représentant une femme accroupie à côté de ce qui, d'après elle, était un étang ou une lagune, et avait alors décidé de téléphoner à la Wickland Gallery de Wilshire Boulevard pour demander à Nigel Wickland quand il reviendrait pour l'estimation. Le marchand d'art était passé la semaine précédente et, à sa demande, y avait jeté un premier coup d'œil, mais avait dit devoir « faire des recherches sur la provenance » avant de lui donner une estimation précise. Leona avait du mal à penser estimations ou quoi que ce soit d'autre alors qu'elle se trouvait sur le point d'embarquer pour l'une des grandes aventures de sa vie.

Elle avait en effet loué une villa en Toscane pour trois mois et allait s'y rendre avec Rudy Ressler, le réalisateur et producteur de films avec lequel elle sortait plus ou moins depuis plus d'un an. Rudy était drôle et possédait tout un stock d'anecdotes sur le milieu du show-biz qu'il pouvait raconter en imitant les voix des protagonistes. Il n'était pas aussi jeune qu'elle aurait aimé si elle décidait de se remarier, mais il était discipliné et s'avérait être un amant incroyablement généreux, même si cela n'avait plus autant d'importance qu'avant. Et il connaissait encore assez de personnes actives dans le show-biz pour leur assurer des convives intéressants lors de leurs dîners. Son film sélectionné aux Oscars lui garantissait une place sur la liste A[1] depuis vingt ans. S'ils se mariaient un jour, elle finirait sans doute par l'entretenir, mais qu'est-ce que ça pouvait faire – elle était pleine aux as. Sammy

1. Classement des artistes les plus rentables d'Hollywood.

lui avait laissé plus qu'elle ne pourrait jamais dépenser en une vie. Cette pensée lui avait encore rappelé qu'elle avait soixante ans maintenant. Toute une vie... Que lui en restait-il à vivre ?

L'espace d'un instant, Leona ne s'était plus souvenue de ce qu'elle avait l'intention de faire, puis cela lui était revenu : téléphoner à la Wickland Gallery. Elle avait parlé à Nigel Wickland et pris rendez-vous pour le lendemain après-midi, pour qu'il examine de plus près les treize œuvres d'art. Il lui faudrait se rappeler de demander au propriétaire de la galerie s'il croyait que le système de sécurité convenait pour les protéger pendant son séjour en Toscane. Mais ensuite, elle s'était dit : *et merde, rien à cirer.* Sammy avait si bien fait assurer ces œuvres qu'elle espérait presque qu'on les lui vole toutes. Après, elle pourrait acheter des tableaux pleins de vie. Le moment était venu de sortir et de vivre « vraiment », loin de son cocon de palais dans les hauteurs d'Hollywood. Pourquoi ne pas se lancer et acheter un vignoble dans la Napa Valley ?

***

Raleigh L. Dibble se trouvait dans son appartement situé au deuxième étage d'un immeuble d'Hollywood Est et se préparait pour l'extra qu'il allait faire ce soir-là alors que c'était son seul jour de congé. Ça payait des clopinettes, mais ça l'aidait pour le loyer et les frais de sa Toyota Corolla de neuf ans – elle avait besoin de pneus neufs et d'une révision. Devant sa glace, il ajusta son nœud papillon noir, un vrai, pas une de ces merdes agrafables que tout le monde portait maintenant. Il boucla sa large ceinture sur sa chemise de soirée amidonnée et enfila sa veste de smoking : il se rendait à un grand dîner donné dans les Hollywood Hills pour célébrer la sortie d'un navet dû à un réalisateur de troisième ordre dont il n'avait jamais entendu parler.

Tout ce que Raleigh savait du maître de maison était que ce type, un jeune associé dans un cabinet d'avocats du quartier de Century City, avait besoin d'un homme d'expérience comme lui pour gonfler les rangs de son équipe de traiteurs et s'assurer que tout se passe bien. Son passé de propriétaire d'une entreprise de traiteurs du West Los Angeles l'avait habilité pour ces boulots de quasi-majordome dans ce quartier, où les nouveaux riches prétendaient savoir faire la différence entre pâté et corned beef. Raleigh avait rencontré beaucoup de gens friqués et s'était fait une bonne réputation qui lui rapportait un revenu modeste, mais régulier, et lui avait évité, après que son entreprise avait bu le bouillon, d'avaler du Kool-Aid[1].

Il ne se trouva pas si mal dans son smoking. Mère Nature, cette salope sans pitié, lui avait collé des boudins gras style macaroni au fromage autour du bassin, et ça commençait à devenir effrayant. Avec son mètre soixante-dix, il n'était pas assez grand pour porter pareille surcharge de lard. Même s'il n'avait plus beaucoup de cheveux, ceux qui lui restaient étaient d'un beau brun muscade grâce à la teinture Grecian Formula. Et le bas de son visage tenait bon, mais uniquement parce que la graisse qui s'y était accumulée lui gonflait tellement les joues qu'il ressemblait à une marmotte. À présent, il avait un double menton, non, allez : plutôt un triple. Si jamais il gagnait assez de fric, il espérait pouvoir se faire siphonner un quart du corps, direction la poubelle, par un des millions de chirurgiens esthétiques exerçant à l'ouest de Los Angeles. Et après, peut-être se ferait-il mettre des implants capillaires, voire faire faire un lifting des paupières pour parachever la révision, ses yeux, couleur jean délavé, disparaissant sous leur invasion. Une somme suffisante devait pouvoir réparer tout ça.

Avant de quitter l'appartement pour le boulot de ce soir-là, il songea qu'il ferait mieux de téléphoner à Julius Hampton, son employeur à temps plein depuis ces six derniers mois. Le vieil homme venait juste de fêter ses quatre-vingt-neuf ans lorsqu'il avait engagé Raleigh qui, lui, avait trente et un ans de moins presque jour pour jour. Raleigh avait été embauché le mois suivant l'investiture de Barack Obama ; c'était un boulot correct de majordome, chef, homme de compagnie à domicile six jours par semaine pour ce vieux

1. En 1978, à Guyana, au cours d'un suicide collectif, la plupart des adeptes de la secte Le Temple du Peuple ont bu du jus de raisin de cette marque mélangé à du cyanure.

schnock. Son salaire lui était versé par un avocat du centre-ville qui gérait le fonds Hampton en fidéicommis, mais l'avocat, un radin, se comportant comme s'il s'agissait de son propre argent, il avait pratiquement dû mendier une augmentation au début de l'été.

Julius Hampton avait été un infatigable et extravagant dragueur de Santa Monica Boulevard en son temps, mais il n'avait jamais fait d'avances à Raleigh, même avant d'apprendre que son nouvel employé était hétéro. Raleigh se disait que gay ou hétéro, ça n'aurait pas d'importance pour le vieil homme de toute façon, puisqu'il n'avait rien d'un George Clooney, et que le vioque, lui, en avait fini avec le sexe. Il ne restait plus à Julius Hampton que des fantasmes alimentés par leurs virées hebdomadaires dans les bars gay de West Hollywood, faites plus par nostalgie qu'autre chose.

Ce patron était ami de longue date avec beaucoup d'autres vieux bonshommes riches de la côte Ouest, loin d'être tous homos. Raleigh avait conduit Julius Hampton à de nombreux dîners au cours desquels il traînait à la cuisine avec le reste du personnel jusqu'à ce que la fête soit terminée ou que son patron se lasse. Les nuits où la phlébite du vieil homme le tourmentait, Raleigh allait chercher le fauteuil roulant pliant dans la voiture et le poussait jusqu'à la vieille Cadillac qu'il adorait et que lui détestait. Raleigh se disait que cette voiture avait souvent dû être le théâtre des ébats de Julius Hampton, à l'époque où sa tuyauterie fonctionnait encore. Peut-être que s'asseoir sur ces sièges en cuir fatigué lui rappelait de délicieux souvenirs. Quoi qu'il en soit, il avait toujours rejeté ses suggestions lorsque Raleigh lui conseillait de balancer la Cadillac et de s'acheter une autre voiture.

Troisième enfant et seul fils d'un docker et d'une coiffeuse, Raleigh L. Dibble avait été dans la restauration presque sans interruption depuis ses années de lycée à San Pedro. Jeune homme, il avait mis un point d'honneur à soigner sa diction au travail, quel que soit le boulot. Il avait lu un ouvrage de développement personnel où l'on insistait sur le fait qu'une bonne diction peut contrebalancer un manque d'instruction, et Raleigh n'avait jamais fréquenté la fac. Il n'avait connu que des boulots mal payés dans la restauration avant de se lancer dans les affaires en s'associant à une certaine

Nellie Foster qui, originaire de Culver City, préparait les meilleurs hors-d'œuvre et taillait les meilleures pipes. Ils avaient plutôt bien réussi dans la restauration à la belle époque où ils tenaient boutique dans Pico Boulevard. Mais ils avaient rencontré des « difficultés », comme il avait l'habitude de qualifier sa chute.

Raleigh avait alors été obligé de rédiger plusieurs chèques sans provision, mais une fois le problème résolu, le fisc leur était tombé dessus comme une colonie de sangsues, pompant leur pognon et les harcelant pendant plus d'un an jusqu'à ce que le tribunal fédéral engage une action pénale pour fraude et évasion fiscale contre eux. Raleigh s'était alors conduit comme un homme et avait trinqué pour lui et Nellie, celle-ci déclarant aux autorités qu'elle ignorait tout de la « paperasserie hasardeuse » qui leur avait permis de rester à flot temporairement.

Il avait été condamné à un an de prison à purger au Federal Correctional Complex de Lompoc, Californie, et la veille du jour où il devait se présenter aux huissiers fédéraux, Nellie lui avait fait des adieux larmoyants et l'avait remercié de lui avoir sauvé la mise. Elle avait promis de lui écrire et de lui rendre souvent visite. Mais elle avait rarement écrit, n'était jamais venue le voir et avait épousé un peintre en bâtiment deux mois après son incarcération. Sans même lui tailler une pipe d'adieu.

Raleigh avait purgé huit mois de sa peine avant de bénéficier d'une mise en liberté conditionnelle, puis il avait loué un appartement bon marché dans un quartier chaud d'Hollywood Est, où sévissaient les gangs, et gagné sa vie en se faisant employer comme serveur par différents traiteurs qu'il avait rencontrés quand il était dans la partie. Et un jour, il était entré par hasard au service de Julius Hampton en tant que, comme le disait le vieil homme, « gentleman personnel du gentleman ». Raleigh estimait que Julius avait regardé trop de films anglais, mais il veillait tout de même à ce que sa diction ne laisse rien à désirer en présence de son patron.

Le dîner de ce soir-là dans les Hollywood Hills s'avéra désastreux, le maître de maison, l'avocat, ayant engagé un traiteur mexicain pour servir ce qui était censé être un menu « fusion asiatique ». Selon Raleigh, rien n'était aussi dangereux qu'un Mexicain muni d'une salière, et tout avait un goût de sel de mer. Raleigh avait joué son rôle à fond, mais même Stephen Fry dans le rôle de Jeeves le valet de chambre n'aurait pu sauver ce repas. Ses pieds et ses genoux lui faisaient un mal de chien lorsque, la soirée se terminant enfin, il avait pu rentrer chez lui.

Le lendemain matin, il se leva tôt et partit chercher Julius qu'il devait conduire à l'hôpital Cedars-Sinai pour un check-up avec son cardiologue. Après le rendez-vous, ils retournèrent à la résidence Hampton, où le vieil homme fit sa sieste de l'après-midi ; à son réveil, il ne pensait déjà qu'à repartir en vadrouille et se souvint que c'était le soir de son dîner homard hebdomadaire au Palm. Raleigh n'avait jamais raffolé de homard, mais il pourrait prendre un faux-filet et quelques verres de Jack Daniel's pour tenir jusqu'à la fin de la soirée dans un des bars gays de West Hollywood que le vieil homme aimait toujours fréquenter au moins une fois par semaine.

Lorsque, après le dîner, ils arrivèrent audit bar gay, plein à craquer d'autres clients, eux aussi venus après le dîner, ils eurent de la chance de trouver une petite table. Les serveurs en sueur n'arrivaient pas à apporter les verres assez vite. Raleigh et son vieux patron sirotaient des martinis[1] suffisamment près du bar pris d'assaut pour que le vieil obsédé puisse reluquer tous les culs musclés moulés dans des slims, culs dont Raleigh soupçonnait que certains devaient leur galbe à des coussinets de silicone. La plupart des jeunes gigolos portaient des pull-overs Ralph Lauren près du corps avec un jean ou un short, et le vieillard les observait avec mélancolie. Raleigh était sûr que le renflement de leur entrejambe était dû à un rembourrage à la chaussette de leurs sous-vêtements Calvin Klein. Ils devaient acheter des chaussettes en gros chez Costco.

Julius Hampton reconnut Nigel Wickland avant que le marchand d'art de Beverly Hills ne l'aperçoive.

— Nigel ! s'écria-t-il tandis que le galeriste passait devant leur table en revenant des toilettes.

1. Cocktail à base de gin, de vodka et de vermouth.

Raleigh pensa d'abord que Nigel Wickland devait avoir soixante ans, mais de plus près, il en paraissait plutôt soixante-cinq. Il était grand, d'une minceur à la mode, avait le menton proéminent, des sourcils foncés épais et une masse de cheveux si blanche qu'elle semblait mauve sous l'éclairage d'ambiance. Il portait un blazer croisé bleu marine sur mesure, une chemise en oxford bleu pâle et un authentique foulard en soie bleue impeccablement noué autour du cou. Raleigh se demanda si le blazer était un Hugo Boss ou alors… un Valentino ? Une copie de chez Men's Warehouse. Et les chaussures ? Les Bruno Maglis d'O.J. Simpson ou des imitations ? Ces vêtements tombaient tellement bien qu'il était impossible de savoir s'il s'agissait de pièces griffées ou non.

Puis l'attention de Raleigh se porta sur les mains exquises du bonhomme. Les doigts en étaient longs et effilés, les ongles manucurés à la perfection, et on ne remarquait aucune veine saillante comme on en voit chez un homme de son âge. Raleigh se demanda si les mecs du coin avaient eux aussi recours à la chirurgie esthétique pour les mains, et dans ce cas, s'ils appelaient ça se faire « repalucher ».

Le marchand d'art se gratta le menton et sembla perplexe un instant, pensant sans doute que Julius était juste une autre vieille folle qui fréquentait les clubs de West Hollywood, jusqu'à ce que l'octogénaire lui lance :

— C'est moi, Julius Hampton. Tu te souviens ? On a joué au bridge plusieurs fois chez les Brueger avant que Sammy ne s'éteigne.

— Julius ! s'exclama Nigel Wickland. Bien sûr, je me rappelle. Comment vas-tu ?

Alors qu'ils se serraient la main, Julius Hampton répondit :

— Toujours debout, plus ou moins, avec l'aide de mon employé. Je te présente Raleigh Dibble. Je ne sais pas ce que je ferais sans lui. Viens te joindre à nous.

Le marchand d'art tendit sa main gracieuse à Raleigh, puis se présenta.

— Nigel Wickland. Ravi de vous rencontrer.

— Moi de même, monsieur Wickland, répondit Raleigh.

— Appelez-moi Nigel, s'il vous plaît, lui renvoya le marchand d'art. Puis-je vous appeler Raleigh ?

— Bien sûr, répondit ce dernier.

Raleigh se demanda si l'accent snob était pur jus ou si le marchand d'art l'adoptait pour amadouer les nouveaux riches du West Side. Raleigh avait passé presque six mois à parcourir l'Europe le sac au dos quand il était jeune et avait passé un été à Londres à servir dans un bistro. Il avait même envisagé de prendre l'accent d'Oxbridge[1], à l'instar de Nigel Wickland, quand il était traiteur, mais avait jugé que cela pouvait se retourner contre lui si jamais ses clients le démasquaient. Dans le coin, on aimait que les poseurs posent de manière moins flagrante.

— Qu'est-ce que tu prends ? demanda Julius Hampton au marchand d'art, et Raleigh remarqua que les mains du vieil homme tremblaient la plupart du temps.

Il avait maintenant du mal à tenir un verre de Martini sans le renverser.

Nigel Wickland commanda un daiquiri à la banane et discuta avec Julius Hampton des bonnes affaires du moment à la Wickland Gallery. Raleigh Dibble pensait assez bien connaître les types dans son genre. L'ouest de L. A. en regorge. Étant donné l'ego démesuré du marchand d'art, la galerie portait bien entendu son nom. Et même si un homme de l'âge de Julius Hampton ne représentait pas vraiment un client potentiel, Nigel Wickland semblait contraint à lui décrire les trésors qu'il possédait à quelques rues de là, dans Wilshire Boulevard. Raleigh se dit que le marchand d'art jetait sa ligne au cas où l'un des amis ou voisins moins grisonnants de Julius serait tenté de mordre à l'hameçon.

— Cette fichue récession force les gens à vendre à des prix extrêmement bas, dit Nigel en faisant signe au serveur de les resservir alors même que son verre était encore à moitié plein.

1. Contraction d'« Oxford » et de « Cambridge ». L'accent d'« Oxbridge » caractérise les étudiants passés par une de ces deux universités.

Poivrot, songea Raleigh avant de se rappeler que dans les bars gays, tout le monde semblait boire plus qu'ailleurs pour se donner du courage en vue de rencontres souvent risquées.

— Tu es allé chez les Brueger depuis que Sammy est décédé ? demanda Nigel Wickland. Parfois, je me demande comment Leona tient le coup.

Le vieux Julius Hampton ricana, puis répondit :

— Cette chère Leona est bien la plus joyeuse des veuves. Je crois qu'elle voit de temps à autre un réalisateur, Rudy Ressler, quand il n'est pas en train de harceler sexuellement des gamines d'UCLA, où il donne des cours de cinéma. C'est un de ces réalisateurs de mauvais films indépendants qui sortent sans doute directement en DVD.

Raleigh avait été impressionné à de nombreuses reprises par la culture de son employeur, non seulement en matière d'industrie cinématographique, mais aussi dans tous les domaines qui comptent pour les Angelenos. Comme son père avant lui, Julius Hampton avait fait fortune dans l'immobilier et les courtiers Hampton achetaient et vendaient régulièrement à de vrais people d'Hollywood, et non à des médiocres du genre de Rudy Ressler. Tandis que Julius Hampton et Nigel Wickland discutaient de connaissances communes, Raleigh s'excusa pour aller aux toilettes.

Quand Raleigh fut parti, Nigel Wickland lança :

— Sympathique. Il a l'air compétent.

— Très, renchérit Julius juste assez saoul pour cancaner. Son entreprise de restauration a fait faillite il y a quelque temps, et maintenant, il gagne tout juste sa vie. Au fond, il est très honnête, mais il a eu des problèmes d'impôts avec l'Oncle Sam à l'époque. Il a dû passer du temps derrière les barreaux d'une prison d'État. J'engage un détective pour vérifier les antécédents de tous mes employés. Je n'ai jamais posé de questions à Raleigh sur son passé, même si j'en sais beaucoup. Je peux te dire qu'il cuisine comme Julia Child[1].

1. Julia Child était une chef cuisinière californienne animatrice de télévision et spécialiste de la cuisine française.

— Pauvre vieux, dit Nigel Wickland. Ça ne doit pas être facile de traîner ce genre de casserole. Mais enfin... beaucoup de gens par ici ont eu des démêlés avec le fisc. Ça ne fait pas de lui un criminel.

Quand Raleigh revint des toilettes, Nigel Wickland se mit à lui accorder plus d'attention qu'à Julius Hampton. Raleigh n'eut pas l'impression que c'était un plan drague. Nigel Wickland semblait simplement vouloir en savoir plus sur sa carrière. Il lui demanda si c'était son premier poste de majordome cuisinier. Et parut très intéressé par son entreprise de restauration ; il croyait se rappeler que ses employés avaient servi lors de quelques soirées organisées à la Wickland Gallery. Raleigh pensa d'abord que c'était des conneries, puis il se souvint que Nellie s'était en effet occupée du buffet lors d'une soirée chic dans une galerie d'art de Beverly Hills. Ils avaient bossé à perte parce qu'elle n'avait pas su prévoir la quantité de champagne nécessaire et avait dû courir jusque chez le caviste du coin pour acheter des caisses au détail. C'était donc la Wickland Gallery ? Il ne s'en souvenait pas.

Nigel Wickland se mit à suffoquer. Il prit plusieurs inspirations, courtes et profondes, qui ne semblèrent pas l'aider. Puis il marmonna :

— S'il vous plaît, veuillez m'excuser.

Sur quoi il tira un inhalateur de sa poche de pantalon et se détourna de Raleigh et de Julius Hampton. Il introduisit l'inhalateur dans sa bouche, appuya sur la cartouche et inspira profondément, retenant le stéroïde dans ses poumons aussi longtemps que possible.

Lorsqu'il expira, il se retourna vers eux et ajouta :

— Excusez-moi. Asthme de l'adulte. Ça a commencé il y a trois ans. Encore un outrage de la vieillesse.

— Tu te trouves vieux ? lui renvoya Julius. Moi, comme Willie Nelson, j'ai enterré ma bite. Je n'aimerais pas enterrer mon foie. Sans un bon Martini, pourquoi rester en vie ?

Nigel Wickland demanda alors à Raleigh :

— Avez-vous déjà songé à reprendre votre activité de traiteur ? Pas au beau milieu de cette récession, mais plus tard.

— Il faut une mise de fonds pour monter une affaire de ce genre, répondit Raleigh. Il me faudrait gagner au loto ou quelque chose comme ça.

— Tout de même, rien ne vaut la sensation d'indépendance quand on est son propre patron. Surtout pour des hommes d'un certain âge, comme toi et moi.

Et Julius Hampton de renchérir :

— Se sentir utile, c'est essentiel. Toutes les personnes âgées le comprennent. Tu le comprendras toi aussi, et plus tôt que tu ne le crois. Marty Brueger en parle tout le temps. Il dit que quand il a commencé à se sentir inutile, il a su qu'il en avait fini avec la vie. C'est ce qu'il fait dans la maison d'ami de Leona : il attend de mourir.

— Allons, vous n'êtes pas inutile, monsieur Hampton, lança aussitôt Raleigh.

— Écoute-moi, ô mon Dieu. Sauve-nous tous de l'inutilité! s'écria Nigel.

Et là, tandis qu'il recommençait à cuisiner le maître d'hôtel joufflu sur son expérience professionnelle, Julius Hampton commença à s'impatienter d'être laissé en dehors de la conversation. Après son deuxième Martini, il lança :

— Eh bien, Raleigh, n'est-ce pas le moment de rentrer voir ce qu'il y a à la télé ce soir?

Sur quoi, Nigel Wickland s'empressa de glisser :

— Raleigh, voici ma carte. Passez-moi un coup de fil, je vous ferai visiter la galerie. Quand vous voulez. Je pense que ça vous plaira.

Sur le chemin du retour, Julius Hampton lança :

— Ma foi, Nigel Wickland m'avait l'air bien épris de toi, Raleigh. Quel est le secret de ton charme?

— À moins qu'il n'aime le genre Pillsbury Doughboy[1], ça ne peut pas être mon physique, répondit Raleigh en se tapotant le ventre. J'ai tellement de boudins qui me tombent sur la ceinture

1. Personnage mascotte de la société Pillsbury fait de pâte à pain – sorte de Bonhomme Michelin.

que mes hanches ressemblent au chapeau d'un muffin. Je pense qu'il se montrait juste aimable, monsieur Hampton.

— Nigel n'est pas du genre à se « montrer aimable », lui rétorqua Julius Hampton en le dévisageant comme s'il ne pouvait pas comprendre l'intérêt que lui portait son ami.

***

Le lendemain, avant de faire sa sieste, le patron de Raleigh lui annonça qu'il pouvait prendre son après-midi. Raleigh ne parvenait pas à décider si, oui ou non, il allait rendre visite à Sharon, sa sœur aînée, à San Pedro. Son autre sœur était morte d'un cancer des poumons quand il était en prison, et, leurs parents décédés, Sharon était la seule famille qu'il lui restait. Mais, chrétienne évangéliste, elle passait toujours au moins la moitié de sa visite à tenter de le mener à Dieu. Il décida qu'il ne s'en sentait pas ce jour-là.

Il songea à aller voir un film à Westwood, ou à rendre visite à une vieille amie qui avait travaillé pour Nellie et lui, une Brésilienne à forte poitrine, âgée d'une quarantaine d'années. Alma était désespérément maladroite et avait brisé plus de verres que le tremblement de terre de San Fernando, mais elle coucherait avec lui si elle était d'humeur, et il aimait la taquiner en lui disant qu'elle avait des lolos à faire pâlir les Rocheuses. Raleigh ne se souvenait plus de la dernière fois où il avait tiré son coup et était presque assez chaud pour s'offrir une branlette chez une des masseuses asiatiques d'Hollywood Boulevard. Il téléphona à Alma, mais le numéro n'étant plus attribué, sur un coup de tête il se rendit au volant de sa Toyota jusqu'à la Wickland Gallery pour une visite impromptue.

Une jeune femme collet monté vêtue d'un tailleur et chaussée d'escarpins très pratiques l'accueillit avec un :

— Bonjour, monsieur. Je m'appelle Ruth Langley. Puis-je vous être utile ou désirez-vous seulement jeter un œil ?

— M. Wickland m'a proposé de passer pour une visite privée de la galerie, répondit-il. Je m'appelle Raleigh Dibble.

Elle l'accompagna jusqu'au bureau de Nigel; le marchand d'art se leva, contourna son énorme bureau en acajou et lui donna une poignée de main énergique.

— Vraiment ravi que vous soyez venu. Vous arrivez pile au bon moment pour prendre un verre avec moi, dit Nigel en revêtant son blazer en lin, couleur olive à Martini.

Raleigh songea que le foulard devait être réservé aux soirées dans les bars gays – le marchand d'art portait une chemise blanche avec une cravate en soie vert sapin. Face à lui, Raleigh se sentait pouilleux avec sa veste de sport prêt-à-porter brun rouille, son treillis kaki et ses mocassins en cuir noir qui avaient besoin d'être ressemelés.

Ils se rendirent au bar du Ivy, où ils s'assirent à une table. Comme la fois précédente, Nigel Wickland commanda un daiquiri banane, puis un second avant d'avoir terminé le premier. À la lumière du jour, Raleigh vit que le marchand d'art avait les yeux embués et des vaisseaux éclatés de chaque côté du nez. Un alcoolo à tous les coups, songea-t-il. Mais bon, il payait les consos et piquait sa curiosité, alors Raleigh commanda un Jack *on the rocks*.

Après avoir à moitié terminé son deuxième verre, Nigel Wickland se lança.

— Si vous me permettez de poser la question, Raleigh, avez-vous vendu votre affaire ou…

— Elle a capoté, répondit Raleigh avec un sourire désabusé en commençant à sentir l'effet du Jack Daniel's. Je n'en ai rien tiré. Et me voilà domestique.

— Comme vous y allez! Je suis certain que vous êtes un employé précieux pour Julius. Mais j'imagine que la paie laisse à désirer.

— Elle me suffit. Si on peut dire. Mais les repas sont délicieux parce que j'achète les produits et les cuisine pour nous deux. M. Hampton a encore un appétit de jeune homme.

Il vida son verre et Nigel Wickland fit aussitôt signe au serveur d'en apporter un autre.

— J'aimerais m'assurer de votre discrétion, Raleigh, reprit le marchand d'art. Je sais que vous travaillez pour Julius depuis peu, mais je pourrais être en mesure de vous offrir un meilleur poste.

— Dans votre galerie ? Je suis un homme de Neandertal en matière d'art.

— Ce n'est pas la galerie que j'avais en tête. Après vous avoir rencontré l'autre soir, je me suis rendu compte que vous possédiez exactement les compétences dont a besoin une de mes clientes en ce moment. Vous nous avez entendus prononcer son nom, Julius et moi. Leona Brueger ?

— Je m'en souviens vaguement, répondit Raleigh en attaquant son deuxième Jack avec, dans la gorge, une délicieuse brûlure ambrée.

— J'ai récemment appris que Leona Brueger a une liaison sérieuse avec Rudy Ressler, le réalisateur dont Julius a parlé.

— Celui qui harcèle des gamines ? demanda Raleigh. C'est comme ça que M. Hampton l'a appelé.

Nigel Wickland sourit et ajouta :

— Il n'essaie pas d'attirer les enfants avec des chatons et des chocolats, croyez-moi. Les étudiantes, sa cible de choix, ne sont pas vraiment des gamines, même si elles se conduisent comme telles. Mais Rudy se refait et s'intéresse de plus en plus aux femmes d'âge mûr, en particulier à la veuve Brueger.

— On dirait que vous les connaissez plutôt bien.

— J'en suis venu à en savoir plus qu'un peu sur Leona Brueger après avoir été contacté pour estimer la formidable collection d'art de feu Sammy Brueger. Elle m'a laissé entendre qu'elle allait tout vendre, la maison y compris, peut-être épouser Ressler et déménager à Napa, où elle fera pousser du raisin ou se consacrera à des activités réservées à ceux qui ont plus d'argent que de bon sens.

— Nigel, dit enfin Raleigh, tout ça est très intéressant, mais je ne vois pas ce que je pourrais bien venir faire là-dedans.

— Leona Brueger se retrouve avec le frère de Sammy sur les bras, Marty, quatre-vingt-sept ans, qui est souffrant. Marty passe le plus clair de son temps dans la maison d'amis de Leona, mais à l'occasion, il aime sortir. Elle a besoin des services d'un maître d'hôtel, chauffeur, homme de compagnie en mesure de lui cuisiner trois repas par jour. Tout comme vous le faites pour Julius.

Leona Brueger aime aussi, de temps à autre, donner des dîners chez elle, mais ses précédents employés l'ont déçue. Ce n'est pas si facile pour elle de trouver un homme capable de cuisiner et de prendre en charge un dîner tout en s'occupant de son beau-frère. Après notre rencontre, je me suis dit qu'avec votre savoir-faire et votre expérience, vous étiez exactement la personne qu'elle recherche. Vous êtes le candidat, Raleigh.

— Mais j'ai un travail. Et il est fixe, pas temporaire.

— Si vous êtes heureux là où vous êtes, oubliez ce que je viens de dire. Mais Leona m'a confié qu'elle paierait la perle rare sept mille dollars par mois et, bien sûr, vous auriez un logement somptueux et des repas que vous prépareriez vous-même. Vous pourriez acheter tout ce que vous voulez au marché et le mettre sur le compte de votre employeur. Vous n'auriez aucun frais. Le contrat se terminerait sans doute autour du premier janvier de l'année prochaine. Ensuite, quand elle vendra la maison, Leona prendra des dispositions pour installer Marty Brueger dans une maison de retraite luxueuse. Elle le ferait bien dès maintenant, mais il refuse de partir, et la prise en charge de Marty ainsi que son bien-être étant clairement stipulés dans le testament de Sammy, elle est obligée de l'entretenir. Mais d'ici à la fin de l'année, la sénilité devrait avoir réglé le problème. Ce qui la presse, c'est qu'elle entend partir pour de longues vacances en Toscane et qu'elle a besoin de la bonne personne dès que possible.

Raleigh garda le silence un moment, puis il dit :

— Bien entendu, c'est beaucoup plus que mon salaire actuel, mais mon emploi est à durée indéterminée. Je ne sais pas si je peux quitter M. Hampton pour un boulot temporaire.

— À quel point un poste auprès d'un homme de quatre-vingt-neuf ans est-il à durée indéterminée ? lui demanda Nigel Wickland. Pensez-y, et faites-moi savoir si vous êtes intéressé. Je fais ça dans le seul but de rendre service à ma cliente Leona Brueger. Je n'ai aucun intérêt dans l'histoire.

Pensant qu'il devait y avoir anguille sous roche, Raleigh répliqua :

— Je me rappelle que quand M. Hampton et vous avez parlé de Leona Brueger, vous vous demandiez si elle s'en sortait bien depuis la mort de son mari. Vous ne sembliez pas en savoir beaucoup sur elle.

Ce fut au tour de Nigel de marquer une pause. Puis il finit par dire :

— Sincèrement, depuis que je me charge de l'estimation de ses œuvres d'art, je la connais assez pour avoir pris connaissance de ses projets. Évidemment, je ne pouvais pas dire à Julius que, selon moi, vous feriez mieux de travailler pour ma cliente. Si vous n'étiez pas à ce point parfait pour cet emploi, je ne vous en aurais pas touché un mot. Alors, quoi que vous décidiez, motus et bouche cousue, Raleigh.

— Il faut que je réfléchisse.

— Oui, pensez-y.

Quand Raleigh quitta Nigel Wickland, la perspective de gagner cet argent facile lui paraissait alléchante, mais à la fin du contrat, qu'est-ce qu'il ferait ? Il avait terminé avec succès sa période de liberté conditionnelle, mais les souvenirs de prison le poussaient à agir avec une honnêteté presque exagérée. Il avait même peur de mentir sur ses CV et ce n'était pas du gâteau pour un ancien taulard d'obtenir un boulot convenable après avoir mentionné son passé. En même temps, avec un patron de quatre-vingt-neuf ans, son boulot actuel pouvait-il être vraiment durable ? Et il en avait marre de devoir supplier l'escroc qui gérait la fortune Hampton de lui verser la paie qu'il méritait.

Raleigh Dibble ne ferma presque pas l'œil de la nuit. Le lendemain matin, il téléphona à Nigel Wickland et quand il eut le marchand d'art au bout du fil, il lui dit :

— Nigel, c'est Raleigh Dibble. Quand pourrai-je avoir un entretien avec Mme Brueger ?

CHAPITRE 4

Un nombre incroyable de noms de célébrités apparut dans les affaires criminelles de la première année de la Grande Récession[1]. Beaucoup d'entre eux se retrouvèrent dans des rapports qui passaient sur les bureaux des inspecteurs de la division d'Hollywood. Le commissariat dans lequel les inspecteurs étaient installés était un endroit insolite, peut-être le seul au monde où des lithographies encadrées d'affiches de films décorent les murs. Dans la juridiction du commissariat l'étrange était banal, et si un événement sinistre ou bizarre ne pouvait s'expliquer ni même se comprendre, le plus souvent, les flics haussaient simplement les épaules en disant : « C'est à Hollywood qu'on est, bordel ! » Après ça, plus besoin d'ajouter quoi que ce soit.

Au cours de cette dernière année d'application du décret dit du « consentement civique[2] », qui dura huit ans et prit fin en juillet, seule une douzaine d'inspecteurs travaillaient au commissariat d'Hollywood, alors qu'ils auraient dû être le triple. Le LAPD était sous la surveillance de cerbères mandatés par l'État après les émeutes qui avaient fait suite au scandale Rodney King et à la

1. Nom donné à la crise économique de 2007.
2. *Federal Consent Decree* : accord passé entre le ministère de la Justice et le LAPD, obligeant celui-ci à respecter des procédures très précises en matière d'interpellation, d'arrestation et de détention de suspects.

fameuse affaire de corruption de la division Rampart, une ignominie qui s'avéra n'avoir impliqué que deux flics véreux. Mais cela suffisait aux critiques à l'affût pour émousser la superbe, certains diraient « arrogance », des services de police.

Après que l'amendement F avait privé les chefs du LAPD de toute protection au civil, les politiques avaient commencé à mener la danse, des centaines d'enquêteurs du LAPD étant alors détournés de leur tâche afin de travailler, sous les ordres des agents chargés de l'application de ce décret, à une « réforme » des services de police qu'aucun agent ne jugeait nécessaire. Pendant des années, la même litanie avait résonné dans les rangs du LAPD : « L'amendement F a tout chamboulé. » En ajoutant à cela les déficits budgétaires et le fait que l'État de Californie était lui-même au bord de la faillite, tous les agents de terrain et les inspecteurs qui travaillaient encore à la répression du crime s'étaient retrouvés complètement débordés.

Los Angeles avait alors été le théâtre d'une vague de cambriolages ciblant de jeunes célébrités. Parmi les sept suspects, les deux principaux étaient un jeune homme et une jeune femme âgés d'un peu moins de vingt ans, originaires de Calabasas, une banlieue assez aisée dans la vallée de San Fernando. Ils s'étaient rencontrés dans un lycée de rattrapage, une sorte d'établissement de la dernière chance. Une autre des jeunes femmes impliquées dans les cambriolages et le recel piquait des magazines people dans les kiosques à journaux et les supermarchés et choisissait des cibles qui faisaient ensuite l'objet de recherches approfondies sur Internet. L'équipe tapait dans Google les noms des quartiers où résidaient les célébrités et obtenait des cartes satellites de leurs demeures, leurs emplois du temps pouvant être suivis en ligne sur leurs blogs. Une autre jeune femme de ce groupe de cambrioleurs avait participé à un reality show qui, au début, se proposait de mettre en scène une ex-playmate élevant trois enfants incontrôlables.

Parmi les victimes des cambriolages, on comptait les acteurs Orlando Bloom, Lindsay Lohan, Audrina Patridge, Rachel Bilson, Megan Fox et la people Paris Hilton. Certaines maisons étant équipées de caméras de surveillance, sur une vidéo, un jeune homme et une jeune femme avaient été photographiés pendant le crime. Sur la vidéo enregistrée devant la demeure d'une autre célébrité, on voyait quatre des jeunes cambrioleurs garer leur voiture dans Outpost Drive et marcher à reculons sur cent mètres, bras dessus, bras dessous, pour déjouer la caméra de surveillance avant de faire volte-face pour vaquer à leur larcin.

Ils revenaient inspecter la même résidence plusieurs fois avant d'être satisfaits et ne portaient pas de capuches pour ne pas ressembler à l'idée qu'on se fait du cambrioleur type. Ils s'introduisaient par des portes non verrouillées, des fenêtres ouvertes et des trappes pour chiens. En de rares occasions, ils étaient obligés de forcer une fenêtre. Dans la zone surveillée par les services du shérif de Los Angeles, il y avait même eu des cambriolages commis alors que les habitants étaient à l'intérieur.

La bande volait vêtements, bijoux, sacs à main et argent liquide. Ils avaient dévalisé la demeure de Paris Hilton à plusieurs reprises, mais elle ne s'en était aperçue qu'une seule fois. Quand ils eurent résolu l'affaire, les flics l'avaient appelée à 3 heures et elle était venue reconnaître ses biens dérobés, apparemment ravie de se voir restituer le butin. Elle avait affirmé que sa valeur atteignait largement une somme à sept chiffres, mais les inspecteurs, qui évoluaient dans un univers plus ordinaire, en doutaient. Orlando Bloom, dont les inspecteurs parlaient comme d'un « gentleman », se montrait toujours obligeant quand on faisait appel à lui, et si une telle distinction avait existé, il aurait reçu le prix de la victime préférée des inspecteurs.

Des mandats de perquisition avaient été notifiés jusqu'à Las Vegas pour l'une des adolescentes et son receleur, un gars de vingt-huit ans qui se disait promoteur de boîtes de nuit. Il avait remis les biens volés et été inculpé pour recel et autres délits similaires. Pour les inspecteurs du LAPD et du LASD, deux douzaines de cambriolages avaient dû être commis en l'espace de deux ans.

Les avocats de la défense tentaient de négocier en proposant la restitution des biens si de nouvelles plaintes n'étaient pas déposées, mais tout se terminait par ce que les inspecteurs qualifiaient de « négociation de prise d'otages ratée » après que l'un des avocats s'était retiré en prétextant : « Je ne fais pas dans les biens meublés. »

Un autre avocat de la défense, dont le jeune client affirmait travailler pour une association chrétienne d'aide aux sans-abri, semblait croire chaque mot que son client lui disait en sanglotant. Un inspecteur avait déclaré : « C'est le genre de mec à aller dans un club de strip-tease et à croire que l'entraîneuse est amoureuse de lui. »

Aucun des jeunes gens n'était un vrai junkie, mais certains d'entre eux fumaient de l'OxyContin, l'équivalent de synthèse de l'héroïne, la drogue *du jour*[1] d'innombrables jeunes Américains, un opioïde de choc qui avait même rendu accro le plus célèbre animateur de talk-show conservateur, Rush Limbaugh. Les nouvelles photos des jeunes et jolies suspectes dans leurs jeans taille basse – elles dissimulaient leurs visages, mais pas leurs ventres fermes – avaient fait pendant des semaines les choux gras de la télé et des tabloïds. On les surnomma : « Le Gang des Voleuses », « Les Cambrioleuses des Hollywood Hills » ou, encore plus provocant, « La Clique du Clinquant ».

Les médias locaux et nationaux avaient tiré de leurs tribulations un récit édifiant sur l'influence néfaste pour les jeunes du mode de vie des célébrités à Hollywood. Suivant leur raisonnement, ils y étaient constamment exposés via des sites Web qui détaillaient les facéties des « célébutantes » et des reality shows où des gens de leur âge se la donnaient dans les boîtes de nuit d'Hollywood. Selon les journalistes people, jamais avares d'un cliché, il y avait profusion de dangers pour les jeunes sur ces « boulevards des rêves ».

***

1. En français dans le texte original.

Certains rêveurs des boulevards ne se lassaient pas de la Clique du Clinquant, parmi lesquels le jeune Jonas Claymore, âgé de vingt-deux ans. Il avait fumé beaucoup trop de méthamphétamines pendant sa dernière année de lycée, avait abandonné ses études à la Hollywood High School, n'avait jamais mis les pieds à la fac et rien fait de ce que ses parents, issus de la classe populaire, attendaient de lui. La meth avait fini par lui causer des crises de paranoïa au cours desquelles il était sûr d'être surveillé, vingt-quatre heures sur vingt-quatre, par les indics du LAPD. Lors d'une soirée inoubliable, deux de ses anciens camarades de classe avaient décidé de le sevrer de la méthamphétamine en lui faisant découvrir les miracles qu'accomplissaient les comprimés verts de 80 mg d'OxyContin et d'autres médicaments à base d'oxycodone comme le Percocet, le Percodan et le Tylox.

Sa colocataire actuelle, Megan Burke, vingt ans, diplômée du lycée de Bend dans l'Oregon, avait été une étudiante sérieuse, très appréciée et assidue, avant que l'envie la démange de « découvrir Hollywood » comme tant de milliers d'autres avant elle. Elle n'aurait su définir exactement ce que cela signifiait. Bien sûr, elle aurait été gênée d'admettre que cela impliquait de vagues fantasmes sur le cinéma, et même dans ce cas, elle était trop mature pour s'imaginer être « découverte » un jour. Pourtant, malgré ses dix-huit ans, elle se figurait toujours que là où la vie défile à vingt-quatre images par seconde, tout est possible.

Elle avait convaincu sa mère de la laisser partir à Los Angeles pour l'été – elle avait une liste d'endroits de Californie du sud qu'elle voulait visiter avant de commencer la fac. Elle lui avait expliqué que c'était son « odyssée », le voyage initiatique qu'elle et beaucoup de ses copines de classe pensaient essentiel à leur épanouissement. Au départ, le projet consistait à travailler deux mois chez Gap pour une ancienne voisine qui avait déménagé à Los Angeles et gérait la boutique. Cette dernière s'était même arrangée pour que Megan partage un appartement avec deux autres filles, et l'argent que Megan gagnait en vendant des vêtements lui avait permis de subvenir à ses besoins. Elle avait espéré envoyer une partie de son salaire à sa mère, qui l'avait élevée avec son petit frère, Terry, après que leur père avait abandonné la famille, les enfants étant alors encore à l'école primaire.

Vivre à Hollywood ne ressemblait en rien à l'idée que Megan s'en était faite, surtout lorsqu'elle avait constaté à quel point tout était hors de prix à L. A. Mais tout s'était assez bien passé jusqu'à ce que ses colocataires la convainquent d'essayer quelques-uns de leurs médicaments tendance, tels que le Xanax et le Percocet. Ces médicaments l'avaient conduite au Vicodin et, pour finir, à l'OxyContin, de loin le plus puissant et le plus addictogène des médicaments délivrés sur ordonnance à sa disposition, cet OxyContin la conduisant à Jonas Claymore qu'elle avait rencontré par l'intermédiaire d'une collègue et amie.

Jonas était voiturier dans des restaurants haut de gamme et se faisait de bons pourboires. Il était grand, mince comme un fil, mignon et un peu givré, avec une tignasse cannelle et un grand sourire aux dents écartées. Il la faisait rire facilement et lui vendait de l'OxyContin deux fois par semaine lorsqu'il venait chez elle.

Quand ils s'étaient défoncés ensemble pour la première fois, il lui avait demandé :

— Tu ne seras pas choquée si je baisse mon fute pour te montrer un truc ?

— Me montrer quoi ? avait-elle dit, mal à l'aise.

— Ça, avait-il répondu en se détournant pour baisser son jean et son caleçon.

Sur une fesse était tatoué « et ». Et sur l'autre, « alors ». Et de remonter son pantalon en lui lançant :

— En général, les filles trouvent ça plutôt marrant.

Après plusieurs plans défonce, ils étaient devenus intimes, mais ce n'avait jamais été satisfaisant pour aucun d'eux à cause des problèmes d'érection de Jonas causés par la drogue. Megan aimait les autres produits à base d'oxycodone, comme le Vicodin, appelés « narcos » ou « watsons » et appréciait le Percocet, aussi connu sous le nom de « perks », mais rien n'égalait l'OxyContin en 80 mg, appelé « OC », « oxy », « 80 » ou « beans ». Très vite, Megan Burke était tombée follement amoureuse, pas de Jonas Claymore, mais de la fumette d'oxy. Lui l'aimait encore plus et semblait en avoir toujours à profusion. Puis tout s'était écroulé. Elle avait perdu son travail chez Gap, en avait trouvé un à temps partiel au Denny's comme serveuse, mais l'avait perdu, lui aussi, et en était venue à redouter les coups de fil désespérés de sa mère quand les projets de fac avaient été mis au rencart.

Elle avait fini par vendre sa Hyundai quand l'argent avait manqué après qu'elle avait vécu chez Jonas pendant presque un an dans un appartement miteux de Thai Town sans que le propriétaire, ni sa mère, effondrée, soient au courant. À cette époque-là, elle avait commencé à éviter la plupart de ses appels et ne lui communiquait ni son adresse ni quoi que ce soit au sujet de Jonas Claymore, car elle ne voulait pas que, déjà inquiète, elle découvre à quel point sa fille avait sombré et combien la chute avait été rapide.

Après avoir appris par des reportages dans la presse et à la télé que la Clique du Clinquant fumait de l'oxy, Jonas Claymore avait été très fier que ce soit aussi sa drogue de prédilection. L'oxy était beaucoup plus chère que le cristal qu'il avait adoré jadis, et plus que les autres médicaments qu'il consommait quand il n'avait pas assez d'argent pour l'OC. Il avait du mal à garder son boulot actuel de voiturier dans deux des plus récents restaurants de Melrose Avenue.

Rares étaient les fois où il lisait le *L. A. Times* ni quoi que ce soit, mais quand il pensait pouvoir trouver dans le journal un article sur la Clique du Clinquant, il courait au supermarché en acheter ou en voler un numéro. Il adorait les infos sur les garde-robes griffées que la Clique convoitait et pillait, en particulier les produits Chanel, les sacs Vuitton et les Rolex piqués au cours de leurs virées shopping illégales. La Clique volait même des sous-vêtements que ses membres pouvaient porter en rêvant. Jonas ne se lassait pas de ces histoires et en recherchait d'autres à la télé, mais surtout dans les tabloïds.

Un soir d'été, assis sur le siège avant d'une BMW 535i qu'il avait garée, Jonas était ainsi plongé dans la lecture d'un récit croustillant sur la fameuse clique. Au même moment, sa patronne, une lesbienne russe autoritaire au volume pulmonaire conséquent qui dirigeait le service de voituriers des deux restaurants, cherchait son jeune employé dans le parking. Le freluquet était déçu de ne pas trouver de photos de Paris Hilton associées au texte et en était seulement à la moitié de l'article lorsque sa patronne arriva par-derrière et ouvrit d'un coup sec la portière de la BM.

— Bordel, Jonas, qu'est-ce tu fous? lui lança-t-elle avec l'accent russkof qu'il ne pouvait plus sentir.

— Désolé, Ludmila, répondit-il en pliant le journal avant de sauter de la voiture. Je prenais juste une pause de deux minutes.

— C'est des conneries! hurla-t-elle. Je te cherche partout. Je suis assez de toi.

— J'en ai assez, la corrigea-t-il.

— Quoi?

— J'en ai… tu en as assez.

— Ne te moque pas de moi, Jonas! dit-elle en jetant un regard furieux au jeune homme dégingandé.

— Je ne me moque pas, Ludmila. Et si tu me laissais reprendre le boulot, OK?

— Tu sais pas bosser. Tu sais rien, dit-elle avant de le bousculer d'un geste brusque de la main.

— Hé mais! Tu viens de lever la main sur moi! Il y a une loi contre les employeurs qui harcèlent leurs employés.

Deux jeunes femmes, en route vers le restaurant le plus proche, s'arrêtèrent en entendant les éclats de voix dans le parking. Dans ce qui restait de crépuscule, elles aperçurent un voiturier maigre, au long cou et à la crinière cannelle, rêche et hirsute à force de garer les voitures vitres baissées. Il portait une chemise blanche à manches longues, un nœud papillon et un pantalon noirs, et braillait contre une femme charpentée, vêtue de manière identique et dont les cheveux bruns étaient coupés aussi court que ceux du type.

— Ne fais pas de menaces avec moi ! cria Ludmila. Tu es nul, bon à la merde !

— Tu peux te fourrer ton boulot dans ton gros cul, espèce de gouine monstrozaure ! hurla Jonas Claymore en retour, la pomme d'Adam, de la taille d'un œuf, secouée par la colère.

Il arracha son nœud pap à clip et le lui lança au visage, l'atteignant à l'œil.

Elle riposta avec un coup de poing. Pas une gifle de gonzesse. Une vraie droite. Un direct du droit avec toute la force de l'épaule, si bien que le nez retroussé de Jonas Claymore explosa dans un jaillissement de sang et que le jeune homme s'étala sur la BMW et tomba à genoux un instant.

Aussitôt, il se releva en hurlant :

— Je vais te trancher la gorge, espèce de salope de rouge !

Une des deux femmes qui observaient la scène depuis le trottoir sortit son téléphone et composa le 911[1].

Au moment où l'équipe de nuiteux de la voiture 6-X-32 arriva, les deux combattants étaient allongés sur le trottoir, épuisés d'avoir lutté, de s'être cognés, mordus et griffés pendant plusieurs minutes. Jonas Claymore était clairement le plus amoché. Son visage portait des égratignures et des contusions, et sa chemise, dont les boutons avaient sauté, pendait, tachée de sang. Il avait le souffle court et sa poitrine imberbe et creuse se soulevait péniblement tandis qu'il tripotait son oreille droite, à laquelle il manquait un petit morceau de lobe arraché d'un coup de dents. Celle qui était encore sa patronne deux minutes plus tôt avait un coquard violet, la lèvre inférieure éclatée et la manche gauche de sa chemise en lambeaux.

La voiture de police entra dans le parking dans un crissement de pneus et deux flics en uniforme bleu en sortirent, le plus petit portant un tonfa[2].

— Je m'occupe de la femme, frérot, lança le Débris à son collègue.

1. Équivalent américain de notre Police Secours.
2. Matraque munie d'une poignée utilisée par la police.

— OK, répondit le Bris en se dirigeant vers Jonas Claymore qui, plié en deux, les mains sur les genoux, essayait de reprendre son souffle.

Avant que le grand flic puisse ouvrir la bouche, Jonas jeta :

— C'est cette grosse conne de Russkof qu'a commencé ! Elle m'a poussé et m'a cogné. Je ne faisais que me défendre.

— Vous ne vous en êtes pas super bien sorti, fit remarquer le Bris.

— Elle m'a eu par surprise ! brailla Jonas assez fort pour que les curieux entendent.

— Un ton plus bas, dit le Bris. Et racontez-moi ce qui s'est passé.

Pendant ce temps-là, Ludmila tentait de nouer les pans de sa chemise pour dissimuler son soutien-gorge 120 E.

— C'est un bon rien fainéant, dit-elle au Débris. Je l'embauche. Je le paie bien. Il partage jamais pourboire avec personne. Il vaut rien.

— Comment la bagarre a-t-elle commencé ? lui demanda le Débris.

— Il me parle mal. Il se sert de sa sale bouche et me fait me battre.

— Voulez-vous dire que vous en êtes venue aux mains avant lui ?

— Comment ?

— Vous avez frappé la première ?

— Eh bien..., dit-elle comme si elle réfléchissait à une question excessivement difficile. Ça dépend comment on voit situation.

— Hmm, hmm, dit le Débris. Il aurait fallu que je sois là, c'est ça ?

Le Bris suggéra à Jonas de pencher la tête en arrière, de presser les restes de sa chemise contre son nez et de les y maintenir.

— Voulez-vous vraiment porter plainte pour coups et blessures ? demanda-t-il. Et qu'on procède à une arrestation ?

— Vous le feriez pas à ma place ?

Jonas ôta la chemise de son visage un instant.

— J'y réfléchirais, répondit le Bris. C'est une femme.

— C'est une sale lécheuse de chattes, oui ! lui renvoya Jonas. C'est pas une femme.

— D'après la loi, si. Nous ferons ce que vous voulez. Vous pourriez demander une arrestation en votre nom ; nous serons heureux de la conduire au poste, mais il faudra aller jusqu'au bout. Pensez au procès, où vous devrez expliquer en public comment cette nana vous a flanqué un marron. Ça pourrait être super gênant, mec. Mais c'est à vous de voir.

Cette perspective refroidit Jonas. Il y réfléchit un instant, pensa à l'humiliation et à l'emmerdement puis il dit :

— Bon, et si nous oubliions cette histoire tous les deux ? On pourrait ?

— Ça marche pour nous, répondit le Bris. Mais je veux pas recevoir un autre appel pour me dire que vous vous êtes encore boxés.

— Ça n'arrivera pas. Je rentre chez moi, dit Jonas.

Et de crier à Ludmila :

— Tu peux pas me virer ! Je démissionne, espèce de sale coco bouffeuse de moumoute !

— Va te faire foutre, tête de con ! lui hurla son ancienne patronne avant de lui faire un doigt d'honneur.

***

Cet après-midi-là, quand Jonas Claymore retourna à l'appartement qu'il partageait avec Megan Burke dans Thai Town, il la trouva allongée sur le canapé en train de regarder un vieux film sur TCM[1] dans un nuage de Percocet.

Elle eut un choc en le voyant et s'écria :

— Jonas ! Mais qu'est-ce qui t'est arrivé ?

1. Turner Classic Movies (TCM) est une chaîne du câble américaine spécialisée dans la diffusion de films des catalogues MGM, Warner Brothers, RKO Pictures et United Artists.

— Je me suis battu au boulot avec une saloperie de russkof. Hollywood est plein de racaille coco. Les Américains gèrent plus rien maintenant.

— Tu es blessé.

Elle portait un tee-shirt large sur un jean coupé qui découvrait ses jambes, encore plus cagneuses et blanches que la dernière fois que Jonas y avait prêté attention. Quand il l'avait rencontrée, ses beaux cheveux bruns coupés juste au-dessous de ses oreilles en un carré stylé donnaient l'impression qu'elle portait une capuche sombre. À l'époque, elle mettait souvent de beaux collants de chez Target, mais à présent, les collants, comme la plupart de ses fringues, avaient disparu et ses cheveux étaient ternes, plus longs et frisottaient. Il se disait que dans pas longtemps, elle les décolorerait, se les laisserait pousser jusqu'aux épaules et se ferait une frange jusqu'aux yeux à la Lady Gaga. Beaucoup de filles qu'il connaissait se coiffaient comme ça pour essayer de ressembler à la chanteuse, mais au final, elles avaient l'air de pouffiasses défoncées, les yeux explosés, l'air hagard, ratatinées. Megan avait des cernes sous ses yeux violets au regard anxieux et dans l'ensemble, il trouvait qu'elle ne ressemblait plus à rien.

— Passe-moi juste un gant humide et une serviette, dit-il. Faut que j'm'allonge.

Quand il fut couché sur le canapé, elle revint et tamponna ses blessures, le faisant crier de douleur lorsqu'elle touchait le lobe abîmé de son oreille.

— Jonas, dit-elle. Il t'en manque un bout ! Comment c'est arrivé ?

— Une morsure, répondit-il.

— Il t'a mordu ?

— Ces foutus Russes auraient dû être ramenés à l'âge de pierre à coups de bombes atomiques, lança-t-il à l'adresse du plafond.

— Il t'a sacrément amoché.

Sur quoi Jonas lança :

— T'aurais dû voir les dégâts que j'y ai fait. C'était pas à sens unique.

— Je suis sûre que tu lui as botté le cul, dit-elle en lui tamponnant l'oreille avec un torchon sale.

— Je lui ai niqué la gueule à cette enflure purulente, expliqua-t-il au mur. Et après, j'ai failli me faire embarquer par les flics parce que je m'étais défendu. Moi, l'Américain persécuté.

— Repose-toi maintenant et n'y pense plus.

— C'est pour ça que mon papi a tué des communistes au Vietnam ? demanda Jonas à la table basse jonchée de magazines people, de papiers de bonbons, de boîtes de pizza et de tout l'attirail à oxy, dont un bout de papier alu de 15 cm sur 25 cm plié en deux, un briquet et un stylo à bille dont le tube avait été enlevé, posé à côté.

— Essaie de te calmer, dit-elle.

— Alors un nullard de coco peut venir à Hollywood et m'attaquer par surprise pendant que je regarde pas ?

— Ton nez va se remettre à saigner. Il nous reste la moitié d'un 80. Tu veux chasser le dragon ?

— La moitié d'un oxy ? répéta-t-il. Mais je t'ai filé un billet de cent hier !

— C'était y a trois jours et Wilbur nous prend quatre-vingt-cinq par oxy. Et on en a fumé un bout quand on s'est fait ces watsons et ces perks. T'as grillé un fusible. T'as vraiment oublié ?

Il se souvenait vaguement des Vicodin et des Percocet, mais ne se rappelait pas avoir fumé la moitié d'un comprimé de 80 mg d'OxyContin.

— C'est ce putain de vin de clodo. Ça me bousille la mémoire. Tu peux pas aller piquer une meilleure bouteille ? Je me contenterais même de quelques oxys en 40.

— Je suis pas une voleuse.

Jonas avait des palpitations et des sueurs froides. Les articulations de ses genoux et de son épaule droite lui faisaient mal, ce qu'il mettait sur le compte du combat. Mais en observant Megan de plus près, il vit qu'elle s'était mise à transpirer elle aussi, et qu'elle n'arrêtait pas de bâiller et de se gratter. Enfin... quand elle ne toussait pas.

— Putain, Megan, regarde-nous, dit-il. On est en descente. Faut que je chasse le dragon, et tout de suite !

Megan se leva d'un bond, courut à la chambre, prit le dernier morceau du comprimé d'oxy, l'apporta au salon et le plaça dans le creux de la feuille de papier alu posée sur la table basse.

— C'est pas une moitié entière, l'accusa Jonas. T'en as fumé un bout, c'est ça ?

Megan ne répondit pas et Jonas était trop pressé pour insister.

— Dépêche-toi, dit-il.

Megan plaça la flamme du briquet sous le papier alu et chauffa le comprimé d'OxyContin. Jonas saisit le tube à encre vide, plus résistant à la chaleur qu'une paille en plastique, et se le mit dans la bouche. Megan inclina la feuille et là, alors que le fragment, chauffé par en dessous, glissait le long de la rainure sous l'effet de la gravité, Jonas inhala goulûment et avala même autant de fumée qu'il pouvait, chassant l'oxy fumant le long de la rainure avant qu'il ne brûle entièrement.

— Tu t'en fais pas trop pour moi, hein, Jonas ? dit Megan. Tu crois pas que j'ai besoin de goûter aussi ?

— Tu appelles ça chasser le dragon ? lui renvoya-t-il. Tu m'as laissé qu'une miette. Y a même pas assez d'oxy pour chasser un putain de lézard.

Il attendit la montée, mais n'éprouva qu'une faible léthargie. Ils avaient développé une telle accoutumance que, depuis des semaines, ils ne sentaient même plus la douce chaleur sur la peau ni la somnolence euphorique qui les tenait quand ils en avaient assez pour eux deux. Et qu'ils n'étaient pas encore accros à ce point.

— Wilbur prend que du cash, pas la carte, dit Megan entre deux quintes de toux. J'ai fait tout ce que j'ai pu pour le convaincre de me filer quelques oxys quand il m'a draguée, mais il pue. Je ne le laisserai jamais me toucher, pour rien au monde, Jonas. Y a des choses que je ne ferai pas.

Elle ravala un sanglot, puis s'écria :

— Je ne veux jamais en arriver là !

Elle se jeta face contre le canapé et pleura.

Il la regarda en se disant : Ouais, bientôt elle aura la coiffure de Lady Gaga et un ou deux tatouages de pétasse sur les reins, comme la dernière femme à qui il avait permis de partager son appart. Elle finira sans doute par vendre son cul à Sunset Boulevard. Puis il tenta de se rappeler la fille qu'il avait rencontrée quand elle vendait des vêtements chez Gap. Pourquoi toutes les filles dont il faisait la connaissance se changeaient-elles en dégénérées ?

— Bordel ! s'écria-t-il. On a besoin d'assez de fric pour se payer ce putain de toubib à Echo Park. Il nous fera des ordonnances pour tout ce qu'on veut si on aligne c'qu'y faut.

Il sentit alors une profonde dépression l'envelopper et cessa de regarder Megan.

— Je me suis fait virer, confia-t-il à Cuddles, la chatte calico de Megan, qui, tapie sur une chaise de la cuisine, observait d'un œil endormi le drame humain en train de se dérouler.

La chatte bâilla, leva une patte arrière et se lécha le cul. Megan s'assit et demanda :

— Tu quoi ? Oh, Jonas, qu'est-ce qu'on va faire ?

— T'inquiète. Depuis un bon moment, je pense pas mal à la Clique du Clinquant. Ils ont juste merdé et se sont fait serrer parce qu'ils sont pas restés concentrés. Pourtant, je trouve que leur idée était bonne. Toi et moi, on pourrait faire ça bien.

— Faire quoi bien ?

— Entrer chez les people, les riches, et se servir. Et se faire assez pour vivre bien et arrêter de trimer pour ces étrangers de merde qui s'accaparent toute la ville.

— Tu dis n'importe quoi, lui renvoya-t-elle.

Sur quoi, elle se mit à tousser de nouveau et ses sueurs redoublèrent.

— C'est la première fois depuis longtemps que je dis un truc sensé.

— On en parle demain, dit-elle en s'essuyant le visage sur son tee-shirt. Ça stresse d'avoir ce genre de conversation quand on est amoché et qu'on n'a pas les idées claires.

— Bébé, c'est facile, dit-il. Et la Clique du Clinquant s'est éclatée à le faire.

— C'est pas comme sortir et chourer dans les grands magasins. Entrer par effraction chez les gens ? C'est pas du tout pareil et ça fait flipper.

— Comment ça « entrer par effraction » ? dit-il. Ces crétins de riches des Hollywood Hills, ils laissent leurs maisons grandes ouvertes. Tu sais où Paris Hilton cachait sa clé ? Sous le paillasson, bordel ! Et ils ferment pas les fenêtres. Et puis t'as tellement maigri qu'tu pourrais t'faufiler par une porte pour chien trop petite pour un foutu chihuahua. Rien ne pourrait nous empêcher d'entrer dans toutes les maisons qu'on veut.

Megan Burke se rappela alors les premiers temps de sa relation avec Jonas Claymore, l'époque où elle était quelqu'un d'autre, et lui aussi. Au départ, ils fumaient des joints pendant leurs rencards avant de passer au Xanax et autres benzodiazépines. Au début, c'était tranquille et fun. Mais ensuite, il y avait eu les perks et les narcos. Puis ils s'étaient mis à fumer de l'OxyContin, et après s'être pris des grosses charges pendant tous ces mois, ils étaient devenus méconnaissables. Megan ne connaissait pas ce Jonas-là et en fait, elle ne connaissait même pas la Megan qu'elle était devenue.

— On peut parler demain, s'il te plaît, Jonas ? demanda-t-elle. C'est angoissant et ça me donne des gargouillis.

— Putain de Dieu ! gémit Jonas en roulant les yeux parce qu'il n'avait aucune envie qu'on lui rappelle que lui aussi, il souffrait de diarrhée depuis le début de ses crises de manque. Comme si j'avais pas assez de tourments dans la vie, faut que je me maque avec une meuf qu'a des troubles fonctionnels intestinaux ? Je peux pas avoir la paix des fois ?

— Désolée. Faut que je fasse la grosse commission, dit-elle en se levant pour courir à la salle de bains.

— J't'en prie et vive le vent, vive le vent, dans tes intestins verts, coules-en un pour moi pendant que t'y es.

CHAPITRE 5

Quinze jours après la soirée VIP du Kodak Theatre, Hollywood Nate Weiss, allongé sur le canapé de son appartement de North Hollywood – où il vivait seul –, pensait à la carte de visite que lui avait donnée Rudy Ressler. Pendant des années, quand il travaillait sur ce genre d'événements et saisissait toutes les occasions de baratiner les riches et les célèbres, ceux-ci lui avaient remis beaucoup de cartes de visite dans l'espoir qu'il puisse, en sa qualité de flic du LAPD, leur faire sauter un PV ou leur rendre d'autres services tout aussi irréalisables. Il avait essayé, la plupart du temps sans succès, de rencontrer des gens en mesure de lui décrocher un vrai rôle. Nul n'était plus conscient que lui du fait que l'horloge ne tournait pas en sa faveur.

Le dernier boulot où il avait eu une réplique à prononcer remontait à trois ans – dans un film indépendant qui avait disparu et n'était même pas sorti en DVD. Il avait tourné une journée et, évidemment, avait interprété un flic du LAPD. Son rôle se résumait à : « Mets les mains sur la tête et attrape le mur. »

Quand il avait suggéré au réalisateur, un tyran sans talent de dix ans son cadet, qu'il était impossible d'attraper un mur ni quoi que ce soit d'autre quand on avait les mains sur la tête, celui-ci lui avait rétorqué : « Et en quoi êtes-vous compétent pour ce genre de questions ? »

L'assistant-réalisateur avait alors murmuré au réalisateur que Nate était officier de police au LAPD dans son autre vie, et le réalisateur avait grommelé quelque chose avant de balancer à Nate : « Dis juste : “Contre le mur.” Et essaie d’avoir l’air enthousiaste parce que tu as alpagué un malfaiteur recherché. » Sur quoi, il s’était tourné vers son assistant pour lui demander :

« Ou peut-être qu’on devrait faire dire ça au lieutenant ?

— Dire quoi ? avait demandé l’assistant.

— “On vient d’alpaguer un malfaiteur recherché” », avait répondu le réalisateur en rogne.

Nate était alors intervenu :

« Excusez-moi, les expressions “alpaguer” et “malfaiteur recherché” sont employées dans l’Est, et même si elles sont très courantes dans les séries télé, on ne les utilise pas au LAPD. Voudriez-vous que je vous donne des mots équivalents dont on se sert ici dans l’Ouest ? »

Le réalisateur l’avait fusillé du regard pendant un moment, puis lui avait jeté :

« Dis juste : “Contre le mur” et on en reste là. Alors, officier… machin, on essaie de le faire en une prise et on passe à la suite, bordel ! »

Nate s’était dit qu’il avait dû réussir à la première prise. Ou bien la petite truffe en avait eu marre de lui parce qu’il avait grommelé : « Coupez », deux secondes après que Nate avait débité sa réplique, avant de conclure : « C’est dans la boîte. »

Nate avait quitté son costume et, moins d’une heure plus tard, il repartait. Qu’il puisse seulement recommencer et il ferait ou dirait ce qu’on lui demandait sans commentaire. Obtenir un rôle, même pour une journée, était si difficile qu’il n’avait rien fait ces derniers temps mis à part de la figuration, et encore, rarement. Et à trente-huit ans, il y avait urgence.

Il se rappela son humiliation face à ce réalisateur et alla chercher la carte de visite de Rudy Ressler. Puis il prit son portable et composa le numéro.

Un jeune homme décrocha.

— Bureau de Rudy Ressler.

— Je suis l'officier Nate Weiss, du LAPD. M. Ressler m'a demandé de l'appeler.

Le jeune homme répondit : « Un instant » et le mit en attente.

Nate faillit abandonner, mais au bout de près de cinq minutes, le réalisateur prit l'appel.

— Officier Weiss. Je suis ravi d'avoir de vos nouvelles !

— Vous m'avez demandé de vous appeler, monsieur Ressler.

— Absolument. Je vous suis redevable. Prenons le déjeuner aujourd'hui. Pourquoi pas à 14 heures ?

— Vous ne me devez rien, lui renvoya Nate, déçu.

Il espérait obtenir plus qu'un déjeuner de cet homme.

— Bien au contraire, insista le réalisateur. Et j'aimerais discuter avec vous d'une éventuelle audition. Je vais débuter le tournage d'un film pour le câble quelques mois après mon retour d'Europe.

Un boulot !

— Je serais ravi de déj… de prendre le déjeuner avec vous ! s'écria Nate, requinqué. Mon service ne commence pas avant 17 h 15. Où et à quelle heure ?

La conversation terminée, Nate s'habilla. Il enfila d'abord un pull Tommy Hilfiger, puis il décida de porter plutôt un polo rouge près du corps au cas où le réalisateur chercherait un type canon pour le rôle. Mais il fut obligé d'opter pour un treillis en toile grise de chez Banana Republic, le seul vêtement propre qu'il avait hormis ses jeans. Il voulait paraître plus jeune ; ce pantalon conviendrait. Il se demanda s'il devrait expliquer à Rudy Ressler que les tempes grisonnantes apparaissaient très prématurément dans sa famille et lui proposer de les teindre s'il préférait. Penser à son quarantième anniversaire qui s'annonçait dans à peine dix-huit mois lui faisait horreur.

Il prit une douche, ragaillardi à l'idée de passer sa première soirée de boulot avec le nouvel arrivant au commissariat d'Hollywood, Snuffy Salcedo. Bien entendu, les flics étaient des pipelettes notoires et un secret au commissariat était aussi difficile à préserver qu'un premier mariage, mais Snuffy ne jouait pas dans la même cour. Hollywood Nate songea qu'il aurait droit au récit détaillé de ses péripéties et de celles du chef au milieu des huiles de la police et des fainéants de la mairie. Mais pour l'instant, Nate avait un gibier de taille à chasser.

***

À 13 h 50, Hollywood Nate pénétra dans le parking d'un restaurant très en vogue de West Hollywood. C'était un de ces nouveaux restos italiens qui pratiquaient des tarifs exorbitants pour faire de l'assiette une œuvre d'art. On y servait de minuscules portions de pâtes « originales » et des morceaux de choix de créatures marines trop petits pour remplir l'estomac des bébés opossums qui pillaient les poubelles près de l'appartement de Nate dans North Hollywood. Mais il n'était pas là pour le menu.

Il avisa Rudy Ressler assis à une table ombragée dans le patio, sous des palmiers, en compagnie d'une femme qui, selon lui, devait avoir l'âge du réalisateur, même si elle paraissait plus jeune. Il reconnut la magie opérée tous les jours dans les cabinets des chirurgiens esthétiques et des dermatos presque plus nombreux que les agents immobiliers à Los Angeles Ouest. La compagne de Ressler était vêtue d'une robe d'été en lin champagne sans manches et boutonnée devant, et ses cheveux châtains méchés au brushing impeccable remontaient juste sous ses petites oreilles.

À côté d'elle se trouvait un homme plus jeune, à peu près de l'âge de Nate, en costume Calvin Klein gris à rayures verticales, chemise blanche impeccablement repassée et cravate qui valait plus cher que la tenue de Nate. Ce dernier fréquentait la population hollywoodienne depuis assez longtemps pour reconnaître l'uniforme à la mode des agents d'ICM et de la CAA[1].

Rudy Ressler avait un look super cool : chemise en coton froissé, sous laquelle il portait un tee-shirt blanc ample, jean

1. Acronymes de l'International Creative Management et de la Creative Artists Agency.

délavé et tennis noires rétro. En résumé, il se donnait du mal pour s'habiller comme au collège, à l'instar de la plupart des gens des médias que Nate pouvait croiser sur les tournages. À la lumière du jour, le réalisateur avait l'air plus vieux que le soir de leur rencontre. On voyait les racines de ses cheveux clairsemés teints couleur rouille et il avait la peau couverte de taches de vieillesse. Son lifting des paupières n'était pas terrible non plus et en s'approchant, Nate en aperçut les cicatrices près de ses oreilles. Il se dit que le réalisateur ferait bien d'intenter un procès au charlatan qui l'avait opéré.

Rudy Ressler ne le reconnut pas tout de suite, mais lorsqu'il le fit, il se leva d'un bond.

— Agent Weiss! s'écria-t-il assez fort pour que les clients assis aux tables voisines entendent, de toute évidence persuadé que déjeuner avec un flic le rendait original et cool.

Nate sourit et lui serra la main.

— J'aimerais vous présenter ma fiancée, Leona Brueger, reprit Ressler. Et voici mon agent, Todd Bachman.

Leona Brueger adressa un sourire éblouissant à Nate et lui tendit la main paume vers le bas si bien qu'il ne sut pas s'il devait la serrer ou la baiser, puis elle dit :

— Eh bien mais, c'est un plaisir. Un vrai flic. Ou devrais-je dire « policier »?

— Flic, ça me va, répondit Nate. En fait, c'est mon mot préféré.

Il lui serra la main, relativement fraîche pour un après-midi si chaud. L'agent lui donna une poignée de main vigoureuse et moite et demanda :

— Rudy me dit qu'on vous appelle « Hollywood Nate » et j'aimerais bien savoir pourquoi.

— Il travaille au commissariat d'Hollywood, expliqua Rudy Ressler. Et tiens-toi bien. Il a une carte de la SAG!

— Vous êtes acteur en plus d'être policier? s'étonna Todd Bachman.

— Quand je trouve des rôles.

— Todd travaille pour la CAA, précisa Rudy Ressler.

— Est-ce que j'ai pu vous voir dans quelque chose ? demanda l'agent à Nate.

— Je n'en suis pas sûr, répondit celui-ci timidement. Mais je suis disponible si vous avez besoin d'un gars dans mon genre pour une de vos productions.

Nate trouva que tout le monde riait un peu trop de cette remarque. Il essayait d'être drôle, mais il était aussi très sérieux.

— Avez-vous un agent ? lui demanda Rudy Ressler.

— Eh bien, pas vraiment, répondit Nate, enflammé à l'idée d'être représenté par la CAA.

— Il serait parfait pour un rôle de flic, n'est-ce pas, Todd ? dit Leona Brueger en gloussant. La caméra l'adorerait.

Elle accompagna sa remarque d'un subtil battement de cils et Nate pensa : *Une nana plus vieille qui bat des paupières pour moi ?* Mais il remarqua aussitôt que celles-ci étaient un peu lourdes, qu'il y avait une bouteille de vin vide dans le seau à glace à côté d'elle et que ni l'agent ni Rudy Ressler n'avaient de verre à vin devant eux. Mme Brueger devait picoler sec.

L'agent consulta sa montre et Nate s'aperçut que c'était une Swiss Army comme la sienne. Même pas une Rolex : la liste de clients de ce mec devait comprendre beaucoup d'artistes de second ordre dans le genre Rudy Ressler.

— Rudy, Leona, je dois filer, dit l'agent. On voit ça demain. Je vous tiens au courant dès que j'ai des nouvelles d'A&E[1]. Ravi d'avoir fait votre connaissance, officier Weiss.

Il envoya un baiser à Leona, se leva et se retira. Nate fut déçu qu'il ne lui laisse même pas sa carte de visite.

Une fois l'agent parti, Leona Brueger, qui s'était levée, chancela un peu et lança à Rudy :

— Foutus Jimmy Choos neufs ! Trop hauts pour moi.

Nate coula le regard vers les escarpins et se dit que leurs doubles brides faisaient très chic sur ses chevilles fines ; cependant, le cuir imitait la peau de serpent et il ne raffolait pas des reptiles. Leona Brueger fit un pas de côté avant de retrouver l'équilibre et

1. Chaîne de télévision numérique.

de se diriger vers les toilettes pour dames. *Bien sûr*, songea Nate, *c'est la faute des chaussures.*

Après son départ, Rudy Ressler s'adressa à lui.

— Leona et moi partons en Toscane pour trois mois. Du moins, c'est notre projet, mais je ne crois pas pouvoir m'absenter aussi longtemps. On a l'intention de se marier avant la fin de l'année et de s'installer à Napa. Leona meurt d'envie d'avoir un vignoble et de produire du vin.

Puis, avec une mimique amère, il lui confia à voix basse :

— Je ne sais pas combien de temps sa lubie va durer, mais vous connaissez les femmes.

— Et hmm... qu'en est-il du film pour le câble dont vous m'avez parlé ? Quand pensez-vous entamer sa préparation ? demanda Nate.

— Juste après le premier de l'an. J'aimerais que vous jouiez le rôle d'un inspecteur de police. Ce n'est pas un grand rôle, mais il comprend quelques pages de dialogue et une grosse scène d'action. Vous seriez intéressé ?

— Absolument, répondit-il, le souffle coupé.

— Bien entendu, je ne peux pas vous promettre le rôle tout de suite. Vous devrez d'abord passer une audition. Mais si vous faites une prestation convenable, ce serait amusant de vous avoir pour ce rôle. Un flic à la ville qui incarne un flic à l'écran. Les journalistes pourraient en jouer.

Nate tira une carte de visite du LAPD de son portefeuille avec son numéro de portable au dos.

— Ce serait un honneur de faire un bout d'essai pour vous, monsieur Ressler.

— Très bien, Nate. Très bien.

De retour des toilettes, Leona Brueger lança :

— On y va Rudy ?

— Je vais chercher la voiture.

Sur quoi il se dirigea vers la sortie.

Leona Brueger donna le bras à Nate qui la conduisit jusqu'à la porte, où une jeune hôtesse superbe – *encore une actrice en herbe*, songea Nate – la salua.

— Au revoir madame Brueger. En espérant vous revoir bientôt.

Avant que Nate n'ouvre la porte, Leona Brueger lui tâta le biceps de sa main libre.

— Vos bras sont impressionnants, jeune homme.

— Je travaille très dur à la salle de sport pour les conserver. C'est l'enfer de vieillir.

— Vous ne savez pas de quoi vous parlez, dit-elle d'un air triste et songeur en levant les yeux vers lui. Un de ces jours, vous devriez passer chez moi. Je vous servirai un verre et je vous raconterai de tristes histoires sur la vieillesse.

L'Aston Martin de Rudy Ressler attendait devant le restaurant et lui se tenait à côté, son portable collé à l'oreille.

— Mon Dieu, Leona ! Je suis vraiment navré. Je viens de recevoir un coup de fil de notre monteur. Il est sur le point d'en venir aux mains avec le réalisateur au sujet du *final cut*. Pourrais-tu prendre un taxi ?

— Je peux reconduire Mme Brueger, dit Nate.

— Vraiment, Nate ? C'est génial, dit Ressler. Ça te va Leona ?

— Va arbitrer le combat, répondit-elle. À ce soir.

Avant de monter dans sa voiture, Rudy Ressler ajouta :

— Je viens de penser à quelque chose, Leona. Pendant qu'on sera en Europe, peut-être que Nate pourrait passer avec sa voiture de police de temps en temps et jeter un œil sur la maison et le nouvel employé. Comment il s'appelle déjà ?

— Raleigh Dibble, lui rappela-t-elle.

— C'est ça, Raleigh. Ça vous ennuierait, Nate ? Il y a des œuvres d'art de prix dans cette maison et c'est une grosse responsabilité pour le nouveau gardien.

— J'en serais ravi, répondit Nate qui se rendit compte qu'il n'avait pas eu l'occasion de déjeuner.

Rudy Ressler s'était éloigné et Nate attendait que le voiturier avance sa voiture. Il eut un sourire navré et demanda à Leona Brueger :

— Quand êtes-vous montée dans une Corvette de 2003 pour la dernière fois ?

— Il fut un temps où je conduisais une Nash Airflyte de dix-huit ans d'âge. J'étais à peine plus vieille que mon véhicule, mais j'adorais cette bagnole. Je la conduisais quand j'ai rencontré mon premier mari, que j'ai fini par aimer beaucoup moins que ma vieille voiture, mais il m'a permis de rencontrer Sammy Brueger. À présent, parlez-moi de vous, Nathan. Vous appelle-t-on Nathan ?

— Mon père et ma mère, oui. Mais tout le monde m'appelle Nate.

— Nathan Weiss.

En prononçant son nom, elle lui pressa de nouveau le biceps et se retint à lui en titubant.

— Comment se fait-il qu'une gentille Irlando-Italienne comme moi soit toujours attirée par de superbes Juifs ?

— Ce doit être à cause des cercles dans lesquels vous évoluez, répondit-il, tout timide. Je n'ai pas rencontré tellement de Juifs superbes. Mais je ne suis pas plus juif que ça, de toute façon. Je ne suis pas allé à la synagogue depuis l'enfance.

Sur quoi il s'interrompit avant de reprendre :

— Mis à part quelques fois quand des gens meurent.

— Des proches ?

— Des flics.

— Des flics juifs ?

— Non, mais je me sens encore obligé d'aller prier pour eux, même si c'est du charabia.

Leona leva le regard vers lui et ajouta :

— Me faire part de cette information personnelle vous rend encore plus séduisant, Nathan. Mais je parie que vous avez l'habitude de recevoir des compliments de la part des femmes, n'est-ce pas ?

Nate fut soulagé quand le gamin du parking arriva et gara la Corvette à côté d'une Ferrari 599, qui, selon le *Motor Trend*, valait plus de trois cent mille dollars. Un autre gamin avança une Audi R8 dont Nate avait lu qu'elle se vendait pour la somme dérisoire de cent cinquante mille dollars.

Le gamin tint la portière à Leona Brueger. Nate lui laissa un pourboire de dix dollars, la plus grosse somme qu'il ait jamais donnée à un voiturier.

— Excusez-moi pour la voiture, dit-il une fois au volant.

Leona sourit.

— Il n'existe pas de mot pour dire à quel point vous êtes charmant, Nathan.

Sur ce, elle ôta sa chaussure droite.

— Ces maudits trucs me font un mal de chien.

Elle enleva la gauche et la tint à la main tandis que Nate prenait vers le nord dans les embouteillages. Il jeta un coup d'œil à l'escarpin, le toucha et demanda :

— C'est de la vraie peau de serpent ?

— Je n'en sais rien ! Je ne suis pas une dingue de chaussures. Je suis une de ces nanas qui achètent juste une marque et espèrent que tout ira bien.

Elle bâilla, se cala dans son siège et mangea légèrement ses mots en lançant :

— Allez-y, posez-moi la question.

— Quelle question ?

— Combien je les ai payées.

— Je ne pensais pas à ça, dit-il alors même que c'était le cas.

— Allez, Nathan, insista-t-elle. Il y a eu plein de flics dans ma famille au sens large. Le prix des choses les préoccupait toujours. Je vous comprends. J'ai grandi plus pauvre que vous ne l'imaginez. J'étais une vraie petite Scarlett O'Hara à mon arrivée dans cette ville et me suis jurée de n'être plus jamais pauvre. Il ne m'a pas fallu longtemps pour apprendre que tout est à vendre à Hollywood si on sait comment faire son shopping.

— OK, combien ont coûté ces chaussures ? demanda-t-il.

— Mille trois cents et des poussières, je crois, dit-elle en bâillant à nouveau.

Pour être impressionné, il l'était. Il baissa de nouveau les yeux vers les escarpins, sans les toucher cette fois.

Il essaya de faire la conversation pour la tenir éveillée.

— On dirait que M. Ressler et vous vous apprêtez à passer de fantastiques vacances. Deux mois en Toscane, ça a l'air génial.

— Encore la Toscane, dit-elle, les yeux fermés. Une nouvelle villa cette fois-ci. Rudy n'y est jamais allé. Rudy n'est jamais allé bien loin, hormis à Hollywood, Beverly Hills, Malibu et la vallée de San Fernando, où il peut diriger sa société de production pour trois fois rien.

— Et vous vous mariez au retour? Félicitations!

Elle ouvrit les yeux et s'écria :

— Oh lala! Rudy vous en a confié des choses quand j'étais aux toilettes! Ça doit être à cause de votre badge. Les figures d'autorité l'impressionnent beaucoup. Quand il dîne avec le directeur de la police, il mouille presque sa culotte.

Sur ce, elle lui donna son adresse dans les Hollywood Hills et referma les yeux.

Nate se demanda si elle était toujours aussi bavarde après s'être envoyé une bouteille de vin. Et si un plan drague innocent avec Leona Brueger pourrait le mettre dans les petits papiers de Rudy Ressler. Puis il se rappela ce que lui avait confié un assistant-réalisateur lors d'un de ses derniers boulots. Le type avait vu la femme du producteur, de vingt ans l'aînée de Nate, en train de flirter avec lui. Il avait dit à Nate :

— Officier, si vous voulez avoir du boulot dans cette branche, ne caressez pas les cougars. Pas quand elles appartiennent au patron.

Leona commença à somnoler lorsqu'ils atteignirent le bas des Hollywood Hills et que la Corvette se mit à monter Outpost Drive qui mène à Mulholland. Nate aimait conduire sa voiture de patrouille dans les Hills – il admirait les belles maisons et fantasmait sur le coup de chance qui rendrait tout ça possible pour lui aussi.

Arrivé à l'adresse qu'elle lui avait donnée, il s'arrêta devant la grille. C'était sans conteste la plus grande propriété de cette partie des Hollywood Hills et Nate dut bien admettre qu'il aurait adoré qu'on lui fasse faire le tour du propriétaire.

— Hum, madame Brueger, on est arrivés, dit-il doucement.

Elle ouvrit les yeux et fouilla dans son sac à main jusqu'à ce qu'elle trouve un porte-clés pourvu d'une petite télécommande. Elle la pressa et le portail s'ouvrit. Nate remonta une longue allée sinueuse, dont le revêtement imitait des pavés. Il contourna une fontaine bouillonnante pour garer sa voiture face au portail et permettre à Leona de descendre du côté de l'immense véranda au toit de tuiles surplombant la porte principale.

Nate sortit de la voiture d'un bond et la contourna pour ouvrir la porte à Leona, mais elle était déjà sortie, ses chaussures à mille trois cents dollars dans une main et son sac dans l'autre.

— Entrez donc une minute, Nathan.

— D'accord, madame Brueger.

C'était une première. Au fil des ans, il avait pénétré dans de nombreuses habitations des Hollywood Hills, mais en tant que flic, presque jamais comme invité.

Elle ouvrit la porte, la poussa, puis se dirigea vers un tableau numérique fixé au mur pour y composer un code qui désactiva l'alarme stridente.

— Suivez-moi, dit-elle.

Il s'exécuta et traversa un vestibule carrelé de dalles mexicaines pour atteindre les deux marches qui donnaient accès à la salle de séjour. Elle était très vaste et presque chaque mètre carré des murs enduits de plâtre blanc était couvert de tableaux, huiles, aquarelles et lithographies numérotées.

Leona Brueger lança ses chaussures sur une énorme table basse en verre, renversant quelques bibelots à l'air chérot.

— Asseyez-vous, dit-elle. Je reviens tout de suite. Qu'est-ce que vous buvez ?

L'intérieur tout entier était dans des tons crème : murs, rideaux, tapis, dessertes, jusqu'aux canapés jumeaux avec des coussins aux pastels subtils pour la touche de couleur. Pour Hollywood Nate, tout cela évoquait le confort. Aucune trace de ces merdes minimalistes qu'il voyait constamment dans les magazines et la rubrique déco du *L. A. Times*. Tout avait l'air douillet et rembourré.

Il avait l'impression d'être enveloppé dans un Marshmallow géant et voluptueux.

Et puis, il y avait la vue. C'était Hollywood, mais pas celui d'en bas, celui au ras de l'asphalte. C'était Hollywood tel que le voyait Dieu, s'il existait. À cette hauteur, le smog n'était pas répugnant et n'avait rien du voile terne et crasseux de gaz dangereux qui couvrait le bassin de L. A. à la fin de l'été. Non, à cet endroit, c'était un flamboiement de couleurs primaires éclatantes sublimé par les brises de terre, illuminé plus tard par un dernier éclat du soleil avant que celui-ci ne plonge dans le Pacifique. C'était étonnant de découvrir à quel point le smog de L. A. pouvait être beau, voire délicieux, vu d'une maison à quinze millions de dollars perchée dans les Hollywood Hills.

Leona s'arrêta sur la marche du haut et demanda :

— La vue vous plaît ?

— Ici, le smog a la couleur du Cabernet, des prunes trop mûres et du raisin rouge avec un rien de jus de pêche, répondit-il. Mais je ne crois pas que ce soit le sens que l'on donne habituellement à la phrase : « Hollywood est une grande corbeille de fruits. »

Leona Brueger s'étonna :

— Eh bien, officier Weiss, vous me surprenez vraiment. Non seulement vous avez une carte de la SAG sur vous, mais vous avez un côté poète. Je me demande bien quels autres talents vous cachez.

Nate consulta sa montre et annonça :

— Je dois être au boulot et en tenue à dix-sept quinze, enfin… à 17 h 15. Je ferais mieux de ne pas boire.

— Que diriez-vous d'un soda light ? Vous m'avez l'air du genre sain qui boit du soda light.

— Très bien, dit-il. Merci.

La table basse entre les deux canapés était jonchée de livres d'art qui semblaient n'avoir jamais été ouverts et de magazines féminins qui, eux, paraissaient avoir été plus que décortiqués. Quand Leona revint avec le soda light dans un verre à pied en cristal, elle s'en était servi un de vin blanc. Elle leva son verre pour trinquer avec lui et lança : « Chin-chin », expression qu'une maquilleuse avec laquelle Nate était sorti avait qualifiée de « cri des poules des Hills ». Leona s'assit à soixante centimètres de lui sur le canapé et lui annonça :

— J'ai donné son après-midi au majordome. Il ne sera pas de retour avant dix-sept zéro zéro, enfin... 17 heures.

Nate rit de cette remarque, puis demanda :

— Serait-ce Raleigh, le type que je suis censé voir quand je viendrai jeter un œil sur votre propriété après votre départ ?

— C'est bien lui. Certains de mes amis disent que je ne devrais pas laisser tout ça (dit-elle en montrant les tableaux) sous la surveillance d'un homme qui travaille ici depuis si peu de temps, mais il a aussi travaillé pour un de nos amis et nous a été chaudement recommandé. En plus, je me fiche comme d'une guigne de tous ces trucs. C'était la passion de mon dernier mari, pas la mienne. Et c'est bien assuré de toute façon, alors *que serà, serà*.

— Je ne connais pas grand-chose à l'art, dit-il.

Il but une petite gorgée de soda et pensa : *Oui, cette femme aime vraiment picoler.*

— Moi non plus, reprit-elle. Et je suis trop vieille pour apprendre. À propos de vieillesse... quel âge avez-vous dit que vous aviez ?

— Trente-huit ans. Je sais que je commence à ne plus être tout jeune pour faire mon trou dans le cinéma. Quand j'ai commencé ma carrière de flic, j'étais un bébé de vingt et un ans.

— Ha ! s'exclama-t-elle. Vieux ! Parce que trente-huit ans, c'est vieux, c'est ça ?

Elle descendit une bonne lampée de son verre qu'elle reposa sur la table basse. Puis elle se rapprocha de Nate et lui dit :

— Je parie que je peux vous aider un peu pour votre carrière. Pour ce qui est du rôle dans ce machin que fait Rudy, vous l'avez. Je m'en occupe. Mais ce ne sont que quelques jours de travail. J'ai d'autres relations dans ce milieu. Des gens qui ont le bras long.

Je pourrais vous présenter. Un soir, quand vous ne serez pas de service, ça vous dirait de venir dîner et de rencontrer quelques-uns de mes amis ?

— Et comment ! s'enthousiasma Nate qui se demandait si un peeling chimique était à l'origine de la peau satinée de Leona.

— Je dois quand même vous prévenir. Ils ne parlent que de régimes, de médicaments qui facilitent les régimes et des résultats du box-office.

— Ça me va.

— Vous savez vraiment jouer la comédie ?

— Eh bien… je ne suis pas de ceux qui imaginent le monde à travers la lentille d'une Steadicam, mais j'ai pris quelques cours. J'ai eu quelques rôles avec du texte, mais pas encore dans un long métrage. Et je ne compte plus le nombre de fois où j'ai fait de la figuration.

Il s'interrompit en voyant un petit sourire se dessiner sur les lèvres de Leona et il se sentit comme un gamin qui se vante auprès d'une femme friquée.

— Alors, oui, je pense savoir jouer, enchaîna-t-il. Mais tout comme des milliers, non, disons même des dizaines de milliers d'autres qui essaient de percer. Je sais ce qui m'attend.

— Rudy Ressler n'est pas Martin Scorsese, mais je suis sûre que vous l'aviez compris. C'est comme ça que vous vous voyez ? Dans un polar réalisé par Scorsese ou alors… par Clint Eastwood peut-être ?

— Dans mes rêves ?

— Oui, qu'est-ce qui vous fait fantasmer ?

— Pour être franc, dans mes rêves, je ne joue pas un flic. Je me vois dans un film de Woody Allen.

Il la regarda éclater de rire, un rire qu'il ne savait pas trop comment interpréter, puis elle s'arrêta et lui dit :

— Vous êtes adorable, Nathan Weiss. Je crois que je pourrais beaucoup vous aimer.

— Je vous aime bien aussi, répondit-il en ne trouvant rien d'autre à dire.

À ce moment-là, il se rendit compte que sa gêne n'était pas uniquement due au fait qu'elle était la fiancée de Rudy Ressler et qu'il voulait le rôle. Ça ne tenait pas non plus à son âge. Elle était sexy, athlétique, même si elle était aussi vieille que sa mère. Non, le truc, c'était qu'elle était riche. Pour la première fois de sa vie, Nate jouait une scène de drague avec une femme vraiment pleine aux as.

— En attendant, vous aimez votre boulot, non ? lui demanda-t-elle.

— Au commissariat d'Hollywood, il y avait un sergent qu'on appelait l'Oracle. Il disait qu'on ne prenait jamais plus son pied dans la vie qu'en faisant du bon boulot de flic. Et j'ai pu constater que c'était vrai.

Il pensa alors à son ancienne coéquipière, Dana Vaughn, morte dans ses bras, et conclut :

— Dans l'ensemble, je me suis éclaté.

— Et que vient faire le cinéma là-dedans ? demanda-t-elle.

— Je me disais que je pourrais jouer à plein-temps une fois à la retraite. C'est dans trois ans, mais si je la prends à ce moment-là, je ne pourrai pas la toucher avant mes cinquante ans. Je pourrais être acteur à plein-temps dans l'intervalle. Mais j'ai besoin de chance. Comme tout le monde, non ?

— Alors comme ça, c'est votre rêve ?

— Mes rêves ne sont pas compliqués. N'importe lequel des Kardashian pourrait les interpréter.

— Je suis surprise qu'en ayant servi vingt ans comme flic on ne puisse toucher aucune retraite.

— Je serai encore trop jeune à ce moment-là, expliqua Nate.

— Trop jeune, soupira-t-elle avec un regard triste.

Puis elle plissa les yeux et ajouta :

— Moi, je suis assez vieille pour avoir le poulet et l'argent du poulet.

Ça, pour une cougar, c'en était une! Cette croqueuse d'hommes semblait prête à se jeter sur lui, toutes griffes dehors. Tandis qu'il méditait la métaphore du chat sauvage, elle lança :

— À mon âge, je peux tout me permettre. Absolument tout.

Et sans faire ni une ni deux, elle se pencha et l'embrassa sur la joue, puis sur la bouche. Pour ce baiser bouche ouverte et bien brûlant, elle joua copieusement de la langue.

Quand elle s'écarta et le fixa avec ses yeux de biche, Nate se dit qu'il n'y avait pas d'échappatoire, pas s'il voulait jouer dans le film de Ressler. Cette maman ménopausée était sur le point de le débaucher, là, dans ce palace aux allures de Marshmallow!

Leona se leva, déboutonna sa robe. Nate découvrit un soutien-gorge blanc à lacets maintenant des seins sûrement revigorés à la silicone, un ventre plat vaillamment entretenu et des cuisses fuselées de la couleur du cuivre poli grâce à des séances de bronzage, supposa-t-il.

Comme si elle lisait dans ses pensées, elle lui expliqua :

— La couleur fauve est en grande partie naturelle, même sans exposition au soleil, héritage de mon vieux, qui était italien. Mais ma mère était irlandaise, alors question rancune, je m'y connais. Ne me contrarie jamais, mon joli.

Nate la regarda laisser glisser sa robe par terre. Elle avait beau avoir sûrement le même âge que sa mère, c'était tout ce qu'elles avaient en commun. Il se rendit compte qu'en définitive, il avait craqué pour une version flatteuse de celle-ci et se demanda : *Bon sang, mais qu'est-ce que c'est? Une montée d'Œdipe? Hollywood Nate Weiss n'est-il donc rien de plus qu'un autre Juif fils à maman? Non, ce cliché est vraiment trop ridicule.*

— Nous devrions peut-être nous comporter en adultes et aller dans ma chambre pour cette première, non? lui suggéra Leona. Même si la compagnie d'un beau garçon comme vous ne me donne pas la moindre envie de me comporter en adulte. Qu'en pensez-vous?

Sur quoi elle dégrafa son soutien-gorge et le laissa tomber par terre, près de la robe en lin; Nate se dit : *Silicone, c'est sûr, mais très discret et carrément acceptable.* Ensuite, ce fut à lui de donner une représentation de gala. Il posa donc son verre sur la table près du canapé et se leva. À cet instant précis, une pensée lui envahit les méninges, aussi cuisante et aveuglante que la lumière d'un projecteur de soirée VIP. Sa mère lui répétait encore ça au moins une fois par mois : « Conduis-toi en adulte et trouve-toi une gentille femme, Nathan. » Nom de Dieu ! S'il ne parvenait pas à chasser l'idée qu'il s'apprêtait à baiser avec sa mère, il n'arriverait jamais à bander !

Il sentait une fièvre lui monter, mais pas du genre agréable. Si jamais il devait recourir aux astuces apprises dans ce cours de cinéma à UCLA... S'il avait pratiqué la méthode Stanislavski, il aurait pu se la jouer sensuel à la Tom Jones et imaginer un truc décadent du style baignoire remplie de *cherries jubilee*[1] ou d'autre chose. La peur d'échouer lui donna soudain des sueurs froides, mais pour l'instant, rien n'était perdu. Il entendit alors le bruit d'une voiture remontant l'allée pète-essieux en faux pavés qui n'avait rien du ronronnement de l'Aston Martin de Rudy Ressler.

— Merde ! s'écria Leona. C'est la voiture de Raleigh. Qu'est-ce qu'il fout à revenir déjà alors que je lui ai donné son après-midi, bordel ? Nom de Dieu !

— Je ferais mieux d'y aller, dit Nate avec une bonne dose de soulagement. Est-ce qu'il entre par la porte principale ?

— Non, par celle de la cuisine, le salaud ! Mais pas besoin de partir comme un voleur, Nathan.

Elle ramassa ses vêtements vite fait et ajouta :

— Laisse-moi une minute pour filer me changer dans la chambre. On peut s'asseoir et discuter.

— Je ferais mieux d'y aller, répéta Nate en se dirigeant d'un pas rapide vers la porte d'entrée et songeant que la pire des choses serait que le majordome bave sur lui auprès de Rudy Ressler.

— Vous pouvez lui dire que je vous ai déposée et que je suis entré pour aller rapido aux toilettes... pour qu'il ne se pose pas de questions sur la présence de ma Corvette dans l'allée, OK ?

Sa robe froissée dans les bras, elle lui demanda :

— À mon retour d'Europe, je te veux quand j'organise des dîners, d'accord ? Et pour le reste ?

1. Dessert à base de cerises flambées au kirsch accompagnées de crème glacée à la vanille.

— Oui, m'dame, répondit Nate avec un grand sourire en lui tendant une carte de visite sur laquelle figurait son numéro de portable.

— Oui, « Leona », l'encouragea-t-elle.

— Oui, Leona, répéta-t-il.

— Ne m'appelle jamais « m'dame » ou « madame Brueger ». Plus jamais.

— Plus jamais, Leona, dit-il avec un sourire encore plus large qui lui demanda encore plus de virtuosité.

Et lorsque, au volant de sa Corvette, il repassa le portail, il repensa à ce que lui avait dit l'assistant-réalisateur : « Ne caressez pas les cougars. » Ce fut seulement en descendant Mulholland Drive à toute allure qu'il commença à comprendre les sentiments ambivalents éprouvés dans cette maison. Bien sûr, c'était l'argent et l'âge qui avaient provoqué ces pensées immatures au sujet de sa mère, mais il n'y avait pas que ça. Pour la première fois de sa vie, il s'était trouvé en position d'expérimenter le cliché suprême d'Hollywood. Elle lui avait lancé un défi : agir en vrai mec en vendant son cul pour un rôle dans un film, et il avait tergiversé comme un adolescent ingénu face à une occasion de promotion canapé. Elle avait été, jusqu'au bout des ongles, une cougar croqueuse d'hommes quand Hollywood Nate Weiss, lui, s'était comporté comme un lapin aveuglé par des phares.

CHAPITRE 6

Alors que l'été tirait à sa fin, la douzaine d'inspecteurs affectés au commissariat d'Hollywood se demandaient bien ce qui pourrait encore leur tomber dessus. On n'avait plus simplement affaire aux frasques de la Clique du Clinquant, loin de là. Une autre vague de crimes impliquait les « Bandits des BM » qui s'en étaient pris à plus de cinquante BMW, surtout à l'ouest de la ville et dans le district de Wilshire. Il s'agissait de voleurs sélectifs qui boudaient souvent les effets personnels comme les ordinateurs portables et autres articles de prix que les propriétaires laissaient dans leurs véhicules. Ils convoitaient les airbags démontables et les phares high-tech, dont le remplacement coûtait presque trois mille dollars sur les BMW série 3 et 5. Les Bandits des BM dédaignaient les autres pièces, comme les jantes, d'ordinaires prisées et faciles à faucher, car eux savaient accéder aux airbags et s'en emparer en un tour de main. Hollywood, selon toute probabilité, serait le prochain quartier à attaquer sur leur liste.

Mais la vague de cambriolages et de vols commis dans les voitures n'était rien comparée aux meurtres en série étranges et inquiétants qui occupaient certains inspecteurs du commissariat d'Hollywood. L'agression au couteau de sans-abri comptait parmi les plus bizarres. Le premier homicide avait eu lieu aux alentours de midi à Hollywood, par une belle journée, près du croisement de Sunset Boulevard et de Western Avenue. Un sans-abri avait réussi à téléphoner à la police pour dire : « Je crois qu'on m'a tiré dessus » avant de tomber raide mort. En fait, il n'avait pas été touché par balle, mais avait reçu un coup de couteau et avait succombé à une profonde blessure à la poitrine.

Un autre meurtre s'était produit sur Hollywood Boulevard devant le Music Box Theatre. Un SDF avait été retrouvé mort sur le trottoir, où il gisait depuis des heures. Les premiers officiers de police arrivés sur les lieux, n'ayant remarqué aucune trace de sang, n'avaient pas soupçonné une agression à l'arme blanche. Une fois sur place, ils apprirent que l'un des immeubles de bureaux voisins était équipé d'une caméra de surveillance qui avait filmé leur suspect, un autre SDF, en train d'observer sa future victime. Le tueur s'approchait de l'homme endormi et s'en éloignait chaque fois qu'un piéton passait. À un moment donné, il semblait même avoir repéré la caméra qui le filmait, mais cela ne l'avait pas découragé.

Il s'était scotché un couteau à viande sur l'avant-bras dans deux bouts de carton qui jouaient le rôle de fourreau. Quand il s'était senti en sécurité, il avait tout simplement marché vers l'homme et on aurait pu croire qu'il n'avait fait que le pousser. Pas de boucherie, pas d'acharnement. Juste un coup à la poitrine et voilà tout.

Une troisième agression avait eu lieu au croisement de Yucca et de Wilcox Avenue. Un sans-abri s'était réveillé avec une douleur à la poitrine. En se levant, il s'était aperçu que du sang jaillissait de son thorax et qu'il ne pouvait plus marcher. Il avait été expédié d'urgence à l'hôpital, juste à temps.

Le tueur s'était avéré être un ancien interné d'un établissement psychiatrique de l'État. Certes, les passages à tabac aléatoires et même les meurtres gratuits de sans-abri vulnérables n'étaient pas rares, mais c'était la première fois à Hollywood qu'on avait affaire à un agresseur de SDF qui en était un lui aussi. Les inspecteurs parlaient de lui comme du « clodo clodophobe ».

L'affaire la plus abominable survenue au cours de la première année de la présidence d'Obama concernait à l'évidence, d'après les inspecteurs d'Hollywood, un certain Michael Thomas Gargiulo, qui attendait son procès pour meurtres en série. Trente-deux ans, réparateur de climatiseurs et de chaudières originaire de Glenview, dans la banlieue de Chicago, il était au départ indirectement lié à un acteur d'Hollywood.

Bien avant de quitter son Illinois natal pour Los Angeles, Michael Gargiulo avait été interrogé, adolescent, dans le cadre du meurtre de sa camarade de lycée, Tricia Pacaccio. En août 1993, elle avait été poignardée devant sa porte, au cours de ce que les inspecteurs avaient appelé une « attaque éclair » alors que la jeune fille de dix-huit ans devait intégrer la fac de Purdue la semaine suivante pour une première année d'études en sciences environnementales. Dans le livre de sa promotion au lycée, l'adolescente, brillante et populaire, avait dit vouloir « sauver le monde », mais n'avait même pas été capable de sauver sa peau. Le meurtre n'avait jamais été résolu bien qu'on ait trouvé des traces d'ADN sous les ongles de la victime. Des années plus tard, les inspecteurs d'Hollywood découvrirent tous les ressorts de l'affaire à la suite d'un terrible meurtre dans les Hollywood Hills.

Le 22 février 2001, l'acteur Ashton Kutcher s'était rendu en voiture dans les hauteurs d'Hollywood, chez sa petite amie, Ashley Ellerin, pour la conduire à une fête donnée à l'occasion des Grammy Awards. Ashley, superbe jeune fille de vingt-deux ans, était étudiante en mode, mannequin et danseuse à Las Vegas de temps à autre. Le jeune acteur avait frappé à la porte et sonné, en vain. En regardant par une fenêtre à l'arrière de la maison, il avait aperçu ce qu'il avait pris pour des taches de vin sur la moquette. Il avait quitté les lieux et le corps d'Ashley Ellerin avait été découvert le lendemain par sa colocataire. Le premier inspecteur arrivé sur les lieux avait qualifié la scène de crime de « boucherie ».

Toutes les fenêtres de la maison étaient munies de barreaux et il y avait même une porte blindée. Les portes étaient en bon état, repeintes de frais, sans aucune trace d'effraction. À l'intérieur, depuis l'entrée et tout le long d'un grand couloir, les murs étaient tachés d'éclaboussures et de gouttes de sang. Jusqu'au palier où gisait le corps qualifié par les inspecteurs de « bouillie sanglante ». La jeune fille venait sans doute de se laver les cheveux et devait sortir de la douche au moment de l'agression. Elle portait un peignoir en tissu éponge et un pantalon de pyjama. Sa gorge avait été tranchée et déchirée ; sa tête s'était détachée du tronc cérébral. Seuls quelques filaments de tissus la reliaient au corps. Le médecin légiste avait arrêté de compter ses blessures au couteau à la quarante-huitième.

Les criminalistes avaient tenté d'obtenir des empreintes latentes et des traces d'ADN, mais toutes les empreintes digitales relevées dans le pavillon appartenaient à la victime ou à sa colocataire. Plus tard, après avoir fouillé dans ses souvenirs pour trouver un suspect possible qu'elle aurait pu laisser entrer chez elles, la colocataire d'Ashley Ellerin avait parlé d'un certain « Mike, le type de la chaudière » à un policier. Celui-ci avait rapporté qu'un jour, Ashley et une amie avaient rencontré Mike à la sortie du parc pour chiens du quartier. Mike avait été décrit comme un homme d'environ un mètre quatre-vingt-dix, quatre-vingts kilos, à « l'allure inquiétante ». Il s'était présenté au domicile des jeunes filles un après-midi en l'absence d'Ashley, avait dit à sa colocataire qu'il venait travailler sur la chaudière et on l'avait vu passer lentement en camion devant le pavillon à une autre reprise.

Le crime avait donné lieu à une enquête qui avait duré sept ans et fini par mener les inspecteurs de la division d'Hollywood au meurtre de Pacaccio en Illinois, ainsi qu'à d'autres attaques éclair dans la région de Los Angeles en 2005 et 2007. Un inspecteur du Sheriff's Homicide Bureau de L. A. avait qualifié l'un de ces derniers de « meurtre le plus violent [qu'il avait] jamais vu, sans exception ». Cette fois-là, l'agresseur avait réalisé une effroyable « mise en scène » avec les parties du corps de sa victime comme démembrée par un banc de requins.

Pour finir, en 2008, une habitante de Santa Monica s'était fait agresser à son domicile, mais avait réussi à repousser son assaillant et à survivre malgré de sérieuses blessures à l'arme blanche. Des preuves ADN avaient été recueillies, recoupées, et le puzzle s'était assemblé. Michael Gargiulo était enfin en détention préventive, dans l'attente de son procès en 2010. Les paparazzis d'Hollywood, eux, se tenaient prêts, les dents rayant le parquet, au cas où le témoignage d'Ashton Kutcher serait requis et où sa femme, Demi Moore, l'accompagnerait au palais de justice.

Il n'y avait donc pas pénurie de violences et autres crimes en série pour occuper la douzaine d'inspecteurs surmenés du commissariat d'Hollywood, et ceux de la Major Assault Crime Table[1] avaient eu, eux aussi, leur lot d'affaires de violences conjugales au cours de cette première année de récession. Les inspecteurs de la MAC qui répondirent tardivement à un appel pour violences domestiques insolite passé un après-midi de canicule par une femme résidant dans un appartement de Little Armenia avaient tous les deux plus de vingt ans de service. Gina Villegas, une énergique Mexicano-Américaine de quarante-trois ans, et Carl Cheng, un Taïwano-Américain laconique de quarante-deux ans, étaient des enfants d'immigrés fréquemment amenés à se servir de leurs compétences linguistiques dans la communauté polyglotte d'Hollywood.

Ils n'eurent pas besoin de ces dernières quand on les envoya en intervention dans Little Armenia. Ils répondaient à un appel de détresse passé à leur superviseur par une femme terrifiée qui affirmait avoir été harcelée et menacée par un ex, père du bébé auquel elle avait donné naissance à peine cinq semaines plus tôt. Thelma Barker, leur supérieure, était une Noire expérimentée, une ancienne avec trente et un ans de maison. Elle était née et avait grandi à Campton[2], et avait elle-même été victime de violences conjugales lors d'un bref mariage à l'âge de dix-neuf ans.

Le vieil immeuble locatif à deux étages de Little Armenia, un bloc rectangulaire de stuc gris comportant vingt-neuf appartements, était sans doute le bâtiment le mieux protégé de ce secteur d'East Hollywood. À cause des tags graffités à de nombreuses

1. Unité chargée d'enquêter sur les crimes n'impliquant pas d'homicide.

2. Ville de la banlieue de Los Angeles, connue par le passé pour la violence de ses gangs.

reprises par les gangs de rue du quartier, le propriétaire avait pris l'initiative surprenante d'employer des retraités du coin comme vigiles. Les vieux se relayaient à la surveillance dans un minuscule bureau près de l'entrée, de 21 heures à 6 heures, sept jours sur sept, quand le vandalisme menaçait. Il n'y avait ni escalier de secours ni balcon facile d'accès.

Les inspecteurs sonnèrent chez le gérant – un plombier à la retraite qui réalisait aussi de menus travaux dans l'immeuble –, qui les fit entrer. Quand il apprit qui ils recherchaient, il leur confia :

— Entre nous, ça ne plaît pas que le propriétaire de ce bâtiment se montre aussi charitable. La fille du 310 est sa nièce, enfin… c'est ce qu'il prétend. Elle a plus de deux mois de loyer en retard, mais il ne la met pas dehors. Ne lui dites pas que je vous l'ai dit, mais des fois, elle laisse ses deux bébés tout seuls. J'ai déjà eu envie de vous appeler quand ça se produisait, mais c'est la protégée du patron, si vous voyez ce que je veux dire, et je tiens à garder mon boulot.

Gina Villegas le remercia et monta avec son coéquipier aux deux pièces du deuxième, où une femme extrêmement maigre les accueillit. Vingt-cinq ans, les cheveux blond vénitien, elle avait un regard effaré et perçant, les mains tremblantes et des dents aux taches suspectes.

Le regard que lança Carl Cheng à sa collègue suggéra : accro au cristal.

Avant qu'un des deux flics n'ait pu ouvrir la bouche, la femme déclara :

— C'est moi qui ai alerté votre service. Je m'appelle Cindy Kroll. Mon ex-petit ami me menace. Je crois qu'il veut me tuer.

— Et qu'est-ce qui vous fait croire ça ? demanda Gina Villegas tandis que Carl Cheng jetait un coup d'œil dans le minuscule appartement.

Il y avait deux chaises à côté de la petite table en Formica de la cuisine. Et dans le salon – si on pouvait parler de salon – se trouvaient un canapé, une chaise rembourrée miteuse, un lit de bébé et un parc agglutinés autour d'une télé Sony écran géant.

Carl Cheng adressa un sourire en coin à sa coéquipière, comme pour lui dire : même s'ils vivent comme des merdes, ils ont toujours une télé meilleure que la mienne.

Cindy Kroll s'excusa :

— Désolée qu'il n'y ait pas de quoi s'asseoir.

Elle montra du doigt un bébé de treize mois dans le parc et poursuivit :

— Mon fils de cinq semaines dort dans ma chambre. On a pas beaucoup de place ici.

Gina Villegas, étonnée, lui demanda :

— Un bébé de treize mois et un autre de cinq semaines ? Vous ne perdez pas de temps pour fonder une famille, dites-moi !

— Mon fils était un accident et c'est ce qui pose problème, lui répondit Cindy Kroll. Son père veut ma mort parce que je demande une pension alimentaire.

— Vous êtes mariés ? demanda l'inspecteur.

— Non. Après la naissance de mon premier bébé, mon mari, Ralphie, s'est tiré et nous a lâchés. J'ai passé une sale période, je gagnais des clopinettes comme femme de ménage. J'ai eu un boulot chez Louis Dryden, j'y ai fait le ménage toutes les semaines pendant quatre mois. Il vit dans Franklin Avenue et a un assez bon job dans une agence immobilière de Santa Monica, il vend des locations saisonnières. Il doit avoir dix ans de plus que moi et… eh bien, on s'est rapprochés quand je bossais pour lui et, assez vite, je suis tombée enceinte.

— De lui ? demanda Gina Villegas.

— Évidemment, de lui, lui renvoya Cindy Kroll en lui lançant un regard perçant. Je suis pas une pute.

— Ce n'est pas ce que j'ai voulu dire. Mais vous avez aussi un mari, non ?

— Il est sorti d'ma vie. J'suis tombée enceinte de Louis et de personne d'autre.

— Poursuivez, dit Gina Villegas.

— Il m'a filé du fric pour me faire avorter, mais je l'ai pas fait. J'ai décidé d'avoir le bébé et d'engager un avocat. Depuis quelques mois, mon avocat l'appelle, mais Louis affirme que le bébé n'est pas de lui. Il dit qu'il est fiancé à une femme géniale et que je lui pourris la vie avec mes mensonges.

— Vous avez songé à un test de paternité ? lui suggéra Gina Villegas. Ça devrait régler le problème.

— Mon avocat y travaille. On va le poursuivre en justice.

Carl Cheng s'exprima pour la première fois :

— Et pourquoi on est là, madame ?

— Il m'a harcelée pas plus tard qu'aujourd'hui. Il m'a coincée au Seven-Eleven où je fais mes courses et m'a dit que c'était ma dernière chance. Il a proposé de me donner cinq mille dollars pour que je lui fiche la paix et que j'arrête de dire que le bébé est de lui.

— Et vous lui avez répondu quoi ? demanda Carl Cheng.

— De s'adresser à mon avocat.

— Et pendant que vous étiez au supermarché, où étaient vos bébés ? voulut savoir Gina Villegas.

Après une longue pause, Cindy Kroll répondit :

— Je suis partie que cinq minutes.

— Vous ne pouvez pas laisser des bébés tout seuls comme ça. C'est de la mise en danger d'enfant et c'est interdit par la loi, lança Gina Villegas.

— J'avais demandé à la voisine de jeter un œil de temps en temps. Vous voulez pas entendre ce que j'ai à dire ? Cet homme m'a menacée !

Cette fois-ci, Gina Villegas adressa un regard furtif à son collègue. Une voisine ? Mais bien sûr.

— Évidemment que nous voulons vous entendre, répondit Carl Cheng. Qu'est-ce qu'il a dit exactement ?

Cindy Kroll adressait à présent toutes ses réponses à l'inspecteur.

— Il m'a dit que sa vie et sa carrière entières étaient en jeu. Il m'a dit que sa fiancée n'était pas comme moi. Quand je lui ai demandé ce qu'il voulait dire, il a dit : « C'est une femme bien, pas une pétasse comme toi. » Et après, il m'a menacée.

— Pouvez-vous répéter ses mots exacts, si vous vous en souvenez ? demanda Carl Cheng.

— OK. Il m'a dit : « S'il y a un problème, c'est le tien, pas le mien. C'est toi qui m'obliges à faire ce qu'il faut pour t'empêcher de détruire ma vie avec ton chantage. » C'est ce qu'il a dit, mot pour mot.

— Vous lui avez demandé ce qu'il entendait par là ?

— Je le savais bien. Je ne suis pas conne !

— Ce que vous savez ou croyez savoir des sous-entendus de ses propos ne satisfera pas le Bureau du procureur, dit Gina Villegas. Il a dit autre chose ? Quelque chose de plus précis comme menace violente ?

Cindy Kroll adressa sa réponse à Carl Cheng :

— Après, il a dit : « J'irai jusqu'à dix mille dollars, mais pas plus. Prends le pognon et sors de ma vie. » C'est exactement ce qu'il a dit.

— Qu'avez-vous répondu ? Cette fois, Cindy Kroll s'adressa à elle en la regardant.

— La même chose. Qu'il devait parler à mon avocat.

— Ça ne constitue pas une menace de violence, conclut Carl Cheng.

— Écoutez, inspecteur, lui dit-elle, j'ai couché avec ce type plein de fois. Tout ce que je veux, c'est une pension alimentaire raisonnable pour élever ce bébé.

Elle marqua une pause avant d'ajouter :

— *Notre* bébé.

— Notre marge d'action a ses limites, répliqua Gina Villegas.

— Vous devez agir maintenant ! s'écria Cindy Kroll. Il fume plein de cristal. Encore plus depuis que nos ennuis ont commencé et ça le rend complètement parano. Il avait un regard de fou quand il m'a menacée. Vous savez ce que c'est de devenir complètement parano quand on fume du cristal ?

Le regard de Carl Cheng disait : « Non, mais je suis sûr que toi, tu le sais. »

— Il a un casier ? demanda Gina Villegas.

— Pas que je sache.

— Vous avez fumé du cristal avec lui ?

— Oh, bordel ! s'écria Cindy Kroll en réprimant un sanglot. Vous vous fichez qu'il me tue ! J'ai besoin de protection. Ce soir, c'est le soir où il aime sortir acheter sa dose de cristal pour le week-end. C'est ce soir que je suis en danger.

Gina Villegas s'assit à la table de la cuisine, écarta quelques restes de repas du bébé, ouvrit son calepin et dit :

— Très bien. Donnez-nous son adresse et son numéro de téléphone. On va aller lui parler.

— Et s'il est pas chez lui ? J'ai besoin de protection, moi, au moins ce soir.

— Il y a des refuges d'urgence. Et des interdictions d'approcher de son épouse. Vous avez parlé de tout ça avec votre avocat ?

— Je veux pas aller dans un putain de refuge ! hurla Cindy Kroll. Je veux la protection de la police, ici, chez moi.

— On ne peut pas camper ici sur la base de ce que vous nous avez raconté, lui expliqua Carl Cheng. Mais on va demander à la voiture de patrouille qui sillonne le secteur de passer cette nuit et de garder un œil sur votre immeuble. Je dois quand même vous dire que c'est une vraie forteresse. J'ai remarqué que la porte coupe-feu à l'arrière est blindée et n'a pas de poignée extérieure. Et il y a un vigile dans l'entrée, n'est-ce pas ? Louis Dryden a-t-il la clé de la porte d'entrée ou celle de votre appartement ?

— Non, reconnut-elle. Il est juste venu ici quelques fois après m'avoir raccompagnée en voiture.

— Eh bien, voilà, dit Carl Cheng. Vous êtes en sécurité ici. Mais pour vous rassurer, une voiture de police passera plusieurs fois ce soir. D'accord ?

De retour au central, les inspecteurs du MAC tentèrent de joindre Louis Dryden au téléphone, sans succès, et aucun répondeur ne se mit en marche. Ils firent ensuite une recherche dans leurs fichiers sur la base du signalement que leur avait fait Cindy Kroll, mais ne trouvèrent rien qui corresponde à un Louis Dryden habitant Franklin Avenue. Ils étaient déjà en heures sup' à ce moment-là, tout comme cinq autres inspecteurs affairés, tous dans leurs petits box, à passer des coups de fil et à pianoter sur leurs ordis.

L'équipe du MAC en référa à Thelma Barker au sujet des vagues menaces que Louis Dryden aurait proférées. Les coéquipiers ajoutèrent que le petit ami de Cindy Kroll était accro au cristal et que pour eux, elle l'était, elle aussi.

— Elle décrochera pas la médaille de meilleure mère de l'année, finit par dire Carl Cheng à sa supérieure. Selon nous, elle a eu un bébé dont elle ne veut pas, juste pour coincer le gars et le forcer à l'épouser ou le faire chanter pour obtenir une jolie somme, peut-être même les deux.

— Je vais vous dire, leur renvoya leur supérieure. Je sais qu'il se fait tard et que vous aimeriez commencer votre week-end, mais juste pour être tranquilles, demandons à une unité de patrouille de laisser une de vos cartes de visite avec le message *Appelez-nous* devant la porte de Louis Dryden. Ça lui filera la frousse s'il envisage de faire une bêtise.

Sur ce, elle consulta sa montre et ajouta :

— Les nuiteux ont presque fini l'appel. Allez donc raconter l'affaire au sergent et demandez qu'une voiture fasse quelques passages cette nuit pour jeter un coup d'œil. On n'est jamais trop prudent avec les accros au cristal quand ils sont défoncés.

— Si elle est accro elle aussi, c'est peut-être elle qui est parano, fit remarquer Carl Cheng. Les junkies, ça psychote.

— Je me sentirais mieux si vous faisiez ce que je vous demande, lança sa supérieure avec un regard qui mit fin à la discussion.

— Très bien, patron, dit Carl Cheng dans un soupir de fatigue. Tout ce que vous voulez.

CHAPITRE 7

Le nouveau chef de brigade, le lieutenant O'Reilly, âgé de trente ans, dirigea l'appel cet après-midi-là pour la ronde n° 5, la patrouille de nuit. Jusque-là, il n'était pas très apprécié dans le service. Il avait bien réussi aux examens de promotion, avait récemment été nommé lieutenant avec seulement neuf ans d'ancienneté dans la police et avait été affecté à la division d'Hollywood pour sa période d'essai. Il venait de faire un discours condescendant et si barbant que rien n'aurait pu l'égayer, pas même des marionnettes. Il préconisait de traiter les citoyens d'Hollywood avec le plus grand respect, même les types aussi dingues que des écureuils enragés. Et à Hollywood, ça faisait un paquet de monde.

Le mur, derrière les longues tables où campait son auditoire captif, était décoré d'affiches de films, parmi lesquelles une de *Sunset Boulevard* et une de *L. A. Confidential*, preuve que les officiers du commissariat avaient pleinement conscience de leur privilège géographique. Finalement, le lieutenant se trouva à court de sujet de sermon et lança :

— Mettons-nous au travail.

Les flics rassemblèrent leur équipement, mais avant de quitter la pièce, chacun d'eux, pour se porter chance, toucha le portrait de feu leur sergent, celui qu'ils appelaient l'Oracle. Ils avaient adoré leur superviseur, et lui les avait considérés comme ses enfants.

La photo encadrée, fixée au mur près de la porte, portait une plaque en cuivre jaune avec la mention :

L'ORACLE
NOMINATION : FÉVRIER 1960
FIN DE SERVICE : AOÛT 2006
SEMPER FLIC

Le chef de brigade adjoint, le sergent Lee Murillo, un Mexicano-Américain calme, studieux, aux cheveux couleur acier inoxydable et au physique noueux et décharné d'un coureur de fond, avait quinze ans d'expérience au LAPD et était un superviseur apprécié. Au rez-de-chaussée, dans le bureau des inspecteurs, il s'entretenait de l'affaire Cindy Kroll et Louis Dryden avec l'équipe de la MAC et confia la surveillance de Little Armenia à l'équipe de la 6-X-76 quand le lieutenant O'Reilly en eut terminé avec l'appel.

Les cinq unités de patrouille, dont la 6-X-32, celle du Bris et du Débris, et la 6-X-66, avec Hollywood Nate au volant et Snuffy Salcedo à la place du mort, quittèrent l'arsenal avec leur équipement et se dirigèrent vers le parking à 18 heures. Ils trimbalaient des sacoches en Nylon noir remplies de matériel, ainsi que des fusils de chasse Remington, des fusils à pompe Ithaca, des casques, des Taser, des sprays incapacitants et des Rover. Au cours des années précédentes, pendant lesquelles le LAPD était soumis au décret du consentement civique, on avait également exigé que les nuiteux sortent de l'arsenal des appareils pour enregistrer des données complètement inutiles sur les personnes qu'ils cueillaient ou coffraient. Aucune de ces collectes de données n'avait procuré aux détracteurs de la police des informations qui – ils l'espéraient – révéleraient des pratiques de discrimination raciale. Malgré tous leurs efforts, les critiques dépités du LAPD furent incapables de brandir l'argument racial dans les cas de contrôles d'identité sur la voie publique.

La fliquette de classe 2 Vivien Daley, une des trois femmes officiers à travailler à la brigade de nuit ce soir-là, conduisait le véhicule de patrouille 6-X-76, aussi appelé « atelier » à cause des numéros inscrits sur le toit et les portières avant des Crown Victoria. Ces numéros permettaient à chaque unité d'être identifiée facilement par les citoyens et par les hélicos du LAPD, appelés « dirigeables » par les équipes.

Le soleil de cette fin d'été étant encore assez haut dans le ciel, Viv Daley chaussa ses lunettes teintées quand elle s'assit au volant. Âgée de trente ans et née à Long Beach, où elle avait grandi, elle avait joué dans l'équipe de basket de l'université d'État de Long Beach, mais avait déçu ses parents, qui auraient préféré qu'elle devienne prof. Elle disait toujours avoir postulé au LAPD « sur un coup de tête », mais ajoutait ne l'avoir jamais regretté au cours de ses huit ans de service. Elle aimait citer l'Oracle à ses parents, en particulier son mantra favori : « On ne prend jamais plus son pied dans la vie qu'en faisant du bon boulot de flic. » Elle était d'accord.

Viv Daley avait laissé tomber la coquetterie et portait pour seul maquillage un trait de crayon pour foncer ses sourcils couleur sable et un rouge à lèvres pâle subtil, d'une teinte autorisée par le règlement. Elle attachait ses cheveux auburn en chignon bas, au-dessus du col de chemise de son uniforme, comme on l'exigeait de toutes les femmes en patrouille. À la fin du service, quand elle troquait sa tenue contre un pull, un jean et des chaussures à semelles compensées de sept centimètres, elle était plus grande que la plupart de ses collègues, mais le Bris la regardait toujours de haut, semelles compensées ou pas.

Georgie Adams, son coéquipier chargé de « tenir les comptes » ou de « faire le papier », ce qui signifiait simplement qu'il rédigeait les rapports, était âgé de vingt-neuf ans et avait, lui, sept ans de maison. Il lissait ses cheveux noir corbeau en arrière – ses yeux noirs, ses traits ciselés, sa peau mate et son allure exotique créant un parfait contraste avec le teint de porcelaine et les taches de rousseur de Viv Daley. Même leur stature était différente. Sec et musclé, son mètre soixante-dix-sept faisait de lui le plus petit officier de la patrouille de nuit ; il mesurait douze bons centimètres de moins que sa coéquipière au physique athlétique et malgré sa musculature, il ne pesait guère plus qu'elle, car elle était bien charpentée. Il parlait d'elle comme de sa « grande sœur » et l'appelait souvent « frangine ».

À cause de son patronyme anglo-saxon et de sa peau basanée, les questions sur son origine fusaient tout de suite avec les nouveaux collègues et dans ces moments-là, Georgie Adams arborait aussitôt son sourire inquiétant et répondait : « Je suis un Gitan. Un cousin éloigné de feu George Adams[1], le “roi des Gitans” de Californie. »

Personne n’avait jamais su s’il disait vrai et personne n’avait été en mesure de lui soutirer plus d’informations sur son passé. Il avait servi en Irak dans les marines et avait été blessé par une bombe placée au bord d’une route, ça au moins, c’était sûr. Il était né et avait grandi à San Bernardino, Californie et, de temps en temps, il racontait ce que tout le monde prenait pour une histoire absurde, à savoir qu’un clan de Gitans qui passait dans la ville l’aurait vendu à un importateur de tapis syrien et à sa femme, lesquels l’avaient ensuite élevé et lui avaient permis de garder son noble patronyme gitan. Pourtant, chaque fois qu’on lui assignait une mission chez une victime arabophone d’Hollywood, de toute évidence, il ne parlait pas un mot d’arabe. On pouvait aussi supposer qu’il était d’origine hispanique, mais il ne parlait pas non plus espagnol. Au commissariat d’Hollywood, on avait cessé de parier sur sa véritable origine ethnique.

Les informations contenues dans son dossier ne révélaient pas grand-chose, comme l’avait constaté l’un des superviseurs curieux de la division d’Hollywood qui y avait jeté un œil. Celui-ci avait même contacté l’employé civil qui avait effectué des recherches sur les antécédents de Georgie. Il lui avait appris que les parents du candidat, Jean et Theodore Adams, vivaient à San Bernardino tout comme leurs parents et leurs grands-parents avant eux, et que leurs aïeux étaient venus d’Oklahoma lors de la grande migration des années trente. L’employé chargé du dossier avait ajouté que Georgie leur avait été confié en adoption par le comté avec très peu d’informations sur sa mère biologique, une adolescente à la dérive, et absolument aucune sur son père.

1. Saxophoniste et flûtiste de jazz (1940-1992).

Une seule chose était certaine : sitôt son diplôme obtenu au lycée de San Bernardino, Georgie Adams s'était engagé dans les marines et, après son retour à la vie civile, avait intégré une fac, puis l'avait quittée pour rejoindre le LAPD. Et c'était tout. Les autres flics l'appelaient « le Gitan », et il semblait apprécier.

La coéquipière de Georgie, Viv Daley, ne le questionnait pas et ne lui demandait jamais quoi que ce soit sur son passé énigmatique. Elle disait simplement : « Ce ne sont pas mes affaires. Et de toute façon, j'aime assez cette part de mystère. »

Les amateurs de surf en pinçaient pour Viv Daley et avaient essayé à de nombreuses reprises de l'emmener surfer, arguant qu'ils feraient d'elle une « surfeuse quantique », terme utilisé pour désigner une surfeuse super sexy, lui avait révélé le Débris. Mais jusqu'à présent, Viv avait rejeté leurs nombreuses invitations à assister aux fiestas nocturnes sur la plage, y compris celle prévue pour le samedi soir à Bolsa Chica Beach, où beaucoup de pompiers et de flics aimaient surfer.

Quand elle parla de l'invitation à son équipier et de sa crainte qu'une bande de surfeurs pétés et aux mains baladeuses se montrent un peu trop entreprenants avec les femmes, il lui proposa de jouer les chaperons.

— Frangine, dit-il, si une raclure de surfeur bourré pose ses pattes sur ma copine de cœur, je lui arrache le sien et le file à bouffer aux mouettes.

— « Copine de cœur », répéta Viv. C'est charmant, mais je crois que je n'ai pas besoin d'un assassin gitan comme chaperon.

Quand elle rapporta la proposition de Georgie au Débris, celui-ci en informa le Bris, qui suggéra :

— Mec, on devrait p't'être revoir l'invit' à la teuf. Le Gitan pourrait gâcher la fête s'il pète un plomb et se met à charcuter du kahuna.

Depuis son arrivée au commissariat d'Hollywood, une rumeur persistante insinuait que Georgie Adams portait un couteau de chasse dans un holster de cheville pendant le service. Dans l'histoire du LAPD, on recensait deux cas d'officiers infiltrés sans armes réglementaires qui avaient tué leurs assaillants au couteau quand leur vie avait été en jeu. Le Gitan était connu pour son humour caustique, mais quand il arborait son sourire menaçant et laissait entendre qu'il attendait l'occasion d'être le premier flic du LAPD en tenue à le faire, ses collègues se disaient qu'il ne plaisantait peut-être pas.

La première fois que cette rumeur arriva aux oreilles du jeune lieutenant O'Reilly, il ordonna au sergent Murillo de vérifier et, si c'était vrai, de mettre un terme à cette pratique immédiatement.

— Explique à Adams qu'il ne joue pas un rôle dans un western spaghetti, lança le lieutenant O'Reilly à son sergent.

Mais l'agent d'accueil surprit l'ordre du chef de brigade et le wifi humain du LAPD se mit aussitôt en marche. Lorsque le sergent Murillo demanda enfin à Georgie Adams de l'accompagner au vestiaire, le jeune flic n'eut pas l'air surpris le moins du monde et ne posa aucune question au superviseur quant au motif de sa requête.

— Désolé, Adams, s'excusa le sergent Murillo quand ils furent seuls dans la pièce, mais on m'a chargé de vérifier si tu portes un couteau de chasse dans un holster de cheville et, si c'est le cas, de t'ordonner de l'enlever.

En silence, Georgie se pencha et remonta les jambes de son pantalon jusqu'aux genoux. Le sergent Murillo ne vit aucun couteau. Ce qu'il vit, en revanche, c'était du tissu cicatriciel marbré, résultat d'une brûlure au troisième degré et de greffes à l'aspect de blanc d'œuf brûlé et grumeleux qui recouvraient les mollets et les tibias de Georgie à partir de ses bottes zippées jusqu'aux genoux.

— OK, merci, dit le sergent Murillo avant de le laisser dans le vestiaire.

Il retourna dans le bureau du chef de brigade et lança :

— J'ai parlé avec Adams et cherché son couteau.

— Et qu'est-ce que tu as trouvé? demanda le lieutenant O'Reilly.

— Qu'il la méritait, sa Purple Heart[1], répondit le sergent. Et que je vais l'inviter, lui et son équipière, à me retrouver au Hamburger Hamlet pour la pause dîner ce soir. Et je leur paierai tout ce qu'ils voudront bouffer.

Le lieutenant O'Reilly ne posa plus jamais de questions au sergent Murillo au sujet de ce couteau.

À l'époque où Viv Daley et Georgie Adams commencèrent à faire équipe, le sergent Murillo l'avait prise à part dans la salle des sergents et lui avait confié :

— Je sais qu'Adams gagne à être connu. Je me demandais si tu étais contente de faire équipe avec lui.

— Sergent, lui avait-elle répondu, je ne l'échangerais contre personne du commissariat d'Hollywood. Avec le Gitan en couverture, une fille ne se sentirait pas plus en sécurité que si elle passait la nuit dans la chambre Lincoln à la Maison-Blanche.

Et d'ajouter :

— Sauf quand Bill Clinton y vivait.

***

Viv et Georgie se rendirent en voiture jusqu'à l'immeuble de Franklin Avenue où vivait Louis Dryden et glissèrent la carte de l'inspecteur entre le chambranle et la porte d'entrée, là où il ne pouvait pas la rater, puis ils commencèrent leur ronde et se tinrent prêts à partir en intervention. Alors qu'ils roulaient vers l'est sur Hollywood Boulevard, en direction de leur secteur, ils remarquèrent les personnages de rue sortis en masse devant le Grauman's Chinese Theatre. La récession avait été une période de vaches maigres pour certains de ces artistes de rue costumés, qui posaient pour des photos avec les touristes et recevaient des dons spontanés pour ce service. La loi ne les autorisait ni à faire la manche ni à réclamer de l'argent auxdits touristes.

1. Médaille militaire décernée au nom du président des États-Unis.

Les journalistes se régalaient à balancer l'info chaque fois que des tensions surgissaient près du parvis du Grauman's Chinese Theatre, où les empreintes des mains et des pieds des stars de cinéma ornent le ciment du trottoir. Récemment, Elmo, du Muppet Show, avait été arrêté pour mendicité agressive de même que le personnage à la cape noire de *Scream*. Le faux Freddy Krueger s'était lui aussi fait coffrer pour avoir pris son rôle trop au sérieux et apparemment poignardé quelqu'un. Mr. Incredible avait été incarcéré, comme Batman et Chewbacca de *Star Wars*. Jusque-là, les multiples sosies de Dark Vador s'étaient tenus à carreau, mais Spider Man, ou plutôt un des nombreux comédiens portant ce costume, avait été serré par les flics d'Hollywood pour avoir tabassé quelqu'un.

Au moment où l'équipe de la 6-X-76 dépassait le Grauman's Chinese Theatre, Georgie Adams lança :

— Je vais être super déçu si Bob l'éponge se fait coincer un jour. J'ai toujours bien aimé le voir à la télé.

— J'ai jamais vraiment aimé Spider Man, dit Viv. Trop sinistre. Toujours à se faufiler partout comme un insecte et tout…

— On va faire un tour du côté de l'appart sur lequel on est censés jeter un œil ? Après, je pourrai le consigner et en être débarrassé. Ça m'a tout l'air d'un boulot pour assistante sociale que les inspecteurs nous refilent à nous pauvres agents débordés.

En cette fin de journée, alors que le soleil estival se couchait à l'horizon de l'océan Pacifique et ornait Hollywood de son éclat rosé si particulier, le vieil immeuble de Little Armenia parut imprenable aux officiers de l'équipe de la 6-X-76.

— C'est de la connerie ! s'exclama Georgie Adams. Les types qui font dans l'immobilier comme Dryden ne descendent pas leurs gonzesses eux-mêmes. Ils engagent des gars. Il se trouverait un mec de la 8e Rue ou un paumé du coin pour l'éliminer.

— Les inspecteurs disent qu'il doit se shooter au cristal, lui rappela Viv. Un mec en plein délire de meth ferait n'importe quoi.

— Ouais, bon, dit Georgie, mais même Spider Man ne pourrait pas entrer là-dedans.

— Spider Man, répéta Viv en réfléchissant à la question.

Elle fit le tour jusqu'à la ruelle derrière le bâtiment et se rangea sous l'auvent adjacent.

— Qu'est-ce que tu cherches, frangine ?

Georgie était curieux de savoir.

— Un indice qui prouve qu'il est passé par là avec son lance-toile, répondit-elle avec un sourire malicieux. Avec ses pattes collantes, je pense que le bonhomme pourrait entrer dans l'appartement.

— Comment ?

— Par là, dit-elle en montrant l'immeuble voisin.

L'immeuble en question était en cours de rénovation et sa toiture en réfection avant l'arrivée des pluies hivernales. Seul un grillage de deux mètres cinquante de haut protégeait le chantier. On distinguait des rouleaux de papier goudronné et des bardeaux contre le grillage où les ouvriers les avaient laissés, et deux échelles coulissantes en aluminium.

— Et alors ? demanda Georgie.

— Il pourrait escalader le grillage et emprunter une de ces échelles.

— Et alors ? répéta Georgie. Elle vit au deuxième. La plupart des échelles n'atteignent pas cette hauteur sauf celles des pompiers.

— Il pourrait se servir de l'échelle pour monter sur le toit de l'auvent à voitures, la hisser et l'allonger assez haut pour que ça fasse l'affaire.

— T'as de l'imagination, frangine. Mais y a pas de fenêtre accessible depuis l'auvent.

— Mais de là il pourrait accéder au toit du bâtiment.

— Et après ? Il descend par la cheminée ? Hé frangine : y a pas de cheminées.

— J'ai remarqué la petite fenêtre côté sud, répliqua-t-elle. Elle la laisse grande ouverte. Je parie qu'y a pas la clim dans ce petit appart et qu'elle a besoin d'aérer. Il pourrait ramper jusqu'au bord de ce toit en terrasse, passer les jambes par la fenêtre ouverte et, en basculant, entrer direct dans l'appart.

— Comme une araignée ? demanda Georgie, moqueur.

— Comme un camé au cristal complètement désespéré. Avec toutes les idées paranos de défoncé qui défilent dans sa tête.

— Ça doit être la fenêtre de la cuisine, là, du côté sud, fit remarquer Georgie. Je te parie qu'elle est au-dessus de l'évier. S'il passait par là, il atterrirait dans son broyeur et elle aurait qu'à le mettre en marche et *bzouing*, l'araignée descendrait aux ordures.

— T'es vraiment un enfoiré, Gitan ! s'écria Viv en lui donnant un petit coup sur l'épaule quand il lui décocha son sourire narquois.

Malgré les protestations de Georgie, Viv parvint à trouver le temps de passer devant l'immeuble et d'inspecter la ruelle encore deux fois.

Lors de leur dernier contrôle de la soirée, Georgie Adams dirigea le faisceau de sa lampe vers les tags bombés sur le mur en crépi du bâtiment, côté ruelle. Des slogans de gangs et les lettres AP pour « Armenian Power » en gros caractères.

— Au moins, les branleurs arméniens ont de l'instruction : leurs graffitis sont écrits sans fautes, lâcha Georgie.

***

À 21 h 15 par cette nuit sans lune, alors que le smog et les nuages sombres poussés par le vent de l'océan pesaient sur le bassin de Los Angeles, il y eut sur Hollywood Boulevard une bagarre qui mobilisa quatre des unités de patrouille. Catwoman, qui avait tenté en vain de ressembler à Halle Berry, avait donné un coup de boule à Superman parce qu'il avait marché sur ses plates-bandes, et y avait ajouté un coup de pied au cul sur le parvis du Grauman's Theatre. Le super-héros bituré avait atterri, étourdi, sur les empreintes de bottes de John Wayne et avait hurlé à qui voulait l'entendre qu'il allait assassiner Catwoman.

Ce Superman ne comptait pas parmi les plus jeunes personnages de rue et ne ressemblait pas des masses à sa version grand écran. Il avait le nez couvert de vaisseaux éclatés, un double menton, et commençait à développer une bedaine de la cinquantaine que son costume, avec muscles intégrés, ne pouvait cacher. Une fois relevé, il avait titubé jusqu'à la courageuse Catwoman, qui tenait bon, toutes griffes dehors. Mais à ce moment-là, Marilyn Monroe – en réalité un travesti de quarante ans du nom de Melvin Pickett – était venue à la rescousse de Catwoman.

Superman avait attrapé Catwoman, qui avait riposté en essayant de lui donner un coup de pied dans les parties. Quand Superman avait levé le poing, Marilyn Monroe s'en était mêlée et avait frappé Superman à la bouche avec son sac à main en cuir plein de rouleaux de pièces de vingt-cinq *cents* collectées pour le projet d'embellissement de Sunset Strip. La bagarre battait son plein au moment où les premières voitures de police débarquèrent.

La 6-A-15 de la ronde 3 arriva sur les lieux avant toutes les autres unités et cela s'avéra fort regrettable pour Superman. Le flic au volant, Preston Lilly, avait servi trente-cinq ans au LAPD, dont vingt-deux au commissariat d'Hollywood. Gros, les épaules carrées, il avait un énorme crâne rasé couleur vieil ivoire. Ses yeux gris, trop écartés, donnaient à son regard un air mal synchronisé quand il le braquait sur vous. D'aucuns affirmaient que regarder le visage de Preston Lilly revenait à observer une grosse anguille blafarde. Il avait déjà décidé de prendre sa retraite avant la fin de l'année et en avait marre de la 6-A-15 parce qu'il recevait toujours des appels à la con pour aller chez les riches pleurnichards des Hollywood Hills.

« Ils sont jamais contents ces gens des Hills, s'était plaint Preston Lilly à son collègue, un immigré cubain du nom de Mario Delgado. Une bande de mecs avec trop de pognon et une bande d'épouses-trophées avec du temps à pas savoir qu'en faire. Ils râlent juste pour le plaisir de râler. »

Le Cubain flegmatique avait simplement haussé les épaules avant de lancer :

— C'est toujours mieux que de bosser à Watts[1], '*mano*.

1. Quartier pauvre et dangereux de Los Angeles célèbre pour ses émeutes de 1965 et 1992.

Mario Delgado avait récemment quitté la division Southeast pour intégrer celle d'Hollywood.

Et d'ajouter :

— On est obligés de se les farcir, ces *jotos*[1] des Hills. Ça pourrait être des amis du chef. Ou même du maire. C'est la vie.

— C'est moi qui décide quand je pars, avait répliqué Preston Lilly. L'argent de ma retraite est acquis. Même si je commettais un meurtre, ils devraient m'envoyer les chèques à San Quentin. Et j'ai déjà rempli les papiers pour la retraite, alors on ferait bien de pas m'emmerder, dans les Hills ou en bas. J'ai rien à perdre, *compadre*[2].

Superman le découvrit à ses dépens lorsque Preston Lilly intervint pour arrêter la bagarre. Sobre comme elle l'était, Marilyn Monroe avait réussi à faire une belle clé au cou du personnage de rue plus balaise, à présent assis sur le parvis du théâtre avec Marilyn dans son dos. Celle-ci le tenait non seulement par le cou, mais aussi avec une prise en ciseaux, ses jambes épilées serrant la taille du super-héros. L'Incroyable Hulk, une âme charitable qui avait en horreur toute forme de violence, avait ramassé le sac à main de Marilyn Monroe et le gardait tout en suppliant, mais sans succès, les combattants d'arrêter de se battre.

La perruque blond platine de Marilyn Monroe avait glissé sur le côté au début du combat, les cheveux qui lui tombaient sur le visage lui donnant un air de chien de berger. Sa robe blanche était déchirée sur tout un côté et une de ses manches arrachée. Un imposant faux sein avait jailli de son soutif et reposait sur l'épaule de Superman comme un bol à l'envers. Les deux jambes du collant de Marilyn étaient déchirées et ses escarpins à bouts ouverts perchés sur des talons de huit centimètres étaient à présent dépourvus de talons. Et là, tandis que Superman était assis, impuissant, Catwoman lui martelait le visage de coups de poing, coups relativement inoffensifs, mais qui, étant donné l'état d'ébriété du super-héros, le faisaient hurler de rage.

1. « Pédés », en espagnol.
2. « Mon pote », en espagnol.

— T'es mort ! hurla-t-il. Quand je me relève, je te tue, connasse de négresse !

— Faudrait que tu commences par te relever, p'tite bite ! cria-t-elle en retour avant de lui filer une châtaigne à l'œil avec son petit poing.

Aussi sec, l'officier Preston Lilly attrapa Catwoman par le bras et l'éloigna des combattants. Puis il lança :

— On se calme, madame Monroe ! Et toi aussi l'Homme d'Acier !

Des centaines de touristes observaient la scène en sifflant et hurlant comme des coyotes, et tous la mitraillaient avec leurs appareils photo.

Marilyn Monroe relâcha sa prise au cou et sa prise en ciseaux puis se releva en trébuchant avec un escarpin en moins. Quand Preston Lilly saisit Superman par le bras pour le remettre debout, le personnage de rue, encore éméché, s'écria :

— Lâche-moi, enculeur de flics chauve !

— J'aime pas trop ta gueule, lui renvoya Preston Lilly. Tu ferais mieux de la boucler.

Superman répliqua en crachant sur le policier.

Le grand flic baissa les yeux et regarda le crachat couler sur son badge du LAPD, puis le long de la poche de chemise de son uniforme jusqu'au bouton en étain gris.

Mario Delgado avisa Preston Lilly qui serrait instinctivement son énorme poing. Le petit Cubain intervint aussitôt et lança :

— Hé collègue ! Trois cents témoins t'observent et une centaine d'entre eux pourraient t'être hostiles.

Le flic cubain prit donc les choses en main : il saisit un bras de Superman, sur quoi les deux policiers menottèrent ce dernier dans le dos.

— J'ai raqué trois cents dollars pour mes Vuitton, et encore, ils étaient en solde, espèce de connard ! cria Marilyn à Superman de sa voix de baryton en brandissant son escarpin sans talon. Je vais te coller un procès au cul !

Les unités qui arrivaient prirent le contrôle de la situation et après avoir dispersé la foule, entreprirent d'interroger les autres personnages de rue qui avaient assisté à la rixe. Lilly conduisit Superman à leur atelier, l'attacha sur le siège arrière, puis s'assit au volant en attendant son coéquipier.

Mario Delgado était en pleine conversation avec le Bris et le Débris, qui tentaient d'aider Marilyn Monroe à rassembler assez de lambeaux de sa robe blanche pour couvrir sa gaine-culotte. C'est à ce moment-là, en hurlant que c'était lui la vraie victime et que Preston Lilly était un salaud de fasciste, que Superman graillonna, puis cracha un gros mollard à travers la grille de la voiture de police en visant le crâne rasé de l'officier Preston Lilly.

Mario Delgado eut un choc quand il se retourna et vit Preston Lilly mettre le moteur en marche en criant :

— Fais-toi ramener au central, collègue ! Faut que je vire Superman d'ici !

La voiture descendit du trottoir dans un crissement de pneus et disparut. Comme ça.

— Qu'est-ce que c'est que ce bordel ? lança le Cubain abasourdi au Bris qui lui répondit :

— Mec, je crois que Preston ne veut pas de témoins.

Presque quarante minutes plus tard, Mario Delgado, anxieux, faisait les cent pas sur le parking du commissariat d'Hollywood, mais ni son collègue ni Superman n'avaient reparu. Il entra, monta au réfectoire, prit un soda à la machine et rejoignit Hollywood Nate et Snuffy Salcedo dans la salle des rapports.

Le flic cubain n'avait pas encore fini son soda lorsqu'ils entendirent des geignements en provenance du couloir qui menait à la porte du parking. Mario Delgado, Nate et Snuffy sortirent en trombe de la salle et tombèrent sur Preston Lilly qui traînait le super-héros menotté jusqu'à la cellule où il le fit entrer avant de lui enlever les menottes, puis de le pousser sur le banc. Il ferma la porte, mais les trois collègues voyaient toujours Superman à travers la fenêtre Securit, et il hurlait toujours. Ils pouvaient aussi constater qu'il n'y avait aucune marque sur son visage bien rouge, excepté les petites coupures qu'il s'était faites pendant le combat.

Le sergent Murillo quitta le bureau des sergents pour venir voir ce que signifiaient ces hurlements.

— Sergent, je veux porter plainte ! beugla Superman en apercevant les barrettes sur ses manches. J'ai été torturé ! C'était pire que la torture par l'eau !

Preston Lilly regarda le sergent Murillo et lança :

— C'est grotesque.

Superman sauta du banc et courut jusqu'à la fenêtre en braillant :

— Ce skin nazi m'a emmené sur la bretelle de l'autoroute, est sorti de la voiture, m'a chopé par les cheveux et m'a tiré la tête par la fenêtre ouverte. Et a remonté la vitre jusqu'à ce que je sois coincé. Et j'étais là, avec les mains menottées dans le dos et la tête dehors, et lui, il a roulé à cent cinquante à l'heure pendant je sais pas combien de temps alors que j'arrêtais pas de lui crier d'arrêter ! J'aurais encore préféré qu'il m'attache sur le toit comme un putain de chevreuil écrasé !

Le sergent Murillo regarda Preston Lilly, qui dit :

— Allez-y, rédigez votre rapport, sergent. Je suis en fin de carrière, je peux enlever la soupape de sécurité et dire au capitaine tout ce que je pense. Ou au commissaire. Ou au putain de chef de police, d'ailleurs. Je suis à l'abri des balles maintenant. Mais pour ce qui est des dires de Superman ? C'est grotesque.

— Sergent, je vous le jure. Quand je l'ai supplié d'arrêter, il a fait qu'accélérer. J'arrivais à peine à respirer. Et vous savez ce qu'il a dit ? Il a roulé pied au plancher tout le temps et m'a crié : « T'as besoin de personne pour t'enfoncer, Superman. Tu le fais très bien tout seul. » Voilà ce qu'il a dit.

Preston regarda Superman, puis le sergent Murillo et répéta :

— C'est grotesque.

— Preston, lui répondit Murillo, fais tout ce que tu peux pour avancer la date de ta retraite. Mais tant que tu ne seras pas parti, s'il te plaît, laisse la soupape en place.

CHAPITRE 8

Juste après minuit, Cindy Kroll entendit un grattement sur le toit. D'abord, elle pensa que c'était des corbeaux qui picoraient le matériau composite conçu pour ressembler à du bois. Elle avait donné de la compote de pommes à sa petite fille et le biberon à son fils avant de s'allonger sur le lit, en tee-shirt et en slip. Il faisait très chaud ; elle essayait de faire entrer un peu d'air par les fenêtres ouvertes et n'avait pas l'intention de dormir tout de suite, mais elle s'était assoupie. Le vin qu'elle avait bu plus tôt en regardant la télé l'avait achevée.

Elle se dit qu'elle devait se calmer avec le vin ; elle crevait d'envie de fumer du cristal, mais elle savait qu'elle devait décrocher. Puis elle se souvint que sa fille s'était endormie dans le parc et qu'elle devait se lever pour la coucher dans son berceau. Son fils dormait à côté d'elle, elle le regarda. Elle trouva qu'il ressemblait à son père, Louis Dryden. Ça ne l'ennuyait pas. Louis était un bel homme, même s'il...

Elle fut interrompue dans ses pensées par un nouveau grattement sur le toit au-dessus de son appartement. Une tasse tomba de l'égouttoir de la cuisine et se cassa en tombant par terre. Puis toute la vaisselle qui séchait se brisa sur le sol, et elle pensa : *tremblement de terre!* Enfin, elle entendit des pas qui se dirigeaient vers sa chambre.

***

L'appel général, code 3 pour urgence, intervention immédiate avec gyrophares et sirène, arriva après les trois bips d'alerte sur les radios. Puis le RTO, l'officier du service des Transmissions en charge des communications radio, annonça :

— À toutes les unités dans le périmètre de la 6-A-49, une femme qui hurle.

Quand ils entendirent l'adresse correspondant à l'appel à toutes les unités de la ronde n° 3, Viv Daley s'écria :

— C'est l'adresse de Kroll !

La 6-X-76 qui se trouvait très près des lieux prit la mission et arriva en moins de trois minutes. Georgie descendit avant même que Viv puisse garer la Crown Victoria ; puis ils coururent tous deux jusqu'à la porte d'entrée baignant dans la lumière des néons de sécurité au-dessus de leurs têtes.

L'entrée principale était bien sécurisée grâce à une série de portes en bois qui s'ouvraient vers l'extérieur, chacune pourvue d'une petite fenêtre à double vitrage. Le hall d'entrée était éclairé, mais aucun signe du vigile qui aurait dû s'y trouver. Ils aperçurent une porte avec une plaque portant l'inscription *Gérant*, mais elle était fermée.

Et puis ils virent Cindy Kroll. Elle titubait dans l'escalier menant à l'entrée, avec pour tout vêtement un tee-shirt et une culotte en coton. Son tee-shirt était déchiré et trempé de sang et ses côtes luisaient dans la lumière. Elle posa un pied sur le carrelage du hall, chancela d'un côté, puis de l'autre, et tomba à genoux. Un homme vêtu d'un sweat à capuche et d'un jean noir dévala l'escalier en courant, brandit un couteau au-dessus de sa tête et hurla quelque chose d'incompréhensible à la femme à terre en essayant de lui porter un nouveau coup.

Il ne vit peut-être pas les flashs orange des balles tirées dans sa direction, pas plus qu'il n'entendit les déflagrations, mais Viv Daley et Georgie Adams firent feu à treize reprises avec leurs Glock calibre 40 à travers les vitres des portes. Deux des tirs de Georgie atteignirent Louis Dryden ; l'un à la hanche et l'autre sous l'œil gauche. Trois de ceux de Viv le touchèrent à l'épaule et à la poitrine.

Les lumières s'allumèrent partout dans l'immeuble, dans celui d'à côté, et dans la résidence privée en face.

— Ouvrez la porte ! hurla Viv Daley à travers la vitre brisée. Que quelqu'un ouvre cette porte !

— Police ! cria Georgie Adams en donnant deux coups de pied dans la double porte. Ouvrez !

C'est alors qu'à travers les vitres cassées, ils aperçurent un vieil homme qui sortait, terrorisé, du bureau du gérant. Il enjamba le corps de Cindy Kroll et cria aux policiers :

— Ne tirez pas ! Je suis le vigile !

Il ouvrit la porte et se mit à bafouiller. Quand ses paroles devinrent intelligibles, il expliqua :

— Je l'ai entendue crier une fois et je vous ai appelés tout de suite ! Mais vous êtes arrivés si vite que quelqu'un au deuxième avait dû appeler avant ! Et quelques minutes après, je l'ai entendue crier encore, mais cette fois-ci, on aurait dit qu'elle descendait l'escalier et y avait un type qui hurlait des insultes et qui descendait lui aussi alors j'ai eu peur et j'ai verrouillé ma porte !

Georgie Adams braqua le faisceau de sa lampe sur le visage de Louis Dryden et vit clairement le point d'entrée de la balle. Il rengaina son arme, attrapa son Rover et demanda une ambulance pour Cindy Kroll. Il signala aussi la fusillade impliquant des officiers de police qui allait attirer des dizaines de curieux devant l'immeuble avant la fin de la nuit.

Viv Daley mit Cindy Kroll sur le dos au cas où une RCP[1] serait possible. Mais la poitrine de la jeune femme était complètement charcutée, découvrant son sternum. Quand Viv s'aperçut que les yeux de Cindy Kroll étaient ouverts et sa bouche contractée en un rictus de mort violente, elle ne s'embêta pas à chercher un pouls.

Elle adressa un regard à son équipier, qui détourna les yeux et lui dit :

— Tu ferais mieux d'aller voir les gosses. Je vais mettre en place le cordon de sécurité.

1. Réanimation cardio-pulmonaire.

Le cœur de Viv battait à cent à l'heure quand elle atteignit le palier du deuxième. Elle avait la bouche sèche, se sentait étourdie et n'en revenait pas d'avoir ouvert le feu en dehors du stand de tir de la police. Même si c'était la première fois, tout s'était passé si vite et la montée d'adrénaline avait été si intense qu'elle n'avait pas eu le temps d'avoir vraiment peur. Mais elle la ressentait à présent.

Elle leva la main et dans la lumière du couloir du deuxième, il lui sembla qu'elle tremblait. De l'autre, elle tenait une lampe torche. Elle arriva devant la porte et la trouva grande ouverte. Aucun son ne parvenant de l'intérieur, Viv eut une montée d'angoisse comme elle n'en avait encore jamais eue.

Elle saisit la crosse de son arme, mais ce n'était pas pour se protéger. Sa main agissait par réflexe, accomplissant le geste que fait le flic dans les moments d'alerte. Elle ne risquait plus d'être attaquée, mais elle se sentait faible et nauséeuse à cause de sa frayeur, à cause de ce qu'elle allait peut-être découvrir à l'intérieur.

Elle se glissa sans bruit dans l'appartement, entrant prudemment dans le salon encombré, et ressentit aussitôt un tel soulagement que ses jambes manquèrent de se dérober. La fillette de treize mois était saine et sauve dans son parc, le visage mouillé de larmes, mais elle ne pleurait pas. Elle portait un pull blanc avec un canard rose sur la poitrine, une couche-culotte et, assise, fixait du regard un nounours marron sur le tapis du parc, comme ahurie.

— Coucou, ma puce, dit Viv à la petite fille qui se tourna et la regarda, perplexe.

Viv se précipita, pleine d'espoir, dans la chambre et y trouva le bébé. Vêtu d'une simple couche, il pendait au montant supérieur du tour de lit, au bout d'un cordon de chargeur de téléphone serré autour de son cou. Il était violet et avait les yeux fermés.

— Non! hurla Viv sans même se rendre compte qu'elle ouvrait la bouche.

D'un coup sec, elle arracha le cordon du montant du lit et ses doigts glissèrent à deux reprises avant de réussir à dénouer la ligature qui rongeait la chair tendre du cou du nourrisson.

— Je le savais ! Je le savais ! cria-t-elle encore.

Puis elle se dit : *Ce bébé est mort. Qu'est-ce que je fais ? C'est une scène de crime et ce bébé est mort !*

Elle souleva quand même le nourrisson en songeant : *Ce qu'il est léger. Ce qu'il est petit.* Puis elle le posa dans le lit et, pour une raison qu'elle ne parvint pas à s'expliquer plus tard, elle recouvrit le cou blessé du nourrisson avec sa couverture en coton.

Et regarda fixement le bébé en pensant : *Toute la nuit, je me suis dit que ça arriverait. Je savais que Dryden pouvait entrer par la fenêtre. Je le savais. Pourquoi n'ai-je pas suivi mon intuition ? Pourquoi n'ai-je pas insisté auprès du patron pour qu'il lance une surveillance ? Quel genre de flic je suis ?*

Alors, le bébé dans l'autre pièce se mit à pleurer ; debout, elle s'accrochait aux barreaux du parc. Viv regagna le salon, souleva l'enfant qui lui adressa un regard perdu, désemparé et dit : « Maman. »

Elle passa les bras autour du cou de Viv, qui sentit le contact de ses cheveux blonds et soyeux sur sa joue, et l'enfant répéta :

— Maman.

— Là, mon bébé, là, murmura Viv.

Elle se mit à la bercer et n'entendit pas le sergent Murillo qui arrivait, accompagné de Snuffy Salcedo et d'Hollywood Nate qui, eux, restèrent dans le couloir, observant par la porte ouverte.

Viv, beaucoup plus calme à présent, annonça d'un ton monocorde à son supérieur :

— Par là. J'ai trouvé le bébé pendu à un montant du berceau. J'avais espoir qu'il soit encore en vie, alors je l'ai décroché. Mais évidemment il ne l'était pas. Je l'ai mis au lit.

Le sergent Murillo la regarda, puis il entra dans la chambre un bref instant avant de réapparaître.

— Ne touchez plus rien, dit-il doucement à Viv. Une équipe des Homicides et des techniciens de la SID[1] seront bientôt là

1. Scientific Investigation Division, équivalent de la police scientifique et technique.

pour s'occuper de la scène, et les gars de l'Évaluation des tirs sont aussi en chemin. Ils vont vous prendre à part, toi et Adams, et ce sera une longue nuit de questions, surtout de la part des gars de l'Évaluation, mais vous avez abattu le type dans le cadre de la législation, alors je ne veux pas que tu t'en fasses. Raconte-leur simplement ce qui s'est passé.

— Je savais que ça pouvait arriver, lui dit-elle à voix basse. C'est presque comme si je pouvais le voir entrer par le toit.

Après une hésitation, le sergent Murillo regarda son officier et lui dit d'une voix encore plus douce :

— Adams m'a parlé de tout ça et, oui, l'échelle se trouve encore sur le toit de l'auvent à voitures, là ou le mort l'a laissée. Mais tu ne savais pas que ça allait se produire. C'était une simple supposition de ta part. L'endroit avait l'air parfaitement sûr. Tu n'as pas de boule de cristal. Personne n'aurait pu le prévoir, Viv. Tu ne peux pas te le reprocher. C'est le mort le responsable. Personne d'autre.

Viv Daley posa la petite fille dans le parc et celle-ci se mit aussitôt à pleurer en lui tendant les bras et en criant :

— Maman ! Maman !

— Elle croit que tu es sa mère, dit le sergent Murillo. Doux Jésus.

— Mon Dieu ! C'est trop horrible ! s'exclama Snuffy Salcedo toujours dans le couloir avec Hollywood Nate.

Nate ne réagit pas ; Snuffy tourna les talons et descendit au rez-de-chaussée.

— Faut que je sorte d'ici, dit Viv au sergent Murillo.

— Viv, dit celui-ci. Ton équipier et toi devrez être séparés pendant que vous attendez l'Évaluation. Un tas de gens vont débarquer ici dans pas longtemps. On se charge de transporter la petite.

Quand Viv atteignit la porte, Hollywood Nate s'effaça pour la laisser passer. Elle se retourna à nouveau pour regarder le bébé qui tendit les bras vers elle et, entre deux sanglots, cria avec encore plus d'insistance :

— Maman !

Viv descendit l'escalier jusqu'à l'entrée et y trouva quatre flics de la ronde n° 3 en train d'empêcher les voisins d'approcher du cordon de sécurité. Snuffy Salcedo parlait avec le Bris et le Débris, qui réglaient la circulation et indiquaient d'un geste au van de la SID une place de parking. Plusieurs flics en tenue discutaient à voix basse, signe que la nouvelle de la découverte faite par Viv Daley dans l'appartement du deuxième s'était vite propagée.

D'une voix sombre, le Bris confia alors au Débris :

— Mec, tu te souviens que l'Oracle nous disait toujours qu'à bien faire notre boulot de flic, on prendrait notre pied comme jamais ?

— Ouais, et Viv et Georgie ont vraiment fait du bon boulot quand ils ont allumé cet enfoiré.

— Exact. Mais je ne pense pas qu'ils classeront cette nuit dans leur fichier « septième ciel ».

Georgie se tenait sur le trottoir de l'autre côté du cordon de sécurité avec le chef de brigade, le lieutenant O'Reilly, qui attendait l'arrivée imminente des inspecteurs des Homicides, de l'équipe de l'Évaluation, ainsi que celle des vautours du coroner. Mais lorsqu'il vit Viv sortir du bâtiment, il quitta le lieutenant et s'approcha d'elle.

Elle observa son équipier, le regard anxieux, et Georgie lui avoua :

— J'aurais jamais cru que ça arriverait, frangine. Parole d'honneur, j'aurais pas cru un seul instant qu'un truc comme ça pouvait se passer.

— S'il te plaît, le Gitan, dit-elle, ferme-la.

CHAPITRE 9

Raleigh Dibble commença à travailler pour les Brueger quinze jours après son entretien, Leona Brueger étant si contente de lui qu'elle décida de partir avec Rudy Ressler pour la Toscane la semaine suivante. Julius Hampton ne tenta pas de saboter la nouvelle embauche de son employé malgré sa déception et l'agacement qu'il éprouvait de l'avoir perdu sans préavis. Quand l'avocat de Leona lui téléphona pour demander les références de Raleigh, le vieil homme lui confia avec honnêteté que son employé avait été un excellent majordome, cuisinier, chauffeur et compagnon. Il ajouta qu'il déplorait son départ, mais qu'il ne pouvait pas rivaliser avec Leona question salaire.

Ce qui décida Leona fut le travail de Raleigh en cuisine. Il démontra ses talents lors d'un déjeuner organisé à l'improviste par Leona pour quelques-uns de ses amis, dont Rudy Ressler. Raleigh prépara un simple coq au vin, sans les lardons, au cas où l'un des invités aurait eu des interdits alimentaires religieux. La gouvernante et cuisinière guatémaltèque de Leona Brueger, Marta Sandoval, soixante-six ans, prévoyait de prendre sa retraite de toute façon, puisque la maison allait être mise en vente. Elle dit à Leona qu'elle n'était pas jalouse du nouvel employé et qu'elle était ravie de toucher trois mois d'indemnités de licenciement. Elle projetait de s'installer chez sa fille aînée à Los Angeles Est.

Pendant ce déjeuner improvisé, Raleigh se rangea à l'avis de Julius Hampton au sujet de Rudy Ressler. Cette andouille se plaignit en effet que la mise en bouche – une quiche – était « un poil » trop salée.

Raseur, songea Raleigh, qui dit cependant :

— Je suis vraiment désolé, monsieur. Je peux vous servir autre chose ? Une assiette de fromage et de fruits peut-être ? Quelques gorgées d'un élégant chablis avec une note de fraise ôteront le goût salé de vos papilles. Puis-je vous apporter un verre ?

Raleigh gagna le cellier et servit au réalisateur un verre de chardonnay bas de gamme qu'il utilisait pour cuisiner et le posa devant le réalisateur.

— C'est un plaisant petit chablis, monsieur. La note de fraise est équilibrée par une touche de menthe, il me semble.

Rudy Ressler huma le vin, en goûta une petite gorgée et déclara :

— Oui, on sent bien la fraise et la menthe, mais elles ne sont pas trop agressives.

Il but une nouvelle gorgée et conclut :

— Excellent choix, Raleigh. Je vous remercie.

Raleigh Dibble était prêt à supporter presque n'importe quoi dans cette maison, en particulier après que Leona lui avait promis une prime, mais sans en préciser le montant, à son retour de Toscane. Elle lui avait dit qu'elle commencerait alors à préparer la propriété pour ce qu'elle avait appelé « la grande vente promotionnelle d'automne de la Casa Brueger ». Nigel Wickland apprit à Raleigh que, quand ça lui chantait, elle pouvait se montrer « follement généreuse » et que la prime pourrait être considérable.

Raleigh n'était même pas gêné par la présence de Marty Brueger, le beau-frère de Leona âgé de quatre-vingt-sept ans, qui passait presque tout son temps dans le pavillon à regarder la chaîne E! avec son dentier qui, dans un verre posé près de son fauteuil, lui faisait un grand sourire. Le vieux schnock desséché n'entrant jamais dans la maison sauf quand il voulait du whisky, Raleigh veillait à ce que le bar de la maison d'amis soit toujours bien garni.

Marty Brueger, ratatiné par l'âge et la sténose spinale, passait le plus clair de son temps dans son fauteuil, les jambes surélevées sur un coussin. Il avait une touffe de cheveux rêches et emmêlés avec de surprenantes repousses brunes au milieu de mèches d'un gris terne. Il portait des lunettes en cul de bouteille qui lui faisaient des yeux énormes et ressemblait à un vieux perroquet au bout du rouleau. Leona Brueger apprit à Raleigh que son beau-frère avait été un coureur de jupons redoutable jusqu'à ces dernières années, et que sa libido effrénée avait donné lieu à de coûteux procès en paternité dans sa jeunesse, puis pour harcèlement sexuel à un âge plus avancé.

— Assure-toi qu'il a assez de vidéos porno à regarder et du bon whisky à boire, et il ne te posera aucun problème, lui avait-elle confié.

Une des premières questions que le vieil homme posa à Raleigh avait été :

— Est-ce que tu sais faire du bon chili ? Depuis la fermeture de Chasen, personne dans cette foutue ville ne fait de chili digne de ce nom. Dave et Maud Chasen me manquent autant que ma prostate.

— Monsieur Brueger, lui avait répondu Raleigh, vous avez de la veine. Quand j'étais à la fac, j'ai travaillé un été comme commis chez Chasen. J'ai gardé les yeux ouverts et le palais à l'affût. Mon chili ne vous décevra pas.

Bien entendu, c'était un pur mensonge, mais comme Raleigh avait cuisiné pas mal de chili dans sa vie, il pensait pouvoir satisfaire le vieux, et ce fut le cas.

Raleigh maîtrisait parfaitement la situation au moment où Leona Brueger et Rudy Ressler partirent pour l'Italie. Marta Sandoval resta seulement deux jours après le départ de sa patronne, juste assez longtemps pour faire le ménage dans la maison et changer toutes les serviettes et les draps. Avec l'aide de deux de ses petits-fils, elle déménagea tous ses vêtements et toutes ses affaires de ses appartements de gouvernante dans un camion de location et s'en alla. Alors, avec Marty Brueger reclus dans le pavillon le plus clair du temps, Raleigh Dibble eut la propriété Brueger entièrement à lui, et c'était super.

Le système de sécurité était complexe, mais Raleigh apprit à s'en servir assez facilement. Les éclairages extérieurs et les caméras étaient sophistiqués et requirent un peu d'entraînement. Il n'eut à conduire Marty dîner au restaurant que deux fois au cours des deux premières semaines, la première chez Musso and Frank[1], évidemment, et la seconde au Formosa Café. Les vieux riches d'Hollywood fréquentaient toujours leurs anciens lieux de prédilection encore ouverts. Raleigh était convaincu que le Polo Lounge du Beverly Hills Hotel serait au programme dès que le vieux se souviendrait qu'il y avait jadis aimé la salade Neil McCarthy.

Marty saoula Raleigh avec des anecdotes personnelles sur toutes les célébrités dont les caricatures étaient exposées sur les murs du Formosa Café, mais Raleigh pensa qu'il s'agissait de mensonges. Il en déduisit que Marty Brueger était simplement le cadet raté d'un frère aîné qui s'était assuré qu'on s'occupe de son petit frère dans ses vieux jours. Mais Marty Brueger était encore plus facile à gérer que ne l'avait été Julius Hampton, alors Raleigh n'avait rien à redire et gâtait le vieil homme autant que possible.

Raleigh vécut heureux pendant presque un mois et puis, un soir, il reçut un coup de téléphone de Nigel Wickland. Celui-ci lui demanda s'il pouvait le rejoindre à Beverly Hills, chez Nic, dans North Canon Drive, pour un « filet mignon aux myrtilles ».

Quand Raleigh lui répondit : « Mais enfin, Nigel, vous n'êtes pas sérieux ? », le marchand d'art lui renvoya : « OK, laissons tomber la cuisine tendance. On prendra juste un ou deux Martini et une assiette d'oignons frits. Rejoignez-moi là-bas à 17 h 30. »

Cet homme est un mystère, songea Raleigh, *et quasi imprévisible.* Nigel lui avait trouvé ce super job chez les Brueger sans attendre ni remerciements ni services en retour. Pourtant, il y avait une véritable urgence dans l'invitation du marchand d'art. Avant de

1. Ouvert en 1919, premier restaurant d'Hollywood où se retrouvaient stars de cinéma, réalisateurs, producteurs et écrivains.

partir pour le rendez-vous, Raleigh sortit de la maison de maître pour se diriger vers la maison d'amis afin de s'assurer que Marty Brueger se régalait à regarder la télé sur son écran géant.

— Je vais faire des courses, dit-il au vieil homme. Je vous ferai un bon dîner en rentrant.

— Avant de partir, retirez la vidéo du lecteur et mettez-moi celle sur l'étagère, ronchonna Marty. Je crois que j'aime *L'Incroyable Famille Kardashian* encore plus que *The Girls Next Door*, pas vous ? Et passez prendre une bouteille de Jameson chez le marchand d'alcools. Prenez-moi du millésime rare à deux cents la bouteille. Dites-leur de la mettre sur le compte de Leona.

— Je n'y manquerai pas, monsieur Brueger, dit Raleigh. Je n'en ai pas pour longtemps.

Raleigh vérifia que toutes les portes de la maison principale étaient verrouillées et mit l'alarme et les caméras en marche. Comme il était autorisé à conduire la Mercedes SL550 que Leona Brueger appelait sa « citadine », il décida de la prendre plutôt que sa vieille Toyota. Il apprécia la tenue de route de la voiture dans les virages tandis qu'il descendait des Hollywood Hills pour se rendre chez Nic, dans North Canon Drive.

Il trouva Nigel Wickland en train d'attendre dans le bar ; il avait l'air agité. La clientèle de fin d'après-midi était nombreuse et Nigel, assis à une table, sirotait une vodka-Martini au lieu de son habituel daiquiri. La bonhomie du marchand d'art n'était pas au rendez-vous quand il fit signe à Raleigh de s'asseoir.

— Vous avez été coincé dans les embouteillages ? lui demanda Nigel d'un ton sévère.

— Non, mais j'ai dû fermer et m'assurer que M. Brueger avait tout ce qu'il lui fallait. Je n'ai que vingt minutes de retard.

— Aucun problème, dit aussitôt Nigel.

Pour une fois, il n'était pas tiré à quatre épingles comme les snobs de Savile Row que Raleigh avait méprisés pendant ses années londoniennes. Il portait une veste grise en coton gaufré qui n'aurait pas souffert d'un passage au pressing et une chemise de soirée un peu froissée au col ouvert.

Quand la boisson de Raleigh fut servie, Nigel demanda :

— Quel âge avez-vous ?

— Pourquoi cette question ? lui renvoya Raleigh en buvant une gorgée.

— Je suis plus vieux que j'en ai l'air, dit Nigel Wickland. J'ai soixante-quatre ans.

Non, vous les faites, pensa Raleigh. Le marchand d'art avait derrière l'oreille une cicatrice discrète que Raleigh n'avait pas remarquée avant. *Il s'est fait ravaler la façade, mais il fait quand même son âge*, songea-t-il.

Et de répondre à Nigel :

— Moi, j'en ai cinquante-huit.

— Quel enfer de savoir qu'on vieillit et qu'on ne peut pas se le permettre, reprit-il. C'est effrayant, non ?

— Qu'entendez-vous par « ne pas se le permettre » ?

— Vous vous faites un bon salaire chez les Brueger, mais, Raleigh, ça va se terminer dans quelques mois. Ils ne vont pas vous emmener avec eux quand ils s'installeront dans leur vignoble à Napa. Vous serez à nouveau sans emploi.

— Je ne me voyais pas non plus cueillir des raisins à Napa, répliqua Raleigh en se sentant un peu insulté. J'espère m'en sortir dans la vie sans avoir à m'asseoir près d'un lampadaire avec une pancarte : *Chef cuisine contre nourriture.* Je trouverai une autre place. Je m'en sortirai.

— Vous n'en avez pas assez de vous contenter de vous en sortir ?

Nigel Wickland se montrait si sérieux que Raleigh eut un moment d'hésitation.

Puis il répondit :

— Je me trouverai peut-être une Leona Brueger à épouser comme cette fouine de Rudy Ressler. Ou alors, peut-être que je gagnerai le gros lot à la loterie.

Nigel Wickland lui adressa un sourire condescendant, passa nerveusement la main dans sa crinière blanche et lança :

— Soyez réaliste, Raleigh.

— Non, Nigel, c'est à vous de l'être, rétorqua Raleigh en vidant son verre. Ou plus exactement, soyez direct. Où voulez-vous en venir ?

Nigel Wickland se tamponna la bouche avec sa serviette à cocktail ; une goutte de sueur avait perlé au-dessus de sa lèvre supérieure. Raleigh remarqua que son front commençait à suinter lui aussi.

— J'ai des ennuis financiers, Raleigh, avoua-t-il enfin. Cette putain de récession démolit mon affaire. Je vais peut-être devoir me séparer de Ruth et, bon sang, je ne sais pas combien de temps il me reste avant de mettre la clé sous la porte.

— Désolé de l'apprendre, dit Raleigh tandis que Nigel faisait signe au serveur de les resservir.

— Vous et moi, nous pourrions nous entraider, reprit Nigel. On pourrait… devenir associés et s'entraider.

— Quel genre d'associés ?

— Vous pourriez gagner plus que vous ne l'avez jamais imaginé.

— J'ai déjà essayé. Et j'ai fait huit mois à Lompoc dans une pièce avec des tas de types qui ne vous plairaient pas du tout.

Puis, dans un flot de paroles si rapides qu'il fallut un moment à Raleigh pour comprendre, Nigel Wickland lui lâcha :

— Je voudrais que vous me laissiez entrer dans la maison un après-midi pendant une heure ou deux. J'aurais besoin que vous éteigniez les caméras et que vous me laissiez passer inaperçu. Et puis vous pourriez m'aider quelques minutes avant d'aller vous occuper de Marty Brueger dans son cottage jusqu'à ce que je sois prêt à partir.

Après avoir pris toute la mesure des paroles du marchand d'art, Raleigh lui demanda :

— Et pour ça, je me ferai plus d'argent que j'en ai jamais rêvé ? Et qu'est-ce que je dirai à la police quand vous volerez les bijoux de Leona ou je ne sais quoi d'autre que vous avez en tête, Nigel ? Je leur dirai qu'un cambrioleur est entré armé jusqu'aux dents ?

— Je veux seulement photographier deux de ses tableaux, se justifia Nigel Wickland.

— Photographier ses tableaux ?

— Oui, j'ai un peu d'expérience en photo et je pense réussir. Tout ce que j'aurai à faire sera de revenir une fois, quinze jours plus tard, pour une heure tout au plus et voilà.

— Je crois que vous avez forcé sur le Martini, Nigel. Vous divaguez.

— Je vous parle d'un échange de tableaux. Je connais un petit labo appartenant à un charmant jeune homme avec lequel j'ai passé un accord autrefois. Il est atteint d'un léger syndrome d'Asperger et il arrive difficilement à me serrer la main quand on se voit, mais il fait des merveilles dans un labo photo. Je peux photographier deux des tableaux des Brueger avec mon appareil numérique en préservant les proportions. Ensuite, je lui porte le DVD, et je vous garantis qu'il fera un agrandissement sur affiche aux dimensions exactes des tableaux de Leona Brueger. Ça me coûtera trois mille dollars, mais il m'a déjà promis que si je le payais cash, il pourrait réaliser le travail sous quinzaine, sans poser de questions.

Et d'ajouter :

— C'est-à-dire dans deux semaines.

— Je sais ce qu'est une quinzaine, dit Raleigh. J'ai eu la malchance de travailler un été à Londres dans un bistro près de la station de métro King's Cross, et ç'a été un vrai supplice. Mais je ne vois toujours pas de quoi vous parlez.

— Nous devrions causer de ce bon vieux Londres un de ces jours, dit Nigel. Enfin bref… ensuite il me faudra retourner chez les Brueger une fois encore.

— Je n'aime pas l'étape suivante, dit Raleigh. Celle que je vois venir.

— J'aurai besoin d'accéder de nouveau à la maison pour remplacer les tableaux par mes reproductions en les mettant dans les cadres existants. Après, je partirai avec les originaux. Pas de blessures, pas de faute, comme aiment à dire les fans de basket.

— Vous délirez ! s'écria Raleigh. Qu'est-ce que vous entendez par : « Pas de blessures » ?

Se rendant compte que sa diction se dégradait, Raleigh baissa la voix et reprit :

— Vous parlez de pénétrer chez elle et de voler ses tableaux !

— C'est une arriviste ignare, comme la plupart de mes clients, lui renvoya Nigel. Elle ne s'intéresse pas aux œuvres d'art de Sammy Brueger ni à l'art en général. Elle m'a dit qu'elle se moquerait que la maison soit réduite en cendres avec tous les tableaux à l'intérieur. Tout est assuré au maximum.

— Et que diable va-t-il m'arriver quand elle comprendra tout et qu'elle appellera la police ?

— Elle ne se rendra compte de rien, Raleigh, le rassura Nigel Wickland. Elle est inculte. Elle regarde à peine ses œuvres d'art, et je peux vous assurer que seul l'œil avisé d'un expert saura repérer l'échange. Si cela se produit, ce sera dans quelques années, quand elle prendra la peine de retirer les tableaux du box où ils seront entreposés. Elle m'a dit qu'ils seraient tous mis au garde-meuble quand elle déménagera et je vous garantis qu'ils y resteront très longtemps parce que aucun d'eux ne l'intéresse. En fait, elle me charge de mettre chaque œuvre en caisse et de superviser personnellement le transfert en camion jusqu'au garde-meubles.

— Hé ho ! lança Raleigh. Et que se passera-t-il quand elle décidera de les récupérer et peut-être de les confier à un marchand d'art comme vous pour les mettre aux enchères ? Quelqu'un remarquera forcément l'échange !

— C'est là que mon idée est géniale. Quand les tableaux seront dans des caisses et prêts à quitter la Casa Brueger, je m'assurerai que celle contenant les faux soit différente et porte des marques discrètes comme si elle avait été forcée. Ceux qui s'occupent de ce genre de transport sont de simples déménageurs qui ne remarqueront rien. Quand l'échange sera finalement découvert, dans des années, le vol sera attribué à une personne qui travaillait pour le garde-meuble ou y avait accès. Leona touchera l'argent de l'assurance et personne ne sera lésé, si ce n'est l'assureur, mais depuis quand plaint-on les compagnies d'assurance? C'est infaillible, Raleigh.

Celui-ci garda le silence un moment, puis demanda :

— Combien pourraient rapporter ces tableaux? En restant réaliste...

— Ils pourraient se vendre facilement à Copenhague, Stockholm, Berne ou Berlin. J'ai contacté un commissaire-priseur européen discret qui pense pouvoir obtenir au moins six cent mille dollars pour *La Femme au bord de l'eau*. L'autre œuvre impressionniste que j'ai en vue s'intitule *Fleurs dans la colline* et il m'a affirmé qu'elle pourrait rapporter un montant similaire. Raleigh, vous et moi, nous partagerons au moins un million de dollars une fois les frais déduits. Non imposable! Fini de garder des vieux dingues. Et pour moi, une somme qui me permettra peut-être de garder ma galerie ouverte jusqu'à la fin de cette foutue récession. En outre, j'aurai la satisfaction de savoir que ces deux magnifiques œuvres d'art sont chez quelqu'un qui les apprécie vraiment et pas chez des incultes des Hollywood Hills.

— Un demi-million, répéta Raleigh en s'étranglant presque en prononçant ces mots. Quand avez-vous appris pour moi, Nigel?

— Appris quoi?

— Que j'avais fait de la prison. Que j'étais susceptible de prêter une oreille attentive à votre « plan infaillible »?

— Le soir de notre rencontre, admit Nigel Wickland. Quand vous êtes allé aux toilettes, Julius Hampton m'a parlé de vous. Il a dit que vous aviez eu maille à partir avec la loi et fait de la prison. Vous voyez, Raleigh, il a fait faire des recherches par un détective privé quand il vous a engagé. Vous n'étiez peut-être pas au courant.

Raleigh se tut pendant un long moment, puis il dit :

— Personne n'embauche un ancien taulard en se fiant aux apparences. Il faut se renseigner, se méfier et le payer moins que quelqu'un de dix fois pire, mais qui ne s'est jamais fait prendre. Quelqu'un qui a commis un crime bien plus grave que ne pas payer les impôts que l'État extorque forcément.

— Je sais à quel point on traite les anciens détenus comme de la merde, dit Nigel Wickland en posant ses doigts manucurés sur la main de Raleigh pour la tapoter avec sympathie. Alors oui, en effet, je l'avoue, je me suis dit que vous seriez plus réceptif à mon idée qu'un simple quidam. Mais j'ai aussi senti immédiatement que vous étiez un homme imaginatif et ambitieux.

— Vous en faites trop, Nigel. Arrêtez avant que les choses ne se gâtent.

— Vous avez l'air un peu pâlot, dit Nigel Wickland en ouvrant de grands yeux. Alors… vous en êtes ?

— Si ça tourne mal et que je me fais coffrer, je vous balance aux flics et je m'en tire avec le meilleur arrangement possible, l'avertit Raleigh. Sachez-le tout de suite.

— Très bien. Je ne suis pas inquiet, Raleigh. Pas du tout.

— Vous le serez si vous vous retrouvez bouclé avec des types qui avaient des plans infaillibles, rétorqua Raleigh. Et la prison d'État, où on ira, est bien pire que le Club Fed, où j'ai purgé ma peine. Dans une taule d'État, vous apprendrez à dormir sur le dos en gardant un œil ouvert.

Puis il dévisagea Nigel Wickland et ajouta :

— Mais peut-être n'êtes-vous pas tellement effrayé par cet aspect-là.

— Cette remarque n'était pas nécessaire, Raleigh. L'humour homophobe est indigne de vous.

CHAPITRE 10

— Debout, debout, bordel ! cria Jonas Claymore à Megan Burke, qui avait passé presque toute la nuit à vomir.

Il était 10 h 30, elle était épuisée et souffrait encore des douleurs du manque bien que Jonas eût retiré les cent derniers dollars de son compte courant pour leur payer un demi-oxy. Ils l'avaient coupé en deux, puis l'avaient fumé tard dans la nuit après avoir avalé un *Fatburger* dont ni l'un ni l'autre n'avait vraiment envie.

— Je me sens pas bien, se plaignit Megan, allongée sur le grand lit qu'ils partageaient, le visage barbouillé de son maquillage de la veille.

On dirait une poupée gonflable dégonflée, songea Jonas. Elle ressemblait aux cadavres dans les films d'horreur hyper sanglants, où le gars au couteau aime maquiller le visage des macchabées. Putain ! Comment avait-il pu s'embarquer dans cette relation ?

— Faut qu'on bosse aujourd'hui, dit-il. On est complètement à sec.

Megan s'assit tant bien que mal et posa les pieds par terre.

— Je trouverai un autre job de serveuse dès que j'irai mieux, promit-elle.

— Arrête ton cirque. Tu te sentiras pas mieux tant que tu seras en manque. Et tu seras en *bad* tant que tu laisseras pas tomber les beans, les narcos et les perks. Parce que tu les supportes pas.

Elle bâilla à deux reprises et lui renvoya :

— Parce que toi oui, bien sûr.

— J'en fais une consommation récréative. Je connais mes limites, moi. Mais toi ? Toi, t'as le cerveau cramé.

— Mais bien sûr, dit Megan en traversant la chambre en traînant les pieds pour rejoindre la salle de bains.

Puis elle s'assit sur les toilettes et ajouta :

— Tu maîtrises toujours tout, c'est ça?

— C'est écœurant, dit-il. Tu peux pas fermer la porte quand tu pisses ?

Elle répondit en claquant la porte sans se lever du siège :

— C'est toi qui t'es fait virer. Prends-t'en à toi-même, pas à moi.

— Je me suis pas fait virer. J'ai démissionné.

Elle ne répondit pas. Elle avait la nausée et commençait à être secouée de spasmes.

— Pourquoi je peux pas avoir la paix? demanda Jonas au chat impassible.

Il passa un tee-shirt Warner Bros qui, selon lui, lui donnait l'air d'un employé de studio, un jean relativement propre et mit des baskets.

— Tu peux pas appeler une de tes anciennes colocs et lui taxer des fringues? lui demanda-t-il quand elle enfila un autre tee-shirt et un autre short. Et nom de Dieu, prends une brosse et enlève cette mousse de tes dents. Encore un peu et on croira que t'as inventé le pull pour les dents.

***

À midi, assis par cette chaude journée dans la Coccinelle de Jonas vieille de quinze ans, ils roulaient tranquillement à travers les Birds, les rues de l'ouest des Hollywood Hills baptisées de doux noms d'oiseaux, tels Nightingale, Robin et Oriole[1].

— Tu savais que Harrison Ford sait même pas combien d'avions il a? dit-il tandis qu'ils montaient dans les Hills. J'ai

1. Rossignol, rouge-gorge et loriot.

lu une interview où il dit qu'il en a six ou huit. Y sait même pas exactement combien.

Megan, qui portait un pull jaune assez propre, un jean et des tongs, s'était avachie sur son siège et observait les demeures à plusieurs millions de dollars.

— Combien de temps on va devoir faire ça? demanda-t-elle. Je commence à avoir mal au cœur.

Sans s'occuper de ses protestations, comme d'habitude, il poursuivit sur sa lancée :

— Et puis y a Nicolas Cage. Il a des problèmes de fric parce qu'il lui faut des millions pour survivre, et tous les ans. Tu savais qu'il a une collection de BD qui vaut sans doute plus que plusieurs avions de Harrison Ford?

— Aah? Fascinant.

N'importe quelle réaction de sa part l'encourageant, il continua :

— Il avait un exemplaire de la BD *Action One Superman* qui valait un sacré paquet. Le même s'est vendu y a pas longtemps trois cent mille dollars. Et il lui a fallu plusieurs mois pour se rendre compte que ses BD avaient été volées. Imagine un peu, Megan : trois cent mille dollars pour une BD! Et ils s'aperçoivent même pas qu'elle est plus là jusqu'à ce que quelqu'un leur pince les fesses en leur demandant : « Alors, elle est où, cette foutue BD? » C'est le genre de chose qui traîne tout le temps dans les baraques des people. Et le mieux, c'est qu'on fait de mal à personne en les piquant. La moitié du temps, ils savent même pas que ces trucs ont disparu.

— Vu comment je me sens aujourd'hui, je me fous de ce qu'ils savent. Il me faut de l'oxy. Je suis malade.

— C'est cool de t'entendre, dit Jonas, même si c'est encore pour râler contre moi. D'habitude, je parle dans une boîte à écho.

Elle ne répondit pas, il lui demanda :

— Tu vois cette baraque sur la gauche, deux maisons avant le croisement? Tu vois la caméra de surveillance sur le toit? Je pourrais escalader ce garage et la recouvrir avec un sac. Mais d'abord, faudrait que je sache si cette maison appartient à un people distrait. Faut qu'on passe à la bibli ou au cybercafé pour se connecter et trouver qui vit ici. C'est une cible prometteuse.

Jonas conduisit sans but jusqu'à ce qu'ils atteignent plus haut une des rues qui surplombaient une résidence de taille moyenne au milieu d'un terrain en pointe, où une vieille dame en peignoir de bain avec un chapeau était assise sur une chaise longue près d'une piscine. Elle buvait ce qui ressemblait à un verre de thé glacé en regardant une émission sur une petite télé posée sur une table à côté d'elle.

Jonas se gara sans la quitter des yeux, puis il lança :

— Si jamais on était vraiment au pied du mur, je pourrais sonner à la porte de cette maison et dire que je cherche la résidence des Lohan ou un truc dans le genre. Toi, tu pourrais passer par la porte de la piscine pour entrer et piquer la télé. On pourrait l'échanger facile contre au moins un ou deux oxys au Pablo Taco Shop.

— Je me sens vraiment mal, Jonas.

— Ça te branche ?

— Je suppose, répondit-elle après un silence.

— Ça le fait vraiment pour toi ? insista-t-il. Te débine pas !

— Je suis presque assez en manque pour me taper Wilbur pour quelques oxys, dit-elle, les larmes aux yeux. Voilà où j'en suis.

Il l'observa attentivement. Elle était complètement à la ramasse. Encore plus en manque qu'il croyait. Il n'arrivait pas à croire qu'elle puisse ne serait-ce qu'envisager de se taper ce dealer pourri de maladies. Si jamais elle s'abaissait à un truc pareil, il la larguerait, c'était sûr.

— OK, on va faire ça juste pour toi, dit-il. Juste pour t'avoir un ou deux beans d'urgence.

Il ne voulait pas que Megan voie à quel point il était nerveux quand il gara la voiture à deux maisons du coin de la rue et lui dit :

— Va jusqu'à la porte de la piscine. Quand tu l'entendras entrer chez elle, ouvre le portillon, cours, pique la télé et rejoins-moi ici. Si elle est seule à la maison, on est nickel. Si elle a une bonne ou si quelqu'un d'autre ouvre la porte, on laisse tomber. OK?

Son menton trembla quand elle répondit :

— OK.

Jonas roula jusqu'au bas de la colline et se rangea à trente mètres de la porte de la piscine. Le mur d'enceinte enduit de plâtre blanc faisait un mètre quatre-vingts de haut, et la porte se trouvait sur le côté de la propriété pour faciliter l'accès des agents d'entretien. Il se dit qu'elle était peut-être verrouillée, mais que Megan pourrait escalader le mur sans problème.

Il lui adressa un large sourire avec une insouciance feinte lorsqu'elle descendit et referma la portière de la voiture derrière elle. Il fit le tour jusqu'à l'avant de la maison et se gara au bord du trottoir de l'allée privée, à un endroit où ses plaques d'immatriculation n'étaient pas lisibles depuis la résidence.

C'était une de ces incontournables demeures au toit de tuiles rouges, « style espagnol », éparpillées sur le flanc des collines chic de toute la moitié sud de l'État de Californie – le genre qui n'aurait pas détonné dans un rayon de huit cents kilomètres autour de la Méditerranée. Il se dirigea d'un pas assuré vers la porte d'entrée, et il était sur le point de frapper à l'aide du heurtoir en métal noir quand il remarqua la sonnette, et appuya dessus. Il s'attendait à entendre une voix à l'Interphone et fignolait déjà son histoire de voisin qu'il était censé chercher.

L'attente dura plus d'une minute, ce qui était bon signe, puis la porte s'ouvrit et la vieille dame au chapeau, le visage tanné et craquelé comme du vieux cuir, lui demanda sur un ton agacé :

— Vous êtes de chez Manny le plombier ? Je vous ai attendu toute la matinée !

— Heu, non, Manny n'a pas pu se déplacer, mais il m'a demandé de passer vous fixer un autre rendez-vous, si c'est possible.

— Vous ne savez même pas réparer des toilettes bouchées ? lui demanda la vieille femme, deux fois plus agacée.

Sur quoi elle ouvrit la porte, l'air de penser que n'importe quel idiot employé dans une entreprise de plomberie pouvait déboucher des toilettes s'il venait y jeter un œil.

— Non, m'dame, répondit-il. Je travaille dans les bureaux et…

Il n'eut pas le temps de terminer. Un golden retriever de quarante kilos qui aboyait comme un beau diable bondit devant sa maîtresse et sauta sur la poitrine de Jonas, avec les deux pattes de devant, de tout son poids.

— Sigmund ! hurla la femme. Couché ! Couché ! Sigmund !

Jonas tomba à la renverse et le chien se mit à remuer la queue et à frétiller et, l'espace d'un instant, Jonas crut avoir la colonne vertébrale brisée. Il faillit vomir et eut une convulsion quand il tenta de se lever, mais le chien était assis sur sa tête et bavait sur son entrejambe.

La femme attrapa l'animal par le collier et essaya de l'éloigner en criant :

— Vilain garçon ! Vilain Sigmund !

Mais Sigmund, qui n'en avait rien à cirer, fit une grosse léchouille à Jonas sur la bouche avant de décider d'obéir à sa maîtresse.

Jonas se releva tant bien que mal dans des douleurs atroces et, la main droite appuyée sur ses lombaires, il hurla :

— Je pourrais vous faire un procès pour ça, madame !

— Oh, je vous en prie ! dit la femme. Sigmund n'a pas voulu vous blesser. Il aime trop les gens.

— C'est un danger public, lui renvoya Jonas en gémissant tandis que la vieille dame parvenait à faire rentrer son chien avant de refermer la porte.

— Donnez-moi votre nom et votrc adrcssc, dit-elle. Je vais appeler mon assurance tout de suite. S'il vous plaît, croyez-moi, c'est un chien adorable. Je suis vraiment navrée.

Quand elle entra pour aller chercher un stylo et du papier, Jonas descendit prudemment les deux marches, avec à chacun de ses mouvements une douleur atroce à la jambe. Il boitilla jusqu'à sa voiture, mit le contact et fit demi-tour à l'instant même où la femme ressortait, un calepin à la main.

Il prit vite à gauche, longea la moitié du pâté de maisons et Megan courut jusqu'à la voiture, la télé sous le bras.

— C'est bon, je l'ai fait, dit-elle en ouvrant la portière de la Coccinelle avant de poser la télé sur le siège arrière.

— Je te laisse conduire. Dépose-moi à la maison et va faire l'échange avec l'oxy. Un chien enragé vient de m'attaquer. Aïe, merde, mon dos !

***

Raleigh Dibble appréciait tant son boulot de gardiennage qu'il pouvait presque rester une journée entière sans penser à Nigel Wickland. Le marchand d'art passait beaucoup de temps au labo de son associé à apprendre suffisamment d'astuces de photo pour lui permettre de faire ce qu'il avait à faire. Il appelait Raleigh tous les soirs sur son portable pour le tenir au courant de l'avancée du projet. Et chaque fois que Raleigh réfléchissait au plan de Nigel, il se jurait de se rétracter. Il s'allongeait au bord de la piscine des Brueger par de chauds après-midi et songeait à la dizaine de façons dont le plan pouvait déraper.

Il se demandait aussi quand Nigel allait lui téléphoner pour lui annoncer que c'était le jour J. Il espérait que Nigel ne soit pas homo. En prison, les pirates de culs les plus extravagants caftaient sans cesse les hétéros pour marquer des points auprès des surveillants. Bien sûr, ça ne signifiait pas que Nigel allait s'affoler et le balancer si quelque chose foirait. Il se pouvait que Nigel soit un gars bien, en définitive. Peut-être.

Ensuite, il se rappelait à quel point la prison fédérale avait été atroce et s'imaginait que la prison d'État serait pire encore. Il ne purgerait pas sa peine avec des fraudeurs d'impôts, des délinquants en col blanc et des gars du crime organisé, comme au Club Fed. Non, cette fois-ci, violeurs, tueurs en série et assassins en tous genres, il serait derrière les barreaux avec les plus infâmes psychopathes. Il mettrait sa vie en danger rien qu'en traversant la cour. Il pourrait se faire tuer par des membres de gangs juste pour avoir parlé à un mec auquel il ne fallait pas parler, ou même pour avoir parlé, mais au mauvais moment, à un mec auquel il fallait parler.

La peur aidant, il se rendait compte que ce job chez les Brueger était le plan le plus sympa qu'il avait jamais eu. D'une certaine manière, c'était encore mieux que l'époque où il avait son propre business de traiteur et où il devait sans arrêt s'inquiéter de trouver de la bonne viande, du bon poisson, de bons produits à bon prix. Et engager des gens vraiment motivés. Et payer des impôts. Tout ça lui faisait penser aux cinq cent mille dollars nets d'impôts. Nets d'impôts ! Il se trouverait un coffre-fort et le fric y resterait jusqu'à ce qu'il voie la tournure que prendraient les choses. Il irait à la banque de temps en temps pour le plaisir de regarder son pognon. Il le sortirait du coffre et le caresserait du bout des doigts.

Ou alors, si la récession allait en empirant et si les valeurs immobilières se cassaient la gueule, il se servirait peut-être de l'argent pour acheter le petit appart dont il avait toujours rêvé. Les liquidités seraient reines si l'immobilier coulait pour de bon. Et lui, il en aurait plus qu'il n'en avait jamais eu. Un appart qui valait un million aujourd'hui pourrait s'acheter un demi-million quand la Californie serait finalement en faillite et qu'Arnold Schwarzenegger retournerait à ses films débiles.

Sur un coup de tête, il prit son portable, composa le numéro de la Wickland Gallery et quand Ruth lui passa Nigel, il demanda :

— Vous avez une minute ?

— Juste une, lui répondit Nigel.

— Vous pouvez discuter depuis le téléphone de votre bureau ou vous voulez me rappeler ?

— Ruth s'occupe d'un client. Allez y.

— Quand venez-vous ?

— Vous vous impatientez ?

Le ton de Nigel était énervant, il répondit :

— Non, je ne suis pas tellement impatient. Mais je veux que ce truc avance plus vite.

— Je suis presque prêt. Je me suis entraîné au labo de mon ami et après quelques tentatives infructueuses, j'ai enfin réussi la dernière fois. Et très bien réussi. Le travail était parfait. Vous seriez épaté.

— Alors… quand venez-vous ?

— Essayez de vous contrôler, mon cher. Ça se passera au moment opportun, et ce moment est proche. Attendez-vous à un coup de fil cette semaine. D'accord ?

Raleigh referma son portable et songea que ce qu'il avait détesté le plus quand il travaillait à Londres, c'était d'avoir affaire à des snobs hautains et arrogants. Le simple son de leurs voix flûtées lui était insupportable, en particulier celui des buveurs de thé râleurs et paternalistes du genre Nigel Wickland.

CHAPITRE 11

À la fin de la semaine, les flics surfeurs eurent la malchance d'être de service un soir de « lune d'Hollywood », où tout pouvait arriver. Le sergent Murillo dirigea l'appel et, après avoir averti tout le monde qu'il y aurait lune d'Hollywood cette nuit-là, il finit par chercher dans sa liste de Darwin quelque chose pour booster le moral des troupes.

— Et maintenant, c'est l'heure de la liste de Darwin, annonça-t-il en consultant un bulletin récent. À savoir la liste de ceux dont l'absence ne nous manquera pas. La nuit dernière dans West L. A., un cambrioleur qui avait pénétré dans un immeuble de bureaux par un conduit de climatisation avec une lampe torche dans la bouche a fait une chute de six mètres et s'est retrouvé face contre terre ; la lampe torche s'est enfoncée dans sa gorge et l'a étouffé. Il semble qu'il ait trouvé sa lumière intérieure.

Les équipes poussèrent des acclamations et se mirent à siffler, le sergent poursuivit :

— Ce soir, c'est la pleine lune. Lune d'Hollywood. Et comme vous le savez, ça fait faire toutes sortes de choses étranges aux citoyens. Pour les bleus qui ne sont pas au courant, ça signifie aussi que je paie une grande pizza royale à l'équipe qui ramènera l'histoire la plus bizarre à la fin du quart. OK, au boulot.

Tous les flics ramassèrent leur barda et touchèrent la photo de l'Oracle pour se porter chance avant de gagner l'arsenal, puis le parking.

***

Le souffle brûlant des Santa Ana sur les boulevards faisait monter des ondes de chaleur du bitume qui desséchaient tellement la peau que tout le monde se grattait et se passait du baume à lèvres. Après la lueur fébrile du crépuscule, et bien avant que la lune d'Hollywood ne se lève, un appel arriva à la division des communications depuis East Hollywood et donna le ton de la soirée. Malgré le mélange ethnique du quartier qui faisait du School District une véritable tour de Babel, il n'y avait pas tellement de familles afro-américaines dans les limites géographiques de la division d'Hollywood. L'appel radio pour « coups de feu » mena l'équipe de la 6-X-32 à la maisonnette d'une famille noire, non pas afro-américaine, mais récemment immigrée de République dominicaine.

Quand la 6-X-32 s'arrêta devant la maison de l'auteur de l'appel, le Débris déverrouilla son fusil à pompe et, ainsi armé, s'avança vers la porte. Il était suivi par le Bris, au volant ce soir-là.

L'appel avait été passé par une Dominicaine voisine de la maison d'une famille salvadorienne d'où le tir était parti. La Dominicaine, qui travaillait comme serveuse dans un restaurant mexicain de Western Avenue, attendait la police. Elle avait la cinquantaine et donna l'impression aux flics surfeurs d'avoir abusé des *gorditas*[1] du restaurant. Même si elle mesurait à peine un mètre cinquante, elle pesait facilement plus que le Bris, à côté duquel elle semblait minuscule.

— J'ai entendu quelqu'un tirer un coup de feu, dit-elle. Là !

Et de montrer du doigt l'habitation voisine délabrée.

À ce moment-là, l'équipe de la 6-X-66 arrivait sur les lieux dans un crissement de pneus, Hollywood Nate et Snuffy Salcedo bondissant de leur véhicule pour venir seconder les amateurs de surf.

Snuffy parla brièvement avec la femme en espagnol et apprit qu'elle ne connaissait pas la famille salvadorienne, qui venait d'arriver dans le quartier. Selon la Dominicaine, la famille était

1. Sorte de tourte à base de farine de maïs.

composée d'une mère, d'un homme qui pouvait être ou non le père, et d'au moins six enfants, peut-être même plus. Ils vivaient tous dans la maisonnette de location trois pièces appartenant au même marchand de sommeil que celle des Dominicains. Elle ajouta qu'une très vieille *abuelita* y vivait aussi.

— Une mamie ? demanda Hollywood Nate.

Snuffy acquiesça.

— Il y a une pleine maisonnée de gens dans cette petite baraque, dit Snuffy.

Avant que les amateurs de surf n'atteignent la véranda des Salvadoriens, une équipe de la ronde n° 3 arriva pour couvrir la porte de derrière. Au même instant, une voiture d'inspecteurs s'arrêta devant, et l'inspecteur de la brigade de nuit, Charlie Gilford, dit « le Compatissant », vêtu d'un blazer brun-roux en coton taché de nourriture, sortit en se suçant les dents, comme toujours. Il voulait quelque chose pour son compte rendu de service afin de prouver qu'il quittait effectivement le central de temps en temps pour filer un coup de main aux agents, et pas seulement pour avaler un repas gratuit dans des endroits où une assiette de victuailles bien grasses était offerte aux flics en patrouille, et à moitié prix pour quiconque portait un badge.

Nate avait toujours considéré comme un des grands mystères d'Hollywood que cet inspecteur fainéant – il acceptait de bosser la nuit dans le seul but d'éviter la charge de boulot de la journée – arrive toujours à trouver une cravate encore plus moche que la précédente. Cette nuit-là, elle était d'une couleur indéfinissable, à cause du tourbillon de motifs aux teintes criardes et discordantes qui serpentait tout le long. Cela dit, c'était parfait pour masquer les taches de sauce. Nate pensa que Charlie se pointait juste parce qu'il avait entendu l'appel général alors qu'il se trouvait à quelques rues de là, à s'envoyer des *tostadas*[1] à l'œil après avoir montré son insigne au patron du resto à tacos du coin.

1. Sorte de tortilla.

À mi-chemin entre la voiture et la maison, Charlie le Compatissant comprit qu'il était arrivé trop tôt. Les flics en tenue n'étant pas entrés et n'ayant pas encore bouclé la zone, il ne bougea plus pour ne pas risquer de se retrouver pris dans un incident potentiellement dangereux.

Le Débris se posta d'un côté de la porte à moustiquaire et y frappa avec le canon de son Remington 870. Le Bris tenait son Glock canon vers le bas, contre sa jambe droite.

— Police ! cria le Débris. Sortez immédiatement, les mains sur la tête !

La porte s'ouvrit lentement et sept enfants salvadoriens, la plupart en short et tee-shirt, apparurent dans la véranda, les mains sur la tête. Ils devaient avoir entre quatre et treize ans. Trois des plus jeunes pleuraient, les plus âgés ayant franchement la trouille. Celui qui semblait avoir treize ans avait le crâne rasé à blanc et portait déjà des fringues d'aspirant membre de gang : chemise écossaise en flanelle et short large en jean qui, en plus de lui tomber à mi-fesses, lui arrivait bien en dessous des genoux. Il devait essayer de se faire admettre comme junior dans un des gangs du quartier, peut-être la Mara Salvatrucha des Salvadoriens, aussi connue sous le nom de MS-13, le plus gros gang du monde.

— Qu'est-ce qui s'est passé ici ? demanda le Bris.

— Mon grand frère s'est fait tirer dessus, répondit le gamin dans un bon anglais.

— Qui lui a tiré dessus ? demanda le Débris, son fusil à pompe en travers de la poitrine et prêt à tirer.

— Je veux pas le dire, répondit le gamin.

— Où il est ? demanda le Bris.

— Pas là. Il est monté dans sa caisse et il est parti à l'hôpital.

— Où a-t-il été touché ? demanda le Bris en songeant qu'il s'agissait sans doute d'un coup tiré d'une voiture en marche.

— Là, dit le gamin en baissant une main pour se toucher la fesse gauche.

— Quel âge il a ?

— Dix-huit ans. Je peux enlever ma main de ma tête maintenant ?

Le Bris acquiesça, puis lui demanda :
— À quel hôpital est-il allé ?
— Je sais pas. Il était grave en colère, il disait des gros mots et tout ça, alors y voulait parler à personne.
— Ta mère est là ?
— Non, elle est au travail.
— Est-ce que l'un de vous a tiré sur ton frère ? demanda le Débris.
— Non, dit le gamin.
— Alors qui lui a tiré dessus ?
Cette fois, le gamin fondit en larmes en hochant la tête.
— J'peux pas vous dire, dit-il en regardant vers la bicoque.
— Le tireur est à l'intérieur ? demanda le Bris en relevant le canon de son pistolet, prêt à tout.
— Oui, oui, répondit le gamin qui se mettait franchement à brailler.
Hollywood Nate et Snuffy Salcedo, accompagnés par une deuxième équipe de la ronde n° 3, se déployèrent près de la véranda, armes au poing.
— Le tireur est à l'intérieur, leur lança le Bris.
Aussitôt, le Bris et le Débris firent signe aux enfants de s'éloigner de la véranda et de gagner le maigre bout de gazon qui faisait office de pelouse. Le Bris fit un signe de la tête à son équipier, qui lui fit un signe en retour, puis, suivi du Bris, le Débris entra vite dans la maison, le fût du fusil contre la hanche.
— Police ! cria-t-il. Sortez de la chambre, mains sur la tête !
Aucune réponse, mais ils entendirent le son de la télévision.
Le Bris s'accroupit, tint son pistolet à bout de bras et s'écarta de l'angle de tir.
— Tout de suite, bordel ! Sortez tout de suite ! cria-t-il.
Toujours pas de réponse.
Le Débris s'avança, presque accroupi. La pénombre du crépuscule empêchait de bien voir dans la chambre, où la télévision était allumée, mais ils pouvaient entendre des voix déclamer leurs dialogues mélodramatiques en espagnol avec beaucoup d'inten-

sité et plus qu'assez de volume. Ils ne percevaient aucun autre bruit.

— Sortez ! ordonna de nouveau le Débris.

Le Bris, dos au mur et toujours penché en avant, tendit le cou, scruta la pièce par la porte ouverte et repéra le tireur.

Assise à sa place habituelle, sur un fauteuil inclinable défoncé, jambes relevées, une ancêtre regardait attentivement une vieille télé posée sur une commode. Le fil d'antenne courait de la télé à la fenêtre, sans doute connecté à une antenne sur le toit.

Un calibre 32 fatigué était posé sur une table à côté d'elle, près d'un téléphone.

— Viens voir ça, frangin ! cria le Bris.

Le Débris pénétra dans la pièce minuscule, se dirigea aussi sec vers la table et ramassa le revolver, le Bris sur les talons.

La vieille les regarda à peine et sembla se concentrer un peu plus sur l'émission, où un homme torse nu sur une plage tropicale, de nuit, embrassait une femme voluptueuse qui soupira avant de s'écrier : « *¡ Carlos, Carlos, mi amor !* » Lequel Carlos répliqua : « *¡ Isabel, mi vida !* »

— Putain, mec ! reprit le Bris. Elle a genre cent ans !

Il n'était pas loin du compte. À première vue, elle avait l'air momifiée. La très vieille Salvadorienne avait la couleur du moka crème. Sa chevelure, ou ce qu'il en restait, consistait en quelques mèches de frisottis incolores. Ses yeux laiteux étaient creux, enfoncés profondément dans leurs orbites et ses paupières avaient l'aspect du papier de soie froissé. Sa bouche ouverte aux lèvres rêches révélait des gencives noircies et quelques dents ambrées. Elle portait une robe en coton délavé assez large pour vêtir deux femmes de sa corpulence et des pantoufles Donald Duck pelucheuses. Ses bras et ses jambes nus faisaient l'effet de baguettes de bois sec et sa peau fripée et parcheminée semblait trop fragile pour supporter le moindre contact humain.

— Mec, on a affaire à la *über* ancêtre d'Hollywood, lança le Débris.

— *¿ Inglès ?* lui demanda le Bris. *¿ Habla Inglès ?*

La vieille femme lui jeta un regard de ses yeux laiteux, hocha la tête et se remit à regarder la télé.

— Ramenez Snuffy ! cria le Débris aux flics qui s'agglutinaient déjà autour de la véranda.

Quelques instants plus tard, Snuffy Salcedo entrait dans la chambre. Il observa la femme et lança aux flics surfeurs :

— Vous vous fichez de moi ?

Il s'agenouilla ensuite près du fauteuil et parla à l'ancêtre. Elle répondit tranquillement d'une voix étonnamment forte, mais sans jamais quitter des yeux l'émisson tandis que Snuffy lui posait une série de questions.

Après avoir obtenu quelques brèves réponses, Snuffy s'adressa au Bris, au Débris et à Hollywood Nate en ces termes :

— Elle s'appelle Irma Beltrán. C'est l'arrière-grand-mère des gamins et elle pense avoir quatre-vingt-dix-huit ou quatre-vingt-dix-neuf ans, elle se souvient plus. Mais elle fait une grande fête ici pour son centième anniversaire et il y aura du *pupusa*[1], du *curtido*[2] et un gâteau d'anniversaire *tres leches*[3]. On est tous invités.

Le Bris et le Débris échangèrent un regard, puis le Débris dit à Snuffy :

— Demande-lui qui a tiré sur le gamin.

— Je l'ai déjà fait.

— Nous fais pas attendre, mec ! lança le Bris.

— Elle.

— Elle couvre peut-être quelqu'un, suggéra le Débris avec optimisme. Peut-être le père des gamins ?

— Elle est formelle. C'est elle qui lui a tiré dessus.

— Demande-lui si c'était un accident. Je parie que c'en était un.

1. Tortilla épaisse fourrée de fromage, de viande de porc et de haricots rouges réduits en pâte.

2. Condiment de type chutney à base de chou.

3. « Gâteau aux trois laits » : lait entier, lait concentré nature et lait concentré sucré.

Snuffy lui parla de nouveau, écouta sa réponse et reprit :

— Non. Elle dit avoir tiré délibérément.

Puis, savourant l'embarras des flics surfeurs, il ajouta :

— Vous voulez que je lui lise ses droits ? L'arrestation d'une criminelle ferait bien dans vos états de service.

Ignorant le sarcasme, le Débris poursuivit :

— Demande-lui pourquoi elle lui a tiré dessus.

— Déjà fait. Elle lui a tiré dessus parce qu'il voulait pas arrêter de téléphoner pendant qu'elle regardait sa *novela* préférée.

— Alors qu'est-ce qu'on va faire d'elle ? demanda le Bris après un moment de réflexion.

— Ce tireur-là, moi, je lui mets pas les pinces, répondit le Débris. Si tu la touches, elle pourrait se casser en mille morceaux. Ou se réduire en poudre. Il faudra une pelle pour la ramasser. On devrait peut-être appeler un superviseur.

— Et merde ! lança le Bris. Demande-lui si elle essayait pas juste de le faire flipper pour qu'il lâche son téléphone et si elle a pas shooté, genre dans sa direction, et que la balle l'a genre touché au cul.

Snuffy Salcedo s'adressa de nouveau à la vieille, écouta sa réponse, puis se tourna vers les autres flics et répondit :

— Elle dit qu'elle atteint toujours ses cibles. Et... est-ce que le grand policier pourrait, s'il veut bien, s'écarter de la télévision parce qu'elle trouve Carlos très beau et que c'est un très bon épisode.

Le Bris se poussa pour qu'Irma Beltrán puisse voir ce que Carlos allait faire maintenant qu'Isabel était allongée sans défense sur le sable, en pâmoison sous ses baisers torrides. Le sein droit d'Isabel était en partie déjà découvert ; le Débris lui-même était à présent absorbé par l'émission.

Le Bris rappela son collègue à l'ordre :

— Reste dans la partie, mec, et écoute bien. Va y avoir lune d'Hollywood cette nuit, alors elle a peut-être chopé une vibration lunaire avant l'heure et c'est pas tout de sa faute. Réfléchis à un moyen élégant de régler cette histoire sans qu'on ait à la bouger de ce fauteuil.

Hollywood Nate intervint.

— Embarque juste le flingue. Le gamin doit être allé aux urgences d'Hollywood Pres. À l'heure qu'il est, il est calmé. Je parie qu'il signera le papelard comme quoi la vieille dame l'a shooté par accident, ou peut-être que tu pourrais lui suggérer de dire que c'est lui qui s'est blessé en s'entraînant à dégainer vite. Et profites-en pour lui rappeler d'éviter de téléphoner pendant que Ma'Dalton regarde ses feuilletons.

À ce moment-là, Charlie Gilford le Compatissant entra d'un pas nonchalant dans la petite pièce bondée et demanda :

— Qu'est-ce qui vous retient aussi longtemps, les gars ?

Quand il aperçut Irma Beltrán, il se figea et demanda :

— Putain, mais qu'est-ce que la mère de Norman Bates[1] fiche ici ?

— C'est le tireur, répondit le Bris. Mais c'était un accident. Elle a pris le flingue pour la télécommande. Ç'aurait pu arriver à n'importe qui.

— Remettez-la dans la cave ! lança Charlie le Compatissant avec un frisson de dégoût.

— On pense que la victime est à Hollywood Pres, expliqua le Bris à l'inspecteur. C'est son arrière-petit-fils. Touché à la fesse, c'est tout. Pas de souci.

Ils furent interrompus par un flic de la ronde n° 3 qui entra dans la pièce en annonçant :

— J'ai un scoop. Le plus âgé des mômes vient de nous dire que sa mamie a cent trois ans.

— Cette histoire est digne du prix de la lune d'Hollywood, Charlie, lança Hollywood Nate. Ce doit être le record de longévité chez les snipers du coin. Cent trois ans !

Charlie le Compatissant se suçota les dents un instant, haussa les épaules et lâcha :

— Et alors ? Un truc encore plus bizarre va se passer par ici cette nuit.

1. Personnage du film *Psychose* incarné par Anthony Perkins.

Sur quoi il ajouta le mantra entendu si souvent dans la zone géographique couverte par cette division de la police :

— C'est à Hollywood qu'on est, bordel !

L'inspecteur tira un calepin de sa poche pour y chercher le numéro du centre médical presbytérien d'Hollywood, mais quand il s'approcha de la table et tendit la main pour attraper le téléphone, le Bris et le Débris lui fichèrent une trouille pas possible en hurlant à l'unisson :

— Touche pas au téléphone !

***

Jonas Claymore ne ressentait pas les effets de la pleine lune au-dessus d'Hollywood. Il était au lit, un coussin chauffant sur les lombaires, à râler et ce, même quand Megan Burke entra avec un watson pour lui qu'elle avait eu en plus de deux oxys en échange de la télé volée.

— T'as aussi mal qu'hier ? demanda-t-elle.

— Enfin merde, qu'est-ce que tu crois ? grogna-t-il. Bon sang, la chaleur arrange rien du tout. Masse-moi encore avec ce gel chauffant, s'il te plaît. Oh, putain, mon dos ! J'aimerais retourner là-haut, et balancer un hamburger à la mort-aux-rats à ce clébard.

— Tu devrais regarder la télé ou faire un truc, dit Megan, saoulée par ses geignements. Déjà, si tu te tirais du lit, tu te sentirais mieux.

— Facile à dire. Tu me fais un truc à manger ?

— Qu'est-ce que tu veux ?

— Oh, disons une côte de bœuf avec de la purée à l'ail. Ou un filet mignon avec des oignons frits. Bordel, tu penses à quoi ?

Elle soupira.

— Je vais voir s'il reste une boîte de soupe de tomate. S'il y en a, tu veux des crackers avec ?

— Surprends-moi avec tes talents de cuisinière.

— C'était peut-être un signe. Se faire attaquer par un animal pendant notre premier délit. On devrait peut-être s'arrêter tant qu'il est encore temps.

— T'as pas eu un genre de montée en piquant cette télé ? Je me disais que, pendant un petit moment, tu pourrais peut-être piquer des trucs pour les échanger contre de l'oxy. Tu vois… juste le temps qu'on se remette à flot. Et puis j'espérais que tu te sentirais prête pour une tentative dans une de ces grandes maisons, là-haut, dans les Hollywood Hills.

— Je trouve toujours ça flippant.

— Je te l'ai dit dès le début, on fera rien de dangereux.

Elle y réfléchit, puis accepta.

— OK, disons que je te suis. Pour l'instant. Mais seulement jusqu'à ce qu'on retombe sur nos pieds.

— Je serai d'attaque dans quelques jours. Bon, et cette bouffe ?

Elle partit un quart d'heure et revint avec un bol de soupe de tomate et des crackers sur une assiette en papier. Jonas se servit un cracker, si mou qu'il plia entre ses doigts.

— Ça te va ? lui demanda Megan quand il goûta une cuillerée.

— C'est savoureux. Un de nos meilleurs dîners, je dois dire.

CHAPITRE 12

Viv Daley et Georgie Adams avaient été désarmés suite au décès de Louis Dryden et ne retourneraient pas sur le terrain avant qu'un psy du service des Sciences du comportement ne donne son aval au chef, conformément à la politique du LAPD. Ce qui laissait seulement deux femmes en patrouille par cette nuit de lune d'Hollywood. L'officier de classe 3 Della Ravelle, vingt-deux ans de service, formait la stagiaire Britney Small, née un an après l'entrée de son instructrice au LAPD. Della Ravelle conduisait la voiture 6-X-46, la jeune recrue rédigeant les rapports.

Britney Small, stagiaire dans la dernière phase de sa période d'essai, était la femme la plus craintive et timide que Della Ravelle eût rencontrée dans les services de police. Mais comme son précédent instructeur – un Américain d'origine coréenne extrêmement discipliné du nom de Rupert Tong – lui avait toujours fait d'élogieuses évaluations, Della se disait que sa stagiaire avait certainement fait preuve d'assurance quand les circonstances l'exigeaient. Tong ayant été transféré à un poste qu'il briguait depuis longtemps à la division des Vols et Homicides, Della Ravelle prenait la relève avec Britney Small jusqu'à la fin de sa période d'essai d'un an et demi, qui se terminerait deux mois plus tard.

Comme Britney Small arrivait à la fin de son stage et que Della Ravelle était cool, cette dernière insista pour que la bleue arrête de l'appeler « madame ». Britney avait appelé Rupert Tong

« monsieur » jusqu'à leur dernière nuit de patrouille, moment où cet ancien membre des Navy Seals[1] lui avait dit :

— N'hésite pas à me prévenir si tu as besoin de quoi que ce soit ou si tu as des questions concernant ce que tu as appris avec moi. Tu as mon numéro de portable.

C'est seulement après qu'elle lui avait dit : « Merci monsieur, et bonne chance à vous » qu'il l'avait prise dans ses bras pour lui dire au revoir en la gratifiant d'un : « Tu es déjà un vrai flic, Brit. Tu peux m'appeler Rupert, si tu veux. »

Britney Small était si élancée que Della Ravelle l'appelait : « ma ballerine en uniforme ». La jeune recrue à la peau laiteuse se réjouissait d'avoir une femme pour instructeur ; elle lui avait dit lors de leur première nuit de patrouille que c'était génial de bosser avec quelqu'un d'encore plus vieux que sa mère, pour la sagesse que ça lui apporterait.

— Eh bien merci, lui avait répondu Della en pensant ce que toute personne de plus de quarante ans aurait pensé en pareille occasion : « Plus vieille que sa mère ? Où sont passées les années ? Mais enfin, comment ça a pu m'arriver ? »

Della Ravelle avait quarante-quatre ans, des yeux noisette au regard intelligent et un sourire aimable pour tout le monde. Ces derniers temps, elle était obligée d'aller chez le coiffeur plus souvent qu'elle ne l'aurait voulu afin que ses cheveux restent bruns. « Je me teindrai jusqu'à m'éteindre » était sa devise. Elle s'acharnait à perdre cinq kilos malgré un entraînement régulier à la salle de muscu du commissariat, où Hollywood Nate soulevait de la fonte presque tous les jours.

Mariée et divorcée deux fois, elle avait deux fils de dix-neuf et dix-sept ans, qui vivaient avec elle dans sa maison de South Pasadena. Zach et Jonathan étudiaient, le premier à la fac de Pasadena City et le second au lycée de South Pasadena. Della avait toujours considéré que c'était un pur coup de bol d'avoir fait un meilleur mariage la première fois, à l'époque où elle voulait des

1. Ou nageurs de combat.

enfants. En premières noces, elle avait épousé un auditeur fiscal qui avait payé la pension alimentaire rubis sur l'ongle tout au long des années, alors que pendant leur mariage, il avait été pinailleur et bon à rien au point de la rendre dingue. Pour lui, on pouvait analyser le boulot de la police de la même façon que les déclarations de revenus des mauvais payeurs qu'il prenait plaisir à harceler. Il n'avait jamais compris les répercussions émotionnelles du boulot, et les liens profonds qui se tissaient entre les membres en tenue bleue de l'étrange confrérie du badge à laquelle elle appartenait.

Le deuxième mari avait été une erreur encore pire car lui aussi était flic, genre mâle alpha macho du LAPD avec moustache et tout le tralala. Leur relation avait été conflictuelle dès la lune de miel, mais heureusement, le mariage avait été bref, et ils n'avaient pas eu d'enfants. Maintenant que les jours et les nuits à faire appel à des baby-sitters étaient derrière elle, Della Ravelle espérait profiter des six ans qu'il lui restait dans la police avant de prendre, selon ses projets, sa retraite à cinquante ans pour couler des jours paisibles où la phase de la lune au-dessus d'Hollywood n'aurait pas la moindre importance.

À 21 heures ce soir-là, elle leva les yeux en conduisant et dit à Britney Small :

— Je me demande bien quand sa colère va s'abattre sur nous.

— Pardon ?

— Oui, celle de la lune d'Hollywood. On nous attend.

Jusque-là, leur ronde avait été routinière, mais les automobilistes de la pleine lune ressentaient déjà ses effets. Il y avait eu trois accidents sur les boulevards et Della et Britney avaient toutes les deux rédigé des procès-verbaux pour infraction aux règles de la circulation. Elles en étaient à leur troisième intervention lorsqu'elles reçurent un code 415 – celui du « conflit familial » – sur leur ordinateur de bord. Les conflits s'aggravant souvent dans ce genre d'appels de routine, Della dit à sa stagiaire :

— Au sujet de ces appels pour conflits familiaux, code 415, garde bien à l'esprit que nous n'allons pas au contact des gens avant l'arrivée des autres. N'hésite pas à te servir de ton Rover pour demander des renforts ou de l'aide si besoin est.

— OK.

Della ajouta :

— Il y a quelques années de ça, deux femmes officiers, ici, à Hollywood, se sont retrouvées dans une grosse bagarre de rue contre un grand costaud violent et l'une des deux a été gravement blessée. Des pompiers qui prenaient leur pause déjeuner étaient là à regarder et n'ont pas levé le petit doigt pour venir en aide aux officiers. Après ça, la brigade des sapeurs-pompiers a envoyé un gradé à chaque appel pour présenter des excuses et tenter de justifier leur attitude, mais tous les flics du commissariat d'Hollywood étaient vraiment en pétard. Les plus grandes gueules ont dit au chef de brigade que la prochaine fois que des pompiers se feraient bombarder de pierres ou tirer dessus par des voyous dans la rue, ils resteraient là à regarder comme ils l'avaient fait. On l'a eue sacrément mauvaise pendant un moment. La morale de l'histoire, c'est qu'on ne peut compter que sur ses frères en tenue bleue pour obtenir de l'aide quand ça en vient aux mains. Ton ancien instructeur était un très bon flic, mais c'était un homme. N'oublie jamais que tu es une femme. Certains gars, tu ne les impressionneras jamais, quoi que tu fasses.

— Je l'ai remarqué, c'est clair, dit Britney. Les caïds à l'ancienne sont toujours plutôt froids avec les femmes flics.

— Je te le répète, Britney. N'oublie jamais que tu es une femme pendant le boulot.

— Reçu cinq sur cinq. Je n'oublierai pas.

— On a beau être des officiers hors pair, on peut pas se transformer en mecs pendant les interventions où il faut mouiller sa chemise. Et d'ailleurs, une femme cuitée et agressive peut être pire qu'un homme dans une bagarre de rue acharnée, alors reste sur tes gardes dans ce genre de situation. Mais en général, on est plus douées pour le dialogue que les hommes et, des fois, on arrive à désamorcer les conflits simplement en faisant preuve de bon sens et parce qu'on est des femmes, dans des cas où les hommes ne le pourraient pas. Parfois, le simple fait d'être une femme peut calmer le jeu. Pendant les derniers mois de ta formation, je vais te filer plein de trucs de nana flic que Rupert Tong n'a pas pu t'apprendre. Ça te va ?

— Bien sûr, madame… heu, Della, répondit Britney. Je suis très reconnaissante d'apprendre des trucs de femme avec une autre femme.

— Je parie que Rupert Tong ne t'a jamais parlé de sous-vêtements, si ? demanda Della.

— De sous-vêtements ? Seigneur, non ! s'écria Britney.

— Eh bien, c'est important que les femmes flics sachent ceci : on ne part jamais bosser en quatrième vitesse avec ses sous-vêtements à l'envers. Et on ne porte pas de sous-vêtements de mamie, même si à ton âge, je suis sûre que tu ne le fais jamais. Tout ça, au cas où un truc grave arriverait. Est-ce que tu aimerais que des types des urgences te voient avec des dessous craignos à l'envers ?

— Je vois, dit Britney en pouffant.

— Et pour la même raison, on ne va pas bosser sans se raser les jambes. T'aimerais qu'un urgentiste bavard aille parler de tes poils à des flics de la ronde n° 5 ? Sache qu'ils se mettraient aussitôt à t'appeler « jambes de cactus ».

— Pas de jambes de cactus, dit la bleue. OK.

— Et ne porte pas de soutif à balconnets sous ton gilet pare-balles. J'ai essayé d'enlever celui de Millie Boyle quand elle s'est fait emboutir par l'arrière lors d'un carambolage au croisement d'Hollywood et de Vine, juste avant qu'on la mette dans l'ambulance. Et son foutu soutif a sauté comme s'il était à ressorts. Un des nuiteux l'a trouvé dans la rue et en a affiché une photo prise avec son portable sur le mur de la salle d'appel avec un mot qui disait : « La personne qui a perdu cet équipement sur les lieux d'un accident de la circulation au croisement d'Hollywood et de Vine peut aller le réclamer à Harry le roi de l'arsenal. » C'était très gênant pour Millie.

— Pas de soutif à balconnets. OK chef, acquiesça gaiement Britney. C'est une info très utile.

— Pauvre Millie, reprit Della. Elle a épousé deux lieutenants et en a divorcé au début de sa carrière, alors assez vite, tous les gars avec qui elle a bossé l'ont demandée en mariage. Ils lui sortaient des trucs du style : « Je sais que je te plais pas, mais si je t'épouse, je pourrais passer lieutenant. Alors, qu'est-ce que t'en dis ? »

***

Elles devaient intervenir dans une maison à un étage située dans une rue résidentielle un peu au sud des studios de la Paramount. Elles entendirent les cris depuis la rue, sortirent de leur atelier et se munirent de leur tonfa. L'appel avait été passé de l'habitation voisine et une jeune femme en body orange qui se tenait sur sa véranda montra du doigt l'allée entre les deux maisons. Elles avisèrent une grande télé à écran plasma en mille morceaux sous une fenêtre ouverte à l'étage. Della adressa un signe de tête à la femme en body, qui rentra chez elle et referma la porte dare-dare.

Britney frappa puis, au bout de quelques instants, un des antagonistes potentiels, une grassouillette plus âgée que Della, avec des yeux sombres et un teint olivâtre, ouvrit la porte. Elle portait sa tenue de travail du Farmers Market, où elle servait café et pâtisseries dans un des stands. Son mari, du même âge qu'elle et encore plus gros, portait, comme on pouvait s'y attendre, un marcel trempé de sueur. Mais aucun des deux n'avait recouru à la violence pour l'instant. Le visage de soûlard du mari resplendissait et le bonhomme jetait un regard mauvais à sa femme.

Les flics entrèrent dans la maison, Britney s'adressant au couple :

— Un de vos voisins nous a appelés. Il y a un problème ?

L'homme montra sa femme du doigt et répondit :

— Ma femme croit qu'elle peut me tromper et que je vais m'écraser et accepter !

— Pouvez-vous nous donner vos noms, je vous prie ? demanda Della en essayant de désamorcer le conflit pour gagner du temps.

— John Gianopoulos, répondit le mari, et cette femme infidèle est malheureusement mon épouse.

La femme, cherchant un peu d'empathie, se tourna vers la fliquette la plus âgée et expliqua :

— Cet idiot croit que je me tape mon coiffeur, Jackie, qui se trouve être plus gay qu'un bouquet de pâquerettes. En fait, la poule de Jackie est un petit gars beaucoup plus beau que moi et sacrément plus jeune. Et il a même des nichons grâce à un traitement aux hormones. Enfin merde, pourquoi mon coiffeur voudrait-il me baiser ?

Le regard que Britney lança à Della disait : « Qui en aurait envie ? »

— On pourrait pas baisser d'un ton ? dit Della Ravelle d'une voix douce. Vous faites peur aux voisins.

— Elle me tue, gémit le mari. Elle me tue !

Les deux fliquettes l'observèrent de plus près. Il avait des tonsures sur tout le crâne. Il lui restait un tout petit peu de sourcils au-dessus de l'œil gauche et pas du tout au-dessus du droit. Même ses bras étaient bizarres. L'avant-bras gauche était couvert de poils noirs, mais on remarquait de grandes plaques de peau nue, comme sur son crâne. Et le droit était presque entièrement glabre. En y regardant de plus près, Della s'aperçut que, bien qu'à l'origine il soit du genre très velu, il n'avait plus de sourcils.

De toute évidence, John Gianopoulos était habitué à ce qu'on le dévisage. Il dit aux policières :

— C'est elle qui m'a fait ça. J'étais en bonne santé avant qu'elle me dise que son oncle me ferait entrer dans son entreprise de peinture en bâtiment si je l'épousais.

Il pointa le doigt vers son crâne et ajouta :

— Vous voyez ce que ça me fait d'être avec elle !

Britney le regarda d'un air ébahi et lui demanda :

— Vous avez une maladie de la peau ? La gale ou un truc comme ça ?

— Je souffre de trichollomanie, répondit-il. À cause de ses méchancetés.

Sa femme hocha la tête et ajouta :

— On appelle ça un trouble obsessionnel compulsif. Il s'arrache les cheveux quand il est stressé, c'est-à-dire presque en permanence. De temps en temps, il porte une perruque et, croyez-moi, c'est pas mieux.

— Avez-vous songé à vous séparer? demanda Della.

— J'avais juste besoin qu'on me pousse un peu et peut-être que la présence de deux flics ici est le déclic qu'il me fallait, répondit M. Gianopoulos.

— Il serait bon que l'un de vous aille faire un tour un moment jusqu'à ce que vous vous calmiez, suggéra Della. Je pense que la situation est potentiellement explosive.

— Qu'il parte donc! lança la femme. Qu'il aille au saloon du coin se bourrer la gueule, de toute façon, c'est ce qu'il fait en général.

— Et toi, tu peux partir pour de bon! lui renvoya le mari. Prends tout et rentre chez ta mère. Mais barre-toi!

— Quand je partirai d'ici, lui répondit-elle, je prendrai mes fringues et mon écran plasma – que j'ai payé d'ailleurs – et c'est tout ce que je veux garder de ce mariage de merde.

Puis elle regarda les flics et ajouta :

— Il peut garder les casseroles, la vaisselle qu'il a jamais faite et les factures qu'il a jamais réglées.

— Vous venez de rentrer du travail? lui demanda Della.

— Dix minutes avant votre arrivée. Pourquoi?

— Auriez-vous emprunté l'allée du côté ouest de la maison?

— Non. Je me suis garée dans la ruelle et je suis entrée par la porte de derrière. Pourquoi?

— Oh, oh, fit Britney.

Della s'empressa d'ajouter :

— Monsieur Gianopoulos, je pense qu'il serait plus sage pour vous deux que vous partiez quelques heures. Faites-le tout de suite, je vous prie. Et nous aurons une petite conversation avec Mme Gianopoulos après votre départ.

Il saisit la perche et enfila une veste Members Only qu'il ne put fermer à cause de son énorme ventre, puis il sortit en claquant la porte derrière lui. Après que les officiers eurent appris à Mme Gianopoulos ce qui était arrivé à son écran plasma, et qu'elle eut fini de jurer suffisamment fort pour effrayer le poisson rouge dans son bocal, Della l'encouragea vivement à charger sa voiture puis à se rendre chez sa mère – et la séance de thérapie de couple était gratuite.

— On ne voudrait pas que vous le tuiez dans son sommeil cette nuit, conclut Della. Vous seriez inculpée de meurtre avec préméditation.

— Ça en vaudrait peut-être la peine, rétorqua Mme Gianopoulos d'une voix théâtrale.

— Ce serait mieux pour vous deux si vous le quittiez, dit Britney Small. Les sourcils de M. Gianopoulos pourraient même repousser.

***

L'équipe de la 6-X-46 en avait fini avec cette intervention et se dirigeait vers le nord dans Van Ness Avenue lorsque Della Ravelle dit à sa stagiaire :

— C'était une embrouille de couple assez banale finalement. Mais il y a mille manières dont un « il a dit, elle a dit » peut mal tourner. Celui-là s'est bien passé parce qu'on a été calmes et pro et parce qu'on est des femmes. Même si ce gars a été assez timbré pour balancer une télé à deux mille dollars par la fenêtre du premier, t'as remarqué qu'il a été docile avec nous. Il a sans doute des trucs à régler dans sa relation avec sa mère, mais quoi qu'il en soit, on a tourné à notre avantage le fait d'être des femmes. Hein, collègue ?

— Carrément, collègue, acquiesça Britney avant de consigner l'appel, avec sérieux, dans leur rapport quotidien d'activité de terrain.

Della Ravelle observa Britney et sourit en se demandant comment ç'aurait été d'avoir une fille.

Lors de l'intervention suivante, la jeune Britney Small eut une décision importante à prendre. La lune d'Hollywood brillait plus haut dans les cieux et les deux femmes reçurent un appel concernant une voiture garée en infraction et qui bloquait la voie privée menant à une résidence près de Lake Hollywood. Lorsqu'elles arrivèrent, le véhicule avait disparu, mais comme elles se trouvaient dans les Hills, Della fit un crochet par une allée appréciée des amoureux où, dans le temps, les flics surprenaient les ados à fumer des joints. Elle se dit que les gamins d'aujourd'hui devaient se défoncer au cristal ou à l'oxy s'ils se garaient toujours là-haut. Ce secteur des Hollywood Hills était envahi d'arbres rabougris et de broussailles qu'il fallait surveiller pour éviter les feux de forêt. Chevreuils, coyotes, ratons laveurs, opossums et moufettes y prospéraient, se nourrissant des restes de repas abandonnés par leurs voisins humains.

— Une fois, j'ai reçu un appel pour un faon percuté par une voiture, dit Della. Il gisait sur la route. Un vieux motard de la police était arrivé avant moi et il restait là, debout à côté de sa moto, à regarder l'animal. Le flic était un de ces dinosaures dont les équipiers doivent probablement mâcher la nourriture. Un de ces vieux de la vieille qu'on appelle « Boots » quand on ne connaît pas son nom. Et puis deux voitures se sont pointées. Et quand j'ai appelé pour rapporter ce qui s'était passé et demander l'intervention de la brigade de Contrôle des animaux, le RTO a transmis ma demande, mais comme personne à la brigade n'était disponible, il m'a dit qu'on avait l'autorisation d'abattre l'animal.

— Et vous l'avez fait ? demanda Britney. Vous avez abattu le faon ?

— Je l'ai regardé, j'ai lu la terreur et la douleur dans ses yeux et j'ai voulu mettre fin à ses souffrances. Hollywood Nate était là, lui aussi, et une unité de la ronde n° 3, mais personne n'avait le cœur de tuer le faon, même pas le vieux motard, alors que je croyais qu'il allait s'approcher et nous montrer quelles lavettes on faisait. Un des flics de l'unité 3 était un véritable aimant à emmerdes qui s'occupait des gangs du Sud-Ouest, là où les exercices d'alerte ne sont pas faits pour expliquer aux gamins ce qu'il faut faire en cas de tremblement de terre, mais au cas où on leur tire dessus depuis une voiture en marche. Bref, il s'était retrouvé dans trois méchantes fusillades là-bas et avait descendu quelques types, mais même lui n'arrivait pas à tuer le faon. Heureusement, la pauvre bête a eu une attaque et en est morte.

— N'empêche, cette histoire me plaît bien, dit Britney.

— Qu'est-ce que t'aimes là-dedans ?

— Que des tireurs du LAPD n'aient pas pu abattre un faon. Dieu sait pourquoi, ça me rend fière. Vous voyez ce que je veux dire ?

Della sourit de nouveau à sa jeune coéquipière, puis elle dit :

— Bon, on arrive à l'allée des amoureux. C'est un bout de terrain qui s'étend plus loin. Les flics l'appellent le « parc à pipes et à pets ».

Elles avisèrent alors une voiture dans le noir ; Della éteignit ses phares, baissa la radio et se rapprocha doucement de la voiture. Une Honda Civic qui remuait comme les voitures à suspension hydraulique paradant sur Ventura Boulevard dans la vallée de San Fernando.

— Ils sont pas en train de fumer de la beuh, ça c'est sûr, déclara Della. Mais ils en ont probablement fumé avant pour se chauffer et peut-être qu'on peut trouver ce qu'il en reste dans la caisse à papa. Tu veux les contrôler ?

— Ah oui, répondit Britney. J'y vais.

Della laissa la voiture rouler jusqu'au parking, aussi près que possible sans attirer l'attention du couple. Elle se gara, puis les deux officiers sortirent sans faire de bruit ni fermer les portières et s'approchèrent dans l'obscurité, Della du côté conducteur et Britney du côté passager. Elles échangèrent un regard au-dessus du toit, allumèrent leurs torches et ouvrirent les portières d'un coup sec.

— Sortez du véhicule ! cria Britney.

Sur quoi elle éclaira le couple sur la banquette arrière.

Della comprit le problème la première et lança :

— Elle peut pas.

Ce n'était pas un couple d'adolescents. Un homme d'un certain âge était dessus, le pantalon baissé sur les chevilles. La femme allongée sur le dos en dessous n'avait pas l'air aussi effrayé que lui. En fait, Britney se souvint plus tard avoir lu une sorte de tristesse sur le visage de la femme. Quand l'homme s'assit, la stagiaire s'aperçut que la femme n'avait pas de jambes, juste des moignons qui s'arrêtaient quinze centimètres au-dessus de l'endroit où auraient dû se trouver ses genoux.

Della regarda sa coéquipière sidérée par-dessus le toit de la Honda pour voir comment elle allait se débrouiller.

Britney réagit vite. Elle marmonna simplement : « Désolée », referma la portière et regagna vite l'atelier, suivie de Della.

Quand elles reprirent la route, Britney déclara :

— Je crois que j'ai pas envie de connaître son histoire.

— Ça va me plaire d'être ton instructrice, ma grande. Tu as ce qu'on peut pas apprendre à l'Académie : du simple bon sens.

— Il y avait rien d'autre à dire, si ?

— Non, mais plein de flics à testostérone auraient essayé. Plus ils sont machos, plus ils risquent de merder.

***

Au même moment, un duo de flics sérieusement machos tentait de contribuer à la remise de son mandat d'amener pour meurtre à un ressortissant mexicain du cartel Arellano-Félix censé habiter dans le sud-est d'Hollywood, dans une des rues résidentielles près de Beverly Boulevard. Une balance avait déclaré que le fugitif, du nom de Jaime Soto Aguilar, se cachait avec une femme qui possédait une maison dans les environs, mais quant à savoir quelle maison, voire quelle rue, l'informateur avait été incapable de fournir l'information. Un inspecteur avait assisté à l'appel et demandé que toutes les unités relèvent le numéro d'immatriculation et la localisation de toute vieille caisse retapée garée dans le quartier parce que Aguilar était un fana de voitures incapable de résister à l'envie d'en restaurer des anciennes. L'inspecteur avait ajouté qu'ils suivraient toute piste concernant des voitures, cela dans la mesure du possible. On donna le signalement du fugitif, notamment son caractère distinctif : un serpent à sonnettes aux crochets ruisselant de sang tatoué sur le cou.

Le Bris et le Débris avaient écouté avec attention pendant l'appel – surtout la partie concernant la voiture – car ils avaient vu, peu de temps auparavant, une Chevrolet Malibu rouler dans le quartier avec un gars apparemment latino au volant. Après avoir remarqué le véhicule vert pomme, ils s'étaient dit que ce serait vraiment cool de conduire une bagnole qui portait le nom de la plage où ils surfaient.

N'ayant pas à répondre à des appels par cette soirée de fin d'été très chaude et sans vent, ils couvraient toutes les rues résidentielles du quartier des deux côtés de Beverly Boulevard. Et lorsque la pleine lune se leva haut dans le ciel au-dessus d'Hollywood, ils repérèrent la Malibu vert pomme garée dans une rue encombrée d'autres véhicules en stationnement. Ils rapprochèrent leurs têtes aux cheveux méchés par le soleil pour mijoter un plan qui allait nécessiter de l'aide. Le Débris demanda à l'équipe de la 6-X-66 de retrouver celle de la 6-X-32 dans une ruelle qui partait de Beverly Boulevard.

Quand Hollywood Nate et Snuffy Salcedo se pointèrent et que les deux voitures de patrouille se retrouvèrent côte à côte, le Bris lança :

— Mettez-vous en poste et surveillez cette Malibu d'enfer. Le proprio de cette caisse nickel doit être dans une baraque vraiment pas loin. Et il se pourrait bien que ce soit Aguilar. La plaque, ça veut rien dire. La bagnole est enregistrée au nom d'une nana, une certaine Johnson, qui vit à Pomona.

— Et vous, les rats de plage, vous allez où pendant ce temps-là ? voulut savoir Nate.

— Ramasser des trucs bruyants, répondit le Débris.

Sur quoi le Bris embraya et les amateurs de surf mirent les voiles.

— C'est débile, dit Snuffy à Nate. S'ils sont sûrs que la voiture appartient à Aguilar, pourquoi ils demandent pas une surveillance ?

— Parce que la probabilité que ce soit celle d'Aguilar est si faible que personne voudrait le faire, répondit Nate.

— Alors pourquoi on le fait? demanda Snuffy. On nous a juste dit de noter la plaque et la position des voitures retapées.

— D'après mon expérience, ça vaut le coup de leur rendre service, répondit Nate. Je sais pas pourquoi, mais Neptune, enfin... le dieu des Surfeurs les a à la bonne. En plus, la curiosité me démange, pas toi? Des « trucs bruyants »?

Quand le Bris et le Débris revinrent dans la ruelle vingt minutes plus tard, le siège arrière de leur atelier ainsi que le coffre étaient bourrés de boîtes de conserve de tailles diverses, avec deux vieilles poubelles en fer cabossées en prime.

— Qu'est-ce que c'est que ce bordel? s'exclama Snuffy Salcedo en découvrant leur chargement.

— On est prodigieusement reconnaissants aux restaurants chinois, dit le Bris. On trouve presque plus jamais de poubelles en fer de nos jours.

— Et des boîtes de conserve à gogo, ajouta le Débris d'un ton rigolard.

— Mec, dit le Bris à Salcedo, t'es capable de conduire comme Jimmie Johnson[1]?

Snuffy adressa un regard franchement perplexe à Nate, puis il se tourna vers le Bris pour lui lancer :

— Quoi?

— Leurs voies sont impénétrables, collègue, lui expliqua Nate. Faisons ce qu'ils veulent, on verra où ça mène.

— Bref, mec, dit le Bris à Snuffy, essaie de conduire comme Jimmie Johnson ce soir, OK? On veut que tu ailles en haut de la rue et que tu la descendes en faisant crisser les pneus jusqu'à ce que tu sois presque en face de cette machine en parfait état, puis que tu piles net. Des quatre roues. On veut entendre tes pneus hurler comme une pute pour un pourboire de cent dollars.

— Et qu'est-ce que vous ferez tous les deux pendant ce temps-là, je vous prie? demanda Hollywood Nate.

1. Premier pilote américain à avoir remporté cinq courses de la Nascar à la file.

— Mon pote et moi, lui répondit le Bris, on va balancer les poubelles pleines de ferraille dans la rue en faisant plus de boucan que ce foutu nouvel an chinois.

— Si le proprio de cette Malibu est pas en train de baiser sa nénette, il va courir vers sa caisse pour voir si elle est pas en miettes dans la rue, expliqua le Débris.

— Même que s'il la baise, il va se retirer direct et courir à sa bagnole, précisa le Bris. Une pétasse, il peut en trouver partout, mais où il va trouver une Malibu nickel comme celle-là ?

Snuffy regarda Nate de nouveau et s'exclama :

— T'sais quoi ? Les fois où il fait une chaleur à crever comme ce soir, tout le monde a sa fenêtre ouverte dans un quartier où y a pas la clim. C'est peut-être le fait de revenir à Hollywood où tout peut arriver, mais ce truc semble si dingue que ça pourrait marcher.

Dix minutes plus tard, Snuffy Salcedo, garé à l'extrémité nord de la rue, faisait vrombir le moteur de la Crown Vic. Quand il reçut le signal de la torche à l'autre bout de la rue, il démarra pied au plancher et la voiture de patrouille vrombit vers le sud jusqu'à vingt mètres de l'endroit où était stationnée la Malibu, puis pila.

Les roues se bloquèrent et l'arrière de la voiture se mit à déraper jusqu'à ce que Snuffy lâche la pédale de frein et dépasse, à toute allure, la Malibu et ses collègues surfeurs qui attendaient, chacun tenant au-dessus de sa tête une poubelle en fer pleine de ferraille. Snuffy entendit le fracas des boîtes et autres trucs en métal qui dégringolaient, avant de s'engouffrer dans la ruelle pour planquer la voiture.

Le Bris, le Débris et Nate se cachèrent entre les maisons et derrière des voitures, et en moins de deux, les habitants sortirent de chez eux pour voir quel véhicule s'était fait emboutir. Plusieurs propriétaires de voitures se précipitèrent pour vérifier si leurs ailes étaient encore intactes, mais seul un homme, torse et pieds nus, courut droit vers la Malibu.

Il vérifiait le côté conducteur quand il fut éclairé par les faisceaux des torches, un grand flic blond lui assénant :

— Mec, je sais pas si tu parles anglais, mais si tu pètes juste un peu trop fort, je vais exploser l'œil droit de ce crotale.

Alors un flic blond de taille plus réduite lui balança :

— Non, vas-y et détale ! J'aime l'odeur de la poudre à la nuit tombée.

Snuffy Salcedo sortit de la ruelle en courant, du jus de tabac lui dégoulinant sur le menton tandis que le fugitif se faisait menotter.

— Lis-lui ses droits en espagnol, mon pote, dit le Débris.

Snuffy Salcedo informa Jaime Soto Aguilar de ses droits, en espagnol, et quand il eut fini, le fugitif lui fit un bref commentaire, lui aussi en espagnol.

— Qu'est-ce qu'il a dit ? demanda le Bris.

— Il a dit qu'il pensait faire un arrêt cardiaque.

— Génial ! s'écria le Bris. Dis-lui qu'on n'a jamais fait d'arrestation cardiaque.

— Ils répètent leurs vannes ? demanda Snuffy à Hollywood Nate.

— Ils ont pas besoin. Ils sont en phase. D'après moi, c'est des frères siamois séparés à la naissance et élevés chacun de son côté. Sans doute par des chacals.

Pendant le trajet jusqu'au commissariat avec le fugitif menotté sur le siège arrière de leur atelier, le Débris demanda à son collègue :

Mon pote, tu crois que c'est assez original pour remporter la pizza du sergent Murillo ? Ou est-ce qu'y faut que ce soit plus du style bizarre qu'on voit qu'à Hollywood ? Encore plus genre foire aux monstres ?

***

Tandis que les flics surfeurs s'assuraient la première place pour le prix de la lune d'Hollywood, la 6-X-46 était descendue des Hollywood Hills, Della Ravelle enseignant toujours les méthodes féminines de police à sa stagiaire.

Della prenait à l'est, dans Santa Monica Boulevard, lorsqu'elle lança :

— Je peux t'en dire long sur le bon sens, Britney. C'est la qualité la plus précieuse d'un bon flic. Ça va se passer beaucoup mieux pour toi dans ce boulot que pour moi à l'époque. Quand j'étais encore jeune recrue, les anciens n'arrêtaient pas de nous jouer des tours. Une fois, quand je bossais au Central, je me rappelle que deux anciens m'ont fait fouiller, dans la zone craignos, une tox qui portait du Lycra. Quand j'ai eu fini et que je leur ai dit qu'elle était clean, mon chef a dit : « Beau boulot. Je le noterai dans mon rapport. » Puis, pendant que je regardais pas, un des autres vétérans, un ancien membre du SWAT[1] qui se prenait pour M. Tactique et tenait ses cigarettes entre ses dents plutôt qu'entre ses lèvres, a posé son arme de secours par terre et m'a dit : « T'as loupé ça, la bleue. Elle l'avait glissé dans son slip. »

— Qu'est-ce que vous avez fait ?

— Pendant un instant, j'ai presque paniqué, mais mon bon sens est entré en action et j'ai répliqué : « Non, monsieur. Elle portait du Lycra et elle n'avait pas d'autres renflements que ceux dont la nature l'a pourvue. » L'ancien a rigolé et j'ai fait un pas vers l'admission.

— J'essaie de jamais oublier que c'est encore un univers d'hommes ici, fit remarquer Britney.

— Oui, mais c'est bien mieux maintenant. Je te raconte même pas le harcèlement sexuel qu'on devait supporter. Et il y avait toujours ces foutues farces. Quand une bleue avait bien vérifié sous les sièges de son atelier avant de partir en patrouille, ça loupait pas : à chaque fois, un vétéran posait un sac de cailloux ou une autre dope sous le siège arrière et lui disait : « Putain, qu'est-ce qui va pas chez toi, petite ? T'as loupé ça. » C'est devenu tellement bidon au bout d'un moment que même eux s'en sont lassés. Mais en attendant, on a dû faire avec.

1. Special Weapons and Tactics : unité de police spécialisée dans les opérations paramilitaires urbaines.

— Comment on fait pour gagner la considération des anciens?

— En essayant d'être meilleur flic qu'eux sans qu'ils s'en rendent compte. Et en restant toujours une femme et en le leur faisant respecter. J'en ai vu dans ce boulot essayer de faire comme les mecs, mais ça ne marche jamais. Et elles doivent faire face au syndrome de l'imposteur. Ça, c'est quand une femme flic commence à avoir peur que le patron découvre à quel point elle est vraiment pas qualifiée. Elle se met à croire qu'elle se fait passer pour compétente parce qu'on l'épie en permanence, bien plus que les hommes, et ça entame sa confiance en elle. C'est comme le syndrome de l'acteur, sauf que là, c'est une merde insidieuse qui se remarque pas. Toi, tu es compétente et t'as rien à craindre, sauf les gens qui peuvent te faire de la peine. Et c'est sain comme peur.

— Tu avais raison, Della, dit Britney Small. J'ai jamais appris ce genre de trucs avec Rupert Tong.

— Je suis sûre que t'as eu besoin de personne pour te rendre compte que quand tu rencontres des hommes en dehors du boulot et qu'ils découvrent que tu es flic, ils ont un sourire niais et te demandent : « Tu peux me passer les menottes? » Je déteste ces conneries. Je leur réponds juste : « Casse-toi, connard. »

— Mais ouais! s'écria Britney. Ça m'est déjà arrivé quand je suis sortie en boîte avec des copines. Naze, hein?

— T'as une chance incroyable de faire ton stage à Hollywood. Je me rappelle la première fois où j'ai trouvé un flingue après avoir été transférée ici. Bien sûr, les flingues récupérés pendant des missions qu'on a prises après des appels radio ne comptent pas, seuls ceux qu'on trouve en surveillance sont importants. Donc, une nuit, sur Hollywood Boulevard, alors que des officiers de ronde et une unité de nuiteux coinçaient des membres du gang Rolling Sixties venus de Watts, j'ai repéré un gars qui vadrouillait sur la promenade de la Gloire en faisant semblant d'être un touriste en train de regarder Elmo poser pour des photos. Mais j'ai remarqué qu'en passant devant un des Rolling Sixties, il essayait de récupérer le six coups d'un des membres du gang qui avait pas encore été fouillé. J'ai foncé sur lui, je lui ai crié de pas bouger, puis de s'allonger face contre terre, et quand tout a été réglé et qu'ils ont tous été au sol, j'ai récupéré mon premier flingue découvert sur le terrain, ici, à la division d'Hollywood. Et le sergent qu'on appelait l'Oracle m'a fait faire le tour du commissariat en racontant à tout le monde comment j'avais attrapé un membre de gang en train d'essayer de s'approprier le flingue, puis le chef de brigade a mis une bonne appréciation dans mon dossier et c'était chouette. Bien sûr, c'était pas un gros calibre, mais la taille compte pas quand il s'agit d'un flingue.

— Deux gars de ma promo font leur stage à la Central Division, dit Britney. Après vous avoir entendue la décrire, je suis vraiment contente d'avoir eu Hollywood, croyez-moi.

Della resta silencieuse un moment, à se remémorer son expérience là-bas, la puanteur des quartiers chauds, les émanations âcres, la fumée. Puis elle confia à Britney :

— J'ai vraiment détesté y faire mon stage. À l'époque, l'odeur de merde, de pisse, de chair en décomposition, de pourriture en général, régnait partout. Ça imprégnait le tissu de nos uniformes. La gale était monnaie courante. Parfois, quand on agrippait quelqu'un, nos mains glissaient sur ses poignets. J'ai attrapé deux fois la gale en fouillant des putes de ces quartiers. C'est comme une piqûre de puce qui démange. On en a sur les bras, les cuisses, le ventre. Heureusement que j'en ai jamais eu là où tu sais.

— Berk ! s'écria Britney.

— Et les gars adoraient quand je devais fouiller les obèses qui s'amusaient à cacher le crack sous leurs seins super mastoc. Leurs nibards étaient gluants. Les mecs disaient : « Les nichons gluants cachent du crack. » Une fois, j'ai fouillé une femme énorme en robe ample, si grosse qu'ils disaient qu'elle avait renversé un banc à un arrêt de bus. Je croyais avoir trouvé de la dope planquée sous ses bourrelets. Mais quand j'ai sorti le truc, en fait, y avait un biscuit, un Oreo et des Doritos qu'elle gardait là pour grignoter ! Ça leur a bien plu aux gars, de me voir courir comme une dératée jusqu'à un robinet pour me nettoyer.

— Mais c'est dégoûtant !

Toujours dans ses souvenirs, Della ajouta :

— Et c'était pas le pire. Une fois, on a trouvé un bébé mort dans un sac à dos. Il avait les yeux bleus.

Della se tut, elles roulèrent en silence. Puis Della le brisa en demandant :

— Alors, qu'est-ce que tu voudrais pour la pause repas ce soir ? Mon père m'a envoyé trois cents dollars pour mon anniv', c'est moi qui régale. On peut se faire des sushis dans Melrose, une salade de poulet épicé à Thai Town ou alors… du riz et de l'agneau à Little Armenia ? Pas question de bouffer des *burritos* et des burgers de mecs pour les filles de la 6-X-46. Ça te va, collègue ?

— On peut attendre un peu ? demanda Britney. Je sais pas pourquoi, mais j'ai pas faim pour l'instant.

***

Par cette nuit de lune d'Hollywood, un piège tendu par les Stups quinze jours plus tôt donna lieu à un appel radio qui fit de Britney le sujet des conversations du commissariat pendant les jours suivants. Le tuyau fourni par un citoyen avait conduit les inspecteurs des Stups vers un jardin à l'arrière d'une maison vide saisie quelques mois plus tôt. Un agent immobilier du coin avait jeté un coup d'œil à la propriété par hasard un après-midi et avait repéré un bon nombre de plans de cannabis sur la seule parcelle bien entretenue de ce jardin en friche. L'agent immobilier avait téléphoné au bureau des Stups, qui se trouvait à une rue du commissariat principal, et avait discuté avec un inspecteur.

Les inspecteurs, pleins de ressources, ne s'étaient pas contentés de saisir les pieds de marijuana, ils avaient également punaisé un mot sur un olivier dans le jardin. Et ce mot disait : « Désolés pour vos plants. Appelez si vous souhaitez négocier. » Ils avaient laissé un numéro de portable, dont ils se servaient dans ce genre de situation, et avaient eu l'agréable surprise de recevoir un appel le lendemain même. Leur interlocuteur leur avait proposé cinq cents dollars, sans poser de questions, pour récupérer ses plants. Une fliquette en civil avait retrouvé le cultivateur d'herbe près du parking du Hollywood Bowl et une fois que le jardinier du dimanche avait fait sa proposition en personne, d'autres flics des Stups, qui observaient la scène avec des jumelles, l'avaient arrêté.

Le cultivateur de marijuana était un « deuxième coup[1] », qui voulait passer un marché et n'avait pas rechigné à dénoncer ses associés ainsi que d'autres dealers. Il avait donné des informations sur un infirmier, employé chez un anesthésiste de Venice dont le certificat d'exercice était douteux. L'infirmier vivait dans un immeuble du quartier de Las Palmas, où il avait fourni aux officiers venus perquisitionner son appartement la liste de ses clients – des drag-queens et des transsexuels pour la plupart – ainsi que des fausses ordonnances censées émaner d'un cabinet médical de Culver City.

Une des déclarations du récidiviste, qui avait motivé la perquisition, précisait : « L'infirmier du charlatan établit assez d'ordonnances pour que toutes les drags et tous les trans d'Hollywood se défoncent. » Et, espérant obtenir des circonstances atténuantes, il avait ajouté : « Mais il est maniaco-dépressif et globalement super cinglé, alors faites gaffe. On m'a dit qu'il avait peut-être un flingue. »

Deux équipes des Stups et leurs supérieurs avaient prévu de délivrer le mandat d'arrêt la nuit de la pleine lune. L'infirmier était censé être chez lui avec son amant, un transsexuel du nom de Molly Black – Marvin Black dans une autre vie –, et dont la dernière intervention chirurgicale avait parachevé la transformation. Au dernier moment, une des équipes des Stups avait été retirée de l'opération pour aller arrêter un autre dealer de médicaments qu'ils essayaient de coincer depuis des mois. Ayant besoin de renforts, les trois inspecteurs qui restaient passèrent un appel pour que des nuiteux les rejoignent sur Las Palmas Avenue. L'appel avait alors été transmis à l'équipe de la 6-X-46.

1. Les lois de Californie permettent à un condamné de récidiver une fois. Mais au « troisième coup » et ce, quelle que soit l'infraction, c'est la prison ferme à vie.

Britney Small était emballée par cette mission et se demandait si la pleine lune allait provoquer un truc assez insolite pour que sa coéquipière et elle remportent la pizza. En plus, elle n'avait jamais assisté à une descente et fut tout excitée quand les inspecteurs lui demandèrent, à elle et à Della, de les accompagner à l'appartement du deuxième. Leur supérieur décida de surveiller l'extérieur au cas où des preuves voleraient par la fenêtre. L'équipe des Stups voulait être accompagnée par des femmes à cause de la transsexuelle. Officiellement femme, elle devrait être fouillée par une femme.

Après avoir été briefées vite fait près de Las Palmas Avenue sous la lueur de la pleine lune, elles étaient prêtes. Les deux agents des Stups chargés de la descente portaient des vestes d'intervention du LAPD, le plus jeune tenant un bélier en métal, le premier que voyait Britney.

— Fini les défonçages de porte pour moi, lança le plus âgé des officiers. L'an dernier, j'ai défoncé un panneau en contreplaqué à coups de lattes et je me suis déchiré le tendon d'Achille.

Son collègue plus jeune n'arrêtait pas de sourire à Britney, qui le trouvait tellement mignon que Della murmura à sa stagiaire :

— Fais attention à lui. C'est un tombeur. Un vrai vampire ; il aime le sang frais, le sang jeune.

Après avoir pénétré dans le bâtiment et monté l'escalier en courant, Britney fut ravie de constater qu'elle n'était pas aussi essoufflée que les gars des Stups, en tout cas pas autant que Della Ravelle, qui portait le fusil au cas où la rumeur selon laquelle l'infirmier possédait une arme se serait vérifiée. L'équipe avança dans le couloir sombre jusqu'à l'appartement, puis les deux flics des Stups se postèrent devant la porte.

Della se plaça à gauche de la porte et Britney à droite. Au signal convenu – un simple hochement de tête adressé à elle –, Britney devait cogner à la porte avec sa matraque et donner l'ordre d'intervenir. Elle s'étonna que son cœur batte à tout rompre.

Della dirigea le faisceau de sa lampe sur la porte afin que le plus jeune des gars des Stups puisse enfoncer le bélier juste à côté du verrou. Della tenait son fusil canon vers le haut, Britney avait sorti son pistolet, canon vers le bas contre sa cuisse droite, et son taux d'adrénaline était monté en flèche.

L'inspecteur le plus âgé, celui à gauche du bélier, fit un signe de tête à Britney qui cria :

— Police ! Ouvrez !

Ils crurent entendre un cri de femme venant de l'intérieur, les hurlements aigus d'une dispute et des bruits de pas précipités. L'inspecteur, sans hésiter, donna un coup de bélier dans la porte, mais elle résista. Alors arriva le moment où les deux inspecteurs éclatèrent franchement de rire avant que le jeune fasse une nouvelle tentative.

La porte cédant, l'infirmier et sa maîtresse trans furent pris en train de jeter des sacs d'ordonnances par la fenêtre, au bas de laquelle le policier courait en tous sens, tel un milieu de terrain des Dodgers, pour les rattraper. Plusieurs autres inspecteurs, qui ricanaient, continuèrent de s'esclaffer pendant l'arrestation, Della Ravelle elle-même ne pouvant contenir son fou rire. L'hilarité avait été déclenchée par une remarque de Britney Small, qui lui valut un *burrito* de consolation de la part du sergent Murillo pour un moment inoubliable la nuit de la lune d'Hollywood. Le commissariat tout entier en parla pendant des jours.

Quand Della Ravelle s'était aperçue que lors de la première tentative, le bélier avait heurté la porte quinze centimètres au-dessus du verrou, elle avait crié à l'inspecteur :

— Plus bas ! Plus bas !

Mais ce fut Britney Small, dans la fièvre du moment, qui avait obéi immédiatement à l'ordre de son instructrice. Tentant courageusement d'atteindre le timbre d'un baryton, elle avait baissé la voix de quelques octaves, et avait répété :

— Police ! Ouvrez !

CHAPITRE 13

Nigel Wickland téléphona le lundi à 8 heures. Raleigh venait juste de finir la vaisselle après avoir apporté un plateau de porridge et de pruneaux cuits à Marty Brueger. Le vieux schnock regardait un truc qu'il avait enregistré sur la chaîne E ! la nuit précédente. Raleigh songea que c'était vraiment intéressant que les crétins, jeunes comme vieux, apprécient les mêmes émissions. Il devait y avoir une explication démographique qui lui échappait.

Le téléphone affichant « Wickland Gallery », Raleigh décrocha.

— Oui, Nigel ?

— Nous devrions éviter de mentionner nos noms quand nous nous parlons, dit celui-ci sur son ton supérieur.

— OK, zéro zéro soixante-neuf, à quoi pensez-vous ce matin ? lui renvoya Raleigh en faisant taire son agacement.

Silence, tandis que Nigel réprimait son irritation. Puis il annonça :

— Ça y est. C'est aujourd'hui que je viens.

Voilà qui retint l'attention de Raleigh. Il sentit une panique glaciale l'envahir, puis il demanda :

— À quelle heure ?

— À quelle heure préparez-vous le déjeuner de…

Nigel s'interrompit avant de prononcer le nom de Marty Brueger.

— Du vioque, dit Raleigh. Vers 12 h 30. Ensuite, c'est la sieste, de 13 à 15 heures à peu près.

— Je vous retrouve à 13 heures, dit Nigel. Précisément.

Raleigh jeta un regard mauvais au combiné quand il le reposa sur son support. « Précisément. » C'était digne de ces connards d'internes pleins aux as qui fréquentaient son bistro de Londres et ne lui laissaient que de misérables pourboires. En général, ils se montraient moins généreux qu'un laveur de bagnoles de Los Angeles. Mais bon… il serait prêt à 13 heures « précisément », et ensuite, il verrait si ce trou du cul était le génie qu'il prétendait être. Raleigh essaya de se concentrer sur ses tâches quotidiennes, s'assurant qu'il avait bien noté l'emploi du temps de la maisonnée et les instructions de Leona Brueger.

Le laveur de piscine venait le mardi matin, sauf si Raleigh lui téléphonait pour décaler. Idem pour l'équipe de jardiniers qui passait le jeudi vers midi. Leona Brueger avait proposé à Raleigh de s'occuper elle-même de l'embauche d'une femme de ménage qui viendrait deux fois par semaine ou bien de verser à Raleigh un supplément de mille deux cents dollars par mois pour qu'il engage et rémunère la personne de son choix. Il avait opté pour l'argent en se disant qu'il pourrait trouver une femme de ménage mexicaine dans le voisinage qui viendrait une fois par semaine pour faire la poussière, passer l'aspirateur, nettoyer sa salle de bains et faire ce qu'il fallait dans le cottage de Marty Brueger. Cela lui coûterait moins de quatre cents dollars par mois et il pourrait empocher le reste. Pour l'instant, il avait fait lui-même le ménage indispensable et n'avait pas eu besoin d'engager quiconque.

Il décida de se rendre au supermarché et de faire les courses de la semaine pour s'occuper l'esprit pendant les heures à venir. Marty Brueger allait avoir besoin d'un rab de ce whisky pas donné qu'il aimait tant, et Raleigh pourrait se prendre une bouteille de Jack Daniel's. Son expérience dans la restauration lui avait appris que les bars de Los Angeles Ouest pourraient subsister même si les seules gnôles disponibles sur terre étaient le Jack Daniel's et n'importe quelle bonne vodka. Mais bien sûr, le bonhomme dans son cottage insistait pour boire ce whisky qui contraignait Raleigh à faire un arrêt supplémentaire sur Hollywood Boulevard.

Raleigh alla chercher son porte-monnaie et ses clefs de voiture dans sa chambre et s'examina attentivement dans le miroir. Il s'imagina à quoi il ressemblerait avec un peu de rafistolage, comme cette lipo du menton qu'il envisageait. Un léger lifting des paupières ne serait pas superflu, et une greffe de cheveux non plus. Il savait qu'il aurait besoin d'une bonne liposuccion pour se débarrasser de tout ce gras déprimant qui lui enrobait le ventre comme un pneu de camion. Eh bien, maintenant, il allait pouvoir s'offrir tout ça et même plus. Beaucoup plus. Il n'était sûrement pas trop tard pour rencontrer une femme riche plus âgée, peut-être une qui habiterait les Hollywood Hills, pourquoi pas dans une maison telle que la Casa Brueger.

Il tenta d'arborer un sourire confiant et satisfait devant le miroir, mais crut lire la peur dans les yeux pâles et humides qui le fixaient.

***

Jonas Claymore se réveilla le premier, comme d'habitude. Il étira courageusement les jambes sur le côté du lit et, ce matin-là, à sa grande surprise, il n'eut pas d'élancement. Il posa ensuite les mains sur ses genoux osseux, se pencha et, au prix d'un gros effort, se mit debout. Il ressentit un tiraillement, mais rien d'insupportable.

De la paume de la main, il donna une petite tape sur le pied de Megan qui s'assit en marmonnant :

— Mmh ?

— Je me sens bien aujourd'hui, dit-il. C'est l'heure d'aller au boulot.

Presque aussitôt, elle se mit à tousser. Elle éprouvait une douleur cuisante à l'épaule et aux genoux. Elle espérait qu'il reste des perks ou même quelques Xanax quelque part.

— Ça me fait plaisir que tu te sentes bien, dit-elle. Parce que moi pas.

— Une nana de ton âge devrait pouvoir se remettre vite. Tu devrais faire plus attention à toi. Fais de l'exercice de temps en temps. Il faut qu'on trouve du fric, de quoi nous dépanner. Quand est-ce que tu as appelé ta mère pour la dernière fois ?

— Y a un mois, je crois.

— Va prendre une douche. Remets-toi les idées en place. Tu pourrais demander à ta mère de nous prêter encore un peu de fric. Dis-lui que tu la rembourseras avec un taux d'intérêt élevé.

Megan sortit péniblement du lit, gagna la petite salle de bains et répondit :

— Mais bien sûr. Ma mère va croire que je vais la rembourser. Tout comme elle croit aux avocats honnêtes et aux petits lutins !

— On va faire un tour en bagnole, annonça Jonas. Rien d'important pour le moment. On va juste rouler pour faire du repérage. On va pas faire les mêmes erreurs que la Clique du Clinquant. On va vérifier qu'on sait où on met les pieds avant d'entrer dans une propriété, à moins qu'on repère des plans faciles comme la dernière fois. Dans ce cas, on fonce.

Megan s'assit sur les toilettes et demanda :

— Parce que c'était facile la dernière fois, Jonas ? T'as passé des jours entiers allongé sur le dos.

Sur quoi elle claqua la porte de la salle de bains avant qu'il ait le temps de râler parce qu'il l'entendait faire pipi.

***

À 12 h 30, Raleigh Dibble, assis dans la cuisine de la résidence Brueger, attendait en regardant sa montre. Il avait fait toutes les corvées imaginables. Il essayait de réfléchir à toutes les manières dont le plan de Nigel Wickland pouvait foirer, mais à chaque fois, il imaginait ce qu'il ressentirait en entrant dans une banque pour y déposer un demi-million dans un coffre, plus du pognon de réserve sur son compte. Mais pourquoi n'avait-il droit qu'à un demi-million ? Nigel lui avait dit que le commissaire-priseur européen affirmait qu'au vu du marché actuel, un million était l'estimation basse de ce qu'ils pourraient retirer des deux œuvres impressionnistes. Ils auraient peut-être un million deux.

Peut-être un million cinq! Ou alors... peut-être que c'était fou d'espérer décrocher la lune à son âge. Mais comme il s'agissait d'art, pourquoi ne pas tremper le pinceau de l'imagination dans les couleurs du fantasme et peindre avec audace le portrait d'une vie future? Mais d'un autre côté, n'était-ce pas ce que faisaient ceux qui finissent par regarder la lune à travers des barreaux ? Juste avant que quelqu'un pisse sur leur palette?

Après deux brèves sonneries du téléphone indiquant qu'il y avait quelqu'un au portail, Raleigh s'éjecta de la chaise de la cuisine. Il consulta sa montre : il était 12 h 50. Pas 13 heures « précisément », mais il était content que Nigel soit en avance. Ses mains tremblaient quand il décrocha le combiné pour répondre :

— Oui?

— C'est moi, dit Nigel.

Raleigh appuya sur le bouton qui ouvrait le portail électrique, puis se dirigea vers la porte. Nigel s'engagea dans l'allée de faux pavés avec sa camionnette Chevrolet cargo et fit le tour pour se garer devant la porte d'entrée. Raleigh gagna l'allée tandis que Nigel descendait de son véhicule. Tous les deux trop tendus, ils en oublièrent de se serrer la main. Nigel ouvrit la portière latérale de la camionnette.

Raleigh vit *Wickland Gallery* sur le côté de la camionnette et lança :

— Je suis étonné que vous ayez pris votre propre caisse, Nigel. Un homme aussi prudent que vous!

— J'avais pas le choix, bon sang! J'ai dit à Ruth que notre camionnette avait besoin d'un réglage et je lui ai demandé de venir travailler avec le camion de son frère aujourd'hui. Elle devait le faire, mais elle a appelé pour dire qu'elle était malade et qu'elle ne viendrait pas. Croyez-moi, je n'ai pas envie que des voisins fouineurs demandent à Leona ce que la Wickland Gallery faisait chez elle en son absence. Mais comme vous avez les nerfs à vif, j'ai pensé qu'il valait mieux ne pas reporter, alors voilà. En observant plus attentivement l'endroit, je vois qu'il n'y a pas lieu de s'inquiéter de voisins bavards.

Comme lui, songea Raleigh. *Il merde et se justifie en mettant ça sur le compte de ma nervosité.*

De toutes les sources d'inquiétude, Raleigh songea que l'inscription *Wickland Gallery* était bien la moindre. Le mini-domaine des Brueger était protégé des regards par de nombreux oliviers, citronniers et orangers, et surtout par une haie de genévriers plantés à l'intérieur et à l'extérieur du mur d'enceinte d'un mètre cinquante de haut. Il doutait que quelqu'un ait remarqué la camionnette ou l'ait vue entrer.

— Aidez-moi à décharger le matériel, voulez-vous ? dit Nigel.

En cinq minutes, ils transportèrent jusqu'à la maison un trépied, deux projecteurs sur support léger et deux réflecteurs parapluie. Nigel s'était muni d'un appareil photo Canon 350, assez simple d'utilisation pour un amateur.

Dès qu'ils furent entrés, Raleigh commença à s'inquiéter de Marty Brueger. Il courut jusqu'à la porte-fenêtre et regarda le pavillon pour s'assurer que le vieil homme se trouvait bien à l'intérieur et n'était pas en train de se promener dans le jardin.

Nigel, qui essayait de prendre des mesures soigneuses des deux toiles, lança à Raleigh :

— Pour l'amour du ciel, Raleigh, vous ne pouvez pas vous détendre un peu et m'aider ?

Ses nerfs lâchant d'un coup, Raleigh s'écria :

— Vous vous êtes vraiment bien entraîné, Nigel ?

— Je me suis entraîné presque tous les jours pendant deux semaines. Mon ami au labo et moi avons fait tous les deux différentes erreurs, mais nous avons fini par en tirer les leçons. Les dernières fois que j'ai photographié un tableau de cette taille, le résultat a été parfait.

— Vous avez utilisé le même appareil ? voulut savoir Raleigh.

— Oui, et le même fichu trépied et le même éclairage. Maintenant, fermez les rideaux s'il vous plaît, et arrêtez de vous faire de la bile. Vous me rendez nerveux.

C'était la première fois que Raleigh fermait les lourds rideaux dans cette pièce et il fut surpris par l'obscurité dans laquelle le salon et le couloir furent aussitôt plongés. Puis il s'avisa que lesdits rideaux étaient doublés de tissu opaque parce que les Brueger projetaient des films dans cette pièce. Un écran descendait du plafond quand on appuyait sur un bouton.

Nigel sortit deux paires de gants en latex de sa poche et lança :

— Mettez ça. Je ne veux pas de vos empreintes sur ces œuvres.

— Pourquoi s'inquiéter? demanda Raleigh. Selon vous, ils ne s'apercevront de rien avant des mois. Et ce sont les déménageurs qui vont s'occuper des tableaux, non ? Ils seront couverts de leurs empreintes.

— Faites-le, Raleigh, insista Nigel. Pourquoi chicaner ?

Raleigh enfila les gants en latex.

— Je croyais que c'était sans risque.

— Tous les soi-disant amateurs d'art de cette ville accrochent leurs tableaux trop haut, se plaignit Nigel en installant les réflecteurs. Ces cadres dorés baroques sont exactement ce à quoi je m'attendais de la part de Sammy et des gens de son espèce.

Raleigh trouvait les cadres pas mal. Et qu'est-ce qu'on en avait à foutre des cadres de toute façon ? Il ne pouvait s'empêcher de consulter sa montre toutes les deux minutes.

Il fallut presque une heure à Nigel Wickland pour ôter avec soin les deux toiles de leurs cadres et les rependre à de petits fils qu'il agrafa au châssis avec tout autant de soin.

Puis il dit :

— Trouvez-moi quelque chose de stable qui me permette de me tenir. Un escabeau, disons.

Raleigh courut à la buanderie et en revint muni d'une échelle d'un mètre quatre-vingts, la déplia et la plaça derrière Nigel. Ensuite, essayant de se rendre utile, il éclaira les deux tableaux.

— Non, non ! s'écria Nigel, agacé. Les éclairages doivent rester éteints.

Après avoir boudé un moment, Raleigh déclara :

— Je n'y connais rien en photographie. Est-ce qu'elles vont être développées en diapos ?

— En photos numériques, comme je vous l'ai déjà expliqué, répondit Nigel. Le labo va les télécharger sur un ordinateur et les agrandir au format qu'on voudra. Et grâce à mes essais par tâtonnements des deux dernières semaines, je sais très précisément en quel format je les veux.

Et le revoilà parti, pensa Raleigh. « *Précisément* ».

Nigel mit l'échelle là où il la voulait et installa les réflecteurs parapluie de chaque côté du plus grand des tableaux, *La Femme au bord de l'eau*, qui, selon Raleigh, devait mesurer presque un mètre vingt de haut sur un mètre cinquante de large.

— Placez cet éclairage un peu plus à gauche, reprit Nigel en montant sur la première marche de l'échelle. Il doit être dans l'axe du tableau.

Raleigh s'exécuta puis Nigel se plaignit :

— C'est trop. Reculez de quelques centimètres. Là. C'est bien. Maintenant faites la même chose avec l'autre. Je dois m'assurer qu'ils sont bien alignés pour ne pas avoir d'effet de perspective.

— OK, maintenant finissez-en ! s'impatienta Raleigh.

L'œil toujours collé au viseur, Nigel expliqua :

— Et je dois prendre la photo la plus grande possible dans le cadre.

Raleigh, qui transpirait, pensa : *C'est juste les lampes qui me font transpirer. J'ai pas vraiment aussi peur que ça.*

— Et si Marty Brueger vient ici et se met à tambouriner à la porte ?

— Nom de Dieu ! cria Nigel. Je m'efforce de faire la mise au point !

Le courage de Raleigh s'évaporant comme la sueur qui coulait de chaque pore de sa peau, il s'inquiéta :

— Et si quelqu'un passait pour une raison ou pour une autre et nous surprenait ? Qu'est-ce qu'on dirait ?

Nigel poussa un soupir et descendit de l'échelle. Il tira l'inhalateur de sa poche et aspira une bouffée.

— Eh bien, répondit-il au bout d'un moment, dans ce cas, on leur dirait tout simplement qu'en tant que conseiller en art de Mme Brueger, j'ai décidé de surprendre ma chère cliente en photographiant ses tableaux pour lui faire des cartes de vœux.

— Et après ?

Nigel inspira profondément, souffla, et, exaspéré au possible, répondit :

— Et après, bien entendu, nous abandonnerions ce petit projet et je retrouverais ma galerie au bord de la faillite. Et vous, vous resteriez domestique et vous passeriez vos vieux jours à vivre des allocations. Bien, maintenant pourriez-vous, s'il vous plaît, vous conduire en homme afin que nous puissions poursuivre et terminer cette tâche ?

Raleigh le dévisagea avec un regard noir pendant un long moment en étouffant de colère. Ce petit pédé vaniteux lui demandait de se conduire en homme ? Mais il répondit simplement :

— OK, poursuivons.

Nigel remonta sur l'échelle et braqua de nouveau son objectif sur le tableau. Avant de prendre la première photo, il parla, pour se calmer.

— J'ai choisi ces œuvres impressionnistes, précisément parce que dans l'impressionnisme, tout est question de flou. Après tout, c'est le point de vue de l'artiste, n'est-ce pas ? L'impressionniste ne recherche pas la netteté. Cela répond parfaitement à nos besoins.

Raleigh arrêta de compter les photos que prenait Nigel. Enfin, celui-ci s'exclama :

— Voilà ! C'est fait. Passons à *Fleurs dans la colline.*

— Mince ! s'écria Raleigh. Ça a été trop long. Le second prendra moins de temps, non ? Marty Brueger va se réveiller d'une minute à l'autre.

— Pas de problème, répondit Nigel. Ça ira vite.

Raleigh contempla l'autre tableau pour la première fois. C'était un nuage de couleurs qui évoquait un champ de fleurs à flanc de colline avec quelque chose qui faisait penser à un moulin à vent en arrière-plan.

— Celui-ci vaut presque autant que l'autre, hein ? demanda-t-il. Il est beaucoup plus petit.

— Vous ne pouvez pas vous imaginer, dit Nigel en déplaçant le trépied et les projecteurs. Ce tableau pourrait atteindre un prix encore plus élevé que *La Femme au bord de l'eau*. Bien, installons tout comme tout à l'heure.

À ce moment-là, Raleigh eut une idée fulgurante : Et si ces tableaux rapportaient nettement plus qu'un million chacun comme il l'avait imaginé ? Et s'ils en rapportaient deux ? Comment le saurait-il ? Et si Nigel lui disait que la crise sévissait cruellement dans toutes les villes dont il lui avait parlé ? Et s'il affirmait ne pouvoir obtenir que trois cent mille dollars pour les deux toiles ? Comment pourrait-il savoir si Nigel lui mentait ? Il dissipa ses soupçons en se rappelant que c'était juste la première étape du plan.

Raleigh décida qu'il avait besoin de mettre au point quelques détails avec son associé bégueule avant que celui-ci revienne procéder à l'échange. Mais comment faire ? Il ne savait rien sur le commissaire-priseur européen et n'avait aucune idée du montant que les œuvres pouvaient atteindre. Il dépendait complètement du marchand d'art. Plus son antipathie pour Nigel grandissait, plus le projet l'inquiétait.

Dix minutes plus tard, le téléphone sonna – l'appel venait du pavillon. Raleigh étouffa un cri, puis il dit :

— C'est Marty Brueger.

— Allez vous occuper de lui, lui renvoya Nigel en abaissant l'appareil photo. Bon Dieu, il est quasi sénile. Vous pouvez faire face.

Et il retourna à son cadrage.

Raleigh se précipita dehors et courut vers le pavillon. Quand il entra, Marty Brueger, en pyjama, avait l'air d'avoir oublié pourquoi il avait appelé.

— Oui, monsieur Brueger ? dit Raleigh. Vous avez besoin de quelque chose ?

— Mes dents, répondit Marty. Où sont mes dents ?

— Elles ne sont pas dans le verre comme d'habitude ?

— Vous ne croyez pas que j'ai déjà regardé ? lui rétorqua le vieil homme.

— Nous allons les trouver, monsieur Brueger, le rassura Raleigh. Asseyez-vous donc dans votre fauteuil, détendez-vous et regardez *The Girls Next Door*[1]. Hugh Hefner est vraiment un original, n'est-ce pas ?

— Ce n'est pas l'heure, Raleigh, et je ne trouve pas la dernière cassette.

— Vous n'avez plus besoin de cassette, monsieur Brueger, lui expliqua Raleigh. On vous a enregistré toutes vos séries préférées, vous vous souvenez ?

— J'oublie toujours comment faire marcher ce fichu appareil.

— Je vais vous réexpliquer. Quoi que vous vouliez regarder, tout est là, en permanence. Vous n'avez qu'à aller dans vos programmes enregistrés et sélectionner ce que vous voulez.

— Même *Showbiz Tonight*[2] ?

— Toutes vos émissions, le rassura Raleigh. Elles sont là, à votre disposition.

— J'ai quand même besoin de mes dents, insista le vieil homme.

— Je vais les chercher.

— Si vous les trouvez, j'aimerais aller dîner dans un de ces nouveaux endroits à la mode, reprit Marty Brueger. Chez Mr. Chow's, par exemple.

— Mr. Chow's a ouvert il y a longtemps, lui rappela Raleigh. L'endroit n'est pas récent, mais il remporte toujours beaucoup de succès auprès des gens du cinéma.

— Spago n'est plus une nouveauté non plus, si ?

— Non, monsieur, répondit Raleigh. Je crois que ça a ouvert avant Mr. Chow's. Mais vous pourriez aussi y croiser des célébrités.

— C'est drôle comme le temps joue des tours à la mémoire. Est-ce que les gens célèbres vont toujours déjeuner au Polo Lounge ? Des gens du métier de mon âge ?

Raleigh songea : *Il n'y a personne de votre âge dans le métier*, mais il répondit :

1. Série de télé-réalité.
2. Programme d'actualité des célébrités.

— Je pense que oui. Je vais me renseigner.

— Parler de restaurants m'a ouvert l'appétit. Je vais peut-être faire un petit tour jusqu'à la maison et chercher quelque chose dans le frigo que je pourrais grignoter sans mes dents.

— Non, non, monsieur Brueger ! s'écria Raleigh. Asseyez-vous et détendez-vous. Je vais vous préparer un délicieux en-cas, mais il vous faut d'abord pouvoir mâcher, n'est-ce pas ?

— Laissez-moi vous dire, Raleigh, se désola Marty Brueger. C'est un bien triste tournant dans la vie d'un homme quand sa queue a disparu et qu'il ne peut même plus trouver ses putains de dents.

***

Tandis que Raleigh Dibble cherchait le dentier de Marty Brueger, Jonas Claymore et Megan Burke roulaient vers Woodrow Drive, repérant de nombreuses cibles possibles et consultant leurs cartes et leurs adresses pour trouver les maisons des stars et des célébutants.

— Je crois qu'il y a des cibles juteuses à Outpost, dit Jonas à Megan, qui s'était enfilé deux perks et planait pendant qu'il conduisait. Mais ça m'a l'air bien ici aussi.

— Je crois qu'on va mourir comme Bonnie et Clyde, dit-elle d'un ton morne.

— Qui ça ?

— Le vieux film, tu sais ? Les braqueurs de banque. Un gars et une nana qui braquaient des banques et c'est tout un voyage jusqu'à ce qu'ils se fassent descendre. Je crois qu'on va finir comme ça.

— Comme si on avait envie de vieillir !

— Ouais, mais ça pourrait être sympa de vivre assez longtemps pour entrer dans un bar et se payer un verre sans avoir à montrer des faux papiers. C'est trop demander ?

— T'as aucune imagination.

— Si, j'en ai. Je nous imagine bien caner comme Bonny et Clyde maintenant qu'on a décidé de vraiment mal tourner.

Jonas l'ignora et changea de sujet.

— J'ai dû voir cent baraques qui m'ont l'air tip-top. Comme celle-là, là-bas.

Il montra une des nombreuses résidences revenues à la mode, de style colonial espagnol sur le modèle des missions ou des *haciendas*, avec un toit en tuiles rouges et des murs en plâtre blanc. Celle-là était grande, avec un pavillon pour les invités et une barrière massive de genévriers qui dissimulait presque le bâtiment principal aux regards, sauf de la rue qui le surplombait. Jonas se gara sur le côté.

— Descends une minute, dit-il.

— Pourquoi ? Je suis fatiguée !

— T'es toujours fatiguée. Descends !

Megan ouvrit la portière en marmonnant, descendit et le suivit d'un pas traînant. Il se dirigea vers les genévriers, puis il en écarta deux pour lorgner la propriété.

— Tu vois, dit-il. Celle-là a plus de terrain que les autres. Tu sais combien ça coûte le terrain ici ?

Megan hocha la tête et Jonas répondit :

— Cher, voilà combien ça coûte. Je parie qu'il y a un court de tennis derrière. C'est le genre d'endroit qui nous intéresse. Mais pas maintenant. Regarde, y a une camionnette là-bas, à côté du garage. Y a un truc écrit sur la portière, mais elle est garée de biais, j'arrive pas à lire. Ça doit être un livreur, un plombier ou un truc dans le genre.

— On peut rentrer à la maison ?

— Ce qu'il faut faire, c'est revenir ici quand il n'y aura pas de caisse dans l'allée ni de jardiniers dans le coin et sonner à la porte.

— Il y a un grand portail, lui objecta-t-elle.

— On sonnera au portail. Il doit bien y avoir une sonnette. Et si ça ne répond pas, on escaladera le mur pour jeter un œil.

— Et s'il y a un chien comme la dernière fois ? Un chien de garde hargneux ?

Ça l'arrêta net. Son dos lui envoyait encore des messages de temps en temps.

— OK, on reviendra d'autres fois avant de s'essayer à ce genre de baraque. En attendant, on peut se lancer avec des endroits plus conventionnels, où on voit les jardins pour savoir si y a un chien.

— Allez, on rentre à la maison et j'appelle ma mère.

— Pourquoi ?

— Je vais la supplier de nous prêter deux cents dollars. Je lui dirai que j'habite chez un copain et qu'on va se faire expulser samedi si on paie pas. Elle a toujours dit qu'elle m'abandonnerait jamais. Je suis son premier enfant et je pense pas qu'elle me laissera tomber. Pas que j'en sois fière.

Elle marqua une pause et ajouta :

— J'ai juste besoin d'un peu d'oxy.

Jonas se pressa les lombaires, gémit et se lamenta :

— Je me demande pourquoi Dieu me laisse en chier à ce point ces temps-ci...

***

Raleigh Dibble trouva le dentier volatilisé de Marty Brueger dans la poubelle à côté des toilettes, mais comment il s'était retrouvé là, Dieu seul le savait. Il supposa que c'était la conséquence d'un excès de whisky irlandais. Si le vieil homme avait eu du liquide, c'est sans doute là qu'il aurait fini lui aussi, dans la poubelle des chiottes. Mais seul Raleigh avait accès au modeste compte courant de la banque locale que Leona Brueger avait ouvert pour les courses afin que tout se passe bien en son absence. Elle y avait versé quatre mille dollars et il devait lui téléphoner en Toscane pour qu'elle l'approvisionne en cas d'urgence.

— Monsieur Brueger, dit Raleigh. Vous pourriez vous asseoir dans votre fauteuil et regarder *Oprah* par exemple. Je vais à la maison vous préparer un chouette en-cas. Que diriez-vous d'une de mes omelettes spéciales ?

Marty Brueger acquiesça, puis demanda :

— Y reste du whisky dans le cellier là-haut ?

— Non, mais j'irai en acheter plus tard.

— Je pourrais vous accompagner pour vérifier.

— Non, monsieur Brueger ! Reposez-vous. Il reste peut-être une bouteille. Je reviens tout de suite.

— Je me reposerai tout mon saoul très bientôt, marmonna le vieil homme.

Quand Raleigh retourna à la maison, il était vidé. Mais il fut ravi de constater que les projecteurs étaient éteints dans le salon et que le trépied était par terre. Nigel Wickland avait terminé.

— Tout a marché comme vous vouliez ? lui demanda-t-il.

— C'est dans la boîte, comme on dit à Hollywood, répondit Nigel avec un sourire satisfait. La prochaine visite sera bien plus courte. Ces cadres sont traditionnels, même si les tableaux n'ont pas un format courant. Ce sera assez simple de faire rentrer les faux correctement. Je pense que Sammy Brueger a fait réencadrer les œuvres dans ces horreurs sans nom il y a une douzaine d'années.

Raleigh était si soulagé qu'il eut envie de s'asseoir. Il avait mal au crâne, ce qui ne lui arrivait pas souvent.

— Quand reviendrez-vous ?

— Tout dépendra de l'avancement du travail au labo. Je vais presser mon ami autant que possible et je lui offrirai quelques centaines de dollars de plus s'il peut accélérer les choses. Mais bon, on ne peut pas faire ça d'ici demain.

— Vous m'appelez dès que c'est fait ?

— Bien entendu. Mais veillez à utiliser un faux nom si vous devez me joindre au bureau. Et ne prononcez pas mon nom quand je vous téléphone. Nous devons procéder précisément comme prévu.

On va revoir les modalités de notre accord avant la fin de cette histoire, songea Raleigh. Mais il se contenta d'approuver.

— C'est ça, précisément.

CHAPITRE 14

Viv Daley et Georgie Adams furent de retour sur le terrain, « aptes au service de rue », alors que l'Évaluation édifiait encore une pile de rapports de trente centimètres de haut à soumettre à la commission sur l'utilisation de la force dans les neuf mois suivant la fusillade qui avait entraîné la mort de Louis Dryden. Viv n'était plus aussi enjouée qu'avant cette fameuse nuit, et Georgie non plus. Ils ne devaient jamais plus reparler de Cindy Kroll ni de son bébé assassiné, du moins entre eux.

Ils avaient été envoyés à China Town, où se trouvaient les bureaux du service des Sciences du comportement, pour s'entretenir avec des psychologues de l'événement survenu à Little Armenia. Georgie fournit des réponses brèves au psy qui le questionnait sur son ressenti après avoir ôté la vie à un homme. Il lui apprit qu'il avait tué plusieurs insurgés en Irak et que ça ne lui avait pas semblé différent, en fin de compte. Il se contenta de hocher la tête quand le psy lui demanda s'il était monté à l'étage et avait vu le bébé étranglé. Les deux officiers éprouvaient la méfiance typique des flics envers les psys pour avoir lu et écouté les rapports d'« expertise » des membres de cette profession entendus comme témoins à charge ou à décharge lors des procès de criminels.

Viv déclara qu'en ce qui la concernait, ils avaient tué un père fouettard et qu'elle n'en éprouvait ni doutes ni remords. Elle se montra moins bavarde lorsque la psychologue lui demanda de raconter ce qu'elle avait vu dans l'appartement de Cindy Kroll.

La psy, qui avait l'âge des parents de Viv, avait un regard bienveillant et une attitude maternante. Au tout début de la séance, elle avait quitté son fauteuil derrière le bureau pour venir s'asseoir près de Viv, sur un des sièges réservés aux patients. Elle avait demandé à Viv de l'appeler Jane, mais à aucun moment au cours de l'entretien Viv ne prononça le prénom de la psychologue.

Pressée à plusieurs reprises de faire part de ses sentiments quant à l'horrible événement, Viv admit, à contrecœur, avoir lutté contre la tentation de contacter les services sociaux pour leur demander des nouvelles de l'enfant de Cindy Kroll encore en vie. Viv déclara aussi avoir songé à se renseigner sur les possibilités de recueillir le bébé, qui, elle l'avait appris, s'appelait Carly, au moins jusqu'à ce qu'on parvienne à joindre un membre de la famille ou jusqu'à ce que l'enfant puisse être adopté.

Mais elle ajouta :

— Bien entendu, c'était une idée idiote. Ça n'avait aucun sens. Je me serais retrouvée mère célibataire, avec un boulot qui exige de bosser la moitié de la nuit et, bien sûr, de dormir une bonne partie de la matinée. Pourquoi confierait-on un bébé à quelqu'un comme moi ?

— Ce serait peu probable, en effet, acquiesça la psychologue. Pourtant, vous dites avoir eu envie d'être parent adoptif, même si c'est impossible, vu votre mode de vie. Pourquoi ça, selon vous ?

— Je ne sais pas. Par compassion, j'imagine. C'était tellement… triste.

Viv se contenta de hocher la tête quand la psychologue lui demanda si elle se sentait encore coupable ou responsable de ce qui était arrivé à Cindy Kroll et à son bébé cette nuit-là, et la jeune policière se hérissa quand la psychologue insista.

— Pourquoi, je devrais ? s'exclama-t-elle.

— Pas nécessairement, répliqua la psy. Mais parfois, l'inconscient nous joue des tours.

— Eh bien, non, je ne me sens pas coupable. Que j'aie pensé par hasard au moyen dont on pouvait s'introduire dans cet appartement ne signifie pas que j'aie eu une prémonition. Je ne suis pas mentaliste, vous savez.

— Non, dit la psychologue. C'est vrai. Vous avez fait preuve de moins de cynisme que les deux inspecteurs et que votre coéquipier.

— Que voulez-vous dire ? demanda Viv, méfiante.

— Les officiers de police deviennent cyniques avant l'heure à force d'être confrontés à ce qu'il y a de pire en l'homme et de voir des gens ordinaires au plus mal. Ils revêtent des armures psychiques et émotionnelles pour se protéger. Ils ont tendance à tourner en ridicule les événements et les situations qui sortent de l'ordinaire. Vos idées sur l'échelle et le toit ont été écartées parce qu'elles semblaient tirées par les cheveux, mais elles ne l'étaient pas. Vous n'avez pas fait preuve de cynisme. Vous essayiez d'être un bon officier de police en imaginant un scénario très peu probable qui s'est finalement réalisé.

Viv ne soufflant mot, la psychologue lui demanda :

— Aviez-vous déjà été témoin d'un événement horrible ? Un événement mettant en cause des enfants sans défense ?

Viv hésita, puis répondit :

— Je me souviens d'une affaire, où un gars de la 18e Rue qui se faisait appeler « le Percepteur » a frappé un marchand ambulant avec un pistolet parce qu'il n'avait pas versé l'argent du racket. Il avait décidé de faire un exemple pour tous les marchands et il a abattu le bébé du type, là, dans sa poussette.

La psychologue hocha lentement la tête.

— Je ne peux qu'imaginer ce que vous avez ressenti quand vous êtes arrivée sur les lieux.

— Et il y a eu une fois où on a reçu un appel qui m'a appris pourquoi les inspecteurs chargés de traquer les auteurs de sévices sur enfants sont les seuls auxquels leurs amis civils ne posent jamais de questions sur leur boulot. L'appel est arrivé juste après le briefing de début de service. Un bébé avait été méchamment brûlé dans la baignoire et sa mère avait déclaré que c'était un accident. Sauf qu'il avait la peau brûlée à partir des coudes et que la ligne était nette. Ce qui voulait dire qu'on l'avait tenu par les poignets et qu'on l'avait plongé dans l'eau bouillante. Il s'est avéré que c'était le petit ami de la mère qui l'avait fait parce qu'il s'était énervé quand l'enfant s'entraînait à faire sur le pot. Quand le type a été arrêté, il a déclaré qu'il ne savait pas que l'eau était brûlante. On m'a dit plus tard qu'on avait dû greffer de la peau de cadavres sur les brûlures au troisième degré. Ça s'était passé le jour de l'anniversaire des deux ans de l'enfant. Il s'appelait Stevie.

— Vous savez que vous pouvez revenir me voir quand vous voulez, Vivien. Vous n'avez pas besoin d'attendre qu'on vous en donne l'ordre.

Viv adressa un sourire en coin à la psy et lui dit :

— Vous n'êtes pas au courant que les flics trouvent que ça fait mauviette de venir vous parler, à vous et à vos confrères ?

— Oh si, je ne le sais que trop, répondit la psychologue en souriant. On a un boulot ingrat à cause du machisme endémique et de la super autonomie de vos collègues en bleu. Croyez-moi, je suis tout à fait au courant.

— Bon, alors vous comprenez, dit Viv avant de se taire.

La psychologue garda le silence un moment, observa Viv qui regardait par la fenêtre comme si elle voulait s'échapper, puis elle lui demanda :

— Aviez-vous déjà ressenti un profond désir d'adopter un enfant avant l'incident de Little Armenia ?

— Non, jamais, répondit Viv qui fixa de nouveau la psy avec un regard provocateur avant d'ajouter : « Pourquoi, je devrais ? »

— Pas forcément. Mais cette affaire était différente, n'est-ce pas ? Il s'agissait de la mère de Carly et de son petit frère, de sentiment de profond… malaise que vous ressentiez à cause de ce qui leur était arrivé. N'est-ce pas ?

— Peut-être, lui concéda Viv. Êtes-vous en train de me dire qu'à votre avis, je me sens un peu responsable ?

— Le responsable, c'est cet homme, Louis Dryden. Cindy Kroll porte une part de responsabilité, elle aussi. Elle a refusé de se rendre dans un foyer, où ses enfants et elle auraient été en sécurité jusqu'à ce que vous autres inspecteurs ayez contacté Louis

Dryden pour l'inviter à garder ses distances. De toute évidence, vous êtes une personne très responsable, Vivien, mais rien de tout ça ne doit devenir votre fardeau. En toute connaissance de cause, vos collègues et vous avez agi de manière responsable et rationnelle. Cet événement était une anomalie.

— On parlerait d'une sorte de… sentiment de culpabilité inconscient ? demanda Viv. C'est bien ça qu'on évoquerait ?

— Si c'est le cas, j'espère pouvoir le dissiper. L'incident en lui-même est particulièrement affreux. Cette nuit-là, vous avez vu des choses que personne ne devrait voir.

— J'imagine, dit Viv.

Puis elle demanda :

— Cet incident à Little Armenia… ça secouerait n'importe qui, n'est-ce pas ?

— Ça ne fait aucun doute.

— Et en plus…

La psychologue garda le silence, puis finit par demander :

— Et en plus quoi ? Quoi donc, Vivien ?

— Carly était tellement traumatisée et perturbée qu'elle n'arrêtait pas… elle n'a pas arrêté de m'appeler « maman ».

Les deux femmes restèrent silencieuses ; Viv fut stupéfaite de sentir le goût de ses larmes. Puis elle s'effondra et se mit à pleurer, le visage dans les mains. La psychologue lui apporta une boîte de mouchoirs posée sur le bureau et attendit que ses pleurs s'arrêtent.

***

À l'appel ce soir-là, on se passa le mot entre collègues qu'une des grosses huiles de la police s'était fait prendre dans une rue sombre au sud de L. A. avec une pute dans sa voiture. Et pas un super sosie de Beyoncé, juste une vieille prostituée un peu dégueu, qui devait sûrement avoir toutes les MST connues, plus des nouvelles pas encore référencées. Quand le ponte avait présenté son badge aux nuiteux qui l'avaient pris sur le fait, il leur avait fourni une excuse bidon : il était en train d'« interroger » la pute, laquelle était sortie en vitesse de la voiture et s'était remise en route.

Les deux flics lui avaient certifié que cet incident demeurerait confidentiel, mais à la fin du service, chacun avait envoyé des textos à plus d'une douzaine de collègues, qui, à leur tour, en avaient envoyé à une douzaine de collègues, cette chaîne ne prenant fin que lorsque tout le monde au LAPD et au-delà avait été au courant. C'était un parfait exemple de la parfaite confidentialité des informations au sein de la police, et cela expliquait pourquoi les flics hurlent de rire quand des commentateurs télé antiflics parlent du « mur bleu du silence » ou de « rangs resserrés » dans des affaires sujettes à controverse concernant des allégations de brutalités policières et autres conduites contraires au règlement, en général à l'encontre de membres de minorités ethniques.

Lors de l'appel, le sergent Murillo déclara à ce sujet :

— Je pourrais proposer d'acheter une voiture flambant neuve au flic qui garderait une info top secret ne serait-ce qu'une journée sans avoir à m'inquiéter de puiser dans mes économies. Qui, je crois, se montaient à peu près à quatre cents dollars la dernière fois que j'ai vérifié.

***

Après l'appel ce soir-là, le Bris et le Débris n'étaient pas dans la rue depuis plus de cinq minutes qu'une Mustang de modèle récent roulant tranquillement au ras du trottoir grilla un feu rouge sur East Sunset Boulevard, ce qui obligea plusieurs conducteurs à freiner à mort en hurlant tous les jurons possibles et imaginables.

— Toi, t'es cuit ! lança le Débris qui fit demi-tour et se rangea derrière la Mustang, gyrophare allumé.

Il donna un coup de Klaxon pour attirer l'attention du conducteur.

Ce dernier était si accaparé par sa conversation téléphonique, et sa conduite si erratique, qu'ils le crurent en état d'ivresse. Quand il les aperçut enfin dans son rétro, il se gara au bord du trottoir. Comme il farfouillait longuement dans son véhicule, ils se demandèrent s'il n'essayait pas de cacher des marchandises de contrebande ou même une arme et sautèrent de leur voiture pour courir jusqu'à la Mustang, le Bris côté conducteur, la main sur son Glock.

Le Débris s'approcha côté passager ; comme il faisait encore jour, ils distinguèrent nettement un employé de bureau avec un pan de chemise qui dépassait de sa braguette.

— Papiers du véhicule, s'il vous plaît, dit le Bris.

Puis le grand flic lança un regard au-dessus du toit de la Mustang et fit une grimace à son collègue. Comme l'endroit était un coin à putes dès la nuit tombée, il se dit que l'automobiliste cherchait à en ramasser une en rentrant du boulot. On pouvait raisonnablement supposer qu'il était en train de passer un coup de fil « cul » en même temps et qu'en l'occurrence, il s'agissait d'une décharge de libido.

Le Bris rédigea l'amende sur le capot de l'atelier.

— Mec, surtout ne lui serre pas la main, lui conseilla le Débris.

Le Bris revint vers la voiture du contrevenant et lui tendit son carnet de timbres-amendes et un stylo à bille. Pendant que le conducteur signait la contravention, le Bris regarda la tache humide sur la chemise du contrevenant qui s'y était essuyé les doigts et dit :

— Vous pouvez garder le stylo, monsieur. Cadeau de la police de Los Angeles.

***

Hollywood Nate et Snuffy Salcedo reçurent un message sur leur ordinateur de bord concernant une « femme 5150[1] au croi-

1. Code signifiant « individu fou et violent ».

sement d'Hollywood et d'Highland », promenade de la Gloire. Snuffy appuya sur le bouton *en route*, Nate jeta un coup d'œil au message et lança :

— Une tarée sur la promenade de la Gloire. Comme c'est original ! Cette description pourrait correspondre à n'importe qui sur Hollywood Boulevard, puisque de toute façon, là-bas, on sait jamais si les hommes sont pas des femmes et inversement.

— Je me demande quelle cinglée ça peut être, dit Snuffy.

— Y a qu'à en ramasser une bien ravagée et qui fait plus de bordel que les autres.

Quand ils arrivèrent à la célèbre intersection et se mirent à rouler au pas vers l'ouest, il ne leur fallut pas longtemps pour la repérer au milieu de la foule de touristes. C'était une Noire de quarante ans environ qui pesait plus de cent dix kilos. Elle avait les cheveux teints couleur cône de signalisation et son costume consistait en une authentique veste de treillis de la Deuxième Guerre mondiale, jusqu'aux décorations. Dans l'hémisphère sud de sa personne, elle portait des collants rose fluo qui la boudinaient et des bottes de cow-boy. Elle se servait de deux couvercles de poubelle comme de cymbales et chantait du charabia. Bien sûr, les touristes et les personnages de rue se dispersaient à son approche, mais l'un d'eux manqua de réflexe.

Les flics la virent tout à coup frapper Wonder Woman sur le crâne avec un couvercle ; c'était suffisant pour l'équipe de la 6-X-66. Elle représentait un réel danger pour elle-même et pour autrui.

Hollywood Nate se gara au bord du trottoir et lança :

— Celle-là fera l'affaire, mais ce n'est sûrement pas la plus égarée du boulevard.

— Égarée, mais pas solitaire, répliqua Snuffy. Les cinglés ont toujours quelqu'un dans leur tête à qui parler.

La femme était gaie et souriante quand les deux flics l'abordèrent.

— Pourrais-je voir vos cymbales, je vous prie ? lui demanda Nate.

Elle lui tendit fièrement ses couvercles de poubelle avec un « daccodac ».

— Vous devez avoir plein de cymbales, reprit Nate. Ça vous dirait de venir avec nous et de jouer pour des gens sympas ?

— Daccodac, répéta-t-elle.

— Comment vous vous appelez ? demanda Snuffy.

Elle réfléchit jusqu'à ce qu'un éclair de mémoire la frappe.

— Pearl, répondit-elle.

— Je m'appelle Snuffy et lui, c'est Nate.

— Youpiyop ! lança Pearl, ravie de se faire de nouveaux amis.

Pearl était si aimable, mignonne même, que Nate dit à son coéquipier :

— Je n'ai pas le cœur à lui mettre les pinces, collègue. On essaie de la faire monter à l'arrière sans les menottes. Si elle cache une épingle à chapeau et qu'elle te tue avec, ce sera ma faute.

Nate ouvrit la portière arrière, Pearl monta et boucla sa ceinture sans qu'on le lui demande.

— C'est pas sa première fois, fit remarquer Nate.

Snuffy la regarda à travers la grille et lui jeta :

— Tu ne devrais pas cogner les gens sur la caboche, Pearl. C'est très vilain.

— Très vilain, très vilain ! acquiesça-t-elle.

— Remords sincère, murmura Snuffy. C'est bon signe.

Ils se dirigeaient vers l'est sur Sunset Boulevard au crépuscule, lorsqu'ils se rendirent compte que Pearl avait un tic curieux : elle ne se contentait pas de répéter des bribes de ce qu'elle entendait, elle semblait aussi y prendre un malin plaisir si on lui disait d'arrêter.

À un moment donné, Snuffy observa un coupé Porsche gris métallisé série 911 et dit à Nate :

— Il est pas d'enfer, ce 9/11[1] ?

Pearl répéta :

— D'enfer !

1. Les anglophones, quand ils font référence aux attentats du 11 septembre 2001, disent « nine eleven » soit 9/11.

Nate se retourna pour regarder la Porsche et confirma.

— Oui, il est super.

— Il est super ! cria Pearl.

Snuffy, qui la testait, lui dit :

— Dis pas que c'est super, Pearl.

— C'est super, c'est super ! cria Pearl, encore plus enthousiaste.

Ils roulèrent en silence pendant un moment, direction Parker Center, pour rejoindre le centre d'Évaluation psychologique où on leur fournirait une autorisation d'internement. Ensuite, ils la conduiraient à quelques kilomètres de là, au USC Medical Center construit sur le terrain autour du vieil hôpital du comté. C'étaient les dernières semaines du vénérable QG du LAPD avant son abandon et sa démolition. On était en train de tout déménager au nouveau bâtiment administratif de la police, littéralement à l'ombre de l'hôtel de ville.

Ce nouveau bâtiment se trouvait en face du Department of Water & Power[1] qui, d'après les flics, ressemblait à l'étoile noire de *Star Wars*. Le stationnement était extrêmement mal aménagé à proximité et les flics du ministère des Transports n'avaient qu'une envie : coller des amendes à tous les véhicules de patrouille qu'ils trouvaient en stationnement temporaire dans les zones non autorisées. Évidemment, cela produisait une animosité virulente dans les deux camps.

À l'extérieur du nouveau bâtiment, on avait installé de grandes sculptures en métal, hors de prix et controversées, censées figurer six ours et deux singes. Les flics se disaient qu'ils ne tarderaient pas à arrêter des délinquants sexuels qui baiseraient les statues. Le bâtiment était conçu de telle manière que les fenêtres nord reflétaient l'hôtel de ville, qui se trouvait pile de l'autre côté de First Street. Les flics disaient que le reflet dominant de l'hôtel de ville vu du nouveau bâtiment constituait un présage sinistre et effrayant de ce que l'avenir leur réservait.

1. Le service des Eaux et de l'Électricité.

Ils approchaient de leur destination quand Nate dit à Snuffy :

— Ça te rend pas tout nostalgique de revenir à Parker Center, où t'as passé toutes ces années à conduire les fous de pouvoir du sixième ?

— Fous de pouvoir ! cria Pearl.

Snuffy, pour que Pearl reste muette, répondit à l'oreille de Nate :

— Monsieur est celui dont je me souviendrai toujours. *La Mort aux trousses* est un de ses films préférés. Tu sais, le film d'Hitchcock, où Cary Grant et sa nana se font poursuivre au-dessus des visages des présidents du mont Rushmore ?

Toujours mordu de ciné, Nate lui chuchota en retour :

— Évidemment. Cette nana, c'était Eva Marie Saint.

Snuffy oublia de murmurer et dit :

— Ouais, eh bien, je crois que si Monsieur aime ce film, c'est parce qu'il a toujours vu *son* visage là-haut. Pour lui, c'était sur ses sourcils qu'ils couraient et sur sa lèvre supérieure qu'ils sautaient.

— Sa lèvre supérieure ! répéta Pearl.

— J'aimerais qu'elle arrête ça, dit Nate. Ça me tape sur les nerfs.

— Baisse sa vitre à moitié. Je veux essayer un truc.

Quand la vitre fut à moitié ouverte, ils se retrouvèrent arrêtés à un croisement d'East Sunset Boulevard, district de Silverlake, où une rénovation urbaine était en cours – des habitants plus jeunes y emménageaient dans des appartements et des lofts. De l'autre côté de la rue, une femme séduisante attendait en parlant à un type en costume Joseph Abboud qui arborait l'air suffisant du jeune cadre dynamique, avec bouteille d'eau et tout le tralala.

— Pearl, ne traite *surtout pas* cet homme de bouffon dynamique.

Pearl regarda l'homme, puis, quand le feu passa au vert et qu'ils démarrèrent, elle fit sursauter le couple en hurlant :

— Bouffon !

— Elle dira tout ce qu'on lui dira de ne pas dire, chuchota Snuffy. On devrait pouvoir en faire quelque chose.

Effectivement. Quand ils arrivèrent à Parker Center et se garèrent au sous-sol, Snuffy frissonna en repensant au passé. Il était revenu à l'endroit où il avait travaillé de si nombreuses années. Dans le milieu du crime, on l'appelait « la Serre » à cause de ses murs de vitres des façades nord et sud. Les visages des différents chefs dont il avait été le chauffeur et qu'il avait protégés défilèrent devant ses yeux. Pendant un moment, il lutta pour se rappeler un souvenir agréable de ces dernières années. Sa rêverie fut brutalement interrompue et il eut du mal à en croire ses yeux lorsque la porte menant du bâtiment au parking s'ouvrit. Snuffy avait aperçu un de ses vieux amis et collègue auxiliaire de sécurité. Et qui entrait sur les talons de l'auxiliaire ? L'homme en personne !

Tandis que Nate se garait, Snuffy dit doucement :

— C'est Monsieur ! Jésus, Marie, Joseph, c'est Monsieur !

Ce jour-là, le chef et son aide portaient tous les deux l'uniforme. L'auxiliaire marqua une pause quand le chef lui dit quelque chose avant de regarder sa montre.

— Il essaie sans doute de se rappeler le nombre de feux qu'il y a entre ici et l'endroit où ils vont, et il va calculer exactement combien de temps ils vont mettre pour y arriver, murmura Snuffy.

Le chef et son subordonné étaient obligés de passer devant la place où Nate avait garé l'atelier. Snuffy se recroquevilla sur son siège, se cacha le visage d'une main, fit semblant d'écrire sur ses genoux et dit à l'oreille de Nate :

— Collègue, c'est le destin.

Sur quoi il se retourna vers la cage et lança :

— Pearl, écoute bien. Ne traite pas cet homme d'égocentrique.

Au moment où Monsieur et son aide passaient devant la voiture, Pearl sortit la tête par la fenêtre et hurla :

— Sans trique !

Le chef de la police tressaillit et jeta un regard scrutateur vers sa droite. Il avisa Pearl qui souriait béatement à la fenêtre. Il l'ignora et continua de marcher jusqu'au SUV aux vitres teintées menaçantes. Son auxiliaire de sécurité lui ouvrit la portière et il monta dans la voiture.

— C'est ça, ta conception des représailles ? murmura Hollywood Nate. La revanche de Snuffy se réduirait donc à traiter le chef de la police de chiffe molle ?

Snuffy Salcedo lui renvoya à voix basse :

— En fin de compte, elle a peut-être bien compris. Ça fait sept ans et demi qu'il rampe comme un clebs devant les médias et la mairie de L. A.

Quand ils sortirent de la voiture et pénétrèrent dans le bâtiment, Snuffy lança :

— Enfin, Pearl a fait de son mieux. Sur le chemin de la maison des fous, on s'arrêtera pour lui acheter des biscuits.

— Biscuits ! Youpiyop ! cria Pearl, qui iodla gaiement en batifolant tout le long du couloir, jusqu'au sous-sol déprimant où se trouvaient les bureaux du service d'Évaluation psychologique, dans ce bâtiment voué à la destruction que les avocats appelaient depuis plus d'un demi-siècle « la Serre ».

CHAPITRE 15

— C'est jeudi et j'en ai marre de rester assis ici, dit Marty Brueger à Raleigh Dibble. Si je dois faire une crise cardiaque et y passer, je veux que ce soit chez Chasen pendant que je m'envoie un gros bol de chili.

— Chasen a fermé il y a très longtemps, vous ne vous rappelez pas ? lui répondit Raleigh.

— Oh, merde, c'est vrai. Oh, ma mémoire !

Raleigh desservait le plateau du petit déjeuner dans le pavillon et tentait de garder l'air enjoué alors que le vieux schnock commençait à sentir mauvais. Il devait faire un effort pour ne pas se détourner quand il avait besoin de respirer. Il avait également envie de couper les touffes de poils qui sortaient des oreilles du vieux.

— Elizabeth Taylor adorait le chili de chez Chasen. Je l'y ai vue souvent, reprit Marty Brueger.

— Oui, je sais.

— En général, elle était avec son mari, Rex Harrison.

— Richard Burton, rectifia Raleigh.

— Qu'est-ce qu'il a à voir là-dedans, lui ?

— C'est avec lui qu'elle était mariée. Pas avec Rex Harrison.

— Oh, merde ! Ne devenez jamais aussi vieux que moi, Raleigh. Servez-vous du tuyau à gaz avant. La vie d'un vieil homme est à chier !

— Allons, allons, monsieur Brueger. Pourquoi ne prendriez-vous pas un bon bain ? Ça vous délasserait.

— D'accord. Et ensuite, je veux discuter d'une sortie. J'en ai marre de ce foutu pavillon.

— Vous avez besoin d'aide pour entrer dans la baignoire ?

— Raleigh, le jour où je ne pourrai plus entrer dans une baignoire encastrée dans le sol, m'asseoir sur un banc et faire couler l'eau, ce jour-là, je vous demanderai d'aller m'acheter un flingue.

— OK, monsieur Brueger. Je vous laisse une heure et je reviens pour qu'on parle de cette sortie. On pourrait peut-être aller à la plage et reluquer les jolies filles. Vous m'avez dit que vous aimiez ça avant. Ou alors on pourrait aller voir un film à Westwood. Ou bien…

Marty Brueger interrompit Raleigh en lui adressant un regard abattu – touchant d'une certaine manière – à travers ses lunettes en cul de bouteille. Puis il dit :

— Je ne me souviens même pas de la dernière fois que j'ai pu avoir une érection. J'aurais dû la faire dater au carbone.

***

Cette fois, ce fut Megan Burke qui sortit Jonas Claymore du lit. Il s'était envoyé beaucoup trop de Vicodin avant de se coucher et l'avait fait descendre avec de la piquette. Il ouvrit les yeux, complètement désorienté quand elle le secoua en lui lançant :

— Jonas, réveille-toi ! Faut que tu te lèves tout de suite.

— Hein ? Quoi ?

— M. Casper arrive.

Jonas s'appuya sur ses coudes et demanda :

— Qui ça ?

— Ton proprio, tiens. Il vient d'appeler sur ton portable et il veut le loyer. Mille deux cents dollars.

— C'est rien, dit Jonas en s'asseyant et bâillant. Donne-les-lui. Ta mère te les a filés, non ?

— Jonas, atterris ! Ma mère m'en a filé deux cents, tu te souviens ? Et on en a dépensé la moitié hier soir. Tu te rappelles pas avoir dit que tu voulais du Vico et du pinard ?

— Oh, mon Dieu ! s'écria-t-il en s'en souvenant vaguement. Ce monde de merde se résume donc à ça ? Des riches rapaces qui maintiennent les gens comme nous dans leur statut de serfs et d'esclaves ?

— Faut que tu lui parles. Il a dit qu'il allait couper l'eau et te faire expulser.

— Plutôt crever ! Ce petit proprio de mes deux, ce youpin, peut pas nous virer.

— Habille-toi et trouve une solution.

— Allez, ça suffit. Aujourd'hui, on va dans les Hollywood Hills pour de bon. On arrête les repérages. Cette fois-ci, c'est du sérieux. Où vit Paris Hilton en ce moment ? N'importe qui peut entrer dans *sa* baraque sans qu'elle s'en aperçoive.

Tandis qu'il essayait d'avaler une bouchée d'œufs brouillés avec un toast rassis, Megan tenta de ranger le petit appartement. Elle entassa les boîtes de pizza vides et les assiettes sur le frigo et empila les autres détritus dans l'évier – la poubelle était pleine de cannettes de soda et de papiers de bonbons.

Ensuite, elle se précipita dans la minuscule chambre et Jonas lui demanda :

— Où tu vas ?

— Faire le lit. Au cas où il irait regarder.

— Reviens ici, bordel ! Tu crois que je vais laisser ce petit enculé de youpin entrer dans notre chambre ? Il va nous parler depuis le palier à travers la porte d'entrée.

— Non Jonas ! Il faut l'inviter à entrer. T'as besoin d'un délai pour payer le loyer, alors il faut être gentil avec lui. On attrape les mouches avec du miel, non ?

— Y a bien assez de mouches dans ce putain d'appart. On n'en a pas besoin d'autres.

Il faisait une tentative de brossage de dents, sans grand enthousiasme, quand on frappa à la porte. Il entendit Megan dire :

— Bonjour, monsieur. Entrez, je vous en prie. Je suis une amie de Jonas, je lui rends visite quelques jours.

Jonas était torse et pieds nus quand il entra dans le salon, vêtu de son dernier jean dont les genoux étaient encore intacts. Il salua le propriétaire d'un signe de tête maussade et se fendit d'un « Bonjour ».

Contrairement à la description de Jonas Claymore, Mickey Casper n'était pas petit. Il mesurait quelques centimètres de moins que son jeune locataire qui, lui, était grand et maigre, mais il avait des bras impressionnants, un torse qui tendait à bloc sa chemise en coton et des mains noueuses qui n'auraient pas détonné sur un homme plus imposant.

Avec un très léger accent israélien, il lui lança :

— Jonas, la dernière fois je vous ai dit que je ne souhaitais pas que la situation s'aggrave de mois en mois. Je vais devoir vous demander de partir.

— J'ai été viré de mon boulot, monsieur Casper. Les temps sont durs. Patientez jusqu'à ce que je trouve un autre emploi.

— Ça s'éternise. Je vous donne votre congé.

— Attendez ! J'ai un entretien d'embauche aujourd'hui avec le manager d'un Starbucks. Je commence lundi si je lui conviens. Et je sais que je vais lui plaire. Il a dit que j'avais le profil qu'il cherchait.

— Quel Starbucks ? demanda le propriétaire.

— Celui à l'angle de Sunset et de Cahuenga, répondit Jonas.

— Il n'y a pas de Starbucks à l'angle de Sunset et de Cahuenga. Je connais très bien le quartier.

Jonas le regarda fixement en essayant de trouver quelque chose à dire, mais son mal de tête lui faisait souffrir le martyre. Il n'arrivait pas à réfléchir.

— S'il vous plaît, monsieur Casper, pouvez-vous lui laisser quelques semaines ? tenta Megan.

— Je suis désolé, répondit celui-ci. Ça dure depuis trop longtemps. Je vous signifie votre préavis, Jonas.

À ce moment-là, Jonas ressentit une douleur fulgurante au crâne et explosa :

— OK, espèce de connard de youpin ! Mais pour le moment, c'est chez moi, ici. Dégage !

Le propriétaire blêmit. Il ouvrit la bouche pour parler, puis se ravisa. Il se dirigea vers la porte, mais pas assez vite au goût de

Jonas Claymore. Quand le propriétaire s'immobilisa, prêt à parler, Jonas le poussa en s'écriant :

— Foutez-moi le camp tout de suite!

Le propriétaire riposta en frappant Jonas au plexus. Le coup porté presque sans élan, avec une vingtaine de centimètres de recul, fut asséné avec force, à l'endroit précis où on lui avait appris à cogner quand il avait fait de la boxe, plus jeune. Jonas suffoqua, se mit à tousser, tomba sur un genou, puis s'étala sur le dos.

Sur quoi le propriétaire adressa des excuses sincères à Megan.

— Je vous prie de m'excuser, mademoiselle. Je n'avais pas l'intention de riposter comme ça, mais vous l'avez vu me pousser. J'ai réagi à l'instinct. Je suis désolé.

— Je ne l'ai pas vu vous toucher du tout, monsieur Casper, dit-elle. J'espère que vous ne lui avez pas cassé les côtes.

Elle s'agenouilla près de Jonas, qui bougeait avec la souplesse d'une vache, et lui demanda :

— Jonas, ça va? Tu peux parler?

Jonas se contenta de hocher lentement la tête, Megan disant alors au propriétaire :

— Monsieur Casper, je crois que vous feriez mieux de partir. Je vais devoir le conduire aux urgences de Cedars. Ça pourrait être très grave.

— Il m'a bousculé! Vous l'avez forcément vu!

Et d'ajouter :

— Écoutez, Jonas, je vous laisse encore deux semaines, d'accord? Si vous donnez l'argent, alors on avisera.

— Très bien, monsieur Casper, dit Megan. Et maintenant, si vous voulez bien partir, je vais l'emmener aux urgences pour voir s'il est blessé.

Après le départ du propriétaire, Jonas se retourna et s'écria :

— Merde! Je sais pas ce qui me fait le plus mal maintenant, mon dos ou mon bide.

— C'était impressionnant, Jonas, dit-elle.

— Quoi? De quoi tu parles, bordel?

— De la manière dont tu l'as provoqué. Dont tu l'as poussé à te frapper.

— T'es débile ou quoi ? fit Jonas en tentant de se relever. C'était pas de la comédie. On va faire un procès à ce connard de youp et lui prendre tout ce qu'il a. J'ai le bide en vrac. Aide-moi à me lever.

— La procédure va être longue. Et tu connais même pas d'avocat. Et je pense pas que ce soit le genre d'affaire après laquelle les avocats vont courir. Mais en attendant, ça nous a fait gagner du temps. Si on doit faire ce que t'as dit qu'on devait faire, c'est maintenant ou jamais. On n'a plus d'oxys, plus de perks, plus de narcos. On est dans la merde, Jonas. La vie n'est qu'un long merdier pour les losers dans notre genre.

Son crâne l'élançait. Il lui semblait que son cerveau avait enflé. Il gagna la salle de bains, s'aspergea le visage d'eau froide, puis se regarda dans la glace. Il lui fallut un moment pour compter le nombre de fois où il avait été assommé au cours de ce mois pourri. Puis il percuta : *Cette connasse vient de dire qu'on est des losers !*

***

Ce jour-là, Marty Brueger avait opté pour une visite nostalgique de l'observatoire de Griffith Park, mais quand ils y arrivèrent, il refusa d'entrer. Il voulait rester assis dans la voiture et regarder le bâtiment. Raleigh se demanda ce qui se passait dans la tête du vieux fou. Se rappelait-il une fille qu'il y avait emmenée une éternité plus tôt ? Est-ce qu'il pensait à ces acteurs décédés depuis longtemps : James Dean, Nathalie Wood et Sal Mineo dans *La Fureur de vivre*, où le bâtiment apparaît ? Raleigh Dibble n'avait ni la curiosité ni l'énergie de le lui demander. Il n'arrêtait pas de penser à ce qu'il pourrait faire avec un demi-million de dollars pour changer de statut social.

Puis, aussi impulsivement qu'il avait demandé à être conduit à cet endroit, Marty Brueger lança :

— OK, Raleigh, on rentre à la maison. J'ai besoin de faire une sieste.

— Voulez-vous déjeuner quelque part ?

— Non, arrêtez-vous simplement pour me reprendre de ce whisky irlandais. Trois bouteilles ce coup-ci.

Une fois rentrés, après avoir acheté le whisky, Raleigh veilla à ce que le vieil homme soit bordé et qu'il ait un verre de whisky à côté de son dentier.

— Dormez bien, monsieur Brueger. Qu'est-ce qui vous ferait plaisir pour dîner ?

— Du cyanure, répondit Marty Brueger avant de fermer les yeux. Versez-le dans le whisky et ne me dérangez plus avant que ce soit fini.

Pour la première fois, Raleigh Dibble eut vraiment pitié du vieil homme. Quand il revint dans la maison, son portable sonna et il vit le numéro de la Wickland Gallery.

— Bon, que se passe-t-il ? demanda-t-il en sentant sa gorge se serrer.

— Les choses ont avancé à une vitesse incroyable, dit Nigel. On fait ça demain.

Le ventre de Raleigh se mit à gargouiller. Demain ! Ils allaient vraiment le faire. Il avait beau avoir attendu ce coup de fil avec impatience, à présent, il était terrifié.

— À quelle heure ?

— Pendant la sieste du vieux. Que diriez-vous de 13 heures ?

— Heu... D'accord.

— Pourquoi hésitez-vous ?

Raleigh, conscient qu'il était simplement anxieux, répondit :

— Non, c'est bien. Mais gardez votre portable près de vous au cas où il y aurait un changement pour une raison ou pour une autre.

— Pourquoi y aurait-il un changement ?

— Comment voulez-vous que je le sache ? Les merdes, ça arrive, Nigel. Gardez juste votre portable à portée de main, OK ?

— Je vous ai dit de ne pas prononcer nos noms, bordel !

Raleigh referma son portable et murmura :

— Espèce de tapette arrogante.

Sur quoi, son ventre se remettant à gargouiller, il courut aux toilettes.

***

Quand ils eurent fini leur boulot, Megan était encore plus épuisée et percluse de douleurs que Jonas. Ils avaient passé la journée entière en repérage devant des propriétés de célébrités, dont ils avaient trouvé les adresses sur le net en utilisant l'ordinateur du cybercafé, où cent ordinateurs étaient disponibles sept jours sur sept, vingt-quatre heures sur vingt-quatre. Le cybercafé était le repaire de choix des usurpateurs d'identité, des putes, des dealers et des spécialistes de l'arnaque en tout genre. Jonas avait insisté pour y passer beaucoup de temps ces derniers jours, à rechercher les adresses qui, il en était convaincu, leur apporteraient la fortune que la Clique du Clinquant avait eue à portée de main et perdu faute d'une organisation rigoureuse.

Quand ils rentrèrent enfin chez eux, Megan se plaignit :

— Jonas, j'ai super mal. Aux coudes, aux genoux, partout.

Sur quoi elle fut prise d'une de ses crises de toux interminables qui tapaient sur les nerfs de Jonas.

— C'est moi qui me suis fait démonter par ce connard de juif! s'écria-t-il. Enfin merde, de quoi tu te plains?

— Je te dis que j'ai mal. Je crois que j'ai de l'arthrose.

— Mais oui, de l'arthrose à vingt ans, bien sûr.

— Il me faut un truc contre la douleur!

— Tu es en manque. Je t'ai dit que ça s'arrêterait dès qu'on aura trouvé les thunes pour des oxys. Dès qu'on les aura, je t'envoie faire une petite cure de désintox.

— M'envoyer en désintox? Je peux pas me le permettre. De toute façon, je fume jamais autant que toi. Pourquoi t'irais pas en désintox, toi?

— J'ai pas envie de parler de ça chaque fois que t'es malade. Va préparer la bouffe, OK? Faut que j'étudie les cartes. Je crois que demain, on va mettre dans le mille. On va enfin faire les choses sérieusement. J'ai choisi quatre propriétés de célébrités et on va entrer dans une. Faut dormir pour garder la tête froide.

En parlant de tête, il se rendit compte que son mal de crâne était presque parti et songea qu'il pouvait peut-être prendre un somnifère.

— Y reste du vin et des watsons ? demanda-t-il. Ça devrait me faire tenir jusqu'à demain. Comme disait ma mère : « Je me porterai comme un charme. »

— On avait des charmes dans l'Oregon, dit Meg d'un ton abattu. Cette foutue région est juste un désert de strass et de paillettes.

CHAPITRE 16

Parce qu'il aimait envoyer ses équipes sur le terrain de bonne humeur, le sergent Murillo les invitait à raconter des anecdotes amusantes dès qu'il avait fini de donner la liste des crimes et autres informations de l'appel.

— S'est-il passé quelque chose digne d'intérêt ces derniers temps dont vous voudriez faire part à vos collègues ? demanda-t-il ce jour-là.

Ce fut le Bris qui répondit :

— Oui, sergent. L'autre nuit, on a reçu un appel d'une pute bourrée du secteur de Sunset qui a porté plainte pour agression à l'arme blanche contre un mec qui l'avait frappée au minou parce qu'elle avait refusé de se le taper pour vingt dollars. Quand on l'a emmenée aux urgences, le médecin l'a examinée et a dit qu'elle avait un truc bizarre aux lèvres. Elle a cru qu'il avait dit « lèpre » et elle a fait : « Je viens pas du tiers-monde. Je suis américaine. »

La vanne provoqua quelques éclats de rire ainsi que des pouces baissés de la part de collègues sceptiques. Puis Snuffy Salcedo prit la suite :

— On a arrêté un gus dans Cahuenga, hier soir. Il venait de griller un feu et quand je lui ai dit que son permis était suspendu, il m'a répondu : « Mon permis ne se suspendra que dans un an. »

Celle-ci reçut un accueil plus chaleureux et quelques pouces levés.

Avant de les congédier, le sergent Murillo fit une annonce qui concernait Britney Small et Della Ravelle.

— 6-X-46, dit-il, je voudrais que vous passiez à la bibliothèque d'Ivar Street pour parler du Sliper, le sniper du slip, avec le libraire. Il a recommencé.

Les vieux nuiteux grognèrent en entendant la nouvelle. Le sergent Murillo expliqua :

— Pour les nouveaux, le Sliper est un Blanc d'une trentaine d'années, un mètre soixante, soixante kilos, brun, yeux bleus. En général, il porte un pull à manches longues ou un sweat, un jean et des baskets. Et il représente une menace sans précédent pour la sécurité des citoyens d'Hollywood. Nous devons impérativement débarrasser les rues de ce malfaiteur.

— Le « Sliper » ? demanda Snuffy Salcedo. Pourquoi l'appelle-t-on comme ça ?

— Il agresse des inconnus par surprise en les slipant énergiquement, répondit Murillo, impassible.

— En les « slipant » ?

— Vous a-t-on déjà remonté violemment le slip, officier Salcedo ? C'est extrêmement désagréable. Vous aimeriez qu'on vous le fasse ?

— Je sais que c'est désagréable, chef, mais pourquoi s'en prend-il à des inconnus ?

— C'est la question à laquelle le chef de brigade voudrait qu'on réponde, de même que notre capitaine, le capitaine de la division et le commandant du Bureau. Je ne serais pas surpris que le chef de la police veuille connaître son mobile. Quand on l'attrapera, on découvrira pourquoi il fait ça, mais on n'arrive pas à l'arrêter. L'équipe de la 6-X-32 l'a presque attrapé un jour, il me semble. Je ne sais pas trop comment ça s'est passé.

— Ouais, mon petit pote ici présent l'a poursuivi dans Griffith Park, dit le Bris, mais le Sliper l'a laissé tout pantelant dans l'herbe avec la langue pendante comme les border collies qui y traînent toute la journée quand ils courent après les Frisbee.

— Le gars court comme un guépard, se défendit le Débris.

— Vous devez tous avoir conscience que ce sont maintenant des « slipages » en série auxquels on a droit, dit Murillo. Ce monstre s'approche de ses victimes par-derrière, hommes ou femmes, jeunes ou vieux, leur attrape le haut du slip et tire aussi fort qu'il peut. Ensuite, il prend ses jambes à son cou et disparaît.

Et le Débris ajouta :

— J'avais presque coincé ce petit bouffeur de crottes de nez quand il a foncé dans un groupe de fans d'oiseaux qui sont toujours là à guetter la paruline à ailes blanches, Dieu sait ce que c'est. Une des vieilles était en train de prendre des photos au téléobjectif et une autre pépiait avec un appeau. Et tout d'un coup, il les a bousculées et elles se sont retrouvées le cul dans l'herbe. Ça m'étonne qu'il se soit pas arrêté le temps de leur faire un petit slipage.

— Sergent, dit le Bris, vous vous rappelez la fois où les Mœurs nous ont aidés en mettant un flic en civil là-bas et que le bandit s'est approché de lui par-derrière sans faire de bruit et lui a fait un slipage ? Avant de s'échapper, encore !

— Oui, ce type est plein de ressources et il a de l'imagination, dit le sergent Murillo, toujours impassible. Si une équipe de la brigade n° 5 arrive à le coincer ce soir, je lui paie deux grandes pizzas royales. Bien sûr, avec le prix de deux pizzas, j'espère que vous attendrez jusqu'à… oh, deux heures et demie pour que je les achète, quand elles sont plus sèches et moins chères, à une heure où seuls les flics les mangent.

Hollywood Nate dit à Britney Small :

— Fais super gaffe à la bibliothèque, Britney. Veille à ce que Della assure tes arrières. Il serait vachement fier de faire un petit slipage à une fliquette en uniforme.

Britney piqua un fard, les troupes huèrent, sifflèrent, puis furent prêtes à partir faire leur boulot de flic.

***

Quand la ronde n° 5 commença à patrouiller, un cycliste troublait l'ordre public sur Santa Monica Boulevard. Mais ce n'était pas un cycliste ordinaire. Il était exceptionnel, même pour La Mecque des personnages qui attirent l'attention. Il faisait des allers-retours sur le trottoir devant un institut de beauté en faisant *pouet pouet* avec la corne attachée à son guidon. Il ne fut satisfait que lorsque son manège attira plusieurs femmes à la vitrine, les cheveux enduits de substance visqueuse et enveloppés dans du papier d'alu avec des mèches dépassant en tous sens. Il se mit alors à rouler sans les mains pour les saluer.

D'une minceur de reptile et d'un âge indéterminé, le cycliste avait les cheveux hérissés de mèches violettes et un visage truffé de métal où il ne restait plus rien à percer. Il avait des anneaux et des clous dans le nez, les oreilles, les sourcils, les lèvres et la langue. Le haut de son corps était en grande partie tatoué, seul un peu de peau restait nue sur ses mollets.

Il portait des tongs et un minishort violet avec des brillants. La propriétaire de l'institut de beauté, une Cambodgienne qui ne rigolait pas, sortit à plusieurs reprises en hurlant : « Arrêtez ça ! Partez ! J'appelle la police ! »

Mais cela eut pour seul effet de le faire rire comme un dément et il donna d'autres coups de corne en repassant devant la vitrine de l'institut.

Pour finir, une des clientes lança : « J'en ai marre de ces conneries ! »

Et elle sortit, toujours vêtue de sa blouse noire, et quand le cycliste repassa, elle lui cria :

— Hé, le maboul ! Dégage !

Pour seule réaction, elle obtint un cri d'halluciné. Puis il la dépassa à toute allure tandis qu'elle hurlait :

— Espèce de trou-du-cul !

Ce qui s'avéra être le nom approprié. Elle l'observa attentivement de derrière et quand elle se précipita à l'intérieur pour appeler la police, elle annonça aux autres femmes :

— Y a pas de selle sur son vélo !

L'équipe de la 6-X-76 reçut alors un appel pour « cycliste troublant l'ordre public » à l'institut de beauté. Viv Daley dit à Georgie Adams :

— Le message ne précise pas en quoi il le trouble.

— À Hollywood, ça peut signifier n'importe quoi. Il circule sans doute en état d'ivresse et il fait des roues arrière pour impressionner les dames qui se font décolorer les cheveux. Je suis content que tu sois pas branchée par les mèches, frangine. C'est carrément bidon et fade. Je crois bien qu'à Hollywood la moitié des gens le font maintenant, même le Bris et le Débris.

— Ces surfeurs jurent que leurs mèches dorées sont dues au soleil et au surf, dit Viv en prenant vers l'est à travers la circulation de fin d'après-midi sur Sunset Boulevard.

— Mais bien sûr, ironisa Georgie.

— Bon sang, comment ça se fait qu'il y ait autant de circulation ? demanda Viv.

— Ça ne s'explique pas. Je crois que c'est l'immaculée congestion.

Quand ils arrivèrent à l'institut de beauté, la propriétaire outragée les rejoignit au bord du trottoir et leur désigna le cycliste qui, en voyant la voiture de patrouille, s'éloigna en pédalant à fond de train dans la direction opposée.

Dans un mauvais anglais, l'esthéticienne cambodgienne essaya de leur parler du cycliste qui troublait son commerce, et « Regardez cul ! » fut le mieux qu'ils purent lui faire dire.

Ne sachant pas ce que cela signifiait, l'équipe de la 6-X-76 fit un demi-tour risqué dans la circulation et rattrapa le cycliste. Viv klaxonna, lui fit signe de s'arrêter, et quand il s'exécuta, elle gara la Crown Vic au bord du trottoir à sa hauteur.

— Mais qu'est-ce que cette femme a bien pu vouloir nous dire ? demanda Georgie. Je comprends pas.

Ils descendirent et s'approchèrent du cycliste toujours à califourchon sur son vélo, un pied sur le trottoir. Comme il ne portait que son minishort à paillettes, il n'y avait aucun besoin de le palper.

— Le mec a assez de métal sur la gueule pour l'échanger chez le ferrailleur contre une Torino 68, dit Georgie à Viv.

— Premièrement, dit celle-ci au cycliste, vous roulez à vélo sur le trottoir. Ensuite, vous jouez de la corne et vous dérangez inutilement vos concitoyens.

Sur quoi, elle l'observa de plus près et lui lança :

— Descendez de votre vélo, monsieur.

Docile, il passa la jambe par-dessus la selle, sauf qu'il n'y avait pas de selle. Georgie regarda la tige en acier et s'écria :

— Mais qu'est-ce que... ?

— Tournez-vous et regardez dans l'autre direction, ordonna Viv au cycliste.

Il lui adressa un sourire affable et s'exécuta. Elle le vit de dos, puis s'adressa à son coéquipier :

— Ne regarde pas, le Gitan. T'es trop prude pour ça.

Mais Georgie regarda quand même et vit le trou dans le short. Après quoi il se refusa à regarder le short et la tige en métal.

— Parle-lui, toi, dit-il à Viv Daley. Ça me fout la nausée.

— Monsieur, où est la selle de ce vélo ? demanda-t-elle au cycliste.

— S'est usée.

— Pourquoi vous n'en achetez pas une autre ?

— J'me suis habitué à ça. C'est plus confortable. Et je pense que je contrôle mieux mon vélo. Pourquoi ? Il y a une loi qui l'interdit ?

— Il y a outrage à la pudeur, répondit-elle.

— Non, officier, lui renvoya-t-il. Je suis habillé, si vous regardez bien. Le trou dans mon short ne fait que trois centimètres pour s'ajuster parfaitement sur la barre en métal. Vous voyez donc bien qu'il n'y a rien d'impudique.

— Si je ne vous donne pas d'amende pour avoir circulé sur le trottoir, dit-elle, patiente, vous me promettez de rentrer chez vous, de vous acheter une selle et de ne plus jamais rouler comme ça, même si cela vous permet de mieux maîtriser votre vélo ?

Les coins de sa bouche s'affaissèrent, ce qui n'était pas une mince affaire avec tous ces anneaux et ces clous.

— Si vous le demandez, officier, soupira-t-il. Je tiens à toujours obéir à la loi.

— OK. Retournez chez vous en poussant votre vélo, recousez votre short et achetez une selle dès que possible.

Quand ils remontèrent dans la voiture, Georgie Adams râla.

— On s'occupe des bizarreries d'Hollywood, on devrait avoir une augmentation.

— La prochaine fois que tu feras un tour à vélo…

— S'il te plaît, me chambre pas avec ça. J'ai mal au cœur. Y a des trucs que vous, avec vos chromosomes X, vous supportez, mais que nous, les Y, on peut pas. Et ça, c'en est clairement un.

***

La soirée commença sur une note grinçante. Il y avait conflit dans une maison près de Franklin et de Bronson Avenue, là où il y en avait déjà eu plusieurs au cours des dernières années. Une famille de gothiques, qui jouaient leurs rôles à fond, habitait une vieille maison à un étage. Tous ses membres, y compris les enfants de moins de dix ans, étaient invariablement vêtus de noir. Les parents, un couple d'épouvantails, la bonne quarantaine et le maquillage théâtral, avaient de longs cheveux teints en noir, avec la raie au milieu. On racontait que la femme avait un compte en fidéicommis, ce qui leur permettait de s'adonner à leurs délires sinistres et de se payer leurs jouets et leurs accessoires. Les flics les appelaient M. et Mme Gothique.

Dans leur grand salon, il y avait trois cercueils et une table d'embaumement ancienne. Dans deux des cercueils reposaient des mannequins qui se redressaient d'un coup et flanquaient une trouille à chier à quiconque n'était jamais entré chez eux. Les Gothique donnaient des fêtes où la drogue circulait à tire-larigot, fêtes que les inspecteurs avaient essayé d'infiltrer, mais sans succès. Les flics du commissariat d'Hollywood auraient sans doute élu le couple « propriétaires les plus méprisés du secteur » parce qu'ils voulaient se la jouer Famille Adams. Dans leur tentative d'être des « gothiques authentiques », ils invitaient parfois chez eux ceux qu'ils considéraient comme des convives intéressants qui finissaient souvent par être plus que gênants pour leurs hôtes.

L'équipe de la 6-X-66 fut appelée à la résidence des Gothique juste après minuit; Mme Gothique l'attendait sur le trottoir devant la maison. Elle portait son costume de Morticia : une très longue robe droite noire près du corps avec un décolleté plongeant presque jusqu'au nombril. Ses cils faisaient plus de deux centimètres et son fard à paupières était si noir et appliqué en couches si épaisses qu'on aurait dit du velours côtelé.

Hollywood Nate et Snuffy Salcedo la suivirent dans la maison, Snuffy s'arrêtant pour regarder les cercueils avec les mannequins qui y reposaient. Les candélabres – qui n'étaient pas pourvus de bougies, mais de lampes électriques – étaient allumés, et les cercueils entourés de paniers de fleurs en plastique. La table à embaumement ancienne était éclairée par un projecteur pour ressembler à une table d'opération de l'époque victorienne, et des haut-parleurs encastrés dans les murs diffusaient un chant funèbre pour orgue.

Mme Gothique expliqua la situation aux policiers.

— Un de nos invités refuse de rentrer chez lui. On ne le connaît pas très bien. C'est un ami d'ami et… eh bien, il fait un peu peur.

Hollywood Nate, qui avait été appelé à la maison des Gothique deux fois pour des troubles du même ordre, et les considérait pour ainsi dire comme les plus débiles parmi les habitants d'Hollywood qui cherchaient à attirer l'attention, lui renvoya :

— Il vous vole la vedette, c'est ça ? C'est vous qui êtes censés être bizarres et effrayants !

Mme Gothique essayait de trouver quoi répondre à cette remarque impertinente quand Snuffy lui demanda :

— Vous lui avez demandé de partir ?

— Une dizaine de fois. C'est un homme vraiment étrange et pas commode.

On entendait la télévision quelque part.

— Qu'est-ce qu'il fait ? demanda Snuffy.

— Il regarde une vidéo porno.

— Où se l'est-il procurée ? lui demanda Hollywood Nate.

— C'est mon mari qui la lui a donnée. C'était une erreur. Parfois, mon mari s'emballe quand il est avec des barbares et il a tendance à leur faire plaisir.

— Où est votre mari ? demanda Snuffy.

— Avec les enfants.

— Dans la maison ?

— Non, il les a emmenés manger un hamburger en attendant que ce soit fini. Il me laisse toujours gérer les déchets quand on fait des fêtes.

— Jusqu'à ce que quoi soit fini ? demanda Snuffy.

— Ce qui pourrait se passer entre lui et vous, répondit-elle. Il prétend s'appeler Rolf Thunder. C'est tout ce que je peux vous dire.

— Allons voir votre Ostrogoth de plus près, dit Snuffy.

Mme Gothique leur indiqua un couloir sombre.

Snuffy ouvrant la marche, ils se dirigèrent vers un salon éclairé dont ils entrebâillèrent la porte sans faire de bruit pour jeter un œil à l'intérieur. Rolf Thunder, assis dans un fauteuil à dossier inclinable, grignotait des chips en regardant du porno. Ils entendirent la respiration haletante et les gémissements orgasmiques des acteurs. D'une main, l'inconnu tenait un objet sur ses genoux.

Snuffy revint dans le couloir et demanda à Mme Gothique :

— Qu'est-ce qu'il a sur les genoux ?

— Une pompe à pénis.

— Comment se l'est-il procurée ? demanda Nate.

— Mon mari la lui a prêtée. On ne savait pas qu'il en tomberait amoureux et qu'il voudrait passer la nuit à jouer avec.

Snuffy se tourna vers Nate, qui n'avait pas encore vu Rolf Thunder et lança :

— On demande du renfort.

— Y a une raison particulière que je devrais connaître ? fit Nate.

— Plutôt cent trente. C'est ça qu'il pèse, à vue de nez. Et j'imagine que sa bidoche couvre environ deux mètres de bon gros os bien solides. Et comme il a des tatouages de taulard White Power sur l'épaule, moi, je mettrais ma main à couper qu'il aime pas les Mexicains. Et il doit pas aimer les Juifs non plus, alors cache ta plaque.

— T'es sûr qu'on a besoin de renfort ? Il est tout seul.

— Collègue, j'ai vraiment un mauvais pressentiment pour le coup. Il est à peine plus petit qu'un bulldozer et il est prêt à tout péter. Crois-moi. Je suis plus vieux et plus sage que toi.

Hollywood Nate retourna au salon avec Snuffy pour passer la demande de renfort avec son Rover. Comme tout flic mâle et macho qui se respecte, Hollywood Nate ne sautait pas au plafond à l'idée de demander un code 2 – « demande de renfort urgente sans sirène ». Il ne s'était résolu à demander un code 3 – « extrême urgence avec gyro et sirène » – qu'une ou deux fois dans sa carrière. Il demanda subtilement « une unité pour l'aider » à l'adresse de la famille gothique.

Il en obtint deux : la 6-X-46, Della Ravelle et Britney Small et la 6-X-32, le Bris et le Débris. Mme Gothique sortit pour accueillir les voitures de patrouille dans la rue et sembla vraiment mal à l'aise quand elle vit le Bris et le Débris descendre de leur véhicule. Ils avaient été appelés chez elle en d'autres occasions.

— Mec, je peux vraiment pas encadrer ces m'as-tu-vus de gothiques, dit le Bris au Débris. Ils s'la pètent vraiment trop.

Quand les amateurs de surf pénétrèrent dans le salon, Snuffy leur lança :

— Je le sens vraiment pas bien. Une connaissance de ce couple refuse de quitter les lieux et je crois pas qu'on pourra lui faire entendre raison.

— Tu lui as parlé ? demanda le Bris.

— Pas encore.

— Pourquoi ? demanda le Débris.

— Il est occupé, il se pompe le pénis, répondit Snuffy. Je me suis dit qu'il valait mieux attendre qu'il ait fini.

— Quoi ? fit le Bris.

Sur ce, Della Ravelle et Britney Small les rejoignirent, Snuffy leur lançant :

— Heureux de constater que vous avez vos bons tonfas et pas ces trucs pliables au rabais. J'aurais préféré qu'on ait des battes de base-ball Louisville sur ce coup-là. Je vous conseille de tenir vos bombes lacrymo et vos Taser à portée de main. Et un M 16, si vous en avez un.

— Qui on expulse cette fois-ci ? King Kong ? demanda Della.

— Pas loin. Si King Kong était un skinhead avec des croix gammées tatouées en prison sur un cou de cinquante centimètres de circonférence et un pentagramme sur un côté de son crâne rasé... Et si King Kong aimait les pompes à pénis...

— Quoi ? demanda Britney Small.

— Vous voulez qu'on essaie de lui parler d'abord ? demanda Della Ravelle. La touche féminine ?

— C'est à nous de régler ça, répliqua Hollywood Nate. On voulait juste des renforts au cas où.

Snuffy précéda ses collègues au salon, Hollywood Nate sur ses talons, les quatre autres nuiteux se tenant dehors dans le couloir près de la salle de séjour.

Snuffy ouvrit la porte et constata que rien n'avait changé. Rolf Thunder regardait toujours sa vidéo porno, la pompe à pénis encore en place. Il avait l'air d'avoir la quarantaine bien sonnée, à peu près le même âge que Snuffy.

Il ne leva pas les yeux avant que ce dernier ne lui dise :

— Monsieur Thunder, nous voulons vous parler.

L'homme glissa alors un regard distrait de ses yeux marron vers Snuffy et celui-ci comprit sans l'ombre d'un doute que le type était défoncé, probablement au cristal ou à une autre drogue bizarre. Rolf Thunder n'adressa pas un mot à Snuffy et retourna à sa vidéo porno.

Hollywood Nate entra derrière Snuffy et déclara :

— Mec, va falloir te lever et t'en aller, vaudrait mieux que tu comprennes. T'as des papiers ?

Rolf Thunder, sans regarder Nate, parla enfin.

— Ouais, et toi ?

— Je les ai sur moi, répondit Nate.

Rolf Thunder dévisagea les deux flics d'un air arrogant.

— T'es le méchant flic ? demanda-t-il à Nate. Et ton petit pote, c'est le gentil ? Vous vous préparez des *tamales* après le boulot et vous dormez ensemble, c'est ça ?

Quand il sourit, les flics virent qu'il lui manquait au moins trois dents du haut. Le type avait une arcade simiesque et ses narines dilatées révélaient un truc qui ressemblait à de la paille de fer. La mâchoire était large, carrée et proéminente comme celle d'un bouledogue, et il avait l'air capable de ronger une paire de menottes. Le Bris et le Débris se tenaient sur le seuil pour que le géant se rende bien compte qu'ils étaient en nombre.

Rolf Thunder regarda les amateurs.

— Oh, alors vous avez amené deux autres fillettes. J'aime bien les poupées blondes. On se serait bien amusés avec elles à Corcoran.

— Ouais, on a capté que t'es un ancien taulard dur à cuire, lui décocha Snuffy, alors te fatigue pas.

— Notre équipe a plein d'accessoires barbares et quand on s'énerve, c'est pas joli, dit Nate. Alors relax. Penses-y.

Les énormes muscles de la mâchoire de Rolf Thunder se contractant, il regarda Hollywood Nate et lança :

— Là-bas, à Corcoran, les matons m'appelaient « danger biologique » parce que tous ceux que j'étranglais se chiaient dessus.

— Mec, on n'a vraiment pas de bol, murmura le Débris au Bris.

Qui lui renvoya tout doucement :

— Ce gars est plus dangereux qu'un tapis de sol de Toyota.

— Allez, gars, la niaque, fit le Débris.

— Si ça tourne à la mêlée, chuchota Della Ravelle à l'oreille de Britney Small, essaie pas de te conduire en homme. Tiens-toi en arrière avec ton Taser et ton tonfa et ajuste bien tes coups. Et n'hésite pas à demander de l'aide si on en a besoin.

Britney ouvrit grand ses yeux bleus, acquiesça d'un hochement de tête aux recommandations de sa coéquipière et se tint prête, bombe lacrymo dans une main, tonfa dans l'autre.

Au salon, Snuffy proposa à la brute :

— Et si tu te levais maintenant ?

— OK, mon pote, dit Rolf Thunder en se levant si vite que les deux flics eurent un mouvement de recul.

La pompe à pénis était encore accrochée à son membre pendant.

Et il était encore plus grand que Snuffy le pensait. Assez pour toiser le Bris de haut, et Snuffy était bien en dessous de la réalité avec son estimation de cent trente kilos. Il devait en peser au moins cent cinquante, ça, c'était sûr.

— Enlève ce truc, dit Snuffy en lui montrant la pompe.

— Non, toi, viens me l'enlever, mon chéri, lui renvoya-t-il avec un sourire carnassier. Mais après, faudra m'épouser.

— Tourne-toi, les mains dans le dos, lui ordonna Hollywood Nate.

Le Béhémoth le fusilla d'un regard assassin et répliqua :

— Et pourquoi je les mettrais pas derrière ton dos à toi, ma choutte ?

Et sans prononcer un seul mot de plus, il bondit en hurlant, attrapa Hollywood Nate à bras-le-corps et entreprit de le broyer. Le Bris, le Débris et Snuffy encerclèrent Rolf Thunder. Le Débris lui envoya un jet de gaz qui atteignit un côté du visage du monstre, mais aussi celui de son coéquipier. Le Bris hurla de douleur sous la brûlure ; le géant, lui, ne broncha même pas et lâcha Hollywood Nate pour balancer des coups violents qui, pour la plupart, rataient leur cible. Mais même les coups qu'ils recevaient à la poitrine ou dans le dos leur faisaient un mal de chien et leur coupaient le souffle. Rolf Thunder parvint à se dégager, courut dans le couloir et, au passage, percuta Britney Small, qui s'affala de tout son long. Arrivé au salon, Rolf se prépara à résister.

Mme Gothique poussa le cri le plus terrifiant jamais entendu dans une maison où les cris enregistrés et autres effets spéciaux à donner froid dans le dos étaient légion. Elle se précipita dehors, où un attroupement de voisins commençait à se former. Et, pendant tout ce temps, l'orgue continuait de jouer son chant funèbre.

Britney Small se releva d'un bond et courut jusqu'au salon à la poursuite de Rolf Thunder, mais Della Ravelle l'attrapa par le ceinturon et lui dit :

— Te lance pas là-dedans. Recule et garde la tête froide.

Comme les femmes flics n'ont pas à s'embarrasser de machisme, Della n'eut aucun scrupule à passer un appel code 3, qui, elle le savait, ferait accourir des équipes de partout, et vite.

Ses quatre collègues hommes se précipitèrent en troupeau dans le salon et frappèrent Rolf Thunder sans retenue. Le Bris reçut sur le côté du crâne un pain qui lui fit perdre l'équilibre et bourdonner les oreilles. Le Débris flanqua deux coups de tonfa à l'estomac du grand type, qui ne s'en trouva pas démonté le moins du monde. Hollywood Nate lui asséna un coup de matraque au coude, mais le géant fit juste quelques pas en arrière et attendit, un petit rictus aux lèvres, les mains près des hanches.

Alors Snuffy sortit son Taser et cria :

— Tout le monde s'écarte !

Tous les flics ayant reculé, il actionna son Taser en direction de la poitrine du molosse, à un mètre cinquante de distance. Le faisceau de lumière bleue frappa ; Rolf Thunder se raidit et grimaça sous la décharge de cinquante mille volts.

Mais, à la consternation générale, il retira la fléchette et lâcha :

— Tu viens de signer pour un démontage en règle, mon gars.

Il se rua sur Snuffy et Hollywood Nate, en prit un sous chaque bras et les jeta contre le mur, ce qui stoppa net le chant de l'orgue. Le Bris sauta sur le dos du géant et tenta une clé au cou, geste que les plus véhéments critiques de la police considéraient comme de la brutalité policière dans la plupart des cas. Mais comme Rolf Thunder était plus fort que le Bris, il se dégagea de son emprise et balança un crochet qui atteignit Snuffy entre les yeux et lui cassa l'arête du nez.

Rolf Thunder reprenait son équilibre quand le Débris lui flanqua un coup d'épaule sous la ceinture, l'entraînant jusqu'au cercueil le plus proche. Quand le géant tomba à terre, Della Ravelle lui appliqua un bon coup de tonfa aux genoux et Britney Small lui envoya une autre décharge de Taser qui eut le même effet que la précédente : il se raidit, grimaça, et retira la fléchette.

Snuffy se releva, du sang plein la bouche, et abattit sa matraque sur le front du géant, qui l'envoya valser en arrière contre le second cercueil, ce qui renversa le mannequin par terre et actionna son mécanisme. Il se mit à s'asseoir encore et encore comme une pom pom girl survoltée se délectant de cette violence macabre.

Rolf Thunder se redressa et se rua sur le Bris, les deux grandes perches s'écrasant sur la table à embaumement et renversant tout le fourbi sur le sol. Aussitôt, le Débris, sur le dos de Rolf Thunder, tenta de nouveau une prise au cou, mais le colosse l'envoya valdinguer sur l'autre cercueil d'où un second mannequin fut éjecté. Et tomba sur le Bris. Ils restèrent un instant allongés tels des amants jusqu'à ce que l'amateur de surf le repousse et se relève tant bien que mal.

À ce moment-là, Hollywood Nate plaça un coup de pied à l'entrejambe de Rolf Thunder, qui se plia en deux un instant, laissant le temps au Débris et à Snuffy de lui donner des coups de tonfa partout où ils pouvaient, notamment à la tête, le bruit ressemblant à celui d'une salve de fusils. Britney Small s'approcha encore et lui expédia une bonne dose de spray incapacitant, qui, cette fois, n'atteignit pas ses collègues mais entra dans la bouche du géant.

Il toussa, mais réussit quand même à se remettre debout. Ce qui permit au Débris de lui enfoncer l'extrémité de son tonfa dans les bourses, la seule partie de son corps apparemment vulnérable. Alors Rolf Thunder tomba à genoux en s'agrippant la gorge et les couilles. Une fois qu'il fut dans cette position, Snuffy, le visage en sang, chercha à rattraper son retard, cogna Rolf Thunder au visage avec son tonfa en alu et abîma le nez du géant plus que le sien ne l'avait jamais été.

Enfin, Rolf Thunder s'effondra par terre, sur le dos, secoué, mais pas tout à fait inconscient. Il se tordait de douleur, respirant avec peine et pliant les genoux pour protéger son entrejambe. Les deux amateurs de surf se jetèrent sur lui et, avec l'aide de Snuffy, lui passèrent les mains dans le dos. L'espace d'un instant, ils craignirent que les menottes soient trop petites pour ses énormes poignets, mais après avoir bataillé, ils parvinrent à en fermer le cliquet.

Le souffle court, le Bris lui lança :

— Elles se détendront avec le temps, mec.

Della Ravelle passa un autre appel radio pour demander deux ambulances, une pour leur prisonnier et une autre pour Snuffy, qui, assis dans un cercueil rembourré, essayait d'éponger le sang qui lui coulait du nez. L'effroyable mannequin n'arrêtait pas de sursauter devant lui qui, enfin, leva le bras et le frappa avec son tonfa, lui arrachant la tête sur le coup.

Les autres flics, assis ou debout, respiraient bruyamment, haletaient, pantelaient ; Rolf Thunder resta allongé un moment sans bouger, puis lança quelques mots d'une voix éraillée :

— C'était cool, non ?

Snuffy essuya son visage ensanglanté d'un revers de manche et rétorqua en soufflant comme un phoque :

— Ouais, gros taré masochiste, c'était super cool. J'aimerais juste te vider un chargeur de calibre 40 dans le bide pour te faire passer un bon moment.

— Yo, camarade, dit Rolf Thunder, le visage lui aussi en sang à cause de ses fractures ouvertes et de ses dents déchaussées, t'es pas capable de gérer un peu de bruit et de fureur ?

— Sors attendre l'ambulance, Snuffy, lui dit Hollywood Nate. On va s'occuper du yéti. Quand il sera à l'hôpital universitaire, il va avoir besoin d'une aiguille et de plein de fil.

Son coéquipier acquiesça d'un signe de tête, se leva péniblement et se traîna jusqu'à la porte, où il entendit les sirènes des véhicules qui approchaient. Les voitures de patrouille qui avaient répondu à l'appel à l'aide de Della s'arrêtèrent dans des crissements de pneus de l'autre côté de la rue et un cordon de flics fonça vers la maison des gothiques.

Dans le salon, Hollywood Nate montra du doigt la pompe à pénis, maintenue par un lacet de constriction.

— Faudrait lui retirer ça, dit-il.

— Ouaip, répondit le Débris.

— Ça t'embêterait de lui enlever ce truc, Della ? demanda le Bris à Ravelle.

— Fais-le toi-même !

— J'ai jamais touché le machin d'un mec.

— T'as touché le tien bien assez souvent.

— C'est pas pareil. Le mien m'appartient. Je lui ai même donné un petit nom.

— Veux pas le savoir, fit le Débris. Je le toucherai pas. Allez, Della, t'en as sûrement touché plein dans le temps.

— Va te faire mettre, surfeur de mes deux !

— Attends, fit le Débris. Je disais juste qu'une femme aussi… mature que toi, avait dû, genre, pendant sa vie…

— Et puis merde, lança Della en se dirigeant vers Rolf Thunder, qui, allongé en position fœtale, avait perdu connaissance à plusieurs reprises.

Elle s'agenouilla, desserra le lacet, enleva la pompe à pénis et la jeta au Débris.

— Tiens, tu veux mettre ça sous scellés ?

L'amateur de surf fit un bond de côté comme si le truc était radioactif tandis que la pompe à pénis volait, ratant sa cible.

Snuffy fut conduit en ambulance à l'hôpital Cedars-Sinai, où un urgentiste lui assura que son nez serait « presque comme neuf après l'intervention ». On lui apprit aussi qu'il passerait la nuit en observation et qu'il serait opéré dès le lendemain matin.

Quand l'équipe de la 6-X-46 se retrouva seule dans le vestiaire des femmes du commissariat d'Hollywood, Della Ravelle aida Britney Small à appliquer une poche de glace sur son œil droit, amoché par un coup de coude de Rolf Thunder quand il s'était rué dans la pièce aux cercueils pour résister.

— Garde la glace sur ton œil jusqu'à l'arrivée de l'Évaluation, lui dit Della. T'as déjà un coquard et il vire au violet.

— Je suis moins mal en point que les autres, dit Britney en touchant avec précaution sa paupière enflée.

— Ç'a dû être une expérience formatrice, ma grande. Tu vois comment sont les mecs ? Ils sont tout fiers de jamais passer d'appels à l'aide. Leur machisme les empêche même de passer un simple appel pour des renforts. Ils se la jouent cow-boy. Si j'avais mené la danse, j'aurais fait marche arrière dès le départ et passé au moins un appel code 2 dès que Frankenstein a montré qu'il voulait la jouer à la dure. Mais comme on était six, aucun porte-flingue ne s'est abaissé à le faire. Eh bien, ma fille, maintenant tu sais ce que c'est la vraie baston. Et tu vois que toutes les prises et les autres trucs que tu as appris à l'école valent que dalle dans la vraie vie quand tu te retrouves face à une terreur ambulante. Je sais que t'es courageuse, mais qu'est-ce que Britney Small, poids coq, aurait bien pu faire au milieu d'une demi-tonne de biscoteaux déchaînés en train de se tabasser dans la pièce ? Si jamais tu te retrouves toute seule dans une situation de ce genre, rappelle-toi juste que tu portes un Glock calibre 40 et si tu te retrouves au pied du mur, n'hésite pas à dégainer et à abattre le salaud avant qu'il te descende. Ne te demande pas si c'est justifié aux yeux de la hiérarchie ou de la législation. Souviens-toi du vieil adage de flic : Mieux vaut être jugé par douze de ses pairs que porté en terre par six.

À cause du genre de violence infligée qui aurait pu comprendre prises au cou, coups de tonfa et coups de pied, l'Évaluation avait été appelée tout de suite pour établir si tous les actes entraient dans le cadre légal. Les cinq flics en ambulatoire furent interrogés toute la nuit au commissariat d'Hollywood, où ils durent – et ce fut fastidieux – relater le déroulement de la rixe et justifier chacun de leurs gestes.

En réalité, ce qu'ils auraient tous voulu dire aux gars de l'Évaluation, c'était la chose suivante : « Quand il s'agit de maîtriser un monstre insensible à la douleur, le meilleur des boxeurs ne vaut pas plus qu'un trans dans Santa Monica. Alors arrêtez de nous emmerder! »

Rolf Thunder – Filmore MacClain de son vrai nom – fut transféré au service sécurisé situé au treizième étage de l'USCMC, le vieil hôpital du comté, et déclara plus tard aux enquêteurs que le jeu en avait valu la chandelle et qu'il n'avait pas l'intention de porter plainte. L'homme, habitué à la vie carcérale, expliqua ensuite qu'il avait apprécié ses vacances à l'air libre, mais que c'était devenu trop stressant. Il ajouta qu'il avait essayé de trouver un moyen amusant de perdre le bénéfice de sa liberté conditionnelle pour retourner en prison, le seul endroit où il était heureux. C'était là qu'il pouvait être bichonné, se détendre, ne jamais avoir à prendre de décisions ni à subir la vie telle qu'il l'avait connue depuis ses quinze ans. Prison signifiait sécurité. La prison, c'était sa maison.

***

Le seul point positif que les flics mâles retirèrent de cette nuit chez les Gothique fut qu'après le combat, ils purent tous observer attentivement le pénis du géant quand les ambulanciers l'eurent sanglé au chariot.

Della Ravelle remarqua leur satisfaction et confia plus tard à Britney :

— T'as repéré les petits sourires fiers des surfeurs et d'Hollywood Nate quand le pachyderme était sur le chariot? Ce qui va le plus les marquer dans cette bagarre, c'est que leurs petits zizis sont aussi gros que celui de Goliath. Ils vont peut-être même arrêter les extenseurs de virilité.

CHAPITRE 17

Raleigh eut un sommeil agité, inquiet et peuplé de rêves étranges qu'il ne parvint pas à interpréter. Il se réveilla presque toutes les heures et finit par se lever à 5 h 30. Il regarda la télé en prenant son petit déjeuner, mais il manquait d'appétit. Ensuite, il apporta un plateau à Marty Brueger au pavillon, où il trouva le vieil homme encore endormi. Il posa le plateau, retourna à la maison, essaya de lire le *L. A. Times*, mais il n'arrivait pas à se concentrer.

Il n'arrêtait pas de penser aux mois passés à la prison fédérale, où il avait rencontré des détenus qui purgeaient leur peine dans des conditions très difficiles dans des pénitenciers d'État. L'un d'eux lui avait dit que comparer le Club Fed à la prison d'État revenait à comparer les hémorroïdes avec le cancer du colon, et le gars avait souffert des deux.

Il est encore temps, songea-t-il. Il pouvait téléphoner à Nigel Wickland, en se servant de son nom et de son prénom, juste pour le faire chier, et tout annuler. Après tout, sa vie chez les Brueger était plutôt agréable, et il n'avait jamais été cupide. Pourquoi risquer une arrestation, un procès et une peine de prison dans une des usines à cauchemars dirigées par l'État de Californie, où chaque minute de chaque atroce journée de son existence serait en danger ? C'était de la folie, ce rêve que lui avait vendu une de ces « tapettes snobinardes », comme ses collègues du bistro de Londres appelaient les homos de la haute.

Dans le cellier, il prit un bloc-notes et un stylo, et commença à dresser la liste des manières dont ce plan pouvait déraper. Arrivé à la sixième, il déchira la feuille en mille morceaux et mit le feu aux bouts de papier dans l'évier. Puis il se rassit. Le téléphone sonna, il décrocha en sachant que l'appel venait du pavillon.

— Oui, monsieur Brueger ?

Marty Brueger, avec sa voix du matin, se plaignit :

— J'en ai marre de cette foutue baraque, Raleigh. Leona est partie et j'ai l'impression d'être un prisonnier en cellule d'isolement.

— J'en suis navré, monsieur Brueger. On peut peut-être faire un tour en voiture plus tard dans la matinée ? Vous aimeriez aller quelque part en particulier ? On peut prendre la voiture qu'on voudra. Pourquoi pas la grande Mercedes ? Vous pourriez vous installer à l'arrière avec une flasque à whisky et profiter de la vue. Je serai votre chauffeur.

— J'envisageais un trajet plus long. Je me disais que vous pourriez peut-être m'emmener à Palm Springs pour que je revoie les endroits qu'on fréquentait, Sammy et moi, quand on était jeunes.

Et voilà une des façons dont les choses pouvaient déraper, et elle ne figurait même pas sur sa liste ! Palm Springs était à trois heures de voiture. Il ne pouvait pas emmener le vieux à Palm Springs et être de retour pour 13 heures.

— Monsieur Brueger, dit-il. Il fait encore trop chaud à Palm Springs. Dans deux mois, il y fera bon et on pourra y prendre une chambre d'hôtel pour y passer la nuit. Vous pourrez jouer dans les casinos des réserves indiennes. Peut-être aller voir un spectacle. Mais ce n'est pas une bonne idée d'aller à Palm Springs maintenant.

— Je suis tout seul. Passez me voir et discutons-en. Ou moi, je pourrais venir vous voir.

— Non, c'est moi qui viens, monsieur Brueger, dit Raleigh.

Il raccrocha et réfléchit. Était-ce le sort, le destin ou la divine providence ? Ce jour-là, et pas un autre, quelque chose avait amené le vieil homme à vouloir aller à Palm Springs. Quelque chose ou quelqu'un tentait d'aider Raleigh à se tirer de cette affaire invraisemblable concoctée par Nigel Wickland. Tout ce qu'il avait à faire, c'était l'appeler et lui dire que Marty Brueger voulait aller à Palm Springs le jour même, ce qui était vrai. Après ça, il pourrait raconter un mensonge, prétendre que Marty Brueger avait décidé d'emménager dans la maison principale parce qu'il se sentait seul. Et la présence de Marty Brueger dans la maison mettrait définitivement fin au complot de Nigel Wickland pour se faire un million de dollars. Raleigh pouvait sauver la face avec ce rosbif prétentieux – comme s'il en avait besoin – et finis les mauvais rêves.

Tout d'un coup, il se sentit libre. Il se sentit merveilleusement bien. Il gagna tranquillement le pavillon de Marty et s'arrêta même pour humer le parfum des roses. Il frappa deux fois, comme toujours. Quand il entra, il trouva Marty Brueger allongé sur le sol de la salle de bains, seulement vêtu d'un slip trempé d'urine.

— Monsieur Brueger !

Il se précipita vers le vieil homme, lui ôta son sous-vêtement et le porta jusqu'au lit.

Marty Brueger le regarda et balbutia :

— Rah-rah-rah...

— Vous essayez de dire mon nom, monsieur Brueger ? demanda-t-il, pris de panique.

Puis il marmonna :

— Mon Dieu, c'est une attaque !

Raleigh Dibble saisit le téléphone et composa le 911.

***

Megan Burke n'en crut pas ses narines d'être réveillée par une odeur de bonne vraie bouffe. Elle ouvrit les yeux et vit Jonas, assis sur le lit devant un verre de jus d'orange dans un gobelet et une assiette avec un œuf McMuffin.

— Je me suis levé tôt, dit Jonas. C'est le premier jour de notre nouvelle vie de gagnants. Je suis sorti prendre le petit dèj dehors et je t'ai rapporté le tien. Faut qu'on soit en forme aujourd'hui. Mange, bébé, mange.

Megan roula sur le côté pour sortir du lit, posa les pieds par terre, se leva péniblement et entra dans la salle de bains en titubant. Jonas se rendit à la cuisine et Megan entendit couler l'eau. Lorsqu'elle eut fini dans la salle de bains, elle vit l'assiette avec l'œuf McMuffin sur la table de la cuisine et le jus d'orange. Et, incroyable mais vrai, Jonas faisait le café ; encore une première.

— On va pas se défoncer aujourd'hui, Megan. On bosse et on reviendra pas à la maison avant d'avoir fait mouche. On vise dans le mille aujourd'hui. On trouve une baraque prometteuse et on entre. Rien ne peut nous arrêter.

Megan s'assit, but une petite gorgée de jus d'orange et grignota un peu d'œuf McMuffin, sans conviction. Elle se dit : *C'est ça, j'ai pas le droit de me défoncer aujourd'hui, alors que lui…* Elle pensa qu'il avait dû s'envoyer un petit quelque chose, vu comme il planait. Ça la rendit grincheuse et amère. Elle se faisait toujours avoir parce que Jonas était un mec, enfin… c'est ce qu'il croyait.

— Allez, ma puce, prends des plus grosses bouchées. Et mâche, mâche, mâche.

Elle eut un fantasme fugace : lui trancher la gorge avec un couteau de cuisine.

***

La panique de Raleigh avait cessé quand l'ambulance arriva, et dès qu'on eut chargé la civière de Marty Brueger pour l'emmener au Cedars-Sinai, il rentra prendre une douche. Ses vêtements étaient imprégnés de la pisse du vieil homme et il avait envie de rester sous le jet d'eau chaude un bon moment. Les ambulanciers lui avaient confirmé que ç'avait effectivement l'air d'une attaque et n'avaient pas perdu de temps pour emporter leur patient, si bien que Raleigh se retrouva pour la première fois seul dans la Casa Brueger. Il fallait réfléchir, mais d'abord, il avait besoin d'une douche.

Une fois ressorti et séché, il se tint devant la glace et pensa à tout ce qu'il avait prévu de faire avec ses cinq cent mille dollars nets d'impôts. Il allait se transformer physiquement et paraître dix ans de moins grâce aux magiciens de l'esthétique des quartiers ouest de Los Angeles. Il avait aussi prévu d'acheter un modeste appartement, son chez-lui, enfin. Et il y avait le rêve de sortir avec une femme riche plus âgée, du genre de celles qu'il avait rencontrées grâce à son affaire dans la restauration. Et pourquoi pas ? Il cuisinait et s'y connaissait en gastronomie et en vins. Il savait tenir une maison et il conduisait. Et il était, de son propre aveu, un compagnon présentable, capable de soutenir une conversation avec n'importe qui. Mais qu'allait-il se passer maintenant que Marty Brueger avait une attaque ? Était-ce encore une faveur du ciel, le sort ou le destin ? Et dans ce cas, qu'est-ce que cela signifiait ?

Après tout, s'il poursuivait avec Nigel Wickland, tout serait bien plus simple et moins stressant maintenant que Marty Brueger était à l'hôpital, non ? Les choses seraient plus faciles et moins dangereuses à bien des égards. Cependant, il n'osait pas cacher l'hospitalisation de Marty Brueger à Leona Brueger, sa belle-sœur. Il devait téléphoner en Toscane. Ça ne faisait pas un pli. Mais comment allait-elle réagir ?

Dix minutes plus tard, Raleigh passa un coup de fil, mais pas à Leona Brueger en Toscane. Il appela Nigel Wickland sur son portable.

Dès que Nigel lui répondit, il lança :

— Le vieux a eu une attaque. Il est à Cedars.

Nigel Wickland resta muet quelques secondes, puis répondit :

— Très bien, ça ne change rien.

Raleigh s'étonna :

— Ça ne change rien ? Et si elle décide de rentrer ? C'est un vieil homme en mauvaise santé. Il peut mourir à tout moment.

— Elle ne se soucie pas plus de lui qu'elle se souciait de son frère. Dites-lui que c'est une attaque, mais minimisez-en l'importance. Dites-lui que vous croyez qu'il va bien s'en tirer, qu'ils devraient poursuivre leurs longues vacances et que vous les tiendrez au courant si quelque chose de fâcheux arrive.

« *Fâcheux* », pensa Raleigh. Ce connard arrogant ne pouvait pas s'empêcher d'utiliser son vocabulaire d'internat pour fils à papa.

— Et s'ils décident quand même de rentrer tout de suite ?

— Ils ne le feront pas, je vous assure. Si le vieux bougre casse sa pipe, elle sera contente. Alors calmez-vous.

— Je vous rappelle plus tard, dit Raleigh.

— Non, plus tard, je viens vous voir. Rien n'a changé.

Raleigh raccrocha, sentit son ventre se remettre à gargouiller et se précipita aux toilettes.

Une heure plus tard, après avoir encore hésité, il appela en Toscane et tomba sur le répondeur de Leona : « Madame Brueger, c'est Raleigh Dibble. Pouvez-vous me rappeler quand vous aurez ce message ? »

À 12 h 30, soit trente minutes avant l'heure à laquelle Nigel était censé arriver, Raleigh, atterré, entendit un véhicule dans l'allée. Il courut jusqu'à la porte d'entrée, l'ouvrit, et vit le camion du jardinier garé dans l'allée de faux pavés. Le portail électrique était grand ouvert comme c'était toujours le cas quand l'équipe s'occupait de toute la végétation de part et d'autre des murs du jardin.

Raleigh courut dehors et demanda au premier employé qu'il aperçut :

— Qu'est-ce que vous faites là aujourd'hui ?

— *No english*, lui renvoya le Mexicain en haussant les épaules.

Au comble de la frustration, Raleigh parcourut la propriété à fond de train, à la recherche de son patron, une espèce de baudet qui s'appelait Angel.

Quand il le trouva, il lui demanda :

— Angel, qu'est-ce que vous faites là aujourd'hui ?

— Madame nous a dit de venir pour ressemer tout le gazon.

Il sortit un minicalendrier de sa poche arrière et montra à Raleigh que la date avait été entourée.

— Oh, merde ! s'écria Raleigh. Vous ne pouvez pas faire ça un autre jour ?

Le jardinier regarda son équipe de cinq hommes, déjà en train d'élaguer, de tailler et de ratiboiser la pelouse, puis il répondit :

— Non, monsieur, désolé. C'est le seul jour où je peux être là.

— Bon, essayez de faire vite, s'il vous plaît.

Il sortit dans la rue en consultant sa montre. Ne voyant pas la camionnette de la Wickland Gallery, il se dépêcha de rentrer, prit son portable et composa le numéro de Nigel Wickland.

Il tomba sur le répondeur et eut envie de balancer son foutu portable par la fenêtre. Il regagna la rue sinueuse au pas de course, puis il la descendit sur cinquante mètres jusqu'à ce qu'il doive s'arrêter pour reprendre son souffle. Il se tenait là, haletant, lorsqu'il aperçut la camionnette qui prenait le virage et remontait vers lui.

Il se planta au milieu de la route en faisant de grands gestes avec les bras. Le véhicule s'immobilisa et Nigel Wickland s'écria :

— Mais qu'est-ce que vous faites, bon sang ?

— Les jardiniers sont là ! Il y a des Mexicains dans toute la propriété. Je n'ai pas pu les en empêcher.

— Vous aviez dit qu'ils venaient un autre jour ! Pas aujourd'hui !

— Je sais bien, mais c'est un truc spécial qu'a organisé Mme Brueger. Elle ne m'en a pas parlé. Ce n'est pas ma faute.

— Pas sa faute, pesta Nigel Wickland en détournant le regard.

— D'abord, M. Brueger fait une attaque, et maintenant ça. Peut-être que le destin essaie de nous envoyer un message.

— Ne perdez pas votre sang-froid ! lui cria Nigel. J'ai organisé tout ça, dépensé beaucoup d'argent et travaillé à ce projet sans m'accorder une vraie nuit de sommeil et sans me reposer. J'ai deux photos parfaites dans cette camionnette, identiques aux originaux. Et on va aller jusqu'au bout, Raleigh.

— Alors que les jardiniers sont là ?

— Combien de temps vont-ils rester ?

— Je ne sais pas. En général juste quelques heures, mais là, ils viennent pour la pelouse.

— Merde ! s'écria Nigel. Vous avez téléphoné à Leona pour lui parler de l'attaque de son beau-frère ?

— Oui, mais je suis tombé sur son répondeur. Je lui ai laissé un message lui demandant de me rappeler.

— Bon Dieu ! Appelez-moi dès que vous saurez quand les jardiniers vont partir.

— D'accord, si, de votre côté, vous voulez bien allumer votre portable.

Nigel sortit son portable de sa poche et le regarda.

— Effectivement.

Sur quoi il s'engagea dans l'allée d'un voisin, fit demi-tour et reprit la route de la plaine.

Raleigh fut surpris de la satisfaction qu'il avait retirée en prouvant à Nigel Wickland que son portable était éteint – en lui montrant qu'il n'était pas infaillible, bordel. Il retourna à la maison en quatrième vitesse. À voir comment les pelouses se faisaient ratiboiser, l'opération n'avait pas l'air d'un boulot rapide. Il entra et consulta le répondeur. Il se rappelait parfaitement avoir donné son numéro de portable à Leona. Il se demanda si elle l'avait perdu. Il alluma la télé juste pour avoir une présence sonore.

Cette belle journée du début de l'automne s'avérait être la plus interminable de sa vie. Leona Brueger n'appela pas. À 16 h 50, les jardiniers terminèrent leur boulot et Raleigh prévint Nigel Wickland de leur départ. Alors, il gagna la salle de bains et vomit.

***

Nigel Wickland sonna à 17 h 30 et Raleigh lui ouvrit par l'intercom. Puis il sortit et regarda Nigel faire le tour pour garer sa camionnette pile en face du portail.

Nigel descendit de son véhicule. Raleigh lui demanda :

— Pourquoi le demi-tour ? Pour pouvoir vous faire la malle en vitesse ?

Nigel ignora la remarque.

— Aidez-moi à décharger le matériel, dit-il seulement.

Il portait une salopette blanche avec la mention « Wickland Gallery » brodée sur une poche de poitrine. Il ouvrit la portière latérale et posa son trousseau de clés sur le toit pour avoir les mains libres. Puis il prit sa caisse à outils et la tendit à Raleigh. Il sortit ensuite les deux photos, chacune enveloppée dans une couverture de déménageur. Il les posa délicatement contre la porte du garage, puis il retourna à la camionnette pour décharger un projecteur et un trépied.

— C'est pour quoi faire ? demanda Raleigh.

— Je tiens à ce qu'il y ait un bon éclairage dans le couloir quand nous ferons l'échange.

Il lui tendit le projecteur et le trépied et ajouta :

— Portez ça à l'intérieur. Je m'occupe des photos.

Tandis que Raleigh entrait dans la maison, Nigel ferma la portière et ramassa les reproductions.

Après avoir traversé le vestibule au carrelage mexicain avec le matériel, Nigel posa les photos enveloppées dans les couvertures contre un mur.

— Je boirais bien une boisson fraîche, dit-il. Vous auriez la gentillesse de m'apporter un Perrier ?

— Vous vous contenterez d'une autre marque si je ne trouve pas de Perrier, non ? lui renvoya Raleigh d'un ton légèrement agacé.

— Oui, oui, dit Nigel avec un hochement de tête dédaigneux. N'importe quelle eau minérale fera l'affaire.

— Faut-il qu'elle soit gazeuse ?

— Pour l'amour du ciel, Raleigh, non ! Il n'est pas nécessaire qu'elle soit gazeuse.

Raleigh laissa Nigel à sa tâche et gagna le cellier en grommelant. Il mit quelques glaçons du distributeur dans un gobelet, qu'il remplit d'eau du robinet.

Quand il retourna au salon, Nigel ajustait le projecteur. Il prit le verre d'eau et en but la moitié.

— Merci. J'avais soif.

— C'est de la Vichy Catalan. J'espère que ça va.

— Oui, c'est parfait. Mettez ça.

Nigel sortit des gants en latex de la poche arrière de sa salopette et les tendit à Raleigh. Puis il en enfila une deuxième paire sur ses mains gracieuses et ajouta :

— À présent, découvrez délicatement une de mes photos et étalez la couverture par terre. Faites très attention en les manipulant.

Raleigh s'exécuta pendant que Nigel éclairait, à l'aide du projecteur, la couverture de déménageur que Raleigh venait d'étendre. Puis Nigel décrocha avec soin *La Femme au bord de l'eau* du mur, la porta jusqu'à la couverture et l'y posa à l'envers.

— Apportez-moi ma boîte à outils, dit-il à Raleigh.

Raleigh fit ce qu'on lui demandait. Il était en train de poser la boîte près de Nigel quand le téléphone se mit à sonner.

— C'est la sonnette ? demanda Nigel.

— Non, la sonnerie du portail est différente, répondit Raleigh avant de se précipiter à la cuisine pour répondre.

En décrochant, il entendit la voix discordante de Rudy Ressler.

— Raleigh ? C'est M. Ressler. On est rentrés hier soir d'un court séjour à Rome. On était si fatigués qu'on s'est effondrés. Je viens juste de me lever pour aller à la salle de bains et j'ai remarqué votre message. Qu'est-ce qui se passe ?

— Monsieur Ressler, je suis navré de vous apprendre que M. Brueger a fait une attaque, bénigne. Du moins, je crois. Il est à Cedars-Sinai. J'ai voulu prévenir Mme Brueger tout de suite.

Le silence se fit un instant à l'autre bout de la ligne, puis le réalisateur lança :

— Leona dort d'un sommeil de plomb. Il est 3 heures du matin ici. Je lui dirai quand on se lèvera. Je dois me recoucher maintenant. C'est censé être reposant ici, mais c'est pas le cas. Tout ce qui pouvait merder dans cette villa a merdé. Je vous rappelle dès qu'on se réveille.

— OK, monsieur Ressler. Quand vous apprendrez la nouvelle à Mme Brueger, dites-lui qu'il n'y a pas de quoi s'inquiéter. Je suis sûr qu'il va s'en tirer. C'est un vieil homme solide.

— Oui, très bien, Raleigh. Je vous rappelle dans quelques heures.

Raleigh raccrocha et retourna dans le vestibule, où Nigel Wickland avait ôté *La Femme au bord de l'eau* de son cadre et l'avait appuyée contre un mur sous le trépied.

— C'était Rudy Ressler. Ils s'étaient absentés de la villa quelques jours. Je lui ai dit pour M. Brueger.

Nigel interrompit sa tâche.

— Et… ?

— Il en parlera à Mme Brueger demain matin au réveil et me rappellera.

— Vous lui avez dit que ce n'était pas grave ? demanda Nigel, irrité.

— Oui, je le lui ai dit, répondit Raleigh en songeant qu'il donnerait bien une bonne partie de sa part pour ne plus jamais voir ce connard ni entendre sa voix flûtée.

Ensuite, Nigel décrocha *Fleurs dans la colline* et posa prudemment le tableau encadré sur la couverture. Puis il commença à ôter les attaches des montants du cadre avec minutie tandis que Raleigh consultait sa montre. Cela prit presque un quart d'heure. Ce n'était pas censé être une épreuve aussi longue.

Quand il eut terminé, Nigel enleva avec précaution le plus petit tableau de son cadre, épousseta les bords du châssis couverts de poussière et de sciure de bois et le plaça contre le mur près du tableau de plus grande taille.

— C'est un million de dollars qui est posé contre ce mur, Raleigh, dit-il.

Raleigh le dévisagea et observa son nez mince, son nez patricien, qui semblait renifler les tableaux comme un chien. De fait, Nigel avait le regard concupiscent. Sa cupidité avait entièrement effacé toute manifestation de peur. Et cela rendit ce plan encore plus flippant aux yeux de Raleigh.

***

À présent que les watsons avaient fait effet, Megan Burke se sentait mieux. Au moins, ses douleurs aux genoux et autres articulations s'étaient-elles atténuées. Ils avaient failli entrer dans cinq propriétés différentes mais à chaque fois, quelque chose les en avait empêchés. Dans l'une d'elles, la gouvernante hispanique était venue ouvrir la porte alors qu'ils étaient certains que la maison était vide, au moment même où Jonas s'apprêtait à entrer par une fenêtre. Dans une autre, un journal dans l'allée avait convaincu Jonas que les habitants étaient au travail, mais un chien avait surgi en jappant et Jonas était retourné en trombe à la voiture en pestant : « Saloperie de chiens ! J'aimerais que tous ces putains d'Asiates de la ville les bouffent comme ils font dans leurs pays de merde ! Je suis sûr qu'en Chine, y a pas de chiens qui courent partout dans les parcs ! »

Bref, un événement s'était produit pour frustrer Jonas dans toutes les résidences qui semblaient jouables. Megan, elle, craignait que ses douleurs reviennent, avait soif et était fatiguée. Elle avait toujours aimé le ciel d'Hollywood au crépuscule et, ce soir-là, il était d'une beauté incroyable, avec des nuances de rouge, d'or et de violet qui éclaboussaient les cieux tandis que le soleil plongeait dans l'océan Pacifique. À l'époque où elle se sentait en bonne santé et pleine d'espoir, elle entretenait le rêve de peindre le ciel d'Hollywood au crépuscule. Tout ça lui paraissait bien lointain maintenant.

Jonas se gara un moment près de Woodrow Wilson Drive, à côté de Mulholland, et proposa :

— On va traîner un peu plus bas et jeter encore un œil à cette grande propriété.

— Laquelle ? demanda Megan.

— Celle au style espagnol avec le mur autour et la grande maison avec un pavillon pour les invités. Celle-là. Tu te rappelles qu'on l'a matée à travers les arbres ?

— On en a vu tellement que je m'en souviens pas.

— T'as qu'à me faire confiance. J'ai une mémoire de rhinocéros.

— De « rhinocéros », marmonna-t-elle. Mon Dieu !

CHAPITRE 18

L'appel pour la patrouille de nuit fut un peu triste au début. C'était toujours comme ça quand un officier était blessé en mission. Même si Snuffy Salcedo ne l'avait pas été gravement, il avait dû, le matin même, passer entre les mains d'un chirurgien esthétique recommandé par les spécialistes du Cedars-Sinai Medical Center. Hollywood Nate Weiss, qui n'avait pas beaucoup dormi après l'incident chez les Gothique et l'interrogatoire de l'Évaluation, lui avait téléphoné avant d'aller bosser. Snuffy avait endossé l'entière responsabilité pour le coup de matraque « involontaire » au visage du colosse de même que ceux qui lui avaient été assénés « involontairement » à la tête. Et comme les coups de tonfa nécessitaient presque autant de paperasse que les meurtres commis par des officiers au sein du LAPD, Snuffy fut officiellement retiré du terrain jusqu'à ce que l'Évaluation et le psy du service des Sciences du comportement aient terminé leur boulot et que le chef du Bureau ait donné son aval pour qu'il reprenne du service sur le terrain. Ce qui convenait très bien à Snuffy, qui avait besoin de temps pour récupérer, de toute façon. Il avait confié à Nate que ses blessures le faisaient ressembler à un raton laveur déchiqueté par un grizzly.

Bien que, dans une culture guerrière, ce soit traditionnellement une question d'honneur que d'assumer son service après la bataille, le Débris avait dû prendre quelques jours de congé maladie. Une contracture musculaire au cou s'était déclarée lors de son interrogatoire par l'Évaluation et avait empiré quand, une fois rentré chez lui, il s'était écroulé dans son lit. Lorsqu'il s'était réveillé à 14 heures le lendemain, il ne pouvait plus tourner la tête sans ressentir une douleur aiguë et avait dû consulter un médecin.

Les combattants restants qui assistaient à l'appel, Hollywood Nate et le Bris, avaient, eux, récolté des hématomes, des contusions, des écorchures et même quelques entailles – la panoplie complète. Leurs mouvements restaient lents et laborieux, mais les deux flics étaient opérationnels. Curieusement, la seule à avoir un vrai cocard était Britney Small, assise à côté de Della Ravelle lors de l'appel, l'œil couvert, pour rigoler, d'un bandeau qu'elle ôta quand tous les flics demandèrent à voir son œil poché pour le photographier avec leurs portables.

Le sergent Murillo fut contraint de modifier la composition des équipes et d'envoyer Hollywood Nate et le Bris patrouiller avec la 6-X-32 puisque leurs coéquipiers étaient absents, et avant de terminer l'appel, il leur conseilla :

— Si on vous demande pourquoi vous avez des bosses et des bleus, expliquez que vous avez combattu un malfrat. On a assez de mauvaise pub comme ça. Pas la peine que les gens croient qu'on se met sur la gueule entre nous.

Alors que tous les membres de l'équipe touchaient la photo de l'Oracle avant de quitter la pièce, Hollywood Nate Weiss se demanda si Snuffy avait oublié de se prêter à ce rituel. Il ne se rappelait pas l'avoir vu le faire.

***

Vingt-cinq minutes après la fin de l'appel, quand les nuiteux furent sur le terrain, Jonas Claymore, accompagné de Megan Burke, s'arrêta alors qu'il sillonnait les Hollywood Hills avant la tombée de la nuit. Jusque-là, la recherche d'une résidence à cambrioler s'était encore une fois avérée infructueuse. Jonas entendit klaxonner derrière lui, regarda dans le rétroviseur et avisa une voiture de police dont les phares clignotaient.

Georgie Adams au volant de la 6-X-76 et Viv Daley à la place du mort venaient de répondre à un appel. Ils se trouvaient dans le nord, dans la zone 6-A-15, et s'en plaignaient quand ils avaient remarqué une Coccinelle qui grillait un stop. Ils se rangèrent près de la vieille Volkswagen dans Mulholland Drive.

— C'est pour toi, lança Georgie.

Viv attrapa son carnet de contraventions.

Jonas, lui, dit à Megan :

— Non mais putain, il va m'en arriver encore beaucoup des merdes ce mois-ci ?

Megan, qui tentait de se masser les genoux, lui répondit :

— Jonas, j'ai mal. Faut au moins qu'on trouve des narcos ou des perks.

Viv s'approcha de la portière conducteur et demanda :

— Papiers du véhicule, s'il vous plaît.

Jonas sortit la carte grise de la boîte à gants, la tendit à Viv avec son permis de conduire et pleurnicha :

— Écoutez, officier, je suis au chômage et on se dépêche pour aller à un entretien d'embauche dans les Hills. Des riches qui veulent un homme à tout faire. Vous savez, notre bébé de cinq mois est malade et ce boulot est important. Vous pouvez pas nous laisser tranquilles ?

— Cette jeune personne est votre femme ? demanda Viv.

— Ouais, ma femme, répondit Jonas avant de rectifier. Enfin... on n'est pas officiellement mariés, mais maintenant que le bébé est là, on va le faire.

Jonas Claymore ne pouvait pas deviner que, s'agissant de nourrisson dans le besoin, il s'adressait à l'officier idéal du commissariat d'Hollywood. Viv Daley demanda à Megan :

— Qui s'occupe de votre enfant malade ?

Megan, qui avait atteint son seuil de résistance à la douleur, dirigea son regard larmoyant vers Viv et répondit :

— Ma... ma mère !

Sur quoi des larmes coulèrent sur ses joues.

— OK, dit Viv en rendant ses papiers à Jonas Claymore. Dorénavant, arrêtez-vous aux stops. Vous ne voudriez pas que votre enfant soit orphelin, si ?

— Dieu vous bénisse, officier, dit Jonas.

Quand Viv et Georgie remontèrent dans la voiture, ce dernier lâcha :

— Ils avaient des tronches de toxicos.

— T'es cynique, le Gitan.

— Tu trouves pas qu'ils avaient l'air de camés ?

— Si, complètement.

— Alors pourquoi tu leur as pas filé une contredanse ?

— Je me suis dit que l'histoire du bébé malade était peut-être vraie.

Georgie Adams n'en dit pas plus. Ils ne parlaient pas de bébés mal en point.

***

Après avoir redémarré, Jonas s'exclama :

— Putain, c'était génial, comment tu as ouvert le robinet ! Même moi, j'y ai cru.

— Je faisais pas semblant, Jonas. J'ai mal.

— Ressaisis-toi. On a du boulot.

— Je peux pas. J'ai l'impression que je vais mourir.

Il l'observa de plus près, puis s'arrêta au bord de la route et lui dit :

— Dès qu'on a un peu de thunes, tu vas en cure. Tiens, défonce-toi.

Il sortit deux Vicodin de la poche de son jean, qu'il gardait en cas d'urgence. Elle les lui arracha de la main, les fourra dans sa bouche et les mâchonna.

***

Nigel avait cloué la photographie de *La Femme au bord de l'eau* de manière à ce qu'elle soit parfaitement ajustée sur son support et elle s'y adaptait encore mieux qu'il l'espérait. Il exposa le cadre baroque à la lumière du projecteur et s'écria :

— Je suis génial !

— J'essaierai de m'en souvenir, dit Raleigh.

Nigel accrocha avec soin le cadre contenant le faux, fit quelques pas en arrière, l'ajusta sur le piton, prit de nouveau du recul, puis demanda :

— Vous feriez la différence avec l'original sous un éclairage normal ? Enfin… si vous étiez du genre à peu observer cette œuvre et aucune des autres que vous possédez ? En d'autres termes, si vous étiez cette idiote de Leona Brueger ou son imbécile de petit ami ?

— Je dois dire que vous avez fait du super boulot, répondit Raleigh à contrecœur.

— OK, maintenant on passe au second et on en aura terminé. Pourriez-vous aller me chercher un autre verre de cette eau de Vichy rafraîchissante ?

Nigel recouvrit soigneusement *La Femme au bord de l'eau* avec la couverture de déménageur et coupa des bouts de ruban adhésif de masquage pour fixer les bords pendant que Raleigh remplissait le verre avec de l'eau du robinet et quelques glaçons.

Lorsque Raleigh revint avec l'eau, il ne s'aperçut pas que Nigel avait déplacé un des tableaux. *Fleurs dans la colline* était appuyé contre le mur d'en face et, en faisant le tour du trépied, il le fit malencontreusement tomber.

— Bordel ! s'écria Nigel. Espèce d'empoté !

— Je suis désolé. Je ne l'avais pas vu. Vous l'avez déplacé.

— Que dalle ! hurla Nigel en se précipitant vers le tableau pour le ramasser et l'examiner à la lumière.

— Il est tombé sur l'arrière du cadre, dit Raleigh. Je ne l'ai pas abîmé.

Nigel inspira profondément pour se calmer et lança :

— Très bien.

Il prit le verre d'eau des mains de Raleigh et but.

— On emballe ce tableau tout de suite, dit-il en reposant le verre. Avant que vous le détruisiez… Aidez-moi.

Raleigh étendit la couverture par terre. Chaque tableau fut emballé dans une couverture fixée avec de la toile adhésive.

— Je vais mettre ces tableaux dans votre camionnette avant qu'un autre incident ne se produise et que vous ayez une putain d'attaque comme Marty Brueger, annonça-t-il une fois l'opération terminée.

Nigel comprit que le manque d'assurance de Raleigh, qui tendait à s'estomper, s'était changé en colère croissante et il était sur le point de rétorquer : « Non, je m'en charge », mais dit seulement :

— OK. Désolé de m'être énervé. Oui, emportez-les jusqu'à la camionnette, mais soyez plus prudent que jamais. Déposez-les à l'arrière, près de la portière. Je les arrimerai quand on aura terminé.

Raleigh ramassa les paquets enveloppés dans les couvertures. Il se dirigeait vers la porte quand Nigel lui lança :

— Attendez un instant. Il vous faut les clés.

Il tâta sa poche et ajouta :

— J'ai dû les laisser dans la camionnette.

Puis il commença à installer la photo de *Fleurs dans la colline* dans le cadre doré de taille plus réduite, ce qui lui demanda de l'ajuster avec précaution avant de le mettre parfaitement en place.

Lorsque Raleigh fut sorti, un paquet sous chaque bras, le crépuscule touchait à sa fin. La nuit tombait vite sur les Hollywood Hills. Il dut appuyer les deux paquets contre l'aile avant de la camionnette pour pouvoir ouvrir la portière. Il les ramassa ensuite séparément et rampa dans le van à deux reprises pour les poser sur le sol, sans qu'ils se touchent.

Il refermait la portière quand il entendit la sonnerie du téléphone. *M. Brueger!* se dit-il.

Il se précipita dans la maison, traversa le vestibule à toute vitesse, décrocha le téléphone fixé au mur et répondit :

— Allô ?

— Bonjour, je m'appelle Amber. Puis-je parler à la maîtresse de maison ?

— Elle est à l'étage, répondit-il, et il raccrocha.

Il regarda l'heure à sa montre et s'aperçut qu'il allait bientôt faire jour en Toscane. Ses nerfs. Nom de Dieu, il avait les nerfs en compote.

***

La lumière du jour était trop faible pour que Jonas Claymore y voie bien depuis son poste d'observation, derrière le mur, entre deux genévriers.

— Qu'est-ce que c'est que ce truc ? chuchota-t-il à l'oreille de Megan. T'as vu comme il a fait attention pour mettre ces bidules dans la camionnette ?

Megan, qui discernait l'inscription sur la portière, murmura :

— Wickland Gallery. Ça doit être des œuvres d'art ou un truc dans le genre.

— En tout cas, ça va être à nous dans deux minutes.

— Tu vas y aller ?

— Ouais, va mettre le moteur en route. Quand j'escaladerai le mur, tiens-toi prête à partir.

— Les trucs qu'il portait avaient l'air gros, dit-elle. Ça risque de pas rentrer dans la Coccs.

— On les fera tenir.

Et, en deux temps trois mouvements, il se glissa entre les genévriers et escalada le mur.

Puis il dégringola le petit remblai planté de lierre pour maintenir la terre. Un instant plus tard, il remontait sans bruit l'allée pavée. Arrivé au niveau de la portière, il l'ouvrit aussi doucement que possible. Il jeta un œil à l'intérieur et, malgré l'obscurité, il s'aperçut que Megan avait raison. Les deux paquets étaient trop gros pour rentrer dans la Coccs. Il se glissa à l'intérieur, en souleva un ; ce n'était pas lourd. Ce devaient être des toiles. Dans une maison comme celle-là, elles devaient avoir une grande valeur. Cinq mille, peut-être plus. Mais elles étaient trop grandes pour qu'il puisse les transporter dans la Coccs.

Au comble de la frustration, il sortit de la camionnette à quatre pattes, sans bruit, prêt à décamper. Mais une fois dehors, il découvrit, bien visible en levant juste un peu la tête, un jeu de clés sur le toit de la camionnette, là où Nigel l'avait posé. Il referma la portière, s'en saisit et repéra facilement la clé de contact.

Dans la maison, Nigel Wickland était ravi, il sifflotait même – il venait tout juste de placer le plus petit des tableaux impressionnistes dans son cadre doré.

— Raleigh, passez-moi le petit tournevis qui se trouve dans la boîte à outils, dit-il. Celui sous le…

— Bouclez-la ! cria Raleigh. Qu'est-ce que c'est ?

— Qu'est-ce que c'est quoi ?

— Un bruit de moteur. Votre camionnette !

Raleigh courut jusqu'à la porte d'entrée et alluma l'éclairage de l'allée juste à temps pour voir la camionnette arrêtée devant le portail avant que le rayon électronique enclenche son ouverture.

— Hé ! hurla Raleigh. Hé !

Il se mit à courir après le véhicule qui passa le portail en trombe et prit la direction de la plaine, suivi par une vieille Coccinelle.

— Hé, répéta-t-il mollement tandis que le portail se refermait derrière lui.

Il resta planté là, à regarder le feu arrière gauche de la Coccs ; le droit était grillé. La petite voiture roulait vers la ville, de plus en plus petite à mesure qu'elle s'éloignait, adressant comme un clin d'œil à Raleigh Dibble tandis qu'elle s'enfonçait dans l'obscurité.

Megan Burke eut une révélation en descendant les Hollywood Hills derrière son compagnon après ce scandaleux vol de véhicule. Elle repensa qu'elle avait dit à Jonas : « Y a des choses que je ne ferai pas. » Mais elle les faisait. D'abord la télé de la vieille dame, et maintenant, cette camionnette. Elle songea : « Je suis une voleuse. Je suis devenue une banale voleuse. Ma vie est foutue. Hollywood est en train de m'achever. »

***

Raleigh revint dans la maison au pas de course et trouva Nigel Wickland dans le vestibule, l'air désespéré et impuissant.

— Pourquoi avez-vous laissé ces putains de clés dans la camionnette ? cria-t-il. Enfin merde, vous pouviez pas les mettre dans votre poche ?

— Je vous ai dit que je les y avais laissées, sombre crétin, lui renvoya Nigel d'une voix rauque. Pourquoi vous ne les avez pas rapportées ?

— Les clés, c'était votre responsabilité, pas la mienne, gandin de mes deux. Qu'est-ce qu'on fait maintenant ?... Alors ?

Nigel lui tourna le dos et reprit sa tâche. Il se tenait sous le projecteur, grand et décharné, sa chevelure blanche scintillant sous la lumière. Il ressentit comme un vertige ; il avait l'impression d'incarner un personnage maudit dans une tragédie shakespearienne. Et, à l'instar de Lear, il hurla.

Le choc et la terreur de Raleigh l'avaient plongé dans une sorte d'état somnambulique, mais le cri primal de Nigel Wickland l'en sortit brusquement. Raleigh se figea en voyant Nigel Wickland s'effondrer sur lui-même et tomber à genoux. Puis le galeriste se mit à pleurer, sortit son inhalateur de sa poche, en tira deux bouffées, inspira profondément et retint sa respiration avant d'expirer pour pleurer à nouveau.

Raleigh le laissa et se rendit au cellier sur la pointe des pieds pour lui resservir un verre. Il y jeta des glaçons et le remplit d'eau du robinet. De retour dans le vestibule, il le posa à côté de son complice et lui dit :

— Encore un peu d'eau de Vichy ?

— On est fichus, Raleigh, dit-il en s'essuyant les yeux avec la manche de sa salopette. Je crois que je devrais me tirer une balle avant d'être incarcéré. Je suis trop vieux pour la prison.

Pour la première fois, les rôles étaient inversés et Raleigh Dibble sentit qu'il lui incombait de sauver ce qui pouvait l'être malgré la catastrophe. Mais quoi ?

— On devrait peut-être appeler la police, dit-il. Les flics pourraient avoir un coup de chance et les attraper avant qu'ils ne soient trop loin.

Nigel cessa complètement de pleurer, eut un rire effrayant, hocha la tête et s'écria :

— Vous êtes vraiment l'être le plus demeuré que j'aie jamais eu l'occasion de rencontrer.

— Il n'est pas trop tard, insista Raleigh. Les flics pourraient les avoir.

— Il est trop tard, dit Nigel d'une voix rauque. Bien trop tard, putain.

— Nigel ! s'écria Raleigh, à court d'arguments. Même s'ils prennent les tableaux, ils se contenteront sans doute d'abandonner la camionnette sur un boulevard et la police pourrait trouver des empreintes ou de l'ADN et les localiser. Et les voleurs rendront peut-être les tableaux. J'appelle la police.

Nigel se releva et le menaça :

— Si vous touchez ce téléphone, je vous jure que je vous tue.

— Mais enfin merde, pourquoi ne pas les appeler ?

— Parce que, espèce de pauvre abruti, ce qui peut nous arriver de pire, c'est que la police arrête la misérable ordure qui a volé ma camionnette !

Sous l'effet de sa panique grandissante, Raleigh se mettait à imaginer toutes sortes de choses.

— Mais ils pourraient les arrêter avant qu'ils se débarrassent des tableaux et on pourrait les récupérer et tout rentrerait dans l'ordre avant que Mme Brueger revienne de Toscane et…

Nigel l'interrompit.

— Que croyez-vous que feraient les policiers s'ils arrêtaient les voleurs et récupéraient les tableaux ?

— Ils trouveraient où les escrocs les ont volés, ils viendraient ici et les rendraient.

— Réfléchissez, si vous en êtes capable, dit Nigel. Ils ne les rapporteraient pas ici. Ils les saisiraient en tant que pièces à conviction. Ils citeraient la propriétaire à comparaître lors du procès pour établir qu'ils ont été dérobés chez elle. Et le propriétaire de la camionnette volée, qui se trouve être votre associé, devrait expliquer comment et où le véhicule a été volé.

Et de monter d'un ton quand il déclara :

— Alors, vous voyez, Raleigh, tout se démêlerait comme une pelote traînée par un clébard dans son chenil plein de merde !

— Vous pouvez quand même déclarer le vol du van, dit Raleigh, la bouche sèche comme du papier de verre. Vous dites qu'il a été volé devant votre galerie ou n'importe où ailleurs qu'ici.

Nigel dirigea son regard vers la lumière aveuglante du projecteur, puis vers le faux accroché au mur, ferma les yeux et déclara :

— Je me suis associé à un fou. Ce mec est un aliéné.

Puis il rouvrit les yeux et ajouta :

— Pour la raison que je viens de donner dans un langage des plus corrects, je ne peux pas prendre le risque que les forces de l'ordre aient un coup de chance et arrêtent quelqu'un. Parce que, aussitôt qu'elles auront fait avouer ce sombre crétin, tout mènera à cette maison, où Leona Brueger demandera à la police pour quelle raison ma camionnette a été volée dans son allée par cette charmante nuit. Auquel cas, même le flic le plus stupide découvrira le pot aux roses. Et Leona avec.

— Que direz-vous si le van est retrouvé quelque part ? Il sera peut-être garé en stationnement interdit et mis en fourrière.

— Alors on me le fera savoir et je paierai les frais de fourrière, en expliquant que je l'ai prêté à mon écervelé de neveu et que voilà le résultat. Ce qui pourrait arriver de mieux maintenant, c'est que les voleurs aient un accident grave, que la camionnette prenne feu, qu'ils se tuent et que les tableaux soient réduits en cendres.

Sur ces mots, il eut les larmes aux yeux et Raleigh craignit qu'il se remette à pleurer.

— Et que va-t-il nous arriver si les voleurs apportent les tableaux chez un marchand d'art en ville ? Ou les mettent aux enchères pour essayer de les vendre ?

— J'imagine qu'on découvrirait assez vite leur provenance, répondit Nigel, avec l'air du condamné montant à la potence. Et on appellerait sans hésiter la police qui, avec ou sans voleurs, aboutirait ici, dans cette maison où, grâce à Leona Brueger, elle découvrirait vite l'échange. Auquel cas, je serais amené à tester les antiques munitions de mon pistolet. Parce que je suis trop vieux pour la prison.

Raleigh resta assis, en transe, pendant que Nigel achevait de replacer la photographie dans le cadre de *Fleurs dans la colline*. Nigel accrocha ensuite la reproduction au mur et lâcha :

— Le boulot est fini et nous aussi peut-être.

— J'ai la nausée, dit Raleigh avant de courir aux toilettes près du vestibule.

À son retour, il était pâle et des gouttes de sueur perlaient à son front et au-dessus de sa bouche. Il s'épongea avec une serviette portant le monogramme des Brueger.

— Nigel, je suis désespéré, dit-il. J'ai une dernière idée. Écoutez-moi jusqu'au bout, s'il vous plaît.

Nigel, qui rangeait ses outils, replia le trépied et, sans s'interrompre, s'exclama :

— Allez-y ! Impressionnez-moi avec votre perspicacité.

— Et si on se débarrassait des faux ? On pourrait les brûler ou les briser en mille morceaux et les jeter dans une benne à ordures. Ensuite, je vous reconduirais chez vous et je reviendrais ici pour appeler les flics et déclarer que des cambrioleurs sont entrés par une porte mal verrouillée, m'ont menacé avec une arme et ont volé les tableaux.

— Alors ça, c'est fort ! s'exclama Nigel. Je suis sûr qu'ils croiraient sur parole un pauvre domestique qui ne travaille ici que depuis quelques semaines. Et qui, soit dit en passant, a un casier. Ah ! Oui, et je me demande ce que vous répondriez s'ils vous demandaient de vous soumettre au détecteur de mensonges. Et dans l'éventualité peu probable, espérons-le, qu'ils attrapent les voleurs, ce qui s'est passé ici deviendrait clair comme de l'eau de roche, surtout après qu'ils auraient découvert la présence de ma camionnette sur le lieu du crime. Ah ! Quel chic moment au commissariat ce serait quand on vous emmènerait menottes aux poignets ! Vous savez quelle serait la plaisanterie la plus appréciée les semaines suivantes ?

Raleigh s'assit dans un fauteuil d'époque sculpté pourvu d'un coussin brodé et, le menton lui tombant presque sur la poitrine, il répondit :

— Racontez-moi la blague. Je meurs d'envie de rire.

— Ce serait : « Ce n'était pas le colonel Moutarde, c'était bien le majordome. »

***

La tête lui tournait toujours quand il reconduisit Nigel avec la Mercedes des Brueger jusqu'à sa galerie de Beverly Hills, où sa voiture était garée. Pendant les vingt premières minutes, ni l'un ni l'autre ne desserra les dents. Puis Raleigh demanda :

— Si les tableaux ne reparaissent jamais, les choses peuvent se dérouler comme prévu, non? Vous aiderez Mme Brueger à emballer et à transporter les œuvres d'art jusqu'à son garde-meuble, comme vous aviez dit?

— Oui. Comme je l'avais prévu, répondit Nigel au bout d'un moment. Mis à part le fait que j'ai dépensé quelques milliers de dollars au labo photo et que j'ai perdu une camionnette, du moins pour l'instant. Et je pense aussi avoir perdu plusieurs années de ma vie à cause de ce désastre. Mais si cela se produit, je serai si heureux que je donnerai une fête à laquelle j'inviterai toutes mes connaissances. Sauf vous.

Raleigh suivit le cours de ses pensées.

— Donc, dans un avenir lointain, si on découvre l'échange quand les œuvres seront retirées du box, on accusera un des déménageurs ou un employé du garde-meuble, n'est-ce pas?

— Que le ciel vous entende, dit Nigel en soupirant.

— En un sens, j'arriverais à m'en accommoder, admit Raleigh. On vient peut-être d'esquiver une balle. Je pourrais recommencer à faire mon travail normalement et vous pourriez être de nouveau...

— Ruiné.

— Comme vous voulez. Au moins ne serons-nous pas derrière les barreaux si ces filous ne se font jamais prendre.

— Raleigh, dit Nigel sur un ton plus doux cette fois, presque conciliant. Si un événement fâcheux venait à se produire...

Et il remet ça, songea Raleigh. « *Fâcheux.* »

— Oui ?

— Si quelque chose tournait mal à un moment ou à un autre... c'est-à-dire, si on remontait jusqu'à vous, vous ne m'impliqueriez pas, n'est-ce pas ? Parce que enfin... n'ai-je pas assez souffert ?

Raleigh se tourna vers Nigel, bouche bée, et faillit emboutir l'arrière de la voiture arrêtée devant lui au feu.

— Est-ce que vous, vous n'avez pas assez souffert ? répliqua-t-il.

— Raleigh, vous n'auriez rien à gagner en me dénonçant. Que pourriez-vous tirer de bon à avouer que vous aviez un complice ? S'il le fallait, je pourrais prendre une deuxième hypothèque sur mon appartement et vendre mon affaire. Je pourrais mettre la moitié des bénéfices de la vente sur un compte à votre nom. Je le ferais, avec joie.

— Vous ne manquez pas d'air, Nigel. Excusez le cliché, mais vous êtes un putain de sacré numéro.

— Alors vous négocieriez ma liberté contre l'indulgence d'un procureur pour voir votre peine réduite d'un an ou deux, c'est ça ?

— Oui, je troquerais votre peau pour avoir deux mois de moins. Ou même deux semaines. Je le ferais sans réduction de peine du tout, juste pour voir combien de temps vous garderiez votre petit air supérieur en prison, espèce de merdeux arrogant et prétentieux !

Ils n'échangèrent plus un mot jusqu'à ce que Raleigh se gare derrière la galerie de Nigel, où ils déchargèrent le trépied, le projecteur et la boîte à outils.

— Je suppose que nous n'aurons plus besoin de nous revoir après ce soir, dit Nigel.

— Pas dans cette vie, lui renvoya Raleigh Dibble avant de reprendre le chemin des Hollywood Hills.

***

Comme il y avait tout juste assez de place pour garer la Volkswagen dans la rue de Jonas et de Megan, Jonas dut ranger la camionnette en double file à côté de la voiture d'un locataire qui sortait rarement le soir. Ils étaient tout excités quand ils apportèrent les paquets à l'intérieur et enlevèrent le ruban adhésif et les couvertures de déménageur.

Jonas souleva le plus grand cadre, le posa sur le dossier du canapé en l'appuyant contre le mur, puis il prit du recul pour l'étudier.

— C'est ce qu'on appelle un tableau expressionniste, annonça-t-il enfin à Megan.

— Ah oui ?

— Oui, c'est un tableau dans lequel l'expression du visage de la personne nous apprend ce à quoi pensait l'artiste.

— Mais on voit à peine l'expression de la femme, si c'est ça qu'on cherche.

— C'est comme ça que peignent les expressionnistes. Il faut bien regarder les touches floues et deviner à quoi elle pense.

— Tu crois qu'il vaut vraiment cinq mille dollars ? demanda-t-elle, l'air de douter.

— Regarde d'où il vient. La baraque là-haut dans les Hollywood Hills vaut des millions.

— Où on va le vendre ?

— Je sais pas. Pas aux puces en tout cas. Il faut qu'on fasse des recherches.

— Et l'autre ?

— Il vaut pas autant. Il est plus petit, et le marché est saturé de fleurs. On trouve des tableaux de fleurs sur tous les marchés aux puces. Mais on pourrait en tirer quelques billets de cent.

— Tu crois pas qu'il vaudrait mieux se débarrasser du van ? Les flics doivent le rechercher à l'heure qu'il est.

— Ouais, dit-il. Je vais le garer dans Normandie Avenue quand j'aurai effacé toutes mes empreintes. Passe-moi un torchon, tu veux ?

Ils étaient à peine sortis et Jonas venait juste de s'asseoir dans la camionnette quand la 6-X-32 s'arrêta derrière eux et, phares rouge et bleu allumés, klaxonna. Megan, qui était sur le point de monter dans la Coccs, les aperçut et retourna à l'appartement en se forçant à marcher d'un pas tranquille.

Hollywood Nate s'approcha du côté conducteur et le Bris du côté passager, en dirigeant le faisceau de sa lampe sur les mains de Jonas.

— Papiers du véhicule, s'il vous plaît, dit Nate.

— Bien sûr, répondit Jonas, le menton tremblant. Qu'est-ce que vous me reprochez ?

— Dois-je vous rappeler qu'il est illégal de se garer en double file ?

Jonas était à tel point soulagé qu'il eut envie de pleurer.

— Je suis désolé. J'avais une livraison à faire pour mon patron. J'ai bossé toute la journée et c'est le dernier arrêt. Je suis désolé. S'il vous plaît, ne me mettez pas d'amende.

Jonas fit de son mieux pour ne pas trembler quand il tendit son permis à Hollywood Nate en espérant que la carte grise soit bien dans la boîte à gants. Nate ne prit même pas la peine d'examiner le permis de conduire. Il regardait l'aile de la voiture.

— Wickland Gallery, dit-il. Y a pas beaucoup de galeries dans ce quartier.

— On vend du bon et du moins bon. Des trucs vraiment abordables. Votre petite dame et vous devriez passer jeter un œil un de ces jours si vous envisagez d'acheter…

— « Du moins bon », le coupa Nate. Je vais garder ça en tête si jamais je rencontre une nouvelle petite dame et que j'ai besoin d'œuvres d'art plus merdiques que celles que j'ai déjà.

Sur ce, Nate tourna les talons et retourna à la voiture. Lorsqu'ils reprirent la route, le Bris lui demanda :

— Pourquoi tu lui as pas collé une amende ? Double file, gars. Un truc pour le rapport de la soirée.

— Cette récession a été dure pour les petits employés comme ce gamin. En plus, tous mes os me font mal. Je n'ai qu'une envie ce soir : rester assis dans l'atelier et réfléchir à des moyens de réduire cette chierie de maison de gothiques en cendres.

— Ça me fait penser que…, dit le Bris en sortant son portable pour prendre des nouvelles du Débris pour la deuxième fois.

Quand la voiture de police démarra, Megan Burke courut à la Coccs et se dirigea vers Normandie Avenue. Elle prit vers le sud jusqu'à ce qu'elle aperçoive la camionnette de la Wickland Gallery juste après Melrose, devant un magasin d'alcools. Jonas était déjà descendu et marchait vers le nord quand elle le récupéra.

— Qu'est-ce que j'ai eu peur, Jonas! s'écria-t-elle. J'ai cru qu'on leur avait signalé le vol du van et que tu t'étais fait coincer.

— Je commence à me dire que je peux me sortir de n'importe quelle embrouille. Il a même pas regardé mon permis, alors on peut pas faire le lien avec la camionnette, même s'ils la ramassent. En une journée, deux flics ont essayé de me pincer et je suis toujours là. Ce pourrait être, genre… *kismet.*

— Quoi?

— Ça veut dire que le destin m'appelle. Un grand truc m'attend. T'as de la chance de t'être accrochée à une comète!

— J'espère juste que je suis pas attelée à une charrette! À une vieille Coccs pourrie qui finirait par nous conduire tout droit en prison.

CHAPITRE 19

Raleigh Dibble parvint à trouver le sommeil tandis que le soleil levant promettait aux habitants d'Hollywood, Californie, un espoir nouveau aux prémices de l'automne. Alors qu'il commençait à rêver, le téléphone sonna. Il s'assit en entendant Rudy Ressler déclarer :

— Raleigh, c'est M. Ressler. Comment va Marty ?

Tout le temps qu'avait duré l'imbroglio à la résidence des Brueger, Raleigh avait pensé à tout sauf au vieil homme, et il n'avait même pas appelé le Cedars-Sinai depuis que Marty Brueger y avait été admis.

— Il va bien, monsieur Ressler. Mme Brueger et vous n'avez aucune raison de vous inquiéter. Je vous tiendrai au courant si jamais son état se dégradait.

— Ce ne sera pas nécessaire, dit Ressler. J'ai réservé un vol. Nous rentrons à la maison.

Cette fois, la bouffée de panique fit battre le sang aux tempes de Raleigh. Il sauta du lit et resta là, nu et tendu.

— Mais, monsieur Ressler, dit-il. Il vous reste plusieurs semaines de location. M. Brueger va bien. Restez et profitez de vos vacances.

— Pour tout vous dire, on n'en profite pas tant que ça. La villa n'est pas à la hauteur de nos attentes. Les toilettes fonctionnent une fois sur deux et l'eau n'est jamais assez chaude. Ce type, ce Silva censé être notre traducteur, n'est qu'un macaroni qui court après les pourboires. Je ne m'amuse pas du tout et Mme Brueger non plus. Nous partons.

Raleigh retint son souffle et déglutit avec difficulté.

— Je vois. Savez-vous quand vous arriverez à l'aéroport de LAX ?

— Pas encore, répondit le réalisateur. Je vous tiendrai au courant. Vous viendrez nous chercher.

— Bien entendu. Je prendrai la grande Mercedes.

Après avoir raccroché, Raleigh Dibble fit l'expérience terrifiante de la perte totale de contrôle. À la chaleur insoutenable dans sa tête s'ajoutèrent des nœuds à l'estomac qu'il alla défaire encore une fois aux toilettes.

Dix minutes plus tard, il appela Nigel Wickland sur son portable et ne fut pas surpris que son associé soit éveillé.

— C'est moi, dit-il.

— Je vous en prie, ne me dites pas qu'il y a un problème avec les faux.

— Non. C'est seulement que les Brueger quittent l'Italie et rentrent à la maison.

Silence à l'autre bout de la ligne, puis ceci :

— Mon travail sera évalué beaucoup plus tôt que nous le pensions. Très bien, et alors ? Il vous suffit de garder votre sang-froid. Les copies sont parfaites. Comportez-vous comme d'habitude et tout ira bien.

— Vous n'avez toujours pas de nouvelles de votre van, si ?

— Bien sûr que non.

— Si vous en avez… tenez-moi au courant tout de suite.

— Pourquoi ? Vous allez me rembourser si les voleurs le dévalisent ?

— Je me sentirai beaucoup mieux quand vous l'aurez récupéré, c'est tout. Alors tenez-moi simplement au courant s'il est mis en fourrière pour quelque raison que ce soit.

Nigel raccrocha sans répondre.

Raleigh se demanda si Nigel était sérieux en parlant de se tirer une balle si les voleurs se faisaient prendre. Que ce suicide ait lieu ne lui parut pas être une si mauvaise idée.

***

Jonas Claymore et Megan Burke avaient décidé de dépenser jusqu'au dernier dollar obtenu par Megan en baratinant sa mère, et d'acheter assez d'oxys pour chasser le dragon tout le week-end. Cela parce qu'ils auraient une rentrée d'argent dès qu'ils trouveraient le meilleur moyen de proposer les tableaux à des marchands d'art. En pleine euphorie, Jonas eut une idée. Il tenta de tirer Megan de sa défonce, mais ne réussit qu'à moitié et lui dit :

— Bébé, je l'ai.

— Tu l'as quoi ? marmonna-t-elle.

— C'est carrément trop risqué de s'attaquer aux marchands d'art ou aux ventes aux enchères. Je crois qu'on devrait plutôt leur demander une rançon !

— Une rançon ? reprit-elle d'un ton somnolent.

— Oui. On appelle la Wickland Gallery lundi matin, on parle au patron et on lui dit qu'on sait comment il a foiré l'autre soir, qu'il s'est fait piquer ses tableaux, mais qu'on aimerait l'aider à les récupérer. Merde, je pourrais même lui dire où il peut aller chercher sa camionnette pour lui prouver ma bonne foi. Partante ?

— Mm-mmh, marmonna-t-elle.

— Alors, réfléchis un peu. Tout ce qu'on a à faire, c'est négocier le prix et lui dire que s'il va chez les flics, on lacère les toiles. Après, on décide d'un endroit pour déposer la thune. Je l'ai vu faire des millions de fois dans les films, alors je connais toutes les combines.

— Les combines ?

— Pourquoi je me fatigue ? T'es complètement éclatée. Un hamster me tiendrait mieux compagnie.

***

La contracture au cou du Débris résistant aux décontractants musculaires, son médecin l'incita à prendre quelques jours de congé pour se reposer chez lui. Quand il téléphona au Bris pour le lui dire, son coéquipier lui conseilla :

— Fais ce que te dit le toubib, mec. Y a du bon surf qui s'annonce et tu voudrais pas louper ça. Alors, vas-y mollo et repose-toi.

— Mon pote, je suis content qu'on t'ait mis avec Hollywood Nate, dit le Débris en l'apprenant. Comme il est genre super ingénieux niveau hormones et qu'il a ses entrées dans le show-biz, il pourrait te brancher avec les starlettes éblouissantes qu'il croise sur les plateaux.

— Il l'a pas encore fait, mec. Mais s'il le fait, je les garderai au chaud pour le retour de mon p'tit pote. Je me les taperai pas toutes sans toi.

***

Hollywood Nate était content que Snuffy soit encore en convalescence, parce que l'appel, ce soir-là, l'aurait rendu fou. Le chef de brigade s'en chargeait à la place du sergent Murillo et n'en finissait pas de parler du programme fétiche du chef, le truc qu'il avait ramené de la côte Est.

— Vous devez accorder une attention particulière aux procès-verbaux concernant les districts 6-43 et 6-44, déclara le lieutenant. CompStat y indique une recrudescence des cambriolages. Et moi, j'aimerais une explication.

Tous échangèrent des regards en coin, puis le sergent Murillo, arrivé juste à temps, entra dans la pièce pour annoncer :

— Lieutenant O'Reilly, un appel du capitaine pour vous. Au sujet de l'inspection la semaine prochaine.

— Ah, oui, dit le chef de brigade avant de descendre prendre l'appel.

Le sergent Murillo s'assit et lança :

— Voyons, de quoi parlions-nous ?

Les flics changeant d'attitude maintenant que le Sergent Murillo avait pris la main, le Bris déclara avec un petit sourire idiot :

— Du bébé du grand chef, évidemment. CompStat. Vous savez dans le genre… expliquons pourquoi ce crime s'est produit, où, comment, *et cætera*. Moi, ce que j'aimerais dire, c'est : ça s'est passé parce qu'un gars s'est tapé trop de dope, qu'il lui faut du fric et qu'il a défoncé une porte pour en trouver. Point final.

— On ne peut être catégorique avec ce genre de trucs, ronchonna Georgie Adams. Selon CompStat, aucun crime n'est dû au hasard. Le hasard ne figure pas dans le lexique de la CompStat. Et pourtant, ce sont des crimes sans préméditation, sergent. Ils se produisent, c'est tout.

— Mais faut qu'on trouve des explications débiles, dit Hollywood Nate en reprenant ce qu'il avait entendu tant de fois dans la bouche de Snuffy. Parce que Monsieur a rapporté le système de l'Est, que le maire pense que c'est un genre d'amulette enchantée et que les médias marchent à fond, alors que c'est que de la connerie.

— Ce système se limite à envoyer les flics dans les zones ciblées, reprit Viv Daley. Vous mettez une punaise sur un fichier PowerPoint et c'est censé faire chuter la criminalité comme par magie.

Et Della Ravelle d'ajouter :

— C'est rien de plus que des punaises et ça, on connaît depuis cent ans, sauf qu'à l'époque, on n'avait pas les ordis. CompStat est censé indiquer des tendances, mais… et si, comme dit Georgie, la plupart des crimes de rue étaient fortuits ? On attend de nous qu'on invente des théories pour justifier un postulat. Monsieur est passé maître dans l'art de caresser la mairie dans le sens du poil et d'embobiner les médias.

— Là-bas, dans l'Est d'où vient Monsieur, comme les gens n'ont pas tous une voiture, les crimes peuvent être circonscrits dans des zones peu étendues et peut-être que les agents peuvent chercher des interprétations, renchérit Viv Daley. Mais L. A. est la ville des voitures. Tout le monde en a au moins une. Et tout le monde bouge. Une seule raclure peut semer ses délits comme les microbes du rhume partout sur la carte. Où est la tendance, hein ?

— Je vais créer un manuel de deux phrases intitulé *CompStat pour les nuls*, lança Hollywood Nate. On lira : « C'est la version informatique de la carte à punaises, imbécile. Maintenant, va faire ton petit numéro au chef. » Vous croyez que ça se vendra au bâtiment administratif ?

Tout le monde s'arrêta quand le lieutenant O'Reilly revint dans la salle d'appel et demanda au sergent Murillo :

— Vous parliez de CompStat et de son rôle majeur ?

— Tout à fait, répondit le sergent Murillo. Et tout le monde ici est impliqué à cent pour cent. C'est ce qui est arrivé de mieux au LAPD depuis les gilets pare-balles en Kevlar et les semi-automatiques.

Le lieutenant O'Reilly cherchait l'ironie dans la mimique de son sergent, mais finit par hocher la tête et dit :

— Bien. Au travail.

***

Au moment même où la 6-X-32 quittait le parking, Hollywood Nate reçut un appel sur son portable. Il ne reconnut pas le numéro, mais il répondit et Leona Brueger le salua :

— Bonjour, beau gosse.

— Madame Brueger ! Vous êtes rentrée ?

— Leona, d'accord ? lui rappela-t-elle. Et non, je ne suis pas rentrée. C'est la nuit ici, je n'arrivais pas à dormir et j'ai pensé à vous.

— C'est... c'est flatteur.

— J'ai bu trop de champagne au dîner. Ça perturbe toujours mon sommeil. Vous seriez partant pour me susurrer des choses sexy jusqu'à ce que je somnole ?

— Je hmm... viens juste de quitter le commissariat avec mon coéquipier. On s'apprête à combattre le crime et à terrifier les contrevenants. Ça me paraît difficile.

— Mauvais timing, dit-elle. C'est le drame de ma vie.

— Vous pourriez peut-être m'inviter à l'un de vos dîners quand vous serez rentrée. Avec des gens du métier ?

— Ah, vous les acteurs ! Vous ne pensez qu'à ça. Très bien, je vais vous laisser, vous autres représentants de l'ordre et de la loi, faire votre boulot, mais que diriez-vous d'aller jeter un œil à ma propriété ? Rudy me dit que notre majordome avait l'air un peu stressé la dernière fois qu'il a téléphoné. Simplement pour vous assurer que tout va bien.

— Pas de problème. J'irai ce soir. On se voit à votre retour.

— Vous me verrez plus tôt que vous ne croyez. Salut beau gosse.

Nate referma le clapet de son portable et dit au Bris :

— Il faut que je fasse un petit tour par les Hills.

La remarque excita l'intérêt du Bris.

— Ah bon ? dit-il, l'œil lubrique. T'as de la pépée bien chaude sur le feu là-haut ? Une super starlette que t'as rencontrée par la SAG ? Tu pourrais me présenter, non ? Mon pote et moi, on prendra tes restes.

— C'est pas vraiment ça, dit Nate. J'ai rencontré un réalisateur qui m'a demandé de surveiller la maison de sa copine. Ils sont en Italie pour quelques mois. J'avais l'intention d'aller y jeter un œil, mais j'ai pas eu le temps.

— Elle est comment, la copine ?

— Assez vieille pour être ta mère et la mienne. Mais elle est quand même assez canon.

— Les miracles de la médecine moderne, commenta le Bris. Mon équipier a rencontré une nana y a un an à peu près, toute refaite avec des pièces détachées. Cul et nichons, la totale. Elle était super, mais il m'a dit qu'il avait peur de la toucher au cas où quelque chose se décrocherait.

— On va juste prendre deux minutes pour sonner et demander au majordome si tout va bien, dit Nate. Et je laisserai ma carte pour prouver que je suis passé.

— Est-ce qu'il va style… te faire jouer dans un film ?

— C'est ça. J'ai trente-huit ans. Le temps passe vite.

— J'en ai trente-cinq, mec. C'est ça qui est bien avec le surf. On peut en faire jusqu'à expiration de la libido et encore après. Y a pas de date de péremption tant que les genoux tiennent la route.

Nate, qui roulait vers Woodrow Wilson Drive, se réjouit :

— L'heure magique. C'est le meilleur moment pour tourner. La lumière… est magique ici.

— Mec, quand tu seras une star et que tu pourras t'offrir une baraque dans les Hills, j'aimerais bien être ton domestique à temps partiel. Je sais que tu vas te faire draguer par toutes les bombes attirées par la célébrité, et mon collègue et moi, on pourrait se relayer pour ramasser les miettes et les chaudasses qui respireront encore quand tu auras fini de les niquer comme une bête.

— J'essaierai de faire en sorte qu'elles respirent encore.

— Je crois que les gars des Homicides ne sont pas trop fans des gens qui habitent les Hills, reprit le Bris. Ils sont genre grave trop occupés à disposer leurs brosses à dents façon feng shui pour parler aux flics. Les inspecteurs, y sont genre : « Eh bien, passez-nous un coup de fil quand votre gamin aura fini ses cours de yoga, de foot et de lacrosse. Nous enquêtons seulement sur les meurtres en série. » Moi, je préfère les gens d'East Hollywood qui font leurs gamins à l'ancienne. Les chiards, là-haut, balancent tout le temps : « On est des jumeaux in vitro » ou « Je suis une inversion » en parlant du renversement de vasectomie de leur père. C'est trop tordu pour moi. Mais j'aurais rien contre une de ces femmes trophées des Hills mégabonnes qu'aiment replonger dans la religion.

— Qu'est-ce que tu veux dire ?

— Tu sais bien. Elles font : « Oh, mon Dieu ! » quand elles se font troncher par un gars de leur génération après avoir couché pendant si longtemps avec des bande-mou vieux et riches.

— J'essaierai de me souvenir de tout ça. Quand je serai une star.

Hollywood Nate trouva l'adresse notée sur la carte de Rudy Ressler, s'arrêta au portail et pressa le bouton de la sonnette.

— Oui ? Qui est-ce ? demanda Raleigh Dibble.

— La police, dit Hollywood Nate. Vous pouvez nous ouvrir, s'il vous plaît ?

Raleigh resta cloué sur place dans la salle de billard, où il faisait rouler des billes pour tuer le temps alors que les aiguilles de l'horloge sur le mur semblaient ne pas bouger d'un poil. Et voilà qu'il était paralysé par la voix dans l'Interphone. La voix qui reprit :

— Allô ? C'est la police. Nous devons entrer, s'il vous plaît.

Raleigh appuya sur le bouton de commande d'ouverture, posa la queue de billard et gagna le vestibule. Il songea vaguement à enfiler un vêtement chaud, car il savait d'expérience qu'une cellule de prison donnait des frissons, même par temps chaud et sec comme ce jour-là, où les vents de Santa Ana rôtissaient les Hollywood Hills.

La voiture de patrouille s'était déjà garée devant l'arche de l'entrée. Les officiers en uniforme descendaient déjà de leur véhicule lorsque Raleigh ouvrit la porte en nourrissant l'espoir qu'on ne lui attache pas les menottes trop serré cette fois. Il se rappelait comment elles lui avaient fait des bleus aux poignets quand on l'avait conduit de la salle d'audience à la maison d'arrêt.

Il se dit que ce seraient des inspecteurs qui le mettraient en cellule cette fois-ci, mais il se souvint tout à coup que les inspecteurs ne travaillaient peut-être pas le week-end et qu'il les verrait sans doute lundi matin. Il décida de déclarer aux flics en uniforme qu'il n'avait aucune intention de leur parler sans la présence d'un avocat, mais que lundi, il passerait un accord avec les inspecteurs et qu'il cracherait le morceau. La première chose qu'il mentionnerait serait le cerveau de l'opération, Nigel Wickland.

Le grand flic bronzé observait le domaine comme un acheteur potentiel. Le beau garçon, lui, souriait. Il présenta une carte de visite à Raleigh et lui dit :

— Je suis l'officier Nate Weiss du commissariat d'Hollywood. M. Ressler m'a demandé de passer voir si tout était en ordre. Et vous êtes ?

Le majordome dut avaler sa salive deux fois avant de répondre :

— Raleigh Dibble. Je suis le majordome, le gardien. Mme Brueger est partie.

— Oui, c'est ce que m'a dit M. Ressler. Je voulais simplement me présenter, vous dire que nous gardons un œil sur la propriété et que vous pouvez me téléphoner directement si vous avez besoin de nos services. Mon numéro de portable se trouve au dos de cette carte.

— Merci ! Merci ! s'écria Raleigh avec beaucoup d'émotion.

— Savez-vous quand ils seront de retour ?

— Demain. Ils reviennent demain, je crois.

— Ah bon ? s'étonna Nate en se demandant pourquoi Leona Brueger ne l'en avait pas averti

Cette femme recelait bien des secrets et des surprises.

Raleigh lui adressa un sourire plein de dents que Nate jugea inapproprié, surtout lorsque le majordome ajouta :

— Le beau-frère de Mme Brueger a eu une attaque et ils rentrent pour s'occuper de lui.

— Vous m'en voyez désolé, dit Nate. S'il vous plaît, dites à Mme Brueger et à M. Ressler que je suis passé et que nous avons gardé un œil sur la propriété depuis leur départ. Vous n'oublierez pas de le leur rappeler ?

— J'en serai ravi, répondit Raleigh.

Alors que les policiers passaient le portail, le Bris lâcha :

— J'espérais qu'il nous proposerait d'entrer. Je voulais faire le tour de la baraque pour avoir une petite idée de ce que ça sera d'être ton domestique.

— Il est bizarre, ce gars. Quand on est arrivés, il avait l'air du gars à qui son cancérologue vient d'annoncer une mauvaise nouvelle, mais par moments, son sourire était plus large que le cul d'Oprah.

— On s'en fout, non ? Je parie que la piscine est assez grande pour y faire du surf, soupira le Bris, l'air songeur.

— Il y a un truc pas normal chez ce gars, insista Nate.

— Parce que tu t'attendais à du normal ? C'est à Hollywood qu'on est, bordel !

Peu après, ils avisèrent un jeune homme qui tenait quelque chose sous sa chemise et courait vers Orange Drive en évitant les passants. Ils eurent la conviction qu'il avait arraché un sac à main à un touriste sur la promenade de la Gloire. Ils s'approchèrent de lui, le coincèrent deux rues plus au sud et le sommèrent de mettre les mains sur la tête.

Il s'exécuta, et l'objet dissimulé tomba sur le trottoir. C'était une boîte de pizza pepperoni qu'il essayait de garder au chaud avant de rentrer chez lui pour regarder *American Idol* avec sa copine.

— Tu vois ce que je veux dire, gars, dit le Bris à Hollywood Nate. C'est une question de géographie.

CHAPITRE 20

Le lundi matin, Jonas se réveilla tôt, électrisé à l'idée de se faire vraiment du fric pour la première fois de sa vie. Il se sentait en mode vibrant, comme s'il avait repris du cristal, ce qui n'était pas le cas. Il pensait que la période méthamphétamines était derrière lui maintenant qu'il connaissait les joies de l'oxy. Ses mains tremblèrent de façon nettement perceptible lorsqu'il essaya de s'envoyer du jus d'orange pour faire descendre un des sandwichs au beurre de cacahouètes que Megan avait préparés pour le petit déjeuner.

Celle-ci balaya la petite cuisine et tenta sans conviction de nettoyer le dessus de la cuisinière. Quand elle ouvrit le réfrigérateur pour y passer un coup d'éponge, elle déclara forfait. Il y avait tellement de jus de fruit renversé sur les étagères, sans compter le lait, la gelée et la crème glacée, qu'il lui aurait fallu un tuyau d'arrosage pour le nettoyer.

Elle avait même fait tourner une lessive dans la machine à pièces de la buanderie qu'ils partageaient avec cinq autres appartements, et avait déjà mis les vêtements dans le sèche-linge quand Jonas finit son sandwich. Elle espérait un « merci ».

— Essaie de t'habiller un peu bien pour une fois, fut tout ce qu'il lui dit en regardant d'un œil méprisant son jean coupé en short et son tee-shirt taché de café.

Même quand elle se sentait presque bien habillée, il arrivait à lui casser sa barraque, alors elle lui jeta :

— Pourquoi ? On va déjeuner au Bel Air Hotel ?

— Meg, dit-il d'un ton aussi grave que possible. Aujourd'hui, c'est le plus grand jour de ta vie. C'est carrément énorme. Toi et moi, faut qu'on ait l'air et qu'on se comporte en... professionnels. Au cas où.

Elle s'appuya contre l'égouttoir, une main sur la hanche, et lança :

— Au cas où quoi, Jonas?

— Mais justement, c'est le truc! Je sais pas. Si j'avais le numéro, je téléphonerais à cette maison là-haut, mais je l'ai pas. Alors on va appeler la Wickland Gallery et...

— Improviser.

— Voilà.

Elle le prévint :

— T'imagine pas, même en rêve, que je vais parler à ta place ce coup-ci. Comme la fois où tu m'as fait parler à la bonne quand tu as eu le numéro de téléphone de l'actrice inconnue dont on devait cambrioler la maison. Elle m'a dit d'aller me faire foutre en espagnol et en anglais.

— Commence pas à me prendre la tête, Megan. Mets-toi des fringues propres et après, on ira passer le coup de fil du cybercafé. Faut que je réfléchisse à un moyen de faire comprendre au proprio qu'on est des gens sérieux avec qui il peut faire affaire.

***

Ce matin-là, Ruth avait ouvert la Wickland Gallery, ce qui était assez inhabituel. Normalement, à l'heure où elle arrivait, Nigel Wickland avait déjà préparé le café et disposé les croissants sur la table. Elle était aussi méticuleusement vêtue que d'habitude et avait retiré sa veste turquoise pour la suspendre dans le petit placard du bureau de Nigel.

Quand il arriva, à 10 heures, il avait une mine épouvantable. Il avait les yeux tirés, humides et tout rouges. Sa magnifique crinière blanche avait été brossée à la va-vite et il portait la même chemise, la même veste, la même cravate et le même pantalon que le vendredi d'avant. Cela ne s'était jamais produit depuis qu'elle travaillait à la Wickland Gallery.

Elle le salua.

— Bonjour Nigel. Tout va bien ? Vous semblez un peu... fatigué.

Il avait l'air distant quand il lui répondit :

— Je suis crevé, Ruth. Je vais devoir m'allonger dans mon bureau un petit moment. Je n'ai pas fermé l'œil de la nuit.

— Quelque chose qui ne va pas ? Vous êtes malade ?

— Pas pour l'instant, non. Je crois que le bar que j'ai mangé au dîner n'était pas frais. Il sentait le poisson, et comme on dit, si ça sent le poisson, mieux vaut ne pas le manger.

— Où est la camionnette ? Elle n'est pas sous l'auvent.

— Oh, je... je l'ai prêtée à mon neveu, Reginald. Je vous ai déjà parlé de lui ?

— Pas que je me souvienne.

— Il est un peu spécial, ce garçon. Le fils de ma sœur. Il m'a dit avoir besoin de déménager des trucs de chez sa petite amie et a promis de me la ramener demain.

— J'espère qu'on n'en aura pas besoin aujourd'hui.

— Si la tendance se maintient, c'est peu probable, dit-il. Très peu probable.

— Je vous apporte du café.

Ruth avait servi le café, touillé le sucre et la crème quand le téléphone sonna. Elle gagna son bureau et décrocha.

***

Jonas avait frôlé le compliment à Megan en lui disant :

— Je ne t'ai pas vue en robe depuis que je t'ai rencontrée, Meg. T'es pas si mal.

Elle portait une robe baby-doll courte à rayures multicolores qu'elle avait mise pour un bal du lycée à l'époque. Elle avait l'impression que ça remontait à cinquante ans. Parfois, elle se retenait de vérifier sur son permis de conduire qu'elle avait seulement vingt ans. La robe lui arrivant à mi-cuisses, elle se dit que des talons seraient mieux assortis, mais comme ses chevilles et ses genoux lui faisaient trop mal, elle mit sa seule paire de chaussures plates, malgré leurs semelles trouées. Le brillant à lèvres et l'eye-liner lui donnaient l'air féminin pour changer, ce qui lui remonta un peu le moral.

Jonas avait mis sa seule veste sport, en coton vert à carreaux. Il la portait sur un tee-shirt noir, propre, avec un jean délavé et des tennis. Il rasait rarement les poils clairsemés de son visage dans l'espoir vain de se voir pousser une vraie barbe de cinq jours comme tous les riches connards dont il garait les voitures, mais jusqu'à présent, il n'avait jamais réussi à obtenir une repousse virile.

Quand ils arrivèrent au centre commercial où se trouvait le cybercafé, Jonas dit à Megan :

— Ne m'interromps pas quand je parlerai au gars. Contente-toi d'écouter. Souviens-toi bien, c'est ma stratégie de jeu et je suis le *quarterback*.

Ils choisirent le téléphone le plus éloigné des box pleins de clients qui louaient les ordinateurs à toute heure du jour et de la nuit, sept jours sur sept. Les affaires marchaient bien le lundi matin ; le client le plus proche de Megan et Jonas était un Noir en survêtement et baskets super chères. Il était assis à côté d'une blonde plantureuse aux paupières lourdement maquillées, en short, chaussures à semelles compensées retenues par un lien à la cheville et top abricot juste assez décolleté pour couvrir ses nichons siliconés, mais assez court pour qu'on voie bien son anneau de nombril brillant.

Jonas chuchota « le mac et la pute » à l'oreille de Megan, comme si le détail lui avait échappé. Il était si agité qu'il laissa tomber une de ses pièces de vingt-cinq *cents* que Megan dut ramasser.

Lorsque Ruth répondit et que Jonas demanda à parler au propriétaire de la galerie, elle lui demanda :

— Puis-je connaître la raison de votre appel ? Je peux peut-être vous aider.

— J'dois parler au propriétaire de la Wickland Gallery. C'est important.

— Je suis sûre de pouvoir vous aider, insista-t-elle. Si vous voulez bien me dire de quoi il retourne…

— Ma tante vient de mourir et j'hérite de tableaux de grande valeur. J'voudrais les vendre grâce à votre galerie. Mais j'dois parler au propriétaire sinon je ne ferai pas affaire avec vous.

— Un moment s'il vous plaît, dit-elle.

Il adressa un clin d'œil à Megan, mit la main sur le récepteur et lança :

— Une conne scellée.

— Zélée, le corrigea-t-elle.

— Quoi ?

— Laisse tomber.

À l'autre bout du fil, une voix d'homme mélodieuse, bien que lasse, lui répondit :

— Nigel Wickland. Que puis-je pour vous ?

— Il s'agit plutôt de ce que moi je pourrais faire pour vous. Je crois avoir des biens qui vous appartiennent.

Le silence se fit à l'autre bout du fil, puis Jonas discerna le bruit d'une porte qu'on ferme. Le propriétaire de la galerie reprit l'appareil et lui demanda d'un ton pressant :

— Qui êtes-vous ?

— Le mec qui veut vous aider. Avez-vous perdu une camionnette ?

Le cœur de Nigel se mit à battre à tout rompre.

— Oui, comment le savez-vous ?

— Est-ce qu'elle a été volée ?

— Je n'ai pas déclaré de vol.

— C'est des conneries. Ne me prenez pas pour un idiot.

— Oui, elle a été volée, reconnut Nigel en changeant vite de tactique. Et oui, j'ai déclaré son vol. Où est-elle ?

— D'abord, faut qu'on négocie. Vous voyez, tôt ce matin, j'ai vu la camionnette garée dans la rue avec des jeunes Blacks à l'intérieur. Je me suis dit qu'ils l'avaient volée pour se faire une virée. Je les ai regardés ouvrir la portière et commencer à sortir un gros paquet. J'ai crié : « Hé, sortez de ce camion ! » Et ils sont partis en courant. Alors, j'ai regardé à l'intérieur et j'ai vu deux objets enveloppés. J'ai remarqué le nom sur la camionnette, j'ai appelé les renseignements et maintenant je vous parle.

— Je vois, dit Nigel en se massant la tempe. Vous êtes un Samaritain.

— Un quoi ?

— Peu importe. J'aimerais savoir où se trouve la camionnette et je voudrais récupérer mes biens.

— Y a une récompense ?

— Oui, on doit pouvoir convenir d'une récompense.

— Mais ça pose un problème.

— C'est ce que je pensais, dit Nigel, le ventre en capilotade.

— À qui appartiennent les objets qui sont dans le van ?

— À moi.

— Vous en êtes sûr ? Parce que s'ils appartiennent à quelqu'un d'autre, un de vos clients par exemple, alors faudrait que je négocie la récompense avec lui, pas avec vous, non ?

— Est-ce que vous avez... déballé les objets ?

— Oui, et ça a l'air d'œuvres d'art assez chères.

— Elles sont abîmées ?

— Non. Je les ai sauvées des mains des petits négros juste à temps.

— Elles n'appartiennent pas à mon client. Ce sont les miennes. Je me trouvais chez un client pour essayer de le convaincre d'acheter les tableaux quand ma camionnette a été volée.

Et d'ajouter :

— Sans aucun doute par les jeunes Noirs que vous avez chassés. Alors vous n'avez aucune raison de négocier avec un autre.

— Qu'a dit votre client quand vous vous êtes fait piquer votre van ?

— Il a été aussi stupéfait que moi.

— Vous avez appelé les flics de chez votre client ?

Nigel marqua de nouveau une pause, puis répondit :

— Oui, de chez lui.

— Pour combien essayiez-vous de vendre les tableaux ?

Une autre hésitation, puis Nigel répondit :

— Écoutez, monsieur, la crise n'est pas propice aux affaires. Les gens ne se bousculent pas pour acheter des œuvres d'art quand ils doivent se serrer la ceinture. Je suis au bord de la faillite, mais si vous êtes raisonnable, je peux vous offrir une coquette récompense pour avoir sauvé mes biens des mains des voleurs et me les avoir rendus.

Jonas apprécia qu'on l'appelle « monsieur », mais il rétorqua :

— Je commence à m'impatienter. Quel prix alliez-vous en demander ?

— Huit mille dollars, répondit Nigel.

Jonas fit un signe de victoire à Megan, puis ajouta :

— Et le van doit en valoir quinze mille, même s'il est pas neuf. Je vous ai évité de perdre vingt-trois mille dollars.

Nigel était aux anges, mais il devait négocier afin de ne pas éveiller les soupçons de ce minable.

— Les huit mille comprenaient mon bénéfice. Les deux tableaux valent seulement quatre mille au total.

— Vous faites cent pour cent de marge ?

— Oui.

— Mince, dit Jonas. J'ai choisi le mauvais créneau. Bon alors, pour le van ?

— Il est assuré, bien entendu. Mais étant donné l'état du marché, je pense que je ne le vendrai pas plus de dix mille.

— Quatre mille plus dix mille, calcula Jonas. Donc, quatorze mille serait une récompense correcte, non ?

Nigel se dit qu'il ferait mieux de ne pas accepter l'offre trop vite.

— Monsieur, j'ai une femme et quatre enfants. Mon affaire périclite. Et il est de votre devoir d'honnête homme de rendre les biens volés, mais vous méritez une récompense, j'en conviens. Pour la camionnette et les tableaux, je vous offre huit mille dollars.

— Bon, je crois mériter douze mille.

— Marché conclu, dit Nigel.

— Vraiment ?

— Oui, j'accepte. Maintenant, s'il vous plaît, dites-moi où se trouvent mes biens et ma camionnette. J'en aurai besoin pour transporter les tableaux.

— Est-ce que le grand vaut plus que le petit? demanda Jonas, curieux.

— Un petit peu plus.

— C'est ce que je pensais. Le coup de pinceau est plus sûr et l'artiste expressionniste a un meilleur sens de la couleur et de la lumière. Alors il a rendu son expression comme il faut.

— Vous êtes connaisseur, monsieur, dit Nigel. Je suis ravi de traiter avec un homme de goût et qui, en plus, a de bonnes manières.

— Une dernière chose... Je ne veux pas que la police soit au courant pour la récompense. On pourrait penser que j'étais complice du vol.

— Je comprends.

— Même si les policiers ne le croient pas, ils diront que c'est mon devoir de citoyen de vous rendre vos biens et de vous dire où trouver votre van. Et ils pourraient essayer de me sucrer ma récompense.

— Je ne le permettrais pas. Je vous suis très reconnaissant.

— Oui, mais les flics ne le seraient peut-être pas. Alors j'veux vous donner vos tableaux et récupérer ma récompense discrètement.

— Je comprends.

— Ce qui veut dire que je vous rappellerai plus tard pour vous dire où et quand le rendez-vous aura lieu. Je prendrai l'argent à ce moment-là et je vous dirai où sont les tableaux.

— Je dois vous faire confiance, c'est ça?

— Ouais, mais pour vous prouver ma bonne foi, je vais vous dire où est garé votre van pour que vous puissiez transporter vos œuvres d'art.

— Merci.

— Vous avez un double des clés?

— Oui.

— Il est juste devant le magasin Lucky Star dans Normandie Avenue, au sud de Melrose. Je vous conseille d'aller le chercher vite parce que le propriétaire de la boutique pourrait le faire mettre en fourrière s'il reste là trop longtemps. Et puis, il y a un parcmètre, alors vous aurez sûrement une contravention.

Nigel agrippa le combiné si fort que ses doigts blanchirent. Il était au bord des larmes quand il lança :

— Je vais aller le chercher immédiatement, monsieur. Merci beaucoup.

— Comment vous vous appelez? demanda Jonas qui se sentait plein d'audace, maître de la situation et incroyablement bien!

— Nigel Wickland.

— Une dernière chose, Nigel...

L'appel fut interrompu par une voix enregistrée et Jonas dut insérer d'autres pièces dans la fente. Puis il reprit :

— Une dernière chose. Pourquoi vous m'avez dit au début que vous n'aviez pas déclaré le vol du van à la police?

— Monsieur, répondit Nigel. Au début, j'ai cru qu'il s'agissait d'une demande de rançon de la part de... la personne qui m'avait volé ma camionnette. C'était cynique de ma part et je vous prie de m'excuser. Je ne suis que trop heureux d'avoir affaire à un homme tel que vous.

— OK, allez chercher votre van. Je vous recontacterai.

— Je dois vous laisser maintenant, dit Nigel.

— J'ai la tête qui tourne, dit Jonas à Megan après avoir raccroché. On rentre à la maison et on réfléchit à la suite des événements. Il reste des oxys?

— Un quart, répondit Megan. Pourquoi tu lui as pas demandé son numéro de portable ou de fixe chez lui? Comme ça, t'aurais pas eu affaire à une employée.

Jonas hésita, puis répondit :

— Parce que j'ai pas l'esprit clair, bordel. Allez, on fume ce quart. Je réfléchirai mieux.

***

Nigel ouvrit la porte de son bureau.

— Ruth, j'ai besoin que vous me conduisiez à East Hollywood. Mon idiot de neveu y a laissé ma camionnette toute la nuit et je dois la récupérer.

Ruth leva les yeux de l'inventaire qu'elle vérifiait et demanda :

— Pourquoi diable l'a-t-il laissée là-bas?

— Parce qu'il est idiot. Trente-cinq ans et la mentalité d'un gamin de quinze. Il part à Las Vegas avec des amis et dit qu'il n'a pas eu le temps de me la ramener.

Ruth enfila sa veste et attrapa son sac à main.

— J'espère que c'est la dernière fois qu'il la conduit.

— Ça, vous pouvez en être sûre!

Ruth alla chercher sa voiture et Nigel prit le double des clés sur son bureau. Pendant le trajet, il entendit à peine Ruth parler de l'irresponsabilité des proches. Quand ils atteignirent le croisement de Normandie et Melrose, il crut que le sale voleur l'avait roulé. Mais il aperçut la camionnette, garée un peu plus au sud devant un magasin de spiritueux.

Ruth le déposa; Nigel monta dans son véhicule et mit le moteur en marche. Il abaissa la vitre et fit un signe de la main à Ruth. Tout correspondait aux dires du voleur. Et, bien que la camionnette fût garée sur une place payante, il n'y avait même pas de contravention sur le pare-brise.

Il consulta sa montre. Leona Brueger n'étant sans doute pas encore arrivée à L. A., il se rendit directement dans les Hollywood Hills. Il envisagea vaguement de régler l'affaire tout seul, mais c'était impossible. Il y avait au moins deux voleurs : celui qui avait conduit la camionnette et celui qui avait conduit la Coccinelle. Nigel avait besoin de son crétin de complice, Raleigh Dibble, et il voulait lui parler d'homme à homme.

***

Quelle ne fut pas la stupéfaction de Raleigh, encore en pyjama, peignoir et chaussons, quand il entendit Nigel Wickland à l'Interphone! Il était persuadé de ne jamais revoir le marchand d'art. Et tout fut infiniment plus déconcertant lorsque, en regardant dehors, il vit Nigel garer le van de la Wickland Gallery dans l'allée de faux pavés.

Il sortit aussitôt et lui demanda :

— On les a attrapés ?

Nigel passa devant lui et entra dans la maison.

— Non, on ne les a pas attrapés.

— Alors comment... que... ?

— Je crains que la situation ne se résume à une question de vie ou de mort, Raleigh. C'est eux ou nous.

Raleigh et Nigel s'assirent à la table de la cuisine et Raleigh écouta, bouche bée, le récit de l'incroyable tournure que les événements avaient prise et qui avait permis à Nigel de récupérer son van.

— Et donc, ils ont nos tableaux, reprit Nigel. En plus de nous voler, ils veulent nous faire chanter. Bien sûr, ils pourraient témoigner que j'étais dans le van et que vous et moi avons volé les tableaux des Brueger avant qu'ils ne piquent le van. Ils pourraient nous envoyer en prison s'ils le voulaient. Ou alors, je peux les payer douze mille dollars et espérer que le chantage ne continue pas jusqu'à la fin de mes jours.

— L'important, dit Raleigh, c'est de faire en sorte qu'ils ne se fassent pas arrêter, c'est ça ?

— Précisément, répondit Nigel.

— Arrêtez de dire ça.

— Quoi ?

— Laissez tomber. Vous avez douze mille dollars ?

— Tout juste. En partant d'ici, je file à la banque. Ça va me vider mon compte de réserve et j'aurai du mal à l'expliquer à Ruth, surtout que je vais la licencier.

Il marqua une pause, hocha la tête avec lassitude, puis reprit :

— Ce sont les travailleurs honnêtes comme moi que cette foutue récession touche de plein fouet.

— Nigel, dit Raleigh après avoir réfléchi, si ce n'est pas un coup monté de la police, et que vous êtes en mesure de racheter les toiles, on peut encore s'en sortir.

— Je suis certain que ce n'est pas un coup monté de la police. Avec tout ce qu'il m'a dit, on pourrait plaider l'incitation au délit. J'ai regardé assez d'émissions à la télé pour le savoir. Non, c'est bien notre petit voleur *louche*[1], et il n'est pas en garde à vue.

— Bien, dans ce cas, si on attend et qu'on traite avec eux, on ne s'en sort pas si mal, excepté le fait que vous perdez douze mille dollars. Que vous pourrez récupérer sur mon demi-million.

— Ça, c'est magnanime de votre part, Raleigh ! Magnanime et parfaitement débile.

— Un de ces jours, vous allez dépasser les bornes en m'insultant, espèce de tarlouze arrogante, lui renvoya Raleigh.

Ignorant l'injure, Nigel poursuivit :

— Une chose m'inquiète vraiment. Les voleurs vont claquer les douze mille dollars en filles ou dans de la drogue ou d'autres bêtises de ce genre, puis ils vont se mettre à réfléchir. Ils pourraient essayer de découvrir la provenance des tableaux. Ce n'est pas compliqué. Vous avez peut-être remarqué que le nom, l'adresse et le numéro de téléphone de Sammy Brueger se trouvent sur une carte agrafée au châssis des deux toiles. Tous les marchands d'art et les commissaires-priseurs de Los Angeles Ouest connaissent la collection de Sammy Brueger. Ces voleurs pourraient apprendre la valeur approximative des œuvres et se sentir floués. Oui, ces saloperies de voleurs penseraient alors que c'est nous qui les avons volés. Ça leur mettrait la puce à l'oreille. Ils comprendraient qu'on ne leur a pas tout dit et me harcèleraient pour me prendre tout ce que je possède.

— Qu'est-ce qu'ils pourraient faire ? Aller voir les flics et leur dire qu'ils ont volé le van ?

— Non, mais la vermine à qui j'ai parlé pourrait avoir un complice plus malin que lui qui contacterait Leona Brueger pour lui poser des questions pertinentes sur *La Femme au bord de l'eau* et *Les Fleurs dans la colline*. Et peut-être lui vendre des informations… des informations sur Nigel Wickland et son van. Leona est peut-être stupide par bien des côtés, mais elle sait se montrer

1. En français dans le texte original.

perspicace et impitoyable quand elle veut. Elle ne tarderait pas à mettre le doigt sur la combine. Elle appellerait la police et notre plan serait dévoilé au grand jour.

Sur ce, il se dirigea vers la plus grande reproduction.

— Venez, Raleigh. Touchez-moi ça.

Raleigh s'exécuta, Nigel ajouta :

— Allez dans le couloir toucher quelques originaux.

— Oui, dit Raleigh. Si elle met le doigt dessus au sens propre, elle comprendra. Au toucher, ils sont très différents des vrais.

— Précisément.

— Alors, où voulez-vous en venir au juste, Nigel ?

— Je crois que vous le savez. Vous avez pu discerner plus que des silhouettes quand ils ont quitté la propriété ?

— Non, j'ai vu un individu dans le van et un autre dans la Coccinelle.

— Deux hommes, je suppose ?

— Je ne sais pas. Sans doute.

— Ce sont des voleurs, dit Nigel. Et des maîtres chanteurs. Des ordures qui ne méritent pas de rester en vie.

— Je ne tuerai personne, Nigel. Pour un million pas plus que pour dix.

— Pas même pour vous éviter la prison d'État ?

— Vous m'y enverriez, n'est-ce pas ? Vous leur avoueriez tout.

— Un prêté pour un rendu, c'est de bonne guerre, lui rappela Nigel. Je passerais le meilleur accord possible avec les procureurs. C'est vous qui me l'avez appris.

— Vous êtes une belle raclure.

— Vous pouvez me servir un Martini-vodka, s'il vous plaît ? Ça me facilitera la tâche si je décide de rentrer chez moi et de me tirer une balle.

Pendant qu'il préparait des cocktails, Raleigh eut envie de pleurer. Quand il eut terminé, il annonça :

— Je vous ai mis un zeste de citron plutôt qu'une olive. Vous n'avez pas l'air du genre olive.

— Merci, dit doucement Nigel. Je prends ça comme un compliment.

— Bien, on ne sera pas tranquilles avant d'avoir récupéré les tableaux, reprit Raleigh. Ça, c'est certain. Et si nous les récupérions et les remettions dans leurs cadres ?

— En renonçant aux millions de dollars ?

— Oui, et en s'estimant heureux de ne pas aller en prison.

Nigel réfléchit un moment.

— Et si les voleurs réclament plus d'argent pour ne pas révéler à Leona Brueger que ses tableaux ont été momentanément volés, que ferons-nous ?

— Vous nierez tout. Vous n'avez jamais mis les pieds ici, ce que je confirmerai. La personne qui l'a contactée pour lui raconter cette histoire absurde de tableaux volés n'est qu'un malade d'Hollywood. La ville regorge de cinglés.

— Quand reviennent-ils ? demanda Nigel.

— Je ne sais toujours pas. J'attends leur coup de fil depuis ce matin.

— D'accord. Alors tout dépend du moment où les voleurs m'appelleront, du moment où on pourra leur remettre l'argent et récupérer les tableaux. Il faudrait les rapporter ici et les replacer dans leurs cadres avant que Leona Brueger ne passe la porte. Mais cela ne nous mettrait pas à l'abri d'un danger futur. C'est vraiment ce que vous voulez ?

— Contactez-moi régulièrement aujourd'hui, Nigel, insista Raleigh.

— Soyez sans crainte, je n'y manquerai pas.

— Quand vous avez menacé de vous tirer une balle, je me demandais… vous avez une arme ?

— Oui, à la galerie, pour me protéger. Pourquoi ? En seriez-vous arrivé à la conclusion que si, en fin de compte, nous risquions de perdre les millions de dollars et d'aller en prison, alors nous n'aurions pas d'autre alternative que de faire tout notre possible pour nous débarrasser des voleurs ?

Raleigh avala son Martini d'un trait en hochant lentement la tête. Mais après réflexion, il acquiesça franchement et dit :

— Précisément.

CHAPITRE 21

Pour la première fois depuis qu'ils fumaient de l'Oxycontin ensemble, Megan Burke ne se joignit pas à Jonas Claymore pour chasser le dragon. Au lieu de ça, elle avala un perco, et bien que cela l'aidât à soulager sa nausée et sa douleur, l'euphorie de l'oxy lui manquait. Avant que Jonas soit complètement éclaté, elle essaya de lui parler de leur projet.

Elle lui pinça la joue et dit :

— Jonas, me fais pas le coup de la défonce. Faut qu'on discute.

— Je sais, répondit-il, la voix pâteuse. C'est pour ça que j'avais besoin de l'oxy. Pour pouvoir réfléchir à mon plan et qu'on puisse discuter.

— Je me disais… Ce type a pas lambiné pour faire affaire avec toi. Même s'il ne croit pas un mot de ce que tu lui as raconté – parce que pour être franche, c'était pas très convaincant. Il est peut-être en train de parler aux flics en ce moment même, histoire de nous tendre un piège quand il nous remettra le fric. On devrait peut-être essayer de se renseigner sur ces tableaux et les vendre. On devrait peut-être se tenir à distance du mec à qui on les a volés.

— OK, dit-il. Plus tard. Merde, c'était de la bonne. Je suis déchiré.

Il planait grave et Megan Burke mourait d'envie de le rejoindre, mais elle rassembla toute l'énergie encore disponible dans son corps de plus en plus frêle pour se maîtriser. Elle alla chercher les deux tableaux derrière le canapé et les observa attentivement. Elle se rendit dans la chambre et photographia les deux toiles avec son portable au cas où elle déciderait de se renseigner à leur sujet. Ensuite, elle les retourna et remarqua les deux cartes de l'encadreur agrafées au cadre.

Elle lut le nom du client, Sammy Brueger, ainsi que l'adresse et le numéro de téléphone. Il lui fallut une minute pour se rendre compte que l'adresse était celle de la maison où ils avaient volé le van !

— Jonas, émerge ! cria-t-elle en lui donnant une petite claque.

— Quoi ? dit-il. C'est quoi ton problème ?

— Les toiles ! Elles n'appartiennent pas au type de la galerie ! Elles sont au gars qui habite dans la grande maison. Il s'appelle Sammy Brueger. Donc, le type de la galerie se fiche un peu de s'arranger avec toi pour les tableaux. Il voulait juste récupérer son van, et maintenant, il va collaborer avec les flics et peut-être nous tendre un piège quand on ira chercher l'argent !

— Plus tard, marmonna Jonas, qui ne comprenait pas un traître mot de ce qu'elle venait de dire. Faut que je déconnecte un peu.

— Va te faire foutre ! cria Megan.

Elle se rendit à la salle de bains et, sidérée devant son teint blafard, retoucha son maquillage. Un soupçon de blush sur les pommettes redonna un peu d'éclat à son visage. Elle essaya de séparer ses cils avec une épingle de nourrice, mais ses mains tremblaient tellement qu'elle eut peur de se crever un œil. Quand elle jugea qu'elle avait aussi bonne mine que possible, elle attrapa son sac à main, les clés de voiture de Jonas et sortit.

C'était de loin l'idée la plus dangereuse qu'elle ait jamais eue, mais elle allait la mettre en pratique. Si ça marchait, et si elle parvenait à tirer une somme intéressante des tableaux, elle quitterait Jonas Claymore pour de bon. Pour recouvrer sa liberté, conserver sa santé mentale, et rester en vie.

Quand elle avait téléphoné à sa mère pour le dernier prêt de deux cents dollars, celle-ci lui avait dit : « Megan, tu vas de plus en plus mal depuis que tu es partie à Hollywood. Tu ne t'en sortiras pas sans quitter cet endroit affreux pour revenir à la maison auprès de ceux qui t'aiment. »

Megan n'avait jamais révélé à sa mère qu'elle avait emménagé chez Jonas Claymore et lui avait encore moins avoué qu'ils étaient tous les deux devenus drogués à mort. Elle avait horreur de penser à tout l'argent qu'elle avait quémandé et emprunté à sa mère, qui avait encore à charge Terry, seize ans, son petit frère. Sans compter que sa mère avait trimé pour joindre les deux bouts avec ce qu'elle gagnait à faire un boulot d'homme dans l'entrepôt d'un grand magasin. L'amère expérience avait appris à Megan que plus elle pensait à sa mère, plus cela la faisait culpabiliser et plus elle aspirait à la béatitude que lui aurait procuré une montée d'OC. Elle avait désespérément besoin de fric tout de suite, plus que jamais. Et c'est l'énergie du désespoir qui lui permit de surmonter sa peur et la propulsa sur la route des Hollywood Hills dans la petite Coccinelle.

Pendant le trajet, elle réfléchit à plusieurs manières d'entrer dans la maison. Elle n'avait aucune idée de ce qu'elle allait y trouver, mais elle voulait rencontrer cet homme, ce Sammy Brueger, pour évaluer leurs chances de traiter avec lui maintenant qu'elle avait découvert que Nigel Wickland leur avait menti en prétendant être le propriétaire des tableaux. Pour se donner du courage, elle se répétait qu'il s'agissait d'une simple visite d'approche pour tester la vraie cible de la rançon : Sammy Brueger.

Elle gara la Coccinelle à cinquante mètres au sud du domaine des Brueger, face à la plaine, au cas où elle aurait à décamper. Puis elle marcha jusqu'à l'Interphone et appuya sur le bouton.

— Oui ? dit Raleigh Dibble. Qui est-ce ?

— Je m'appelle Valerie Turner, répondit Megan. Je suis votre voisine, j'habite un peu plus loin dans la rue.

— C'est à quel sujet ?

— C'est mon chien, Cuddles. Il est sur votre terrain.

— Il n'y a pas de chien ici. L'endroit est entièrement clôturé.

— C'est un chihuahua. Il s'est glissé entre les interstices de votre portail. Je l'ai vu et je dois l'attraper sinon je vais avoir des soucis avec ma mère.

Raleigh ne répondit pas, mais actionna le bouton de l'Interphone ; le portail électrique s'ouvrit lentement et Megan entra. Le minidomaine avait l'air plus grand vu de l'intérieur. Elle se félicita de ne pas porter de chaussures à talons hauts quand elle emprunta l'allée de pavés irréguliers et sentit les pierres rugueuses à travers les trous de ses semelles.

Visage poupin et calvitie naissante, un homme qu'elle trouva plutôt vieux l'accueillit et lui demanda :

— Vous avez essayé de l'appeler ?

— J'essaie depuis une demi-heure. Je suis contente de vous rencontrer, monsieur Brueger.

— Je m'appelle Dibble, la corrigea-t-il. Je m'occupe de la maison. M. Brueger est à Cedars-Sinai. Il a eu une attaque.

— Oh, c'est pas de chance ! Je le dirai à ma mère. Je crois qu'elle le connaît.

— Vous pouvez faire le tour de la propriété et appeler votre chien, lui proposa Raleigh. Dites-moi quand vous voudrez partir et je vous ouvrirai le portail.

— Merci, monsieur, dit Megan.

Elle contourna le garage vers la piscine en forme de lagon paisible avec une cascade de près de deux mètres de haut et appela :

— Cuddles ! Ici, Cuddles !

Puis elle considéra que cinq minutes suffisaient. Elle sonna et Raleigh revint lui ouvrir.

— Vous avez trouvé votre chien ?

— Non, la canaille. Je sais qu'il se cache ici. Il fait ça quand il veut pas qu'on l'attrape.

— Si vous me laissez votre numéro, je vous téléphonerai si je le vois.

— Vous avez de quoi noter ?

— Entrez donc, dit Raleigh.

Sur quoi elle pénétra dans le vestibule pendant qu'il allait chercher un bloc-notes et un stylo.

Elle entra dans le salon, émerveillée. Elle n'avait jamais mis les pieds dans une maison pareille et ce qui l'impressionna le plus, ce furent les œuvres d'art. Il y avait des tableaux partout. Dans le couloir du vestibule, les murs en étaient couverts, chacun éclairé par une lampe fixée au-dessus du cadre.

C'est alors qu'elle aperçut *La Femme au bord de l'eau* et en eut le soufflé coupé. Juste à côté se trouvait *Fleurs dans la colline*. Ils étaient identiques aux toiles que Jonas et elle avaient dans leur appartement ! Qu'est-ce que ça voulait dire ?

Raleigh revint avec un bloc-notes. Elle y griffonna un numéro inventé.

— J'ai étudié l'art à la fac, dit-elle. Et je m'y intéresse vraiment. Vous savez des choses sur les tableaux exposés ici ?

Raleigh la trouvait jolie dans le genre famélique. Elle était très touchante avec son air anémique et vulnérable, et elle ne parlait pas comme ces minettes dont chaque foutue phrase sonnait comme une question.

— J'en sais un peu.

Elle avança lentement le long du mur décoré de tableaux, puis elle demanda : « Celui-ci ? » en désignant une petite aquarelle anglaise dont Raleigh ignorait tout, mais il répondit quand même :

— Je crois que c'est l'œuvre d'un impressionniste allemand. Je ne me rappelle plus son nom. L'œuvre est intéressante.

— Waouh ! s'extasia Megan en montrant du doigt une huile qui représentait des chasseurs à courre en manteau rouge. Ça doit être anglais, non ? Ça ressemble à ce qu'on voit sur les chaînes publiques.

— Oui, je crois que c'est anglais, acquiesça Raleigh, pris d'un frisson au bas-ventre qu'il n'avait pas ressenti depuis des lustres.

Il ne se souvenait plus de la dernière fois qu'il avait couché avec une femme. Et cette jolie fleur au teint d'albâtre lui faisait du gringue. Il en était presque sûr.

— Ça, c'est intéressant, dit Megan en pointant le doigt vers la copie de *La Femme au bord de l'eau*.

Il lui avait paru identique à celui qu'ils avaient chez eux, jusqu'à ce qu'elle s'en approche. De très près, il était différent, mais elle ne parvenait pas à dire en quoi exactement. Elle se demanda si celui-ci était l'original et le sien la reproduction. Ou alors... l'inverse? Et pourquoi Sammy Brueger en aurait-il voulu une copie de toute façon?

Megan, vraiment perplexe, déclara :

— Ma mère m'a toujours dit que M. Sammy Brueger était un grand collectionneur d'art, mais je ne pensais pas que c'était à ce point.

— Sammy Brueger est mort. C'est son frère, Marty, qui vit ici. C'est lui qui a eu une attaque.

— Oh, dit Megan. Je l'ai toujours entendue parler de Sammy Brueger. Je n'ai rencontré aucun membre de la famille. Combien de Brueger y a-t-il?

— La veuve de M. Sammy, Leona, habite ici. Votre mère l'a sans doute rencontrée.

— Je suppose, dit Megan, avant d'ajouter : Ça vous ennuierait de me donner un verre d'eau? Faire le tour de la propriété à la recherche de Cuddles m'a donné chaud.

— Bien sûr que non, répondit Raleigh. Suivez-moi dans la cuisine. C'est un endroit équipé pour les gourmets. Ça pourrait vous intéresser.

Megan emboîta le pas à Raleigh, qui jeta plus d'un coup d'œil aux mollets de Megan en se disant : *Cette fille a des rondeurs naturelles, mais ce qu'elle est maigre! Elle a l'air d'une fillette dans cette robe berlingot.* Mais le péril auquel il était exposé avec Nigel lui revint à l'esprit et le frisson dans son bas-ventre s'atténua. Jusque-là, il n'avait pas pris conscience de s'être enfoncé dans la solitude.

— Vous voulez un jus de fruit? demanda-t-il. Ou vous avez peut-être l'âge de boire un cocktail?

— Je prendrai du vin blanc si vous m'accompagnez.

Encore une fois, il vit ce regard dans ses yeux violets. Son sourire était espiègle et provocateur; à présent, il en était sûr : elle le draguait!

— Je serai ravi de me joindre à vous, répondit-il. J'ai un excellent chardonnay en réserve au cellier. Allez donc vous asseoir au salon.

Il se rendit au cellier – qui, en réalité, n'en était pas un, mais un très grand placard aux murs revêtus de séquoia et situé juste après l'office. Il dénicha une bonne bouteille de chardonnay californien qui portait encore l'étiquette cent quatre-vingts dollars. Il la disposa dans un seau en argent, dans lequel il versa de petits glaçons et qu'il entoura d'une serviette en lin avant de l'apporter au salon avec deux verres à vin en cristal.

Il posa le seau sur la table entre deux fauteuils rembourrés placés côte à côte, servit le vin, et tendant un verre à Megan, lui dit en français :

— *Mademoiselle.*

— *Merci*, répondit-elle dans la même langue.

Et voilà qu'il revenait. Ce regard.

Raleigh leva son verre.

— À Cuddles pour avoir amené une nouvelle amie dans cette maison vide.

Megan rit et dit à son tour :

— À Cuddles.

— J'espère qu'il n'est pas trop tannique. Il n'a pas eu le temps de décanter.

— Il est délicieux, monsieur Dibble, le rassura-t-elle en lui souriant par-dessus son verre.

— Appelez-moi Raleigh.

— D'accord Raleigh, dit-elle avant de boire une autre petite gorgée et de se passer la langue sur la lèvre inférieure.

Ce qu'elle est jeune ! Il ressentit un frisson au ventre, un frisson qui lui courut jusqu'aux orteils.

— Je suis un excellent chef, reprit-il. Si vous le désirez, je cuisinerai un repas pour vous un de ces jours. Pour vous et vos parents, bien entendu.

— Ce serait sympathique, dit-elle avant d'ajouter : Vous avez dit que la maison était vide. Qui habite ici à part Mme Brueger et M. Marty ?

— Personne d'autre. Mais Mme Brueger va se marier bientôt et la maison sera mise en vente. Elle va me manquer.

— Quel dommage ! Que deviendront toutes ces magnifiques œuvres d'art ?

— Elles iront au garde-meuble. Et ensuite, elles seront transportées jusqu'à leur vignoble à Napa. Elle veut y vivre et y produire de grands crus. C'était un rêve courant avant la crise. Mais elle peut changer d'avis. Croyez-moi, ce n'est pas évident de produire un grand cru.

— Celui-ci est drôlement bon, dit-elle.

— Il est plaisant.

— Oh, ça me fait penser... Il y a quelques jours... Je ne me souviens plus quand... ma mère revenait de promener Cuddles après la tombée de la nuit, et elle m'a raconté que la camionnette d'une galerie a quitté votre allée en roulant à tombeau ouvert et a disparu vers la plaine.

— La... camionnette d'une galerie ? répéta Raleigh.

— Elle a dit qu'elle portait le nom d'une galerie ou un truc dans le genre. J'ai pas tout compris.

— Elle se trompe, rétorqua Raleigh en buvant plus qu'une gorgée cette fois, pour dissiper la morsure de l'inquiétude. Aucune camionnette n'est venue ici.

— C'est bizarre. Elle a dit qu'elle sortait de chez les Brueger. Ça lui a fait peur parce qu'elle a failli écraser Cuddles.

— Non, j'ai passé toutes mes soirées ici depuis l'hospitalisation de M. Brueger. Il n'y avait personne dans une camionnette ou une voiture.

— Elle a dû se tromper. Elle a tendance à être un peu étourdie en ce moment. Mais en parlant d'art, je me demande combien pourraient valoir certaines de ces toiles.

Elle avait l'air si innocent, comme la gamine qu'elle était en réalité, que Raleigh eut envie de l'impressionner.

— Valerie, vous pourriez ne pas le croire, mais il y a des tableaux dans cette maison qui valent plus d'un demi-million de dollars.

— Vraiment ? Pour un tableau ?

— Pour un tableau.

— Waouh ! s'exclama-t-elle, et cela le fit glousser d'aise.

Ses yeux s'ouvrirent grand comme les petites ombrelles à cocktail qu'il disposait dans les *mai tai* à l'époque où il était traiteur pour des réceptions. Puis elle reprit :

— Il y en a tant qui me plaisent. J'adorerais avoir des copies de quelques-uns, pas trop chères. Je ne me rappelle pas comment on appelle les copies de tableaux.

— Des reproductions ?

— Oui, des reproductions. Il y a un endroit où je pourrais en acheter, de ces tableaux ?

— Non, on m'a dit que chaque toile ici est un original et qu'il n'en existe pas de semblable au monde.

— Waouh ! s'exclama-t-elle à nouveau.

Il se délectait de l'entendre dire ça.

— S'il y avait des lithographies abordables de certaines de ces œuvres, j'en achèterais moi-même.

Sur quoi il regarda les yeux violets de la jeune femme par-dessus son verre et ajouta :

— Je vous en offrirais une en cadeau si je pouvais.

— Vous êtes très gentil, Raleigh, dit Megan qui finissait son verre.

— Encore un peu, Valerie ? lui demanda-t-il aussitôt.

— Je crois qu'il vaudrait mieux que je cherche encore Cuddles et que je rentre.

Il était sur le point de lui proposer quelques dates pour le dîner quand le téléphone sonna. Il se précipita dans la cuisine pour plus d'intimité et quand il décrocha, il entendit la voix, familière à présent, de Rudy Ressler.

— Raleigh, dit-il. C'est Rudy.

— Oui, monsieur Ressler. J'attendais votre coup de fil.

— Nous sommes à New York. Ç'a été l'enfer pour avoir des vols à la dernière minute. À moins d'un imprévu, nous arriverons à LAX tard ce soir, et nous sommes complètement épuisés. Vous pourrez venir nous chercher et me déposer chez moi. Ensuite, préparez-vous à cuisiner un dîner léger pour Mme Brueger avant qu'elle se pieute. Elle fera un tour de cadran, au moins.

Raleigh eut froid de nouveau ; ses membres étaient en coton. Il dut faire répéter à Rudy Ressler le nom de la compagnie aérienne et le numéro du vol. Pendant ce temps, Megan Burke, dans le couloir, passait le doigt sur la copie de *La Femme au bord de l'eau.*

Raleigh raccrocha le téléphone de la cuisine et rejoignit Megan qui avait maintenant gagné le vestibule.

— Merci pour ce merveilleux moment, Raleigh, dit-elle en souriant.

— Oui, c'était très agréable, Valerie, dit-il, dans tous ses états à présent. J'espère que vous trouverez votre petit chien.

— Je le trouverai. Je vais l'appeler encore un peu. Il reviendra quand il sera fatigué. Il rentre toujours. Pouvez-vous m'ouvrir le portail ?

— Certainement.

— Une dernière chose, Raleigh. Est-ce que je pourrai vous appeler un de ces jours ? J'ai vraiment apprécié notre conversation. On pourrait peut-être aller quelque part prendre un verre de vin ? Je connais un bon petit bistro.

Estomaqué, il répondit :

— Oui, bien sûr. Appelez-moi sur mon portable.

Sur quoi il courut vers le bloc-notes et lui donna son numéro.

Elle l'embrassa sur la joue et ajouta :

— Vous êtes un amour.

Le baiser de cette charmante jeune femme l'aurait rendu plus heureux qu'il ne l'avait été depuis des mois, n'eût été l'angoisse qui l'envahissait à l'idée du retour de Leona Brueger.

Il ouvrit la porte et regarda Megan remonter l'allée en appelant :

— Cuddles ! Ici, Cuddles !

Raleigh appuya sur le bouton du panneau mural et le portail s'ouvrit. Lorsqu'elle fut sortie, il composa le numéro de Nigel Wickland. Au bout de trois sonneries, il entendit la voix qu'il avait à présent en horreur.

— Oui ? dit Nigel.

— Ils vont sûrement rentrer ce soir.

— Ce soir ?

— Oui, ce soir. Est-ce que ce foutu voleur vous a rappelé ?

— Aucune nouvelle depuis le premier appel. C'est quelque peu inquiétant.

— C'est catastrophique, oui.

— Gardez la tête froide.

— Arrêtez de me sortir ce genre de conneries ! s'écria Raleigh. J'ai le droit de perdre mon sang-froid. Parce que je vous ai écouté et que j'ai marché dans votre combine, pour commencer.

— Si vous n'aviez pas laissé les clés dans la camionnette…

— OK, on va pas revenir là-dessus. Qu'est-ce qu'on fait maintenant ?

— Maintenant, nous prenons notre mal en patience, Raleigh. La balle est dans le camp de ce débile mental de maître chanteur. Alors, soit nous ne passons pas par la case prison et nous gagnons un million de dollars, soit…

— Ne me reparlez pas du *soit*.

— Très bien, cher ami. Du moment qu'il est clair pour vous que, malgré votre évidente aversion pour les gays, dans l'immédiat, nous sommes ensemble dans de vilains draps…

***

Megan était si excitée et ses idées défilaient à une vitesse tellement folle qu'elle eut peur d'avoir un accident sur la route sinueuse et dangereuse qui descendait des Hollywood Hills vers les rues encombrées et bruyantes des quartiers en contrebas. Elle espérait seulement que Jonas ait assez émergé pour mesurer l'importance de son incroyable découverte. Leur plan avait changé du tout au tout. Avant même d'arriver dans East Hollywood, elle avait élaboré une nouvelle stratégie, dans laquelle Jonas Claymore ne tenait plus le rôle de *quarterback*.

Il était sous la douche quand elle arriva à l'appartement. Elle jeta son sac à main sur la table de la cuisine et entra dans la salle de bains, mais Jonas ne la vit même pas. Il était encore en descente et ne s'aperçut pas qu'elle passait la main derrière le rideau de douche pour couper l'eau chaude. Un jet d'eau froide lui fit pousser un cri aigu.

— Putain, mais qu'est-ce tu fous ? hurla-t-il en fermant le robinet.

— Tiens, sèche-toi, dit-elle en lui tendant une serviette à peu près propre.

— T'étais où ?

— Dehors.

— Ouais, ça, j'avais deviné. Mais où ?

— J'ai essayé de toper des oxys chez Pablo, mais j'y ai vu personne que je connais, même pas de vue.

— T'allais payer avec quoi ?

— Je pensais taxer un quart à quelqu'un.

— Putain ! Combien de fois faudra qu'je te dise que personne à Hollywood vend des oxys à crédit. On n'est pas à Bend dans l'Oregon, bordel ! Bon Dieu, Megan, t'es vraiment à la ramasse ou quoi ?

— Je suis juste pas aussi intelligente que toi, lui renvoya-t-elle en se dirigeant vers la cuisine pour se préparer un bol de céréales. N'importe quoi qui lui remette l'estomac d'aplomb.

Quand il eut enfilé la même chemise, la même veste et le même jean qu'il avait portés pour aller au cybercafé, Jonas la rejoignit dans la cuisine en se passant un coup de peigne dans les cheveux. Megan trouvait qu'ils ressemblaient à un tas de paille détrempée, comme on en sortait de l'écurie, à Bend, où elle avait pris des cours d'équitation que sa mère avait du mal à lui payer, il y avait de cela une éternité.

Megan se demandait de plus en plus souvent comment Jonas avait pu lui plaire un jour. Mais dans des moments comme celui-là, quand un mécanisme intime de défense lui permettait de se remémorer son existence passée, elle prenait conscience et admettait que ce n'était pas Jonas qui l'avait attirée, mais l'oxy. Tous les deux avaient chevauché l'oxy dans l'arène d'Hollywood, et après cette équipée sauvage, sa vie avait changé.

— Je sais que tu tiens les rênes, mais à mon avis, on devrait aller voir directement ce Nigel Wickland, récupérer notre fric et s'arranger avec lui pour qu'il vienne chercher les tableaux, dit-elle.

Il lui adressa un regard de dédain et lança :

— Ah bon ?

— Oui.

— Et s'il a parlé de nous aux flics et qu'ils surveillent l'immeuble, ou qu'ils ont mis l'appart sur écoute, on est cuits, non ?

— Je crois pas qu'on ait à s'inquiéter de ça.

— Ah non ?

— Non, en fait, je vais y aller.

Il poussa le chat de la chaise de la cuisine pour s'y asseoir. Il n'en revenait pas qu'elle ait autant d'assurance tout d'un coup.

— Ouais, la défonce doit t'embrouiller la tête.

— Tu dis toujours ça. Peut-être que je suis à l'ouest, mais toi non, bien sûr, parce que toi, tu supportes la came. Qu'est-ce que t'as à y perdre ? J'y vais, je prends l'argent et je lui dis où trouver les tableaux.

— Et si c'est un piège et que les flics arrivent et t'embarquent, qu'est-ce que je vais faire ? M'envoler pour Rio ? Ils te foutront dans une pièce, tu leur balanceras tout et on dormira tous les deux en taule ce soir.

— Je te donne ma parole que si c'est un piège de la police, je t'impliquerai pas. J'irai en prison sans rien dire. Y a l'adresse de ma mère sur mon permis de conduire, pas la tienne. Et elle ne connaît ni ton nom de famille, ni notre adresse, ni le quartier où on vit. Tu seras tranquille.

— Megan, pourquoi t'es sûre à ce point que le type a pas dit aux flics que je l'ai appelé ? Hein ?

— Je pense qu'il ne veut pas perdre ses tableaux. Je pense qu'ils peuvent valoir quelques milliers de plus que ce qu'il t'a dit. Je pense qu'il veut les récupérer sans avoir à donner trop d'explications.

— Combien tu crois qu'ils valent, en fait ?

— Plus qu'il le dit.

— Et tu veux prendre le risque de te faire arrêter en allant récupérer nos douze mille ?

— Oui.

Elle voyait presque les pensées de Jonas défiler à toute vitesse. Elle prit de la nourriture pour chat dans le placard et donna à manger à Cuddles, puis elle remplit sa gamelle d'eau. Elle offrit à la chatte calico un bol de lait écrémé en prime, et la caressa jusqu'à ce que Jonas ait fini de réfléchir.

Enfin, il annonça :

— Voilà ce qu'on va faire. Je vais te déposer à une rue de la galerie. Tu y vas, tu discutes avec lui et tu lui dis que s'il veut récupérer ses biens, il doit te filer la moitié du fric tout de suite pour te prouver sa bonne foi.

— Six mille ?

— C'est ça ! Et dis-lui que le prochain rencard sera pour le reste et qu'on aura ses biens. Dis-lui qu'on lui communiquera les instructions par téléphone. Prends son numéro de portable. Je vais pas me refarcir cette connasse scellée… zélée.

— Tu resteras pas loin ?

— Oui. Je me garerai quelque part pour surveiller. Et si c'est un piège, je te laisse là. Et j'espère que tu assureras et que tu me couvriras. Je te fais confiance, Megan.

— Oui, tu peux me faire confiance.

— J'ai jamais été en prison, sauf une fois pour conduite en état d'ivresse.

— J'ai jamais été en prison tout court, mais je prends le risque. Je sens que je peux le faire.

— S'il a pas les douze mille après ce qu'on s'est dit aujourd'hui, c'est qu'y a une couille, alors tu te barres, tu prends à gauche dans Wilshire et tu marches jusqu'à ce que je te récupère.

— Allons-y avant la fermeture de la galerie, dit Megan. Ça me fait mal au bide d'y penser.

CHAPITRE 22

Ruth se préparait à fermer quand Megan entra dans la galerie.

— Nous sommes sur le point de fermer, dit Ruth. Vous désirez ?

— J'aimerais voir M. Wickland.

— Je peux sans doute vous aider.

— Je souhaite lui parler en personne. Pouvez-vous lui dire que c'est le monsieur qui lui a parlé au téléphone ce matin qui m'envoie, s'il vous plaît ?

Ruth garda le silence, tourna les talons, se dirigea vers le fond de la salle d'exposition et franchit une porte qui conduisait au bureau du galeriste.

— Nigel, il y a une jeune femme qui demande à vous voir. Elle prétend être envoyée par quelqu'un à qui vous avez parlé au téléphone ce matin.

Il manqua bondir de son fauteuil, mais se ressaisit et déclara :

— Faites-la entrer, Ruth. Vous pouvez rentrer chez vous. Je fermerai.

— Y a-t-il quelque chose que je devrais savoir ?

— Un type a hérité d'œuvres d'art qui peuvent avoir une certaine valeur… ou pas, répondit-il. Il y a d'autres héritiers mentionnés dans le testament et la famille veut une estimation discrète. Motus et bouche cousue et tout le tralala.

— Oh, encore une de ces estimations top secret. OK, à demain.

Quand Megan pénétra dans le bureau, Nigel ne se leva pas.

— Fermez la porte, je vous prie.

Megan s'assit sur un siège réservé aux clients devant le bureau de Nigel et celui-ci la dévisagea.

— Vous ne ressemblez pas à ce que je pensais, dit-il.

Lui ressemblait assez à ce qu'elle pensait : un homme d'un certain âge, grand, avec une crinière blanche. Elle trouva que ses mains aux doigts longs et effilés et aux ongles manucurés étaient de loin les plus belles mains d'homme qu'elle ait jamais vues.

Elle tenta d'afficher un air digne et assuré, mais ses jambes tremblaient. Elle lissa sa robe, tentant de couvrir ses genoux, mais la robe chemisier était si courte que c'était peine perdue. Ses lèvres sèches lui semblèrent collées à ses dents quand elle déclara :

— Je suis venue pour l'argent de la rançon.

— Où sont mes biens ?

— Vous avez récupéré votre van ?

— Oui, mais où sont mes biens ?

— Je crois que mon partenaire vous a demandé de vous procurer l'argent aujourd'hui.

— Oui, vous l'aurez, dit Nigel en regardant cette… cette enfant qui lui extorquait de l'argent sans vergogne dans son propre bureau !

— Il va le falloir tout de suite, monsieur Wickland. Ce sont mes instructions.

— Est-ce que votre partenaire croit sérieusement que je vais vous remettre douze mille dollars et vous laisser partir avec ?

— Je crois que vous le ferez, monsieur Wickland. Et je crois que vous feriez mieux de traiter avec moi plutôt qu'avec mon partenaire.

Nigel resta un moment silencieux. Puis il eut un sourire moqueur.

— Jeune femme, vous piquez ma curiosité. Je ne peux m'imaginer vos réelles intentions, mais je vous trouve intéressante. Qu'essayez-vous de me faire comprendre ?

— J'essaie de vous dire que je suis disposée à vous remettre vos tableaux, mais que cela vous coûtera les douze mille dollars que vous feriez mieux d'avoir aujourd'hui. Ainsi qu'un bonus.

— J'aurais dû m'en douter, dit-il d'un air méprisant. J'ai dit à votre partenaire que cette galerie est au bord de la faillite, et c'est la vérité.

— Oui, je sais ce que vous lui avez dit. La crise a affecté tout le monde. Mais j'exige quand même un bonus.

La colère de Nigel allait crescendo ; il agrippa avec tant de violence le rebord de son bureau que ses doigts blanchirent, ce qui effraya Megan.

— Et cette saloperie de bonus que vous exigez se montera à combien au juste ? demanda-t-il sans pouvoir contenir le tremblement de sa voix.

À cet instant, il sut qu'il n'hésiterait pas à les tuer tous les deux s'il en avait l'occasion. Il n'arrêtait pas de penser au pistolet 9 mm qu'il avait dans le tiroir du milieu de son bureau.

— Cent mille dollars.

Il se demanda s'il devait lui rire au nez ou la jouer différemment. Il se cala dans son fauteuil et lança :

— Mais qu'est-ce que vous vous imaginez ?

— Je m'imagine que cent mille dollars ne sont pas cher payés pour éviter la prison et mener à son terme le vol des deux toiles que vous avez dérobées chez Leona Brueger.

Elle le vit blêmir. En pâlissant, il eut l'air plus vieux et sa crinière blanche sembla presque se fondre dans le gris de sa peau. Megan sentit son cœur battre à tout rompre. Elle avait soudain une peur panique de cet homme.

— Mon partenaire surveille la galerie en ce moment même et si je ne sors pas d'ici avec l'argent, vous serez sous les verrous avant la fin de la nuit, dit-elle.

Quand il put enfin trouver ses mots, il s'écria :

— Petite salope ! Espèce de petite salope ! Qu'est-ce que vous racontez ?

— Les Brueger possèdent des tableaux qui valent beaucoup d'argent, dit-elle très vite en claquant des dents. Leur collection est inestimable.

Il commençait à comprendre. Elle avait vu les cartes d'identification que les encadreurs avaient agrafées aux châssis. Elle avait peut-être apporté les tableaux ou des photos des tableaux à quelqu'un qui connaissait leur provenance.

— La personne que vous avez consultée a nettement surévalué ces toiles. Vous pouvez tenter de les vendre, mais vous vous ferez arrêter quand le marchand d'art appellera la police.

— Je vous rejoins là-dessus. C'est pourquoi nous vous les revendons.

— Mademoiselle, dit-il, vous êtes ridicule. Je me demande ce que vous savez vraiment de ces toiles.

Megan prit une inspiration et répondit :

— Je sais que les tableaux qui se trouvent chez Leona Brueger sont identiques à ceux que mon partenaire a mis en sécurité.

Et elle ajouta :

— Enfin, pas tout à fait identiques, mais presque. Au toucher, on sent la différence, mais vous avez réalisé de très bonnes reproductions, quelle que soit la manière dont vous vous y êtes pris.

Nigel Wickland eut l'impression qu'il allait s'évanouir. Tout ce qu'il avait à faire, c'était ouvrir le tiroir et y prendre le pistolet. Mais il y avait l'autre voleur, cet abruti de complice.

Megan était terrifiée par le rictus du galeriste. Sa voix monta lorsqu'elle dit :

— Croyez-moi, mon partenaire surveille la galerie et si je ne retourne pas saine et sauve à sa voiture, vous êtes fichu, monsieur Wickland.

Il aurait aimé un verre d'eau. Il desserra sa cravate et défit un bouton de son col. Il tira l'inhalateur de sa poche, inspira une bouffée qu'il garda un moment dans ses poumons, puis demanda :

— Mais qui êtes-vous ?

— Je suis la partenaire de l'homme qui détient vos toiles, répondit-elle. Et il vous les faut. Et vous devez garder vos plans secrets. Ça ne pose aucun problème. Je n'ai pas besoin de savoir quoi que ce soit de vos plans. Je me moque de connaître le prix auquel vous vendrez ces tableaux. Ce sont vos affaires. Je suis d'accord, nous nous ferions arrêter si nous essayions de les vendre à un galeriste comme vous. Alors le mieux c'est de vous les vendre. Je ne suis pas gourmande en vous en demandant cent mille dollars.

— Vous êtes allée chez les Brueger ?

Il n'arrivait pas à le croire, mais il répéta.

— Vous êtes vraiment entrée chez Leona Brueger ?

— Oui, répondit-elle. Et son beau-frère est à l'hôpital parce qu'il a eu une attaque. Je crois qu'il s'appelle Marty. Vous voulez que je vous décrive la maison et l'endroit où sont accrochés les faux tableaux ?

— Et votre partenaire est entré lui aussi ?

— Non. Et ce serait mieux de ne pas lui en parler s'il vous téléphone encore. Contentez-vous de traiter avec moi.

— Je vois, dit-il. Vous êtes intelligente. Lui, c'est un crétin manifeste. D'accord, je traiterai avec vous.

Megan faillit bondir de son siège et déguerpir en courant quand il ouvrit son tiroir. Mais il en sortit une épaisse enveloppe qu'il lui lança sur le bureau.

— Cent vingt billets de cent dollars, annonça-t-il. Comme votre imbécile de partenaire l'a demandé.

Et il ajouta :

— Avant que son ambitieuse petite associée conçoive une manière d'augmenter incroyablement la récompense.

Megan prit l'enveloppe et la rangea dans son sac.

— Merci. Donnez-moi votre numéro de portable, s'il vous plaît, et attendez que je vous appelle. Si mon partenaire vous contacte ici, ne tenez pas compte de ce qu'il vous dira et attendez mon coup de fil.

— Je pense avoir saisi. Connaîtriez-vous, par hasard, un certain Raleigh ?

— M. Dibble est très gentil. J'ai fait sa connaissance aujourd'hui.

— Oui, c'est bien ce que je me disais. Et comment puis-je vous joindre ?

— Vous ne pouvez pas. Attendez simplement que je vous contacte.

— Votre nom ?

— Valerie.

— Votre partenaire est-il au courant de votre rencontre avec Raleigh ?

— Non, j'étais seule.

— Bien, Valerie, dit-il. Puisqu'il semble que vous et moi soyons associés à des imbéciles, il serait prudent, à l'avenir, de les exclure de toutes nos transactions. Je suppose que vous ne reverrez pas Raleigh et que vous ne lui parlerez plus ?

— Bien sûr que non.

— Alors si Raleigh croit que les voleurs ont gardé les tableaux et qu'ils sont à jamais perdus, personne ne lui affirmera le contraire ?

— Pas moi en tout cas, dit-elle.

— Votre partenaire non plus ?

— Il ne fait pas partie de mon projet de bonus. Il se satisfera parfaitement des douze mille que vous lui avez promis. Il croit que les tableaux vous appartiennent et il ne sait rien des Brueger.

— Et si je peux hypothéquer ma maison et que je me débrouille pour réunir cent mille dollars, cet arrangement restera entre nous, n'est-ce pas ?

— Tout à fait. Et ce que vous gagnerez en vendant les tableaux, vous n'aurez pas à le partager avec Raleigh, ajouta-t-elle. Mais ça, ça vous regarde.

— Cela ne prendra que quelques jours, j'en suis sûr.

— OK, dit-elle. Je voudrais l'argent en billets de cent dans moins de quarante-huit heures, juste avant la fermeture de la galerie.

— Je saurai demain si je peux le faire.

— Vous feriez mieux de pouvoir, monsieur. Je vous téléphonerai demain pour savoir comment vous progressez.

— Très bien. Appelez-moi uniquement sur mon portable.

Il nota son numéro sur un bloc-notes, déchira la feuille et la lui tendit.

— Et souvenez-vous que quelqu'un me déposera ici quand le moment sera venu de récupérer l'argent, et que cette personne viendra me chercher après. Je serai accompagnée d'un chauffeur qui ignorera tout de notre arrangement. Mais si je ne suis pas sortie d'ici dans le quart d'heure, il appellera la police et lui remettra une lettre que j'ai rédigée. Vous seriez bien plus ennuyé que vous l'êtes déjà s'il devait m'arriver quelque chose.

Nigel éclata de rire pour la première fois et lança :

— Vous êtes vraiment une fille brillante, Valerie. Croyez-moi, rien ne va vous arriver.

— Avant, j'étais brillante. J'essaie de le redevenir. C'est la raison de ma présence ici.

Nigel observa de nouveau le corps décharné de son interlocutrice, l'agitation nerveuse de ses mains et ses yeux humides et affolés, puis il lui demanda :

— La drogue, c'est ça ?

— Vous êtes malin, vous aussi, monsieur Wickland, acquiesça-t-elle.

— Pas autant que vous, Valerie. J'espère bien que je ne vous reverrai pas plus tard, quand l'argent pour votre drogue viendra à manquer. Ce serait une grosse erreur de votre part de me solliciter de nouveau.

— Croyez-moi ou non, monsieur Wickland, dit-elle, je vais utiliser une grande partie de cet argent pour en finir avec la dépendance en faisant une cure de désintox pour devenir clean. Et apprendre à le rester.

— Et le reste de l'argent ?

— Je le donnerai à ma mère.

Nigel rit de tout son cœur et s'écria :

— Seigneur ! Vous êtes si convaincante que j'y crois presque, Valerie.

— Au revoir, monsieur Wickland, à bientôt.

Elle se leva, ouvrit la porte du bureau et se dirigea d'un pas rapide vers la sortie avant de gagner Wilshire Boulevard.

Une fois Megan partie, il composa le numéro de portable d'Alec Townsend, le directeur de sa banque, un ami qui, lui aussi, fréquentait les bars gays d'East Hollywood.

Quand il l'eut au bout du fil, il lui dit :

— Alec, Nigel Wickland à l'appareil. Écoute-moi attentivement. Il me faut liquider mon compte d'épargne et mon compte d'entreprise. J'ai besoin de cent mille dollars dès que possible. J'ai l'occasion d'acheter une toile d'une valeur considérable, mais c'est un peu risqué parce que le vendeur ignore sa provenance. Quelqu'un d'autre va l'avoir si je ne saisis pas cette occasion. Cet investissement rapportera un bénéfice inespéré.

Il écouta les mises en garde et les objections du directeur, puis déclara :

— Alec, je ne suis pas en train de me faire arnaquer et personne ne va m'extorquer de l'argent. C'est la chance de ma vie. Je veux l'argent demain, en coupures de cent.

Il l'écouta un moment puis, frustré, il lui lança :

— Je me fiche de tes rapports d'opérations en espèces ou de tes fichus comptes de remise. C'est mon pognon. Et j'ai des chances de récolter un retour de mille pour cent d'ici quelques mois. Ta putain de banque peut faire ça pour moi ?

Il écouta encore puis conclut :

— Je suis désolé. Je ne voulais pas m'énerver. Mais Alec, c'est mon argent et je l'investis comme je l'entends. Est-ce que tu peux faire jouer tes relations et me l'obtenir pour après-demain au plus tard ? En coupures de cent. Je te revaudrai ça, cher ami. Aide-moi, s'il te plaît.

***

Quand Megan Burke quitta la galerie avec l'enveloppe dans son sac, elle dut passer deux pâtés de maisons avant qu'un Jonas Claymore très prudent et extrêmement nerveux ait le courage d'arrêter la Coccinelle au bord du trottoir à son niveau.

Elle sauta dans la voiture et lança :

— Roule, Jonas.

Il faillit accrocher une Rolls-Royce étincelante garée sur Wilshire Boulevard et elle lui dit :

— Fais gaffe où tu vas.

— Tu l'as eu ?

— Oui, je l'ai eu.

— Montre.

— Quand on sera rentrés.

— Tout de suite, connasse !

Elle le dévisagea sans rien dire. Puis elle orienta le rétroviseur vers elle et s'y regarda.

— Qu'est-ce tu fais ?

— J'essaie de voir qui je suis.

— Mais de quoi tu parles, bordel ?

— Je devrais plutôt dire que j'essaie de voir qui je suis devenue. Là, avec un loser comme toi, qui ne peut pas prononcer une phrase sans utiliser des mots comme « connasse ». En fait, un mec incapable de formuler une phrase complète tout court.

— Moi, un loser ? J'viens juste de t'avoir six bâtons. Moi, un loser ? File-moi la thune !

— Elle est dans mon sac et tu l'auras quand on sera à l'appart, dit-elle d'un ton ferme. Ramène-moi chez moi.

— C'est pas chez toi, c'est chez moi, lui rappela-t-il. Et d'abord, je fais un saut au Pablo Taco Shop et tu vas me filer du pognon pour que j'achète des OC. Et après, je rentre à la maison chasser le dragon et si ça te plaît pas, tu dégages. Mais d'abord, envoie ce que t'as dans le sac.

Il roulait aussi vite que le permettait la circulation en cette heure de pointe et n'arrêtait pas de lancer des regards noirs à Megan, mais elle était au-delà de la colère, au-delà de toute émotion intense. Elle n'avait jamais été aussi fatiguée de sa vie. Elle sortit l'enveloppe de son sac, l'ouvrit et tendit cinq billets de cent dollars à Jonas.

— Vas-y, arrête-toi chez Pablo. Fais-toi serrer. Et moi avec. J'en attends pas plus de toi.

— Ce que tu peux attendre de moi, c'est un tas de bonnes idées, et ça n'est que le début. Quand on sera à la maison, on commencera par se débarrasser de ces tableaux.

Elle le dévisagea :

— Comment ça, on va s'en débarrasser ?

— On a été payés pour le boulot, alors pourquoi prendre plus de risques ? Je les donnerai à Wilbur contre des oxys. Il peut les bazarder dans une brocante.

— Non ! s'écria-t-elle. J'ai donné ma parole au type.

— Ta parole ? répéta-t-il en se tournant vers elle. Qu'est-ce que c'est que ça ? Un truc que t'as appris à l'école du dimanche ? Ta... parole ?

— C'est un marché. On a conclu un marché avec ce type et on a pris son fric.

— Alors maintenant, c'est toi qui diriges les opérations, hein ? Eh bien, première nouvelle, ma grande. Ça va pas le faire. C'est moi, le chef. Je suis le *quarterback* et je donne le feu vert. Tu captes ?

Elle gardait le silence. Puis elle soupira et dit :

— Oui, tu es facile à comprendre. T'es une BD. T'es ce que je mérite pour m'être défoncé la tête.

Se sentant gravement insulté, il lui renvoya :

— Quand on sera à l'appart, je te donnerai peut-être ce qui te pend au nez, tu prendras ton putain de chat et tes affaires et tu foutras le camp.

— Et qu'est-ce qui me pend au nez ?

— Faut qu'j'y réfléchisse.

— Réfléchis bien. Je me suis confrontée au type et j'ai eu le fric. Je mérite cinquante pour cent.

Elle l'entendit glousser comme une sorcière de film.

— Je disais que t'es complètement défoncée à la drogue, reprit-il. T'as le cerveau plus ratatiné que les nichons.

— Comment tu vois le partage, Jonas ? J'y suis allée et j'ai récupéré le fric.

— OK, je vais être généreux. Quatre-vingts/vingt. Les quatre-vingts sont pour le cerveau.

— Je vois, dit-elle seulement.

Ils n'échangèrent plus un mot jusqu'à ce qu'ils arrivent sur Santa Monica Boulevard, devant le Pablo Taco Shop, où Jonas s'engagea dans le parking au crépuscule.

— S'il te plaît, ramène-moi à la maison, le supplia-t-elle. On ne peut pas se permettre de se faire coincer maintenant. Des gars des Stups surveillent peut-être l'endroit. Tout le monde sait que c'est un rendez-vous de dealers. S'il te plaît, ramène-moi d'abord à la maison.

Il gara la voiture au fond de la petite zone commerciale et lui lança :

— J'ai pas peur des flics. J'peux les embrouiller comme je veux. De toute façon, j'ai pas le temps de te déposer. Je veux ces beans tout de suite, et toi aussi.

— Je fume plus d'oxy avec toi, Jonas. Ni rien d'autre.

— Ah ! s'écria-t-il. Voyons ce que tu diras quand cette magnifique neige se mettra à cuire.

— D'accord, prends-moi des perks ou des narcos. N'importe quoi pour faire passer la descente. Mais je ne fume plus d'oxy avec toi.

— On verra, dit-il avec un petit sourire en coin avant de l'abandonner dans la voiture.

Il fit dix mètres, s'arrêta et se retourna. Puis il passa le bras par la fenêtre ouverte, retira les clés du contact et lui lança avec un regard espiègle :

— Je peux pas te laisser là avec mes clés et mon pognon. La tentation pourrait être trop forte pour toi.

Il repartit, mais laissa son portable dans le cendrier, où il le posait toujours quand il conduisait.

Il n'était pas parti depuis longtemps quand il aperçut le véhicule de patrouille qui s'engageait dans le parking.

L'équipe de la 6-X-76 venait juste de prendre du service et Viv Daley et Georgie Adams jugèrent le moment bien choisi de faire un petit tour dans la zone commerciale pour un contrôle de routine à la recherche de défoncés au cristal et autres drogués qui faisaient leur business au Taco Shop.

Megan Burke attrapa le portable de Jonas, ouvrit la portière de la Coccinelle, sortit et prit vers l'est sur Santa Monica Boulevard aussi vite qu'elle pouvait. Quand elle fut assez loin, elle s'arrêta pour observer ce qui allait se passer sur le parking.

Jonas Claymore dut mettre les mains en visière pour protéger ses yeux des derniers rayons du soleil. L'astre déclinant offrait à Hollywood un dernier éclat de sa magnificence avant de se coucher dans le Pacifique. Jonas scruta l'intérieur d'une vieille Mazda et y avisa un gars avec qui il avait fait du business à plusieurs reprises. Comment s'appelait-il ? Earl, voilà.

C'était un petit camé basané à la face de rat farcie de ce qui, pour tous, ressemblait à de l'acné incurable. Son visage n'était qu'une boule de pus et lui acheter des trucs donnait envie de vomir, mais il avait des contacts dans des pharmacies et, en général, il avait des perks, des narcos et parfois des OC.

Les vitres de la Mazda étaient baissées ; Earl mangeait un taco frit dans de la graisse de porc et fourré, d'après Jonas, à la viande de cheval.

— Quoi de neuf, Earl ? dit Jonas.

Earl le regarda, le reconnut et répondit :

— C'est le pied, mec.

— Y me faut des oxys. Je t'en prends quatre si t'en as. Et y m'faut aussi quelques narcos ou des perks pour ma meuf. Je te file deux billets de cent.

— Compte là-dessus, répliqua Earl en mâchant férocement le taco.

De la graisse couleur eau de vaisselle lui coulait sur le menton et dégoulina sur son sweat-shirt.

— OK, mec, j'ai pas le temps de papoter, reprit Jonas. Je te file trois billets de cent pour les quatre OC et une douzaine de narcos ou de perks.

Earl montra quatre doigts et mordit dans son taco.

— Oh, et merde ! s'écria Jonas en jetant sur le siège de la Mazda quatre billets de cent qu'Earl saisit si vite que Jonas vit à peine sa petite main bouger.

— Va chercher un Coca. Je te rejoins à l'intérieur.

Jonas fit ce qu'on lui disait en se demandant vaguement où Earl planquait sa drogue. Elle pouvait être cachée sous le revêtement du plafond de la voiture, scotchée sous le tableau de bord, dissimulée sous un pneu de secours, voire dans le cul d'Earl. Cette éventualité lui faisait horreur, mais il était tellement désespéré qu'il balaya toutes ces questions et commanda un Coca au comptoir.

Il s'assit à une table à côté d'une famille mexicaine dont le bébé braillait, et attendit. Earl entra quelques minutes plus tard et se dirigea vers le comptoir où il prit plusieurs serviettes en papier au distributeur. Il essuya son visage plein de gras, cracha une capote fermée par un nœud dans les serviettes, jeta le tout sur la table de Jonas et sortit.

Jonas fourra les serviettes chiffonnées dans sa poche, jeta sa cannette de soda à la poubelle et partit d'un pas nonchalant en essayant de marcher, l'air de rien, vers sa voiture.

— Hé, frangine, dit Georgie Adams au volant du véhicule de patrouille, c'est pas le mec qu'on a arrêté y a quelques jours ? Celui qui a dit qu'il allait au boulot dans les Hills, avec sa femme qui chialait ?

Viv Daley se tourna vers lui.

— Ouaip, celui avec le bébé malade.

— Je t'avais dit qu'ils avaient l'air de camés au cristal.

— Allez, on le coffre.

Jonas, qui avait atteint sa Coccinelle, regardait autour de lui en se demandant où Megan pouvait bien avoir foutu le camp, quand la voiture de patrouille s'arrêta, lui bloqua la route et que les deux flics en descendirent. Il reconnut la grande femme : c'était celle qu'il avait embrouillée pour s'éviter la prune, et se dit : *Pas de panique. Tu l'as déjà fait, tu peux le refaire.* Mais l'air sombre et sinistre du flic plus petit ne lui inspira rien de bon.

— Et voilà, dit Viv à Georgie. Le gars regarde derrière lui.

— Salut, officier ! lança Jonas à l'adresse de Viv. Je me souviens de vous, on s'est vus l'autre jour.

— Et moi aussi, je me souviens de toi. Où est ton bébé malade ?

— Il va de mieux en mieux. C'est gentil de demander.

— Où est ta femme ? demanda Georgie.

— Justement, je la cherchais. Elle a dû aller s'acheter un *doughnut* de l'autre côté de la rue. Je lui dirai que je vous ai croisés.

Il mit un pied dans sa voiture, mais Viv lui lança :

— C'est quoi, cette bosse dans ta poche ?

— Une bosse ? Rien.

— Ça pourrait être une arme. Ou de la drogue, dit Georgie. Tu savais que les accros au cristal traînent dans le coin pour se fournir ?

— Non, je ne savais pas, répondit Jonas, conscient du tremblement de sa mâchoire mais ne pouvant l'empêcher.

Puis il ajouta :

— Oh, j'avais oublié. J'ai des serviettes dans la poche. J'ai mangé un taco là-bas.

— Combien t'a coûté ton taco ? demanda Viv.

— J'ai pas fait gaffe, répondit Jonas.

— On dirait un chien, ce type, dit Georgie à Viv. Quand on le regarde, il devient nerveux.

— Pourquoi n'as-tu pas jeté tes serviettes à la poubelle ? demanda Viv.

— J'ai... Je les ai prises pour essuyer le pare-brise. J'ai un gros insecte écrasé sur la vitre.

— Vas-y, dit-elle. Essuie ton pare-brise.

— Je le ferai plus tard. Je veux pas vous faire perdre votre temps.

— On n'est pas pressés, dit Georgie. Essuie ton pare-brise. Faut une bonne visibilité quand on conduit dans les rues encombrées d'Hollywood.

— Je le nettoierai plus tard. C'est mon pare-brise, non ?

Georgie se tourna de nouveau vers Viv et lui dit :

— Et voilà ! Encore ce mépris pour les flics de la part des gars avec la casquette de base-ball à l'envers.

— Tout c'que je voulais dire, c'est qu'un insecte mort sur la vitre, c'est pas bien grave, si ?

— M'oblige pas à hurler, mec. Tu me fais perdre mon temps.

Jonas mit la main à sa poche ; on aurait dit que les deux flics étaient prêts à l'abattre s'il faisait des mouvements trop brusques. Il entendit même le flic lui dire :

— Sors tes serviettes lentement. On est du genre nerveux.

Jonas sortit le paquet de serviettes graisseuses avec la capote au milieu et se mit à frotter son pare-brise.

— Ça ne serait pas plus efficace si tu les dépliais ? demanda Viv.

Jonas se tourna pour répondre ; le préservatif tomba, atterrit sur le toit de la Coccinelle et glissa sur l'asphalte à côté de la botte de Georgie Adams qui lança un :

— Oh, oh. Mais qu'est-ce qu'ils mettent dans leurs tacos maintenant ?

— Tourne-toi ! ordonna Viv.

Et quand Jonas l'eut fait, elle le menotta, mains derrière le dos.

— Vous m'avez fouillé sans ma permission, se défendit-il.

— On ne t'a pas fouillé du tout, rétorqua Viv.

— C'est pas juste ! gémit Jonas.

— T'as loupé un épisode, gamin. T'es pas dans la cour de récré ici, et on te gronde pas parce que t'as piqué le ballon.

— Mais vous pouvez pas me filer un avertissement comme la dernière fois ?

— Si, dit Georgie. Je t'avertis que ces OC vont te réduire le cerveau en bouillie. Maintenant, ferme-la pendant que je te lis tes droits.

Après avoir vu Jonas Claymore se faire passer les menottes, Megan Burke entra dans une épicerie et y acheta de la nourriture pour chat et du jus de légumes pour faire de la monnaie sur un billet de cent. Le propriétaire pakistanais lui demanda si elle avait une plus petite coupure ; elle s'excusa et répondit que non. Plutôt que de se servir du portable de Jonas pour appeler un taxi, elle demanda au Pakistanais de le faire et lui laissa un pourboire de cinq dollars pour le dérangement. Pour la première fois depuis des mois, elle avait assez d'argent pour laisser un pourboire et la sensation était agréable.

Un chauffeur de taxi érythréen la conduisit jusqu'à l'appartement de Jonas dans Thai Town ; elle lui laissa aussi cinq dollars de pourboire, puis se servit de la clé que Jonas cachait derrière l'applique du mur extérieur pour ouvrir la porte. La chatte calico courut vers elle. Megan posa son sac de courses par terre et prit dans ses bras l'animal, qui ronronna contre son visage.

— Tu vas en Oregon, Cuddles, dit-elle. Je crois que tu vas te plaire là-bas.

Elle téléphona ensuite au seul dealer fiable à sa connaissance, même s'il l'allumait souvent quand Jonas ne l'accompagnait pas. C'était une infâme vermine des rues qui puait la sueur et l'oignon, mais elle avait sérieusement besoin de lui.

Megan l'appela avec le portable de Jonas et il répondit comme chaque fois à la deuxième sonnerie.

— Wilbur, c'est Megan, dit-elle. Il nous faut des narcos et des perks. Vingt de chaque. Dès que tu peux être là. On paiera vingt-cinq dollars de plus pour la livraison à domicile.

— Pas d'OC ?

Megan eut besoin de toute sa volonté pour répondre :

— Pas cette fois-ci.

— Qu'est-ce qu'il y a ? dit-il. Jonas est plus avec toi ?

Elle répondit du tac au tac :

— Il est au lit. Il est malade.

— Pourquoi tu viendrais pas chez moi ? Pour t'économiser vingt-cinq dollars ? J'ai de la super beuh qui pourrait te plaire. Elle fait un effet d'enfer.

— Je peux pas laisser Jonas, répliqua-t-elle avec un frisson de dégoût. Tu peux te dépêcher, s'il te plaît ?

Quand elle raccrocha, elle se jura que l'échange aurait lieu hors de l'appartement, peu importe à quel point Wilbur aimait l'intimité. Elle ne le laisserait pas se glisser à l'intérieur, où il découvrirait l'absence de Jonas.

Elle se baissa de nouveau pour caresser le chat et lui dit :

— Cuddles, on va juste devoir trouver un moyen de survivre pendant deux jours. Et après, on rentre enfin à la maison.

Elle téléphona à la compagnie aérienne qui l'avait conduite de l'Oregon à Los Angeles, et pendant qu'elle se renseignait sur le prix des billets, Cuddles sauta sur la table de la cuisine, frotta son museau contre la joue de Megan et se mit à ronronner à son oreille. Megan songea que sa chatte essayait de lui dire qu'elle n'était pas toute seule.

***

L'équipe de la 6-X-76 avait emmené Jonas Claymore au commissariat et le faisait entrer en cellule quand Hollywood Nate passa devant eux en se rendant à la salle des rapports. Il jeta un coup d'œil rapide à Jonas à travers la vitre épaisse de la fenêtre d'observation et s'arrêta.

— Hé, le Gitan, lança-t-il à Georgie Adams en montrant Jonas assis sur le banc de la petite pièce. Qu'est-ce qu'il a fait ?

— Il avait des comprimés. Des oxys, des perks, ce genre de conneries. Tu connais ce type ?

— Il était garé en double file dans un van l'autre soir et je l'ai averti qu'il devait pas rester là, répondit Nate.

— Ah ouais ? On dirait qu'il reçoit beaucoup d'avertissements, ces derniers temps. On lui en a aussi donné un y a quelques jours.

— Il était au volant d'une fourgonnette à ce moment-là ?

— Non, une Coccinelle, répondit Georgie en hochant la tête.

— Il bosse pour une galerie d'art, dit Nate en souriant. Il te vendrait des tableaux pourris pour pas cher.

— Pas lui, il est chômeur.

— Des conneries, oui ! Ouvre la cage deux minutes.

Georgie lui ouvrit la porte.

— Hé, gars, tu te souviens de moi ?

— Non, répondit Jonas, le regard morne.

— T'étais garé en double file dans Thai Town, tu livrais des œuvres d'art de merde. Tu te rappelles ?

— Vous vous trompez de type, dit Jonas, à présent sur le qui-vive et inquiet.

— Mec, dit Nate. Tu conduisais un van, bordel. Y avait le nom d'une galerie d'art dessus. Wicker. Un truc dans le genre.

— C'était pas moi. J'ai pas de boulot. Cet officier et son collègue m'ont arrêté la semaine dernière quand j'étais sur la route pour un entretien d'embauche dans les Hollywood Hills.

Il se tourna vers Georgie Adams et ajouta :

— Pas vrai, officier ?

— Wickland, reprit Nate. C'était la Wickland Gallery. Tu leur faisais une livraison.

Jonas trouva la force de leur adresser son sourire le plus sincère.

— Je ressemble à pas mal de gens, officier. Ça m'arrive tout le temps. On me confond avec un autre. Non, c'était pas moi. Mais qu'est-ce qui se passe, bon sang ?

***

Avant de retourner sur le terrain avec le Bris, Nate décida de téléphoner à la Wickland Gallery, mais il tomba sur un message enregistré qui donnait les horaires d'ouverture. Puis il appela la police de Beverly Hills et tenta de savoir si un van avait été déclaré volé par le propriétaire de la Wickland Gallery dans Wilshire Boulevard. Viv Daley, devant l'ordinateur, faisait de son mieux en l'absence de plaque d'immatriculation pour orienter ses recherches. En vain.

— Vaudrait mieux laisser un mémo aux inspecteurs ou les appeler demain matin, suggéra Viv à Hollywood Nate.

— Il était garé en double file devant un immeuble, dit Nate. J'aurais aimé voir de quel appart il sortait.

— Si ce van n'était pas recherché, dit Georgie, Jonas Claymore travaille bien pour la Wickland Gallery et faisait un truc pas net là-bas à Thai Town. Ça pourrait être n'importe quoi.

— Mec, dit le Bris à Nate, peut-être qu'il y habite et qu'il est rentré chez lui pour consulter son répondeur. Ou peut-être, genre… sa copine y habite et il est passé pour tirer un petit coup vite fait et il veut pas que son boss le sache.

— La galerie devra éclaircir ça avec toi d'une manière ou d'une autre, dit Georgie.

— Ouais, ça doit pas être grand-chose, acquiesça Hollywood Nate. J'appellerai la galerie demain pour éviter d'envoyer les inspecteurs sur une piste foireuse.

***

Toute la soirée, Raleigh Dibble avait essayé de joindre Nigel Wickland sur son portable, mais il tombait toujours sur le répondeur. Il était sûr que Nigel l'évitait. À 19 h 30, il fut convaincu que le destin lui avait fait un cadeau d'une valeur inestimable. Rudy Ressler téléphona pour dire que Leona et lui ne rentraient pas encore à la maison. Ils avaient décidé de rester un peu à New York pour rendre visite à de vieux amis de Leona parce qu'elle était épuisée par ce long voyage.

— Je ne vous cache pas qu'il me tarde de rentrer à L. A., dit Ressler à Raleigh. Ce changement de planning ne me fait pas sauter au plafond. Au fait, comment va Marty ?

— Son état est préoccupant, mais pas critique. Il est en semi-coma. J'appelle tous les jours.

Ils lui avaient fait gagner du temps !

— J'appellerai quand on sera sûrs pour notre vol, mais pour l'instant, ça semble être bien parti pour mercredi. Je pense qu'on sera au Waldorf en souvenir du bon vieux temps. C'est là que Leona et Sammy ont passé leur lune de miel.

— Profitez bien de New York. Vous pourriez voir un spectacle à Broadway ? Restez aussi longtemps que vous voudrez. Rien n'est en ordre ici.

— Rien n'est en ordre ? s'étonna Ressler.

— Non, je voulais dire « tout » est en ordre, se reprit Raleigh.

Après avoir raccroché, il tenta de nouveau de joindre Nigel Wickland, qui finit par répondre.

— Mais qu'est-ce que vous foutiez ? s'écria Raleigh.

— J'ai eu une journée très chargée. Que s'est-il passé ?

— C'est à vous de me le dire. Ils ont pris contact avec vous aujourd'hui ? Vous avez eu des nouvelles ?

— Non. Il n'y a rien de nouveau depuis son premier coup de téléphone, alors je ne vous ai pas appelé.

— Eh bien, moi, si. Je vous ai appelé une demi-douzaine de fois.

— Mon portable s'est éteint. J'ai oublié de le recharger. Désolé.

— La prochaine fois, je vous appelle à la galerie, que ça vous plaise ou non.

— Ne faites pas ça ! Ruth a déjà des soupçons.

Un silence, puis ceci :

— Des soupçons à propos de quoi ? Il y a un problème ?

— Non, je voulais simplement dire qu'elle a remarqué mon air inquiet et qu'elle m'a demandé si quelque chose n'allait pas. Elle n'est pas habituée à ce que les gens veuillent me parler en personne. Elle n'est pas idiote, Raleigh.

— Bien, veillez à charger votre portable et gardez-le dans votre poche, merde ! J'ai une bonne nouvelle à vous annoncer. Mme Brueger ne rentrera pas avant après-demain au plus tôt. On a le temps, Nigel !

— Le temps ?

— Le temps de rapporter les tableaux chez elle et de nous sortir de ce cauchemar. Et si ces voleurs exigent encore quelque chose, mentez, niez et personne ne pourra rien prouver.

— Oui, dit Nigel, mais retrouver votre existence sereine dépendra du coup de téléphone de ces voleurs, non ? J'ai les douze mille qu'ils veulent, mais je ne peux rien faire tant qu'ils ne me contactent pas, alors jusque-là, calmez-vous.

— Me calmer ? J'ai le cœur qui s'emballe. Je pourrais faire une attaque à tout instant et me retrouver à l'hôpital à côté de Marty Brueger.

— Raleigh, si nos voleurs agissent comme prévu, je les paierai et nous remettrons les toiles dans leurs horribles cadres chez cette parvenue de Leona. Mais à votre place, j'aurais préféré prendre le risque de me retrouver dans une chambre d'hôpital avec Marty Brueger plutôt que de passer le reste de ma vie comme domestique à lui torcher le cul ou celui de quelqu'un de son engeance. Mais je suppose que votre choix de carrière est déjà fait, non ?

Raleigh raccrocha et se dit : *Quel pédé grossier, m'as-tu-vu et arrogant !* Il n'avait jamais détesté quelqu'un autant qu'il détestait Nigel Wickland. Ses joues étaient rouges de colère et ses mains tremblaient quand il se servit un verre de Jack Daniel's au cellier. Puis il sentit son cœur battre à nouveau. À un rythme plus irrégulier que jamais.

Il se rendit au salon et s'assit en tentant de trouver un peu de réconfort dans le faste qui l'entourait. Quelque chose clochait, et il ne parvint à mettre le doigt dessus qu'après avoir fini le whisky. Il prit alors conscience que le voleur aurait dû appeler Nigel le jour même, mais que Nigel ne semblait pas inquiet le moins du monde. Et qu'est-ce qu'il avait dit sur son employée ? Il essaya de se souvenir. Quelque chose à propos de Ruth qui avait déjà « assez de soupçons comme ça » ? Se tramait-il quelque chose à la Wickland Gallery pour éveiller les soupçons de la jeune femme ?

Raleigh avait toujours douté que Nigel Wickland lui accorderait un partage fifty-fifty honnête quand les tableaux seraient vendus en Europe, et il avait l'intention de s'occuper de ce problème en temps voulu. Il décida de se rendre à la galerie dès le lendemain, que ça plaise à Nigel Wickland ou pas.

CHAPITRE 23

Jonas Claymore n'aimait ni la couchette, ni la nourriture, ni son compagnon de cellule au commissariat où il passait la nuit. Le type était un Latino avec une balafre effrayante qui lui courait de l'aile du nez à la gorge en suivant sa mâchoire. Il était couvert de tatouages de gang et ronflait si fort que Jonas n'aurait pas pu fermer l'œil même s'il n'avait pas été en descente.

Il avait essayé d'avoir Megan au téléphone une heure après s'être fait pincer, mais elle n'avait pas répondu à son portable. Il ne savait pas s'ils avaient mis sa voiture à la fourrière ou s'ils l'avaient laissée, fermée, sur le parking de la zone commerciale comme il les avait suppliés de le faire, mais, dans un cas comme dans l'autre, le portable pouvait encore se trouver dedans. Cette salope l'avait sûrement balancé à la seconde même où elle avait vu les flics entrer sur le parking. Elle aurait pu courir chez Pablo pour le prévenir, mais non, elle n'avait pensé qu'à sa gueule. Elle se foutait qu'il soit dans une pièce où un type lui matait le cul comme un plombier examine un tuyau d'évacuation. Jonas décida alors de filer à Megan quelques billets de cent la prochaine fois qu'il la verrait et de la foutre à la porte avec sa saloperie de chat.

Le lendemain matin, il apprit que les shérifs adjoints devaient le conduire à l'audience préliminaire à la trentième chambre du tribunal correctionnel du centre-ville, dans Temple Street, mais qu'il devrait passer une autre nuit au commissariat d'Hollywood pendant qu'on remplissait la paperasse. Il était révolté.

***

Megan Burke avait passé une nuit légèrement meilleure que Jonas Claymore. Les perks qu'elle avait achetés à Wilbur l'avaient aidée à dormir quelques heures, pelotonnée sous les draps avec Cuddles, qui semblait folle de joie de dormir avec sa maîtresse à la place d'habitude revendiquée par Jonas. Le matin venu, la chatte calico grimpa sur l'oreiller et ronronna de bien-être pendant que Megan la caressait ; elles restèrent là jusqu'à ce que Megan décide que Cuddles devait prendre son petit déjeuner.

Comme elle savait que ça chaufferait quand Jonas sortirait de prison, elle passa plusieurs coups de fil et apprit que le montant de la caution serait fixé plus tard, et qu'il pourrait même obtenir une remise en liberté sur parole avant la fin de la journée. On lui dit de rappeler dans l'après-midi pour en savoir plus. Au lieu de ça, elle se mit à téléphoner à des motels dont les pubs précisaient que les animaux de compagnie étaient les bienvenus.

Elle mit dans sa valise les vêtements qui valaient la peine d'être emportés, assez de nourriture pour chat pour quelques jours, et à 13 heures, un chauffeur de taxi sikh l'aida à porter sa valise, une panière avec Cuddles à l'intérieur et deux grands objets emballés dans des couvertures de déménageur. Il dut sangler ces derniers à la galerie. Elle prit le numéro de portable du sikh et lui promit un pourboire de cent dollars s'il venait la chercher quand elle l'appellerait, n'importe quand, s'il embarquait ses affaires et la conduisait à LAX. Elle lui demanda aussi de venir sans faute avec ce même véhicule équipé de la galerie pour les paquets.

Avant de quitter l'appartement de Jonas Claymore pour la dernière fois, elle laissa un mot sur la table de la cuisine, un mot qui disait : *Tu m'as dit qu'on ferait 80/20 et que les 80 % reviendraient au cerveau. Je suis d'accord. Voici tes 20 %, moins les cinq cents que je t'ai donnés hier soir.* Et elle posa mille neuf cents dollars sur la table à côté du mot, des clés de l'appartement et du portable.

***

Hollywood Nate se réveilla plus tôt que d'habitude ce jour-là, sans doute parce qu'il avait la Wickland Gallery en tête. Il téléphona. Ruth décrocha.

— Je suis l'officier Weiss du commissariat d'Hollywood, LAPD. J'ai eu l'occasion d'interroger une personne au volant d'une fourgonnette de la Wickland Gallery avant-hier soir et nous voulons savoir si ce véhicule a été volé.

— Oh, ce devait être le neveu de M. Wickland. Il la lui a empruntée et l'a laissée à East Hollywood. Nous avons dû aller la récupérer hier matin.

— Ceci explique cela, dit-il. Est-ce qu'il répond au nom de Jonas Claymore ?

— Non, Reginald quelque chose, répondit Ruth. C'est un peu le mouton noir de la famille, d'après M. Wickland. Est-ce qu'il a des ennuis ?

— Il a été arrêté pour possession de stups. Pour une raison ou pour une autre, il nie avoir jamais conduit le van. Nous ignorons pourquoi. Il s'en servait peut-être pour dealer ou pour une autre activité illégale.

— Ça ne me surprend pas. Cela explique pourquoi il a tout bonnement abandonné le van dans la rue. M. Wickland est parti à la banque. Je le lui dirai à son retour, mais je ne pense pas qu'il vienne jusqu'au commissariat pour régler la caution.

— Très bien, merci. Au moins maintenant, je sais qu'il ne vous a pas volé le van.

Arrivé au commissariat, Nate informa tous les officiers de la patrouille de ce qu'il avait appris au sujet de la Wickland Gallery.

— Je me disais bien que c'était rien, fit Georgie Adams. Juste un petit trou-du-cul qui profite de son oncle.

***

Nigel dut endurer un entretien en tête à tête pour convaincre le directeur de la banque qu'il n'était la victime ni d'un arnaqueur ni d'un extorqueur et qu'il avait besoin d'une telle quantité de liquide pour une raison plus que valable. On lui dit qu'il pourrait venir chercher les cent mille dollars dès le lendemain 13 heures. Ce retrait avait asséché ses comptes d'épargne et mis ses comptes d'entreprise en grand danger. Il prévit de téléphoner à son commissaire-priseur en Europe pour savoir s'il pourrait obtenir une avance par virement bancaire dès que les tableaux arriveraient sur le continent.

Quand il revint à la galerie, Ruth lui dit :

— Le LAPD a appelé. Votre neveu s'est fait arrêter pour possession de drogue. Vous pouvez joindre l'officier Weiss au commissariat d'Hollywood, si vous voulez.

— Quoi ?

— Oui, il a été arrêté au volant de votre camionnette le soir où vous la lui avez prêtée, et maintenant, ils le retiennent pour détention de drogue.

— Ils vous ont donné son nom ?

Ruth lui adressa un petit sourire en coin et répondit :

— Vous ne connaissez pas le nom de votre neveu ?

— Il a pu donner un faux nom.

— Vous m'avez dit qu'il s'appelle Reginald, mais pour eux, c'est Jonas Claymore.

— C'est lui. Il se sert du nom de son père. Il y a toujours des histoires, avec ce gamin.

Il entra dans son bureau et referma la porte derrière lui.

Quarante minutes plus tard, son portable sonna.

— C'est Valerie, dit Megan.

Elle était dans sa chambre d'hôtel, allongée sur le lit avec Cuddles, qui semblait emballée par ce nouveau décor.

— Je l'aurai demain, un peu après 14 heures.

— Pourquoi pas aujourd'hui ?

— On ne peut pas aller à la banque et retirer une somme pareille à moins d'être richissime. Cet argent, c'est tout ce que j'ai. Je suis sur la paille maintenant.

— Tout ira mieux quand vous aurez vendu les toiles. Elles sont de grande valeur, d'après M. Dibble.

— Ah oui, ce cher M. Dibble.

Et d'ajouter :

— Votre partenaire ignore toujours tout de votre bonus ?

— Il est complètement à l'ouest. Il croit que les tableaux vous appartiennent et ne connaît même pas le nom de Sammy Brueger. C'est un toxico qui n'a rien dans le crâne, pour tout vous dire.

— Est-ce qu'il vous accompagnera demain quand vous apporterez les tableaux ?

— Bien sûr que non.

— Je me posais simplement la question, dit Nigel en tentant de trouver comment utiliser les informations que Ruth venait de lui transmettre.

Son complice était en prison. Serait-elle seule ? La violence était-elle encore de mise ? Pouvait-il éliminer les deux voleurs ?

— Mais je serai protégée, dit Megan comme si elle lisait dans ses pensées. Il y aura quelqu'un pour me déposer avec les toiles et m'attendre dehors. Vous pourrez le voir.

— Ma chère enfant, dit-il, je ne suis pas un homme dangereux. Vous n'avez rien à craindre.

— Je serai accompagnée d'un monsieur avec un turban, qui n'hésitera pas à trancher la gorge de quiconque essaierait de me faire du mal, précisa-t-elle. Mais avant ça, il appellerait la police sur-le-champ si je ne quittais pas votre galerie avec le sourire.

***

Raleigh Dibble n'en pouvait plus. Il sortit la Mercedes des Brueger du garage et roula jusqu'à Beverly Hills en fin d'après-midi. Une autre journée touchait presque à sa fin et Nigel Wickland n'avait toujours pas téléphoné. L'idée que Nigel traite en secret avec les voleurs l'obnubilait, et il était à bout de nerfs. Il avait passé sa plus belle veste sport par-dessus une chemise de soirée avec une cravate et un pantalon en gabardine un peu élimée. Il arriva à la Wickland Gallery trente minutes avant la fermeture et fut accueilli par Ruth, qui éteignait les éclairages des plus précieuses pièces.

— Vous désirez ? demanda-t-elle.

— Raleigh Dibble, dit-il. Je dois voir M. Wickland.

— Ah, oui, monsieur Dibble, dit-elle en souriant, je me souviens de vous. Désolée, mais M. Wickland est parti tôt aujourd'hui.

— Vraiment ? Je lui ai parlé tout à l'heure et il ne m'a pas averti qu'il partait.

Ruth le dévisagea.

— Je ne me rappelle pas avoir pris un appel de votre part aujourd'hui pour M. Wickland.

— Je l'ai joint sur son portable, dit-il en essayant d'afficher un sourire convaincant. Je suis un ami.

Ruth eut l'air d'en douter jusqu'à ce que Raleigh débite le numéro de portable de Nigel. Puis elle dit :

— Désolée. Mais beaucoup de gens désirent parler à M. Wickland en personne ces temps-ci.

— Je sais ce que c'est, dit-il. Nous travaillons ensemble sur une vente de succession pour ma tante, et j'ai affaire à certains d'entre eux.

Sur quoi il tenta sa chance en demandant :

— Je suppose que le monsieur avec qui j'ai travaillé est venu hier ? Ou est-ce que c'était aujourd'hui ? Quoi qu'il en soit, je lui ai dit de venir parler à Nigel en personne et d'apporter quelques tableaux. Est-il passé ?

— Personne n'est venu porter de tableaux, ni hier, ni aujourd'hui.

— Ah, dit Raleigh en sentant qu'il avait peut-être manqué d'intuition après tout. Est-ce que quelqu'un est venu, qui aurait demandé à parler à Nigel en personne ?

— Pas un monsieur. Seulement une jeune femme. J'ignore si elle travaillait pour la succession.

— Je vois, dit Raleigh, maintenant sûr que c'était sans espoir. Nigel serait furieux quand il découvrirait qu'il cuisinait son employée. Sans grand enthousiasme, Raleigh fit une ultime tentative. Il dit d'un air désolé :

— Je suppose qu'il ne s'agissait pas de mon client, sauf si la jeune femme a apporté des toiles.

Ruth éclata de rire.

— Mon Dieu, non, répondit-elle. La pauvre petite pouvait à peine porter son sac à main, alors des toiles... Elle était si frêle !

Raleigh détourna vite le regard et éprouva de nouveau la sensation d'avoir le sang qui lui montait à la tête et des glaçons dans le ventre.

— Est-ce que c'était une très jeune femme brune ?

— Oui, elle était vraiment adorable dans sa petite robe berlingot. J'imagine qu'elle travaille aussi avec vous sur cette vente de succession ?

Après un long silence, Raleigh répondit :

— Oui, c'est l'arrière-petite-fille de ma tante. Tout le monde essaie d'obtenir sa part de la vente de la collection d'art de la famille.

— Je vois ce que vous voulez dire.

— Je téléphonerai à Nigel quand je serai de retour chez moi. Merci.

***

Alors qu'il montait dans les Hollywood Hills, Raleigh craignit vraiment de finir comme Marty Brueger. Il était presque en hyperventilation quand il approcha de la maison, et dut s'appliquer à respirer normalement et se dire de se calmer. Enfin il comprenait toute l'affaire. Le vol du van n'était pas du tout le fait du hasard ! Il faisait partie du plan que Nigel Wickland avait soigneusement élaboré. Valerie – ou autre, peu importait son nom – et son complice étaient de mèche avec Nigel depuis le début. Nigel avait persuadé Raleigh de permettre le vol et la reproduction des toiles à un million de dollars. Mais pour ce qu'il en savait, elles pouvaient en valoir deux. Ou trois ! Après, Nigel avait engagé un couple de jeunes criminels pour l'aider à l'évincer du complot.

Pour finir, Nigel lui dirait que c'était une épouvantable tragédie, mais que les voleurs n'avaient apparemment aucune intention de le recontacter. Le plan, d'une simplicité incroyable, était brillant, et lui, Raleigh Dibble, jouait le dindon de la farce. Le pigeon. Le gogo. Le bouffon. Ce qui rendait l'entreprise si diabolique, c'était la ruse avec les clés du van. Nigel avait compté sur le fait que Raleigh n'irait pas les chercher, pas à l'intérieur d'une propriété avec un portail automatique. Et ça avait fonctionné à merveille, et permis à Nigel de rejeter la responsabilité du vol du van sur lui.

Qu'aurait fait Nigel si Raleigh avait trouvé les clés et les avait rapportées à l'intérieur ? Eh bien, ça aussi, ça s'expliquait. Dans cette éventualité, les jeunes complices de Nigel possédaient sans doute un double des clés, et Nigel aurait couvert leur fuite en prétendant qu'ils avaient dû faire démarrer le véhicule en trafiquant les fils de contact. Mais ça n'aurait pas été aussi réussi. Ça aurait pu lui mettre la puce à l'oreille. Non, tout avait marché comme sur des roulettes, exactement comme Nigel l'avait prévu.

Raleigh se demanda où Nigel avait dégotté la frêle petite Valerie. Si vulnérable, si fragile, si jeune, si impitoyable ! Il se rappela comment elle l'avait embrassé sur la joue avant de partir et lui avait demandé s'il aimerait qu'ils se retrouvent dans un bistro, et à quel point cette attention l'avait ému. Quand il s'engagea dans le garage des Brueger, conçu pour cinq véhicules, des larmes lui coulaient sur les joues.

Il entra dans le vestibule, éteignit l'alarme, et se souvint que Leona Brueger lui avait confié qu'en raison des cambriolages qui se produisaient dans les Hills, elle gardait une arme dans sa chambre. Il allait la trouver. Il allait rendre visite à Nigel Wickland dès le lendemain et cette mauviette qui l'avait poignardé dans le dos allait rapporter les tableaux. Les toiles retourneraient à leur place, d'une manière ou d'une autre.

Il fouilla la chambre de sa patronne pendant plus d'une heure avant de découvrir l'arme dans un carton à chapeau rangé dans le placard. C'était un revolver nickelé à canon court calibre 38, et il était chargé.

***

Nigel retourna à la Wickland Gallery à l'heure de la fermeture, Ruth l'accueillant avec un :

— Oh, Nigel, vous êtes de retour. Je vous croyais parti pour la journée. Nous avons reçu la visite d'un M. Dibble qui a insisté pour vous parler. Quand j'ai essayé de me renseigner sur la raison de sa présence, il est resté vague et m'a parlé d'une histoire de vente de succession sur laquelle vous travaillez.

Nigel se gratta le menton en tentant de rester calme.

— Dibble ? Serait-ce Raleigh Dibble ?

— Oui, c'est lui.

— C'est un idiot. Il surévalue toutes les œuvres. A-t-il précisé s'il comptait revenir ?

— Non, mais il tenait à savoir si quelqu'un était venu à la galerie ces derniers jours pour vous remettre des tableaux. Bien entendu, je lui ai dit que non.

C'est donc ça ! Raleigh soupçonne que le voleur a apporté les tableaux et a été payé, et qu'il s'est fait doubler ! Nigel, l'air de rien, dit à Ruth :

— Oui, la vente de succession. Je ne vous en ai pas parlé parce que ça participe de son appréciation exagérée de l'art, auquel il ne connaît rien. Il ne mérite pas que je lui consacre une minute.

— Il a affirmé que vous étiez amis. Il connaissait votre numéro de portable.

Nigel s'engluait et décida de couper court.

— Il m'a demandé mon numéro quand nous nous sommes parlé et, dans un moment de faiblesse, je le lui ai donné. Nous, amis ? Jamais de la vie.

Sur ce, il entra dans son bureau et se demanda si, oui ou non, il devait téléphoner à Raleigh et lui remonter les bretelles pour être venu interroger Ruth, tout ça à cause de sa paranoïa incontrôlable. Finalement, il décida de s'abstenir. Raleigh devrait bien finir par admettre que les voleurs avaient dû vendre les tableaux. Que pourrait-il penser d'autre ?

Comme son employeur avait écourté la conversation, Ruth n'avait pas pris la peine de lui rapporter en détail son entrevue avec l'homme. Elle songea à lui faire part du regain d'intérêt que Raleigh Dibble avait manifesté quand elle avait mentionné, au détour de la conversation, le seul visiteur qui avait insisté pour voir Nigel la veille : la fille en robe berlingot. Elle décida de laisser tomber. Après tout, Nigel avait affirmé que cet homme et sa vente de patrimoine ne l'intéressaient pas.

***

Ce n'était pas une nuit de lune d'Hollywood, mais si ça l'avait été, la pizza aurait été remportée par l'équipe de la 6-X-46. Pendant la première heure de patrouille, Della Ravelle et Britney Small reçurent un appel pour se rendre dans un restaurant de grillades à la mode dans North Vermont Avenue, où un type saoul dérangeait les clients.

C'était un de ces vieux grills aux sièges couverts de Skaï rouge et aux murs lambrissés de noyer, tant prisés des générations précédentes. Une hôtesse d'une soixantaine d'années à la coiffure bouffante rétro et moulée dans une robe fourreau à fines bretelles un rien déplacée prenait des réservations par téléphone, debout devant une table, dans le vestibule.

Elle couvrit le combiné de sa main quand les flics entrèrent et leur indiqua :

— Au bar.

Britney s'engagea, mais Della la saisit par le bras et lui dit :

— Attends. Voyons d'abord où on met les pieds.

Quand l'hôtesse eut fini de prendre la réservation, Della lui demanda :

— De quel genre de trouble s'agit-il ?

— Il y a un fou là-bas. Il commande deux verres à la fois et en verse un dans un vase.

— C'est tout ? dit Della. C'est ça qui perturbe l'établissement ?

— Il fait peur aux clients, expliqua l'hôtesse. Plusieurs personnes sont parties à cause de lui. Et il dérange le barman.

— Il crie, tient des propos incohérents ou un truc dans le genre ? demanda Della.

— Non. Mais on dirait qu'il parle tout seul.

— Tranquillement ? Ce n'est pas interdit.

— Peut-être pas, mais ça file la frousse.

— OK, dit Della. Allons voir de quoi il retourne, collègue.

Alors qu'elles se dirigeaient vers le bar, Della s'adressa à Britney à voix basse.

— Souviens-toi, on provoque pas les dingos s'ils sont tranquilles. On est à Hollywood, bordel !

Leurs yeux durent s'habituer à l'éclairage quand elles pénétrèrent dans le bar. C'était une de ces salles très sombres, autrefois élégantes, où après un ou deux Martini, les clients vieillissants pouvaient se voir comme ils étaient jadis et non comme ils étaient à présent. Les fliquettes constatèrent que l'hôtesse avait raison : le type avait fait fuir tout le monde. Il était assis sur un tabouret au bout d'un vieux comptoir en acajou avec une barre repose-pieds en laiton, cabossée mais rutilante, fixée à quelques centimètres du sol.

Le barman adressa un regard entendu aux policières, puis regarda vers le client solitaire et les deux verres de whisky posés devant lui. Sans être vieux, il était plus âgé que Della. Elle se dit qu'il devait avoir dans les cinquante ans. Sur le haut du front, il commençait à perdre ses cheveux bruns parsemés de gris. Il avait une bouée que sa chemise de golf jaune ne cachait pas, mais Della ne le trouva pas moche pour autant. Il lui rappelait même un peu son deuxième mari, jusqu'à l'arc de ses sourcils épais. Il semblait se parler doucement à lui-même et être assez saoul pour ne pas pouvoir rentrer chez lui en voiture.

— Tu établis le contact, je te couvre, murmura Della à l'oreille de Britney. Vas-y.

Britney se dirigea vers le type.

— Bonsoir, monsieur.

Sans se retourner, il répondit :

— Bonsoir.

— Qu'est-ce que vous faites ?

— Je prends un verre.

L'obscurité du bar l'empêchait de discerner l'objet qu'il tenait sur ses genoux, alors elle dit :

— Vous pourriez poser ce vase sur le comptoir ? Ça rend les officiers de police nerveux quand les gens tiennent de drôles d'objets. Vous comprenez, n'est-ce pas ?

Il prit le vase dans ses mains avec délicatesse et le posa sur le bar en disant :

— Ce n'est pas un vase. C'est une urne.

— Une urne ?

— Oui, confirma-t-il en se tournant cette fois vers Britney pour la regarder.

— Est-ce que vous y versez vos verres ?

— Oui, quelques-uns. Je ne crois pas que ce soit interdit par la loi, si ?

Britney se tourna pour jeter un coup d'œil à Della et répondit :

— Pas que je sache, monsieur, mais ça fait peur aux clients parce que c'est très... inhabituel. Pourriez-vous m'expliquer pourquoi vous versez des verres dans l'urne en parlant tout seul ?

— Je ne parle pas tout seul. Je parle à mon père. Il est là-dedans.

— Je vois. Cette urne contient les cendres de votre père, c'est ça ?

— Oui. Digby G. Randolph était un père génial et un homme fantastique. C'était son restaurant préféré. Il m'a demandé de venir ici de temps en temps pour prendre un verre avec lui.

— Et vous avez eu l'idée de lui en donner un, c'est ce que vous voulez dire ?

— Tout à fait. Je paie des coups à mon père.

— Et quand vous parlez, ce n'est pas tout seul ?

— Je parle à mon père. Je sais qu'il m'entend.

Britney se tourna vers Della, puis vers le fils de Digby G. Randolph et lui demanda :

— Vous rentrez chez vous en voiture ?

— Non. Je suis venu en taxi. Je vis dans un appartement au croisement de Sunset Boulevard et de Genesee Avenue.

— Très bien, monsieur Randolph. Je pense que vous avez assez bu pour ce soir. C'est aussi l'avis du barman. Je vais demander à l'hôtesse de vous appeler un taxi, et votre père et vous pourrez finir ce dernier verre et rentrer chez vous, d'accord ? Et la prochaine fois que vous viendrez ici, j'aimerais que votre père et vous preniez la table dans le coin sombre. Posez-le sur la chaise à côté de vous, parlez très doucement et je pense que personne ne vous ennuiera. Ne vous approchez plus du bar avec votre papa, d'accord ?

— Je ferai ce que vous dites, dit le fils de Digby G. Randolph, mais papa aimait beaucoup être au bar, les pieds sur la barre.

— Je comprends, monsieur. Mais à l'époque, il avait des pieds. J'aimerais que dorénavant vous fassiez comme je vous ai dit.

— J'accéderai à votre requête, acquiesça le fils de Digby G. Randolph en ouvrant le couvercle de l'urne pour donner la fin du verre de Jack Daniel's à son père.

***

Cette nuit là fut celle des retrouvailles pour les membres de l'équipe de la 6-X-66. Hollywood Nate récupéra Snuffy avec un pansement sur le nez et un protège-nez. Nate, le mordu de ciné, lui trouva un air de Lee Marvin avec son faux nez dans *Cat Ballou*.

— Content d'être de retour ? lui demanda-t-il.

— Ouais, ma mère me botte le cul quand je traîne trop longtemps à la maison sans rien faire, guerrier blessé ou pas. Elle dit que l'oisiveté est mère de tous les vices.

Hollywood Nate, qui se montrait extrêmement prévenant, avait pris le volant.

— On fait rien d'héroïque ce soir, dit Snuffy. J'aimerais rester assez peinard et faire le scribe. Je veux pas me cogner le bec avant qu'il soit guéri.

— Est-ce qu'il aura meilleure gueule quand on t'enlèvera le pansement ?

— Il peut pas être plus moche qu'il l'a été toute ma vie durant.

***

— Mec, je savais pas que tu reviendrais, dit le Bris au Débris.

Ils étaient de service dans la 6-X-32 pour la première fois depuis la bagarre chez les Gothique.

— Frangin, j'ai appris deux trois trucs sur les blessures au cou, dit le Débris. J'ai appris qu'on n'a pas envie d'en avoir. Ça fait mal.

Le Bris avait insisté pour conduire afin d'éviter au Débris de tourner la tête aux croisements. En fait, il était si prévenant que le Débris finit par lui dire :

— Je suis pas handicapé, mec.

— Mon p'tit collègue m'a manqué, dit le Bris. C'est sûr, Hollywood Nate est cool comme gars, mais il connaît que dalle sur la plage et la mer. Au bout d'un moment, je savais plus de quoi discuter.

Les amateurs de surf se chargeaient de la plainte émise par une touriste venue de Gallup, Nouveau-Mexique, à qui on avait volé son sac à main pendant qu'elle prenait des photos des étoiles en marbre et laiton sur la promenade de la Gloire d'Hollywood Boulevard. Ils se rendirent au commissariat pour attribuer un numéro à leur rapport – comme le prévoyait le règlement – et le faire signer par un supérieur, mais ils ne trouvèrent pas le sergent Murillo dans son bureau. Les flics, en particulier les deux surfeurs, s'efforçaient d'éviter le chef de brigade qui chipotait sur tout.

— J'ai aucune envie de filer notre rapport au genre de mec qui porterait une bague à l'index et nous obligerait à l'appeler « votre excellence » si ça tenait qu'à lui, dit le Bris.

— S'il est là, on remet le rapport à plus tard pour le faire signer à Murillo.

Mais comme le lieutenant O'Reilly ne se trouvait pas dans son bureau alors que le sergent Murillo y était, le Bris et le Débris se dirent qu'ils pouvaient entrer.

— Comment ça se passe sur les ondes ? demanda le sergent en faisant référence aux appels radio.

— C'est tranquille, répondit le Débris. Quelques appels pour les unités du sud et un appel pour signaler un rôdeur qui s'est avéré être un raton laveur.

À la plus grande consternation des amateurs de surf, le chef de brigade entra dans la pièce à ce moment-là, sans arborer son air sérieux et déterminé habituel. Il souriait même. En fait, il était incapable de contenir son enthousiasme.

— Le capitaine a terminé le meeting des citoyens au Community Relations Office[1] et il m'a demandé de le rejoindre à El Cholo pendant la pause repas, annonça-t-il au sergent Murillo.

— Je suis étonné qu'il ait encore de l'appétit, lança celui-ci, qui essayait de se concentrer sur le rapport que les surfeurs lui avaient remis.

— Ouais, dit le Bris. Y a pas eu de marche citoyenne pour une cause valable depuis l'époque où Hitler était encore tapissier.

Ignorant les deux surfeurs, le lieutenant O'Reilly dit au sergent Murillo :

— Le capitaine dit qu'il adore les tamales au poivre vert de chez El Cholo. Dites-moi… les tamales verts sont différents des tamales normaux ?

Le sergent Murillo leva les yeux de son rapport et répliqua, glacial :

— Comment le saurais-je, lieutenant ?

La réponse inattendue du sergent déconcerta le jeune chef de brigade, toujours très politiquement correct, qui bredouilla :

1. Community Relations Office, bureau chargé des relations avec la population.

— Je… Enfin, je me disais juste…

— Que je suis mexicain ? lui lança le sergent Murillo.

— Eh bien, votre nom et votre… vous avez l'air hispanique, en quelque sorte, et je pensais que vous vous y connaîtriez en plats hispaniques.

— À quoi ressemble un hispanique ? Et qu'est-ce donc qu'un plat hispanique ? demanda le sergent Murillo, les flics surfeurs affichant maintenant des sourires de hyènes en observant le lieutenant mortifié qui bredouillait.

— Mince, Murillo, vous voyez bien ce que je veux dire, fit ce dernier, sincèrement fâché que le sergent lui fasse honte devant deux subordonnés, en particulier ces deux-là.

Le Débris ne fit qu'envenimer la situation en expliquant naïvement au commandant de patrouille :

— Le sergent vous taquine, monsieur. Il nous fait le coup tout le temps. Un jour, il a fait semblant de faire l'appel sérieusement et il a dit : « Écoutez un peu. Ordre du chef du Bureau. Les vêtements des officiers en civil ne doivent pas laisser voir des tatouages représentant nos sénatrices en train de faire une fellation au président des États-Unis. »

Le Débris pouffa et ajouta :

— C'est avec des trucs marrants comme ça qu'il entretient notre moral.

Le lieutenant O'Reilly dévisagea le Débris avec un regard glacial et dit au commandant de patrouille :

— Oui, je suis sûr que vous vous amusez de ce genre de plaisanteries.

Le sergent Murillo fit un clin d'œil aux surfeurs et répliqua :

— D'accord, lieutenant, j'avoue, je suis mexicain. Ou du moins, mes grands-parents le sont. Et croyez-moi, avec les tamales verts d'El Cholo, le capitaine sera aussi heureux qu'un mariachi saoul pendant le Cinco de Mayo. Vous pouvez commander un margarita *manqué**, et à la fin du repas, vous serez deux vrais *compadres*.

* En français dans le texte original.

Le lieutenant O'Reilly remarqua que les amateurs de surf souriaient affectueusement à leur petit malin de sergent et cela ne fit qu'ajouter à sa colère. Il redirigea son ressentiment sur le Bris :

— Aucun des sergents dans ce commissariat ne vous a jamais dit que les coiffures de surfeurs pleines de gel ne sont pas appropriées pour des officiers de police ?

Le Bris regarda le commandant de patrouille, dont le nez arrivait au niveau de son badge, et cessa de sourire.

Le Débris tenta de nouveau de faire preuve de bonne volonté et dit :

— En fait, monsieur, y a que les nazes qui mettent du gel ou de la laque sur la plage. Les vrais kahunas se baladent au *naturel*, pour ainsi dire.

Sur cette remarque, le lieutenant se tourna vers le Débris et lui renvoya :

— Vos cheveux soi-disant décolorés par le soleil m'ont tout l'air d'être méchés. C'est vaguement efféminé pour des hommes, policiers de surcroît, de se faire des mèches. Le sergent Murillo ne vous l'a jamais signalé ?

Les surfeurs ne souriaient plus à présent, et tous deux lançaient des regards haineux au chef de brigade, lorsque le sergent Murillo se leva et leur lança :

— OK, on arrête. Vous pouvez retourner au boulot.

Le Bris et le Débris étaient sombres et silencieux quand ils traversèrent le parking pour rejoindre leur atelier. Une fois dans la voiture, le Bris suggéra :

— Mec, je crois qu'on devrait faire un tour chez Yerevan Tow Service. J'ai une idée.

Ç'a intérêt à être une vraie bombe cérébrale, frérot, parce que la vision de ce couillon complexé me colle au cortex, répliqua le Débris avec une allitération ravageuse. Tu me suis ?

— Je te suis, mec, dit le Bris.

La fourrière Yerevan Tow Service était connue de bien des flics du commissariat d'Hollywood pour son approche free-lance et illégale de la récupération d'épaves que les fourrières officielles du LAPD dédaignaient ou dont elles ne pouvaient pas s'occuper. Sarkis, le propriétaire, un Arménien décontracté, était toujours ravi d'embarquer des véhicules enlevés sur les lieux d'accidents de la circulation ou signalés par des appels radio interceptés sur son scanner de la police.

En général, dans sa remorqueuse, il avait des feuilles de vigne farcies préparées par sa femme, et il lui était arrivé de partager ces spécialités avec les flics surfeurs. Et une nuit, sa générosité fut récompensée. Cette fois-là, l'équipe de la 6-X-32 avait arrêté Sarkis dans sa voiture alors qu'il rentrait chez lui après une virée dans un bar de Little Armenia, fin saoul.

Dès que le Bris et le Débris avaient vu à qui ils avaient affaire, le Bris avait dit à Sarkis :

— Mec, quand tu descends de la bibine, essaie de te rappeler que c'est pas un sprint, mais un marathon.

Ils avaient immobilisé sa Lincoln de cinq ans et l'avaient reconduit chez lui dans leur véhicule de patrouille. Sarkis avait tenté de les inviter à manger des restes de kebab, mais le Débris avait décliné l'invitation avec un :

— Faut qu'on retourne au turbin, mon pote, mais tu nous en dois une. Un jour, faudra nous renvoyer l'ascenseur.

Et le jour était venu. Sarkis bossait tard dans son garage et se réjouit de voir ses amis du LAPD. Doué en carrosserie, il était en train de retaper un pick-up Ford mal en point avec des bouts de ferraille. Après les accolades et les bonjours, il écouta attentivement ce que le Bris et le Débris avaient à lui raconter au sujet d'un gros problème au commissariat d'Hollywood.

Une demi-heure avant que le lieutenant O'Reilly quitte son bureau pour rejoindre le capitaine chez El Cholo, l'équipe de la 6-X-32 avait reçu sur son portable un message confidentiel d'un des standardistes du commissariat. Il concernait l'heure d'arrivée approximative du chef de brigade pour son rendez-vous avec le capitaine.

Ce soir-là, chez El Cholo, le lieutenant O'Reilly passa un merveilleux moment, qui dura bien après le temps alloué à la pause repas. Il confia au capitaine les nombreux problèmes qu'il avait avec le personnel du commissariat d'Hollywood. Il critiqua en particulier les équipes de la brigade de nuit, qui travaillaient de 17 h 15 à 4 heures, quatre jours par semaine. Il reconnut que le service du matin, de 4 à 10 heures, convenait aux officiers, mais il avait de nombreux arguments pour expliquer l'inefficacité des heures de patrouille. Il déclara qu'il aurait préféré revenir à l'ancien horaire de huit heures et quarante-cinq minutes, cinq jours par semaine, parce que l'efficacité prévaut sur le moral des troupes. Et il avoua au capitaine à quel point il aurait aimé avoir plus de pouvoir quant à l'attribution des heures supplémentaires. Il était persuadé que nombre d'officiers gonflaient leurs heures sup, et il entendait y mettre fin. Il ajouta qu'il travaillait à un moyen de rendre les superviseurs (et il donna le nom du sergent Murillo) plus respectueux des consignes émanant du Bureau concernant l'appel, et moins sensibles aux jérémiades des officiers de sa brigade et au copinage, en particulier avec ceux qui se moquaient de la discipline.

Tout compte fait, il gâchait le repas de tamales verts du capitaine, et son supérieur aurait aimé qu'il soit possible de se saouler avec des margaritas sans alcool pour voir ce bourreau de travail s'écrouler ivre mort sur la table.

Après leur pause repas, le lieutenant O'Reilly avait remercié plus que nécessaire le capitaine de lui avoir offert les tamales et ils s'étaient quittés devant l'entrée d'El Cholo. Puis le lieutenant O'Reilly était retourné à sa voiture, qu'il avait dû garer dans la 11e, à l'ouest de Western Avenue, parce que le parking du restaurant était complet. Il tenait ses clés à la main, prêt à ouvrir la portière, quand il s'était aperçu que c'était impossible.

La porte du côté conducteur avait disparu. Il avait examiné l'intérieur du véhicule, n'en croyant pas ses yeux, et découvert qu'il manquait aussi la portière côté passager. On avait fait sauter les gonds et les charnières de chaque côté, et les portières… n'étaient plus là.

Le lieutenant avait passé un appel code 2 pour demander l'aide d'une unité de patrouille et la première sur les lieux avait été la 6-X-32. Les flics surfeurs avaient sauté de leur véhicule et couru, pleins d'entrain, jusqu'à leur supérieur.

— Vos portières sont plus là, lieutenant ! s'était écrié le Bris. Qu'est-ce qui s'est passé ?

— Comment je le saurais, bon sang ? Je n'arrive pas à le croire !

— Les voleurs de pièces détachées ne reculent devant rien ! avait fait remarquer le Débris. C'est sûrement ces p'tites pourritures de la 18e.

Deux autres unités de la brigade étaient arrivées très vite ; Snuffy, descendu de voiture, s'était mis à prendre des photos du véhicule du chef de brigade avec son portable.

— Arrêtez ça ! lui avait hurlé le lieutenant O'Reilly. Passez un code 4. On est assez nombreux. Je n'ai aucune envie que d'autres soient témoins de cette farce.

Tandis qu'Hollywood Nate passait un code 4, code qui signale que les renforts sont suffisants, le lieutenant O'Reilly s'était mis à passer au peigne fin la rue et le trottoir avec sa lampe, à la recherche d'indices pour découvrir l'identité du vandale. Il savait que ce délit ne relevait pas du dommage avec intention de nuire ordinaire et soupçonnait que des fainéants du commissariat d'Hollywood avaient fait ça pour l'humilier. Les flics de la brigade de nuit présents regardaient, fascinés, le lieutenant faire le tour du véhicule démembré tel un prédateur se méfiant d'une proie dangereuse. Il avait les yeux exorbités et son visage ressemblait à une tomate sur le point d'exploser.

Le Bris avait dit à voix basse à Snuffy :

— Mec, à mon avis, je pense que le lieutenant a pété une durite. L'affront dont il est victime ne saurait rester impuni.

Le Débris lui avait dit, toujours à voix basse :

— Mon pote, nous vivons une époque dangereuse. Plus personne n'est en sécurité.

Snuffy avait écouté les surfeurs et chuchoté quelque chose à Hollywood Nate. Puis il lui avait posé une question qu'il lui avait déjà posée.

— Tu es sûr que ces deux-là ne préparent pas leurs blagues à l'avance ?

— Peut-être en partie, avait reconnu Nate dans un murmure. Ils sont un genre de Gilbert et Sullivan du commissariat. Ils écrivent et, des fois, ils interprètent leurs petites opérettes sur asphalte.

— Ça m'a tout l'air d'une farce ! s'était écrié le lieutenant O'Reilly après avoir fait chou blanc. Je veux qu'on apporte ce véhicule sur le parking et qu'on cherche des empreintes. Je découvrirai le fin mot de l'histoire.

— Allez, on prend des gants, collègue, avait lancé le Bris en tirant des gants en latex de sa poche.

— Pas la peine, avait dit le lieutenant au Débris. Je veux que vous rapportiez ce véhicule au commissariat tout de suite.

— Bien reçu, avait dit le Débris.

— Et vous conduisez, dit le lieutenant en tendant les clés de son véhicule au Bris. Mettez sous scellés tout ce que vous trouverez qui se rapproche d'une preuve, de près ou de loin. Une allumette, un papier de chewing-gum, n'importe quoi. Je veux les salauds qui ont fait ça et je les aurai.

— Je m'en occupe, monsieur, avait dit le Bris. Je chercherai les indices avec soin. On ne voudrait surtout pas que les portières reparaissent dans une foire au troc ou dans un article du *L. A. Times*.

Le Débris avait ouvert la portière passager de la 6-X-32 pour laisser monter le chef de brigade, mais le lieutenant O'Reilly s'était arrêté et avait adressé à tous les officiers présents un sourire crispé. Il pensait sans doute montrer de l'assurance et être intimidant, mais Hollywood Nate avait trouvé qu'il ressemblait plutôt à celui des autres nominées au moment où l'Oscar avait été attribué à Kate Winslet.

Quand le Débris s'était installé au volant, il avait déclaré :

— Si jamais ça passe aux infos, ne vous tracassez pas pour autant, lieutenant. Ce n'est pas votre faute. C'est à Hollywood qu'on est, bordel.

Le Bris prenait plaisir à conduire un véhicule sans portières et avait décidé d'emprunter Hollywood Boulevard pour passer devant le Grauman's Chinese Theatre et offrir un petit spectacle aux touristes. Quand la circulation l'avait obligé à s'arrêter, une horde de touristes s'était précipitée au bord du trottoir pour prendre des photos de la voiture de police sans portières.

Le Bris avait fait de grands gestes des bras et crié :

— C'est une ville coriace ! La semaine dernière, on m'a volé mes pare-chocs !

CHAPITRE 24

Pour Raleigh Dibble, c'était l'heure de vérité. Il s'adonna à toutes les activités possibles pour tuer le temps. Il fit la poussière, passa l'aspirateur dans la chambre à coucher et la salle de bains de Leona Brueger en prévision de son retour, et y fit même les vitres. Ce qui impliquait un travail périlleux sur une grande échelle. Avec sa propre voiture, il se rendit au marché où sa patronne avait des comptes, et s'assura qu'il y ait assez de légumes, de poulet et de poisson pour cuisiner des repas pendant plusieurs jours au cas où elle serait trop fatiguée pour sortir dîner.

Quand il eut terminé ses corvées, il téléphona au Cedars-Sinai et on lui fit un compte rendu de l'état de santé de Marty Brueger. Il n'allait pas aussi mal qu'on l'avait pensé et on espérait que le vieil homme puisse être bientôt transféré en maison de repos. Dans sa situation désespérée, Raleigh, rongé par la peur, n'avait même pas eu le loisir de s'apitoyer sur le sort de Marty Brueger. Mais à présent, il songeait que si le pauvre vieux était transféré dans une structure moins encadrée, il lui apporterait son whisky préféré. Ça lui faisait plaisir de s'inquiéter au sujet d'un autre, pour changer.

Lorsqu'il eut terminé toutes les activités auxquelles il avait pensé, il se demanda s'il serait encore là pour préparer un repas de bienvenue à Leona ou s'il serait en prison. À moins qu'il soit mort ? Il s'assit dans sa chambre et fixa le revolver nickelé de sa patronne. Ce dont il était sûr, c'était que pour la première fois, il se sentait capable de violence, du moins à l'encontre de Nigel

Wickland. Personne ne lui avait jamais causé autant de tort. Peu importaient les conséquences, il n'allait pas laisser ce fils de pute s'en tirer comme ça. Il savait exactement ce qu'il allait faire.

Il projeta de se rendre à la Wickland Gallery à 16 heures, sans y entrer. Du café d'en face, il surveillerait l'entrée de la galerie pour savoir si Nigel sortait. Juste avant la fermeture à 17 heures, il entrerait, exigerait de le voir et lui suggérerait fermement de renvoyer Ruth chez elle parce qu'une conversation en privé s'avérait essentielle et inévitable. Bien entendu, Nigel serait furieux qu'il soit venu, mais quand ils se retrouveraient seuls, la colère se changerait en autre chose. M. Nigel Wickland, l'expert en conspiration, le manipulateur, allait goûter un peu à ce qu'il avait dû endurer depuis qu'il avait été assez fou pour s'embarquer dans sa machination. Nigel Wickland allait connaître la peur ! Chaque fois qu'il regardait le revolver posé sur son lit, il avait les mains moites.

***

À 13 heures, Megan Burke passa son coup de fil à Arjan, le chauffeur de taxi sikh auquel elle avait promis un pourboire de cent dollars. Elle avait fait son sac, en y laissant la place pour mille billets de cent dollars. Elle ne savait absolument pas quel volume ça représenterait, mais il restait plein de place dans sa valise car sa penderie faisait triste mine après l'année qu'elle avait passée à chevaucher l'oxy à Hollywood.

Elle était étonnée de ne pas se sentir plus mal. La douleur consécutive à l'arrêt d'opioïdes était encore violente, mais la diarrhée avait diminué et les vomissements étaient moins fréquents. Elle inspecta sa boîte à pilules et constata qu'elle en avait assez pour tenir jusqu'à son retour chez elle, dans l'Oregon, et ensuite, après quelques heures d'embrassades avec sa mère et son frère, elle irait tout droit en désintox.

Elle avait passé la matinée à parler et à pleurer au téléphone avec sa mère, après quoi celle-ci avait téléphoné à plusieurs centres de désintoxication jusqu'à ce qu'elle en trouve un proche de chez elle, où Megan pourrait emmener Cuddles et suivre le traitement de quatre-vingt-dix jours. Elle lui avait dit qu'elle irait à la banque se renseigner sur la possibilité de contracter une deuxième hypothèque pour couvrir les frais qui s'élevaient à vingt-cinq mille dollars mais Megan lui avait dit de ne pas s'inquiéter pour ça : elle avait gagné une grosse somme au loto en Californie et paierait elle-même sa cure.

Pour finir, Megan avait appris à sa mère, stupéfaite, qu'il lui resterait soixante quinze mille dollars après impôts. Elle avait insisté pour que sa mère garde tout et s'était confondue en excuses pour avoir été une fille aussi lamentable.

Avant qu'elles raccrochent, sa mère lui avait confié :

— Ma chérie, tu seras toujours ma fille merveilleuse et aimante. Il me tarde que tu reviennes à la maison. La seule erreur que tu aies faite, c'est d'aller à Hollywood.

Megan alla à la salle de bains sécher ses larmes et retoucher son maquillage, puis elle contacta Nigel Wickland sur son portable.

— Je serai là à 14 heures, lui dit-elle quand il décrocha. Vous êtes prêt ?

— Oui. J'ai donné son après-midi à mon assistante. Je serai seul.

— Moi non.

— Je n'en doute pas, dit Nigel avant de mettre fin à la conversation.

***

Arrivé au tribunal, Jonas Claymore chercha Megan, mais elle n'était pas là. Il commençait à s'inquiéter sérieusement pour son argent. Et ce souci lui mettait les nerfs à vif. Lorsqu'il en eut assez d'attendre, il se leva d'un bond et déclara à un huissier qu'il exigeait un entretien avec un avocat commis d'office. Il réclamait aussi une remise en liberté sur parole. Il affirma n'avoir jamais été arrêté sauf une fois pour conduite en état d'ivresse et qu'il méritait donc cette conditionnelle dès que possible. Il demanda à bénéficier sur-le-champ des conseils d'un avocat, n'importe lequel ferait l'affaire. Il ajouta qu'il se satisferait même d'un de ceux dont on voit la pub aux arrêts de bus et qui roulent pour des garants professionnels[1] plutôt louches.

L'huissier lui répondit que s'il avait deux sous de jugeote, il ferait mieux de la boucler.

Jonas Claymore était encore assis avec d'autres inculpés en détention préventive quand la cour se réunit après le déjeuner. Il avait pu s'entretenir avec un avocat commis d'office surmené, qui avait vérifié qu'il n'avait bien qu'une seule arrestation à son actif, pour conduite en état d'ivresse, et avait accepté de le représenter et de demander sa mise en liberté sur parole. Tout aussi surmené que l'avocat, le juge qui siégeait devant une assemblée de scélérats, leurs amis et leurs familles, accorda la libération. Jonas fut donc remis en liberté et on lui rendit ses affaires, parmi lesquelles une montre de pacotille et un portefeuille contenant l'unique billet de cent dollars qui lui restait. Il s'en servit pour appeler un taxi, qui le conduisit jusqu'à sa voiture, sur le parking du Pablo Taco Shop, où il paya le chauffeur et regarda autour de lui pour voir s'il connaissait quelqu'un qui pourrait lui vendre des oxys, en vain.

En rentrant chez lui, il réfléchit à ce qu'il allait dire à Megan Burke, qui l'avait laissé moisir dans cette cellule dégueu avec des sauvages qui puaient et lui avaient fait une peur bleue. Elle n'avait pas essayé de déposer une caution, elle n'était pas venue à sa comparution, elle n'avait rien foutu pour l'aider, malgré tout ce qu'il avait fait pour elle au cours de leur relation. C'était sa vie et tout ce qu'il possédait qu'il avait partagé avec cette connasse ! Il n'avait jamais levé la main sur elle, mais ça pourrait bien changer quand il serait chez lui. Tout dépendrait de ce qu'elle aurait à dire pour sa défense.

1. Agents privés qui se portent garants auprès des tribunaux pour les accusés libérables sous caution.

Il arriva et découvrit ce qu'elle avait à dire. C'était écrit sur un bout de papier. Et à côté du mot, il y avait son portable, le double des clés et mille neuf cents dollars. Il lut le mot trois fois, de plus en plus furieux. Les vêtements et la valise de Megan avaient disparu, avec le chat.

D'un geste sec, il prit l'argent, le fourra dans sa poche et téléphona à Wilbur. Il était grave en descente et il lui fallait un truc pour se calmer et pouvoir réfléchir. Pour arriver à faire ce qu'il avait à faire. La salope l'avait grugé et il entendait bien la retrouver même s'il devait la chercher dans tous les motels d'Hollywood. Il l'aurait quand elle irait chercher de la came chez Pablo ou quand elle appellerait Wilbur pour avoir des oxys. Il glisserait un billet de cinquante à Wilbur pour qu'il le rencarde sur l'endroit où elle créchait avec son putain de fric.

Puis il regarda derrière le canapé et eut un choc. Les tableaux n'y étaient plus ! Elle avait même volé ses tableaux. Son indignation se changea en une colère noire. Il eut l'impression qu'il allait tourner de l'œil. Dommage qu'elle n'ait pas laissé son chat ; il l'aurait tué.

Elle n'avait pu en faire qu'une seule chose. Elle avait dû tenir sa promesse d'enfant de chœur et les rendre au galeriste. Et maintenant, elle avait disparu dans la nature et claquait son argent. Elle avait sûrement déjà dépensé quelques milliers de dollars en oxys et se planquait quelque part à chasser le dragon avec un autre connard assez débile pour l'héberger. Eh bien, il s'était fait niquer et quelqu'un allait payer. Elle le paierait cher quand il remettrait la main dessus. Mais en attendant, il n'allait pas tout accepter comme un mou du gland. Il allait sortir récupérer ce qui lui revenait de droit.

Sans réponse de Wilbur, il prit sa voiture et roula jusqu'au cybercafé, où il croisa Beatle, un gars à qui il achetait du cristal avant la phase Megan, quand il se défonçait au speed. Beatle tenait un atelier de désossage et aurait fait n'importe quoi pour du cristal. Il était accro à fond et aurait tué pour revendre le foie de sa victime s'il avait trouvé preneur. Il pouvait se taper un gramme sans broncher.

Jonas donna deux billets de vingt à Beatle qui lui sourit en découvrant des dents à l'aspect de bonbons à la réglisse mâchouillés, et lui lança :

— Gars, tu viens de te payer une fumette. Allez, on va dans ma piaule.

Ils se rendirent dans son trou à rats situé tout près et Jonas refuma du cristal. Ça valait pas l'oxy, mais c'était mieux que rien. Il se rappela combien il aimait ça avant, mais, à présent, ça le faisait gerber. Après avoir goûté à l'oxy, le cristal n'était plus qu'une défonce minable qui sentait la pisse de chat. Maintenant, il valait mieux que ça. Il n'empêche, ça calmait la descente et il en fuma un max. Et quand il eut fini, il se rendit compte que ça le mettait dans tous ses états. Ça le rendait parano. Il était déchaîné !

Il s'apprêtait à quitter l'appart de Beatle lorsque le camé lui lança un regard aussi vide qu'une maison hantée et lui dit :

— Tranquille, Bill.

***

Il était tout juste 14 heures passées quand Megan et son chauffeur de taxi sikh sortirent du véhicule pour gagner la porte d'entrée de la Wickland Gallery. Megan portait un pull-over rouge à manches longues, un jean et des tennis et tenait une valise fatiguée dans une main, et dans l'autre, une panière à chat adaptée aux voyages en avion avec Cuddles à l'intérieur. Le grand sikh barbu avait un turban bleu cobalt, une chemise guayabera, un treillis, des sandales et portait les deux tableaux emballés dans des couvertures, un sous chaque bras.

Megan poussa la porte et aperçut Nigel qui attendait au bureau de Ruth dans la salle d'exposition. Il était aussi élégant qu'à son habitude avec sa veste croisée bleu marine à rayures, sa chemise à col boutonné blanche et sa cravate en soie rose. Il semblait extrêmement tendu et avait même un tic nerveux au coin de l'œil gauche.

Nigel se leva et dit au sikh :

— Vous pouvez poser ces objets contre le mur.

Le sikh se tourna vers Megan, qui fit oui de la tête. Alors seulement, le chauffeur s'exécuta. Megan lui tendit la panière.

— Arjan, vous voudrez bien attendre devant la porte avec Cuddles ? Je ne resterai pas plus d'un quart d'heure.

Le sikh acquiesça et quitta la galerie, emmenant Cuddles avec lui. Nigel le vit par la vitrine, sur le trottoir, tenant fermement la panière.

Il adressa un sourire en coin à Megan et lui dit :

— Oui, je vois que vous êtes bien protégée. Mais vous n'avez rien à craindre de moi. Plus maintenant. À bien des égards, vous m'avez rendu service.

— En éliminant votre partenaire ?

Il éluda la question et lança :

— Allons dans mon bureau pour conclure notre affaire.

Nigel prit un tableau sous chaque bras et Megan le suivit jusqu'à son bureau, mais cette fois, elle n'eut pas peur quand il ferma la porte.

— Asseyez-vous, lui dit-il en désignant de la main un siège destiné aux clients.

Elle s'assit, posa sa valise par terre et l'ouvrit. Nigel considéra cette dernière et dit à Megan :

— J'ai bien peur de ne pas pouvoir remplir une valise de cette taille, mais j'ai la totalité de votre bonus, comme vous l'avez réclamé. Cependant, dans un premier temps, je voudrais examiner ma marchandise.

Il ouvrit une porte de son bureau qui donnait sur une remise avec une grande porte coulissante qui elle, ouvrait sur la ruelle de derrière. La fourgonnette était garée dans la remise, où des fournitures garnissaient les étagères et les bancs. Nigel Wickland pénétra dans la pièce et alluma une lumière au-dessus d'un des bancs. Il découpa le ruban adhésif et déballa le plus gros paquet. Il souleva la toile, la plaça sous l'éclairage et l'étudia attentivement. Megan, dans l'embrasure de la porte, l'observait.

— Ah, oui, fit-il. *La Femme au bord de l'eau.* N'est-elle pas charmante ?

Il remballa le tableau avec soin, déballa l'autre, le plaça sous l'éclairage et hocha la tête, un sourire aux lèvres.

— Satisfait ? demanda Megan.

— Oui, absolument.

Il remballa *Fleurs dans la colline*, ouvrit la portière latérale de la fourgonnette et déposa les deux toiles sur le plancher. Il referma ensuite la portière et déclara :

— À présent, finissons-en avant que votre ami enturbanné vienne m'achever avec sa dague.

Ils se rassirent. Nigel ouvrit un tiroir profond et en sortit une boîte en carton sans couvercle, qu'il posa sur son bureau.

— Allez-y, comptez. Je l'ai déjà fait.

Megan prit une liasse de billets de cent dollars, le cœur battant à tout rompre, et compta. Arrivée à cinquante, elle s'arrêta, et feuilleta du pouce le reste de la liasse. Elle fit la même chose avec les autres liasses, sans compter. La somme était trop astronomique.

— Ça a l'air bon, dit-elle, je vous fais confiance, monsieur Wickland.

Nigel partit d'un rire nerveux et même Megan ne put retenir un gloussement. Elle rangea ensuite les liasses une par une dans sa valise au milieu d'un fatras de sous-vêtements, de jeans, de tee-shirts, de débardeurs et de livres. Quand elle eut terminé, elle la referma et la verrouilla avec une petite clé.

— Oui, ça devrait passer sans problème au scanner d'un aéroport, dit Nigel. Je parie que vous n'en mènerez pas large en attendant votre valise sur le tapis une fois arrivée à destination.

Megan sourit sans faire de commentaire. Puis elle souleva sa valise, ouvrit la porte du bureau et traversa la salle d'exposition pour gagner la porte donnant sur Wilshire Boulevard.

Avant qu'elle ne l'ouvre, Nigel lui lança :

— Portez-vous bien, Valerie. Votre ambition m'a été profitable, même si cela n'en a pas l'air.

Elle ne répliqua pas, mais lui adressa un geste d'adieu de la main. Quand elle fut sortie, le sikh lui prit son bagage, et elle porta la panière jusqu'au taxi qui devait la conduire à LAX. Megan Burke, folle de joie, décida de revoir le pourboire d'Arjan à la hausse et de lui donner deux cents dollars.

Durant le trajet jusqu'à l'aéroport, une main dans la panière pour caresser son chat, Megan tenta de considérer le bon côté de ces deux années passées loin de chez elle. Mais la dépendance qui avait entraîné son déclin physique, affectif et moral annulait tout aspect positif. Puis elle songea que non, Hollywood lui avait offert un cadeau. Elle l'avait reçu en entrant dans le refuge pour animaux quatorze mois plus tôt. Hollywood lui avait donné Cuddles, la chatte calico.

CHAPITRE 25

Raleigh Dibble avait pris la plus longue douche de sa vie. Il n'avait aucune envie de quitter le jet d'eau chaude. Quand il sortit, il s'installa au lavabo, se rasa avec une lame neuve et peigna du mieux qu'il put ses cheveux de plus en plus clairsemés. Il sortit son plus beau polo et son pantalon en toile le moins usé. Il alla même jusqu'à enlever les peluches de son blazer chic et passa un chiffon sur ses vieux mocassins. Dans des films, il avait vu des hommes qui, s'apprêtant à vivre des moments décisifs de leur existence, agissaient avec le même soin, parfois avant de se mettre un pistolet sur la tempe et de presser la détente.

À 16 heures, il était sur le trottoir en face de la Wickland Gallery, après s'être assuré que la lumière était allumée à l'intérieur et que la galerie était ouverte.

***

Jonas Claymore se tapait un trip au cristal comme il n'en avait pas connu depuis plus d'un an. Il avait quitté East Hollywood et roulait, complètement surexcité, vers Berverly Hills, au milieu de la circulation de l'heure de pointe. Son système nerveux central s'était déconnecté et il ne contrôlait plus ses mains. Il n'arrêtait pas de toucher les commandes de la Coccinelle. Il avait vérifié que les phares étaient éteints, que le frein à main n'était pas serré, que la radio fonctionnait et que le chauffage n'était pas allumé. L'opération à peine terminée, il recommençait. Ses mains ne lui appartenaient plus. Elles remuaient et s'agitaient, sans cesse en mouvement.

Il avait conscience d'avoir un besoin criant d'oxy pour se maîtriser, mais il n'y avait pas de temps à perdre. Il imagina que Megan serait chez lui à son retour. Il s'occuperait d'elle s'il l'y trouvait. Oh, oui, il lui ferait sa fête. Ils se foutaient de lui, Megan et ce type de la galerie qui détenait ses tableaux à lui. Elle les lui avait piqués. Il les avait eus en sa possession et aurait pu en disposer comme il voulait, mais elle l'avait doublé. Et maintenant, ils se foutaient tous les deux de sa gueule.

Il dut se rappeler de ralentir et de respecter les règles de la circulation. Il ne pouvait pas se permettre de se faire encore serrer par les flics. C'était étrange, mais tous les passants avaient un air de flic, et tous semblaient l'observer. Mais ils ne pouvaient pas l'empêcher de faire ce qu'il avait à faire. Personne ne le pouvait.

Il aurait aimé avoir le temps de parler à Wilbur pour voir s'il pouvait lui vendre un flingue. Il n'en avait jamais eu, mais il était sûr qu'il saurait s'en servir. Pourquoi pas un pistolet comme ceux des flics dans *Les Experts*. Il n'avait pas eu le temps de s'équiper. Il n'était armé que d'un grand couteau qui se baladait sous sa ceinture, et dont le manche rentrait dans son ventre vide. Ça suffirait : il commençait à se sentir invincible.

***

Cinq minutes avant la fermeture, Raleigh Dibble traversa Wilshire Boulevard et entra dans la Wickland Gallery. Ne voyant pas la femme à son bureau, il se dirigea vers celui de Nigel au moment même où celui-ci sortait des toilettes.

— Surprise ! dit-il en s'asseyant sur le siège client et en tentant de garder son calme.

Nigel fronça les sourcils.

— Je ne vous ai pas entendu entrer. Que faites-vous ici ? Vous n'auriez pas dû revenir.

— Oh, votre assistante vous a dit que j'étais venu l'autre jour ?

— Oui.

— Pourquoi vous ne m'avez pas appelé pour rouspéter, Nigel ?

Celui-ci s'assit au bord de son bureau.

— À quoi cela nous aurait-il avancés ? J'ai tout fait pour vous convaincre de patienter jusqu'à ce que les voleurs nous contactent. Que puis-je faire de plus ?

— J'ai oublié le nom de votre employée.

— Elle s'appelle Ruth. Vous avez l'air tendu, Raleigh. Je vous sers une tasse de café ? Un thé, peut-être ?

— Ruth vous a-t-elle rapporté la conversation qu'on a eue quand je suis venu pour vous voir hier ?

— Oui, elle m'a dit que vous lui aviez demandé si quelqu'un était venu et avait demandé à me parler.

— Vous avez compris pourquoi je lui ai posé la question ?

— Évidemment. Vous croyez que je traite avec le type qui m'a téléphoné et que je vous le cache ?

— C'est exact, dit Raleigh en pensant : *Du calme. Reste calme.*

— Eh bien, c'est idiot, Raleigh. Il se peut qu'on n'ait jamais de leurs nouvelles, et dans ce cas, j'en serai de ma poche.

— Il n'y a donc aucune raison de s'inquiéter ?

— Aucune. Leona ne remarquera jamais ce que nous avons fait et je l'aiderai à mettre en caisse et à entreposer les reproductions le moment venu.

— Je vois, dit Raleigh. Alors comme ça, notre coup n'a été qu'un essai non transformé ?

— Si la métaphore sportive vous convient mieux, oui, en effet. Je suis désolé pour vous, et pour moi-même. J'ai investi de l'argent dans ce projet, si vous vous souvenez.

— Oui, je m'en souviens parfaitement. Plus d'argent que je ne croyais.

— Qu'entendez-vous par là ?

Le comportement de Raleigh changea.

— Je parle de la somme que vous avez remise à vos complices pour me baiser après vous être servi de moi.

— La pression est trop forte pour vous, dit Nigel en quittant son perchoir à l'angle de son bureau pour s'asseoir dans son fauteuil.

— Je ne crois pas. Je sais que vous avez engagé deux personnes, dès le début, pour organiser le vol bidon de votre van et me mettre hors du coup. Après vous avoir aidé à échanger les toiles, j'ai tout de suite été mis hors jeu, c'est aussi simple que ça.

— Bon sang ! s'écria Nigel, qui n'en croyait pas ses oreilles et regarda vers la porte de la remise, entrouverte. Vous le pensez vraiment ? Vous pensez que j'ai engagé deux types pour faire croire au vol de ma camionnette et vous évincer ?

— C'est ce que je crois, oui.

— Je vous donne ma parole de gentleman : ma camionnette a été volée par des inconnus. Point final.

— Vous n'êtes pas un gentleman, espèce de fils de pute, lui lança Raleigh, fulminant.

— Sortez, Raleigh. Vous vous rendez ridicule.

Raleigh le dévisagea.

— Et la fille en robe berlingot ?

— La quoi ? dit Nigel du tac au tac.

Il est doué, songea Raleigh. Il n'avait pas bronché. Mais le tic au coin de son œil s'intensifiait.

— Valerie, si c'est bien son nom.

Nigel en resta comme deux ronds de flan. Comment Raleigh savait-il que Valerie était venue ?

— Raleigh, expliquez-vous, je vous prie. Je ne saisis pas.

— Vous êtes un connard très rusé, n'est-ce pas, Nigel ? Et moi, je ne suis qu'un ancien taulard complètement abruti, un domestique de riches qui leur prépare le repas et les « torche », comme vous dites. Mais maintenant, je me rends compte que j'étais assez content de mon sort avant de vous rencontrer. Maintenant que j'ai compris ce que vous êtes.

— Cette conversation ne nous mène nulle part. Tout ce que je pourrais vous dire ne changera rien. Vous êtes tout bonnement submergé par la paranoïa. Croyez-moi, j'aimerais autant que nos chemins ne se soient jamais croisés, mais avec des « si », on mettrait Paris en bouteille, comme on dit.

— Parlez-moi de la fille en robe berlingot.

— Et vous, parlez-moi donc de cette chère, de cette adorable Valerie. Pourquoi est-elle venue me voir ? C'est le seul détail qui m'intrigue. Pourquoi donc ? Est-ce qu'elle faisait une petite enquête toute seule en indépendant ? Peut-être qu'elle voulait voir s'il restait d'autres œuvres d'art chez Leona Brueger qu'elle et son complice pourraient dérober ? Je ne parviens pas à comprendre cet épisode. Pourquoi est-elle allée chez les Brueger ? Expliquez-moi au moins ça, si vous le savez.

Nigel Wickland se sentait encore plus fatigué que lorsqu'ils avaient procédé à l'échange et vu leur plan anéanti par le vol de la camionnette. Il était plus fatigué qu'à aucun moment de ces derniers jours, quand il s'inquiétait que la police se rende à sa galerie pour lui apprendre qu'on avait arrêté le voleur de son véhicule avec des tableaux emballés au sujet desquels il allait devoir s'expliquer. Il était éreinté. Raleigh Dibble se trompait sur bien des plans, mais il en savait assez. Nigel s'était laissé piéger par un idiot.

Soudain, il eut une idée.

— Ruth, dit-il. Ruth vous a parlé de la fille à la robe berlingot, n'est-ce pas ?

— Vous m'aviez caché l'existence de cette fille.

— Nom d'une pipe ! Oui, je vous ai caché des choses, mais pour une bonne raison, croyez-moi.

— Je suis tout ouïe, tel le poisson dans la rivière. Éclairez-moi, Nigel.

— Ils ont vraiment volé la camionnette. Un homme que je n'ai jamais vu et une fille que nous connaissons sous le nom de Valerie. Sur ce point-là au moins vous me croyez ?

— Continuez.

— C'est une fille maligne, plus maligne que son complice, que je n'ai jamais rencontré. Elle a vu le nom des Brueger sur l'étiquette de l'encadreur agrafée au châssis et a compris que quelque chose ne tournait pas rond quand je prétendais que les toiles m'appartenaient. Elle est venue vous voir de son propre chef pour essayer de tirer les choses au clair et j'imagine qu'elle vous a fait du charme pour entrer dans la maison que, dans votre générosité, vous lui avez fait visiter. Et elle a vu *La Femme au bord de l'eau* et *Fleurs dans la colline*. Tout ça parce que vous lui avez montré ces fichus tableaux, Raleigh. C'est vous qui avez provoqué tout ça. Tout est de votre faute, pas de la mienne !

— L'honnêteté des voleurs m'a toujours étonné, dit Raleigh. Vous savez, la manière dont ils vous ont rendu votre van comme preuve de leur bonne foi ?

— Ces deux-là ne sont pas des criminels endurcis. Ce sont des drogués incohérents qui ont eu une chance incroyable. Vous avez vu Valerie. Vous n'avez pas remarqué qu'elle a un physique maladif ?

— Et ils vous ont pris vos douze mille et vous ont rendu les tableaux comme promis, en plus de votre van, c'est ça ?

— Seigneur ! s'écria Nigel. Non, je ne leur ai encore rien donné parce qu'ils ne m'ont pas recontacté depuis que Valerie est venue ici pour me faire chanter. Tout ça parce que vous l'avez invitée à entrer dans la maison.

— Et elle vous a dit combien d'argent elle voulait en plus pour ne pas tout balancer à la police ou à Mme Brueger ?

— Non ! J'attends de leurs nouvelles. Comme je pensais que vous étiez à bout de nerfs et que vous ne pourriez pas supporter un autre choc de ce genre, j'avais décidé de ne rien vous dire avant de connaître leurs exigences. Vous ne comprenez pas ?

— Vous me protégiez. C'est gentil de votre part.

— Je nous protégeais tous les deux. Croyez-moi, cette affaire est devenue si alambiquée que je ne sais pas où j'en suis. J'étais persuadé que vous ne pourriez pas gérer plus de stress. Ça au moins, j'en étais sûr.

— Alors tout ce qu'il nous reste à faire, c'est attendre de recevoir les prochaines instructions de Valerie et de son complice. C'est tout ?

— C'est tout. Nous devons attendre.

— Non, ce n'est pas tout. J'ai une autre idée en tête.

La sonnette retentit dans le bureau, signe que quelqu'un venait d'entrer dans la galerie.

— Bon Dieu ! s'exclama Nigel. J'aurais dû fermer. Vous m'excusez un instant ?

Nigel se leva, quitta le bureau puis, une fois dans la salle d'exposition, il se retourna et dit :

— Raleigh, si vous voulez un café, c'est sur la table à côté de la porte des toilettes. Servez-vous.

Jonas Claymore, au milieu de la pièce, avait entendu ce que Nigel venait de dire et compris que le galeriste n'était pas seul.

Nigel eut du mal à ne pas afficher une mine méprisante lorsqu'il aperçut le jeune homme dégingandé et débraillé, vêtu d'un sweat-shirt gris à capuche, qui le dévisageait avec un regard de fou. Il songea que la police de Beverly Hills aurait dû veiller à ce que les clochards ne viennent pas harceler les commerçants de Wilshire Boulevard.

— J'ai bien peur que nous soyons fermés, dit-il à Jonas. Je fermerai dès que mon dernier client sera parti.

Sans un mot, Jonas prit un air renfrogné, tourna les talons et se traîna à travers la pièce en direction de la porte, Nigel à sa suite. Quand Jonas eut atteint le boulevard, le galeriste ferma la porte derrière lui, baissa le store sur la porte vitrée et plaça une pancarte *fermé* dans la vitrine.

OK, vieux connard coincé, se dit Jonas. On va jouer, mais c'est à moi. Il fit le tour jusqu'à la ruelle de derrière et remarqua que la galerie avait une porte coulissante assez grande pour laisser passer un van. La ruelle comprenait deux places de parking ; sur l'une d'elles était garé un roadster BMW rouge. *Ouais, c'est la sienne*, se dit-il. *Une voiture de pédé.*

Il se pressa de rejoindre sa Coccinelle, la gara au bout de la ruelle et resta là, assis, à observer la porte arrière de la galerie en songeant qu'il échangerait bien trois billets de cent juste pour une moitié d'oxy, là, tout de suite. Une vieille femme sortit de la bijouterie derrière lui pour vider une poubelle dans une benne. Jonas la jaugea dans le rétroviseur et lui trouva un air de flic en civil.

Après avoir fermé et éteint la lumière, Nigel retourna à son bureau et se trouva nez à nez avec le canon d'une arme.

Raleigh, debout près de la porte de la remise, lui dit :

— Allons jeter un œil là-dedans, vous et moi, Nigel. Si les tableaux n'y sont pas, on ira faire un tour chez vous et on les y cherchera.

Enfin Raleigh Dibble vit ce qu'il avait tant attendu depuis le début de cette mésaventure. Il vit quelque chose qu'il ne connaissait que trop bien, par expérience. Il lut la peur, et bien réelle, sur le visage de Nigel Wickland.

— À quoi jouez-vous ? demanda celui-ci.

Raleigh constata avec satisfaction que le tic au coin de l'œil de Nigel s'était encore intensifié.

— Je ne joue pas. Plus maintenant.

— Je vous en prie, Raleigh !

— Vous avez devant vous un homme désespéré, et en colère. J'imagine que je passerai un bon moment en prison si je ne redresse pas la situation, et c'est ce que je vais faire ce soir, d'une manière ou d'une autre.

— Vous n'allez pas vous servir de ça ! Vous ne pouvez pas !

— Je vous tuerai sans hésiter, Nigel, si vous n'entrez pas dans cette remise tout de suite. Et ensuite, je me tuerai. Ne me mettez pas au défi.

Nigel ne se contenta pas d'entrer dans la pièce, il s'y engouffra. Il sembla glisser sur le sol, les mains levées devant lui comme pour éviter la balle que Raleigh pourrait tirer. Il entra dans la pièce et appuya sur l'interrupteur.

— Vous voyez, il n'y a rien d'autre ici que des stocks…

— Et dans votre van ? lui demanda Raleigh.

— Allez-y, fouillez. Tout ça est ridicule.

— Donnez-moi une lampe torche. Il fait trop sombre là-dedans.

— Sur l'établi. Mais j'aimerais que vous posiez votre arme.

Raleigh aperçut la boîte à outils, celle que Nigel avait apportée le jour où ils avaient sorti les tableaux de leurs cadres pour y mettre les faux. La petite lampe était rangée dans le casier du haut. Raleigh l'en sortit.

— Tournez-vous Nigel, les mains en l'air, dit-il.

— Qu'allez-vous faire ? demanda Nigel, la voix brisée comme s'il allait se mettre à pleurer.

La même voix que la nuit où les voleurs avaient raflé le van.

— Tenez-vous tranquille, lui ordonna Raleigh en braquant le faisceau de la lampe sur des recoins sombres, sur des petits placards et jusque sur les poutres apparentes.

— Satisfait ? demanda Nigel. Peut-on mettre fin à cette mascarade maintenant ?

— Pas encore.

— Pour l'amour du ciel, Raleigh ! s'écria Nigel en entendant s'ouvrir la portière de la camionnette.

— Ne bougez pas d'un cil !

Sur quoi il éclaira l'intérieur du van et vit les deux paquets qu'il connaissait bien, dans les couvertures.

— Raleigh..., fit Nigel, incapable de trouver autre chose à dire. Raleigh, Raleigh...

— Est-ce que je dois vous demander de les sortir et de les déballer ?

Nigel détourna le visage et parla par-dessus son épaule.

— Je vous jure que j'ignorais tout jusqu'à ce que cette fille, cette Valerie, fasse irruption ici aujourd'hui avec les toiles. Je lui ai remis les douze mille et elle est repartie comme elle était venue.

— Et vous alliez me mettre au courant dès que vous en trouveriez le temps, c'est ça ?

— Je peux baisser les mains ?

— Non, mais vous pouvez vous tourner et me regarder.

Nigel se tourna, les mains encore en l'air et cria :

— Je ne pouvais pas vous le dire ! Vous n'arrêtiez pas de répéter à quel point vous regrettiez ce que nous avons fait. Vous vouliez rapporter les tableaux chez les Brueger. J'avais peur que vous le fassiez. Je ne vous aurai mis dans la confidence qu'après avoir expédié les toiles en Europe et conclu l'affaire. Ensuite, j'entendais vous faire la surprise en vous remettant votre part du million de dollars. Je vous jure que c'est la vérité, Raleigh !

— Vous êtes incroyable. Vous êtes vraiment un menteur hors pair, doublé d'un tricheur.

Nigel se mit alors à respirer bruyamment et à fouiller sa poche comme un fou pour en tirer son inhalateur, mais Raleigh lui ordonna :

— Ne faites pas de gestes brusques avec vos mains de Joan Crawford.

— Je... ne... peux... plus respirer !

— Doucement, dit Raleigh.

Nigel s'exécuta et inspira profondément deux bouffées.

— Nous pouvons encore réussir, Raleigh, dit-il en retrouvant sa respiration. Rien d'irréparable ne s'est encore produit. Vous ne pouvez plus reculer maintenant. Laissez-moi faire ce que j'avais l'intention de faire. Un demi-million, Raleigh. Net d'impôts !

— Jetez-moi les clés du van tout doucement.

Nigel sortit son porte-clés de sa poche et le lança trois mètres plus loin sur le sol de la remise. Raleigh le ramassa, rangea la lampe dans la boîte à outils qu'il porta jusqu'au van et posa derrière le siège passager.

— Montez et prenez le volant, dit-il.

— C'est de la folie. De la folie !

— Montez !

Nigel se précipita dans le van et s'assit au volant.

— Comment s'ouvre la porte ? demanda Raleigh.

— J'ai une télécommande à distance, ici, dans la camionnette, répondit Nigel d'une voix à peine audible.

Raleigh prit place sur le siège passager.

— Ouvrez la porte.

Nigel appuya sur la commande fixée au pare-soleil et la porte s'ouvrit.

— Démarrez. Je pense que vous savez où on va.

— De la folie ! s'écria Nigel Wickland.

***

Jonas Claymore mit le moteur en marche à la seconde même où la porte de la remise s'ouvrit. Il vit la fourgonnette sortir et la porte se refermer. La nuit tombait plus tôt à présent que Los Angeles profitait du crépuscule de l'automne. Il faisait trop sombre pour que Jonas voie si le galeriste était seul ou non dans le van. L'autre type avait pu sortir par la porte de devant, pour ce qu'il en savait. Seul ou pas, le galeriste reviendrait chercher sa petite voiture rouge. Mais Jonas choisit de le filer plutôt que de rester là à ne rien faire. Il trouverait peut-être même un meilleur endroit pour mettre la tapette au pied du mur et l'obliger à lui remettre ce qui lui revenait de droit. Et puis de toute façon, le cristal avait rendu Jonas trop survolté pour attendre.

Il dut se maîtriser en roulant dans la circulation de la fin d'après-midi. Le galeriste ne vérifierait pas si on lui filait le train, alors il pouvait le suivre de près, mais avec cette circulation dense, impossible de s'approcher assez pour voir s'il était seul à bord de la fourgonnette.

Il faillit la perdre dans Sunset Boulevard quand elle s'engagea sur Fairfax Avenue. Il la rattrapa tandis qu'elle se dirigeait vers le nord par Hollywood Boulevard, mais se laissa distancer de nouveau un moment quand elle tourna à gauche dans Sierra Bonita. Il la retrouva dans Franklin et la perdit définitivement quand il fut obligé de s'arrêter à un feu rouge d'Outpost Drive. À fond de meth dans sa Coccinelle, il frappa le volant d'une main et klaxonna de l'autre, hurlant par la fenêtre contre les autres voitures, contre le feu rouge, contre la vie en général.

À sa hauteur, un homme au volant d'une Lexus nouveau modèle baissa sa vitre et lui demanda :

— Qu'est-ce qui t'arrive, mon gars ?

Jonas dégaina le couteau de sa ceinture, l'agita et répondit :

— Tout irait bien si je pouvais te découper les yeux, enculé de richard !

La Lexus démarra en trombe et Jonas tourna dans Outpost Drive et roula sans but vers le nord jusqu'à ce qu'une pensée lui vienne à l'esprit. S'il continuait vers Mulholland et prenait à gauche, il monterait dans les Hollywood Hills, du côté de Woodrow Wilson Drive. Le van était-il en train d'y retourner ?

Là, dans la grande baraque où tout ça avait commencé ? Où la trahison avait débuté ?

***

Raleigh Dibble fit retirer les paquets du van à Nigel Wickland en le menaçant de son arme pendant qu'il transportait la boîte à outils à la Casa Brueger. Une fois à l'intérieur, il alluma la lumière du vestibule et du couloir, s'assit dans le fauteuil sculpté au siège tapissé et dit :

— Au boulot, le p'tit génie.

Nigel poussa un soupir, ôta son veston, défit les boutons de son col, desserra sa cravate et décrocha la copie encadrée de *La Femme au bord de l'eau*. Il déballa l'original et se mit au travail en silence, en essayant de ne pas penser au fait qu'il avait déboursé cent douze mille dollars de son capital pour se retrouver exactement au même point que quelques jours plus tôt. Il était ruiné. Il ne voyait aucun moyen de sauver son affaire, avec ses comptes d'entreprise à sec et ses économies dilapidées. Maigre consolation, il n'avait plus à redouter la prison. Mais pour Nigel, à cet instant précis, la perspective de la prison ne semblait pas aussi terrifiante que celle de vieillir dans la misère.

Il désencadra le faux, le jeta sur la couverture puis replaça l'original dans le cadre. Il passa ensuite aux *Fleurs dans la colline* et procéda de la même manière. C'était lent et fastidieux car il respectait trop ces œuvres impressionnistes pour bâcler le travail. Il éprouva soudain le désir, un peu sentimental, qu'un amateur d'art comme lui les possède un jour.

Quand il eut presque terminé, il demanda à Raleigh :

— Pourriez-vous au moins me servir un autre verre de cette eau de Vichy ?

— C'était de l'eau du robinet, pauvre snob arrogant. Vous pourrez en boire autant que vous voulez quand vous aurez fini.

***

Jonas Claymore avait laissé échapper un cri de victoire en apercevant le van dans l'allée des Brueger. Il ne parvenait pas à comprendre pourquoi le type était revenu, sauf s'il essayait de nouveau de vendre les deux tableaux aux propriétaires maintenant que Megan les lui avait rendus contre 12 K. Ses 12 K à lui. Envolés !

Il ne tenait plus en place. La meth provoquait toutes sortes d'effets secondaires qu'il n'avait jamais ressentis avant, du moins pas avec une telle intensité. Tout son corps était secoué de mouvements convulsifs. Il avait l'impression que ses dents bougeaient. Il en était réduit à regarder à travers la haie de genévriers au lieu de courir jusqu'à l'entrée, défoncer la porte à coups de pied et mettre le couteau sous la gorge de ce marchand d'art qui l'avait doublé avec Megan. Il espérait seulement que cet enculé savait où elle se planquait. Il le ferait parler, ah ça oui !

Il pissa sur les genévriers et passa le temps en s'imaginant grimper à la fenêtre de l'endroit où logeait Megan et lui découper les nichons. Mais vu leur taille, ce ne serait pas une grande perte pour elle.

***

— Vous pouvez ranger votre arme maintenant s'il vous plaît ? demanda Nigel quand les deux copies inutiles furent emballées sommairement dans les couvertures.

Raleigh la glissa dans sa poche et ramassa la boîte à outils.

— Emportez les copies. Vous pourrez peut-être en tirer quelques dollars quelque part. Elles sont presque aussi belles que les originaux. Vous pourriez essayer sur Craigslist.

— Ça ne me rapporterait même pas de quoi payer le travail réalisé au labo. Ce seront mes madeleines. Quand je dormirai sous les ponts.

— Tout se passera bien pour vous, Nigel, lui renvoya Raleigh. Un gentleman anglais de qualité comme vous peut sans problème trouver du travail dans ma branche. Je vous vois bien domestique d'un vieil homme fortuné qui a besoin d'une personne cultivée pour lui torcher le cul.

Raleigh Dibble sortit accompagné de Nigel Wickland, qui jeta les copies emballées dans les couvertures sur le plancher de la camionnette.

— Je ne vous demanderai pas de me reconduire à ma voiture, Nigel. Je prendrai un taxi et je la récupérerai demain. Il me semble qu'on s'est assez vus.

— Je n'aurai peut-être pas d'autre choix que de vous revoir si Leona a toujours l'intention de faire appel à moi pour superviser la mise au garde-meubles de ses œuvres d'art. Mais j'espère sincèrement que ce ne sera pas le cas.

— Adieu Nigel, dit Raleigh. Désolé pour la manière dont les choses ont tourné pour vous. J'imagine que vous devrez vous contenter d'être un vieillard aussi insignifiant que nous autres.

Et ce fut tout. Raleigh regarda le van s'éloigner pour la dernière fois dans l'allée de faux pavés. Il se retourna et entra dans la maison, sans remarquer l'unique feu de la petite Coccinelle qui suivait le van en lui faisant des clins d'œil exactement comme la première fois.

Il se laissa tomber sur son lit avec la certitude qu'il pourrait enfin dormir comme un nouveau-né. Il n'avait pas de grandes perspectives d'avenir, mais il se disait qu'il obtiendrait peut-être une bonne recommandation de la part de Leona Brueger avant qu'elle ne vende la propriété et ne déménage. Il songea que ce serait formidable si les nouveaux propriétaires avaient besoin d'un majordome/cuisinier avec ses compétences. Il avait envie de rester dans cette maison. Il s'y plaisait, avec ou sans les œuvres d'art.

Allongé sur le lit, la fenêtre ouverte, il contemplait les rayons de la lune ondoyant sur le mur de sa chambre et se sentait bien. Avant de s'assoupir, il songea à la jolie fleur au teint d'albâtre, fragile et charmante, qui l'avait embrassé sur la joue. Ce qu'elle était mélancolique, et si délicieusement jeune ! Il s'en souviendrait toujours comme de la fille à la robe berlingot.

CHAPITRE 26

Il n'eut pas besoin de se donner la peine de filer le train à la fourgonnette. Jonas savait où elle allait et il voulait y être le premier. Il conduisait si vite qu'il ne s'arrêta pas au feu orange et grilla un feu rouge sur Sunset Boulevard. Il regarda autour de lui, pris de panique, pour voir s'il n'y avait pas de véhicule de police et n'en repéra aucun. Arrivé à Beverly Hills, il se gara près de la Wickland Gallery et courut dans la ruelle, soulagé de constater qu'il ne s'était pas trompé au sujet du roadster BMW. Il appartenait au marchand d'art pédé, il en était sûr. Le type allait revenir.

Il glissa son corps décharné derrière la benne, mais comme le container était plein d'ordures, il ne parvint pas à le déplacer et, avec sa stature, il eut du mal à se courber pour que sa tête ne dépasse pas. C'était pénible et les idées paranoïaques se bousculaient toujours dans sa tête. Sa position inconfortable attisait sa colère à l'égard de la tapette et de Megan qui avaient comploté contre lui. Plié en deux, accroupi, il écoutait le bruit de la circulation nocturne sur Wilshire Boulevard lorsque soudain, il entendit le van s'engager dans la ruelle. Il sortit le couteau de sous son sweat-shirt, mit sa capuche et se tint prêt à attaquer.

Nigel, lui, songeait qu'il aurait besoin de faire le tour du cadran pour se remettre de cette horreur. Il appuya sur le bouton de la télécommande, la porte coulissante s'ouvrit. Il entra avec le van dans la réserve, éteignit les phares et pressa de nouveau le bouton pour fermer la porte. Quand il descendit de la fourgonnette, l'éclairage de l'habitacle resta allumé un instant et il en profita pour ouvrir la portière latérale et décharger les copies. Il les balança sur l'établi. C'est alors qu'il sentit le couteau sur sa gorge.

Jonas Claymore, encore plus grand que Nigel, l'attrapa par-derrière par le col de son veston, plaqua sa joue contre la sienne et lui souffla :

— On remue pas.

— Oh, Seigneur ! Oh, mon Dieu ! s'écria Nigel.

— C'est ça, maintenant je suis ton Dieu. Et tu ferais mieux de faire ce qu'il te dit.

— Tout ce que vous voulez ! cria Nigel, les mains en l'air comme plus tôt dans la soirée. Tout ce que vous voulez !

— Allume la lumière.

— L'interrupteur est à côté de la porte de mon bureau.

— Vas-y, doucement.

Nigel sentait l'odeur de l'homme à la capuche. Infecte. Il se déplaça maladroitement pour appuyer sur l'interrupteur, comme un chien que son maître retient par le collier, et alluma.

— Où sont mes tableaux ?

Cette voix ! Oui, c'était celle du voleur qui l'avait appelé pour lui demander une rançon. Il supplia.

— Je vous en prie, monsieur, lâchez-moi et écartez ce couteau afin que nous puissions discuter.

Jonas resserra son emprise et resta derrière lui.

— On va parler, mais d'abord, où sont mes tableaux ?

— Monsieur, dit-il, je ne vois vraiment pas de quoi vous parlez.

— Je parle de te trancher la gorge comme un putain de basané irakien, voilà de quoi je parle.

C'en était trop. Trop de terreur en une seule nuit. C'était tellement invraisemblable qu'il eut envie de crier pour se réveiller. Mais il ne cria pas. Il pissa. Jonas vit le filet couler du revers du pantalon de Nigel sur le sol en béton de la réserve.

— Espèce de pisseuse. T'as pissé dans ton froc.

Nigel Wickland n'entendit pas l'insulte. Il était en sueur et sanglotait, le corps secoué de mouvements convulsifs contre la lame qui lui entaillait la peau. La douleur était cuisante.

— Ne me faites pas de mal, réussit-il à dire. Je ferai ce que vous voulez. Je vous donnerai ce que vous voulez !

Jonas le poussa sur le côté, jusqu'à l'établi. Puis il lança :

— Enlève le tissu de ces tableaux.

Nigel se pencha et tira les couvertures d'un coup sec. Jonas examina *La Femme au bord de l'eau.*

— Mes tableaux ! brailla-t-il.

— Oh non ! hurla Nigel. Ô Seigneur, ce n'est pas possible !

— Entre là et allume, dit Jonas en le poussant dans son bureau.

— Puis-je m'asseoir à mon bureau ? demanda Nigel en se concentrant sur une chose et une seule : le pistolet dans le tiroir du milieu.

Mais le tiroir était fermé à clé !

— Assis !

Nigel reconnut l'homme à la capuche. C'était le clochard qui était entré dans la galerie juste avant que Raleigh et lui ne partent chez les Brueger.

Jonas se sentait tout-puissant. Il avait le contrôle absolu. Il était le plus fort. Il agitait la lame du couteau à trente centimètres du visage de Nigel et se régalait de la peur panique qu'il y lisait.

Nigel passa un doigt sur l'entaille qu'il avait à la gorge.

— Je suis blessé, monsieur, dit-il en voyant le sang rouge vif sur ses doigts.

— T'es pas blessé. Pour l'instant.

La respiration de Nigel grésillait.

— Monsieur, je suis asthmatique, bredouilla-t-il. Laissez-moi me servir de mon inhalateur. Je ne peux plus respirer.

— Vas-y, mais fais gaffe.

Nigel prit son inhalateur, aspira deux bouffées et retint sa respiration.

Jonas lui décocha un regard sévère.

— Magne-toi le cul ou ce sera ton dernier souffle.

— J'ai donné à la jeune femme la rançon de douze mille dollars que vous réclamiez, dit Nigel dès qu'il put respirer à nouveau. J'ai fait tout ce que vous m'avez demandé. Pourquoi êtes-vous là ? Pourquoi me traitez-vous de cette manière ?

— L'autre pétasse et toi, vous m'avez baisé. Vous avez passé un accord et j'étais pas au courant. Elle t'a filé les tableaux dans mon dos. Elle t'a aussi taillé une pipe ?

Et il ajouta :

— Tout bien réfléchi, tu voudrais pas que ce soit une fille qui te fasse ça, hein ?

— Monsieur, dit Nigel. Elle ne m'a pas remis mes... pardon, vos tableaux. Ce sont des copies qui se trouvent dans la réserve. Pas des originaux.

— Écoute, suceur de bites, me parle pas comme à un débile profond. J'ai des yeux. C'est mes tableaux sur l'établi. Et si tu veux garder les tiens, d'yeux, me prends pas pour un abruti.

Nigel, qui pleurait, s'écria :

— Ô Seigneur ! Pourquoi personne ne veut me croire ?

— Braille pas comme une fillette et parle-moi pendant que tu peux encore.

Mais Nigel ne savait pas quoi dire. Comment faire preuve de logique avec un fou complètement camé ? Quoi qu'il dise, il le prendrait pour un menteur. Il décida de dire ce que le voleur voulait entendre.

— Voilà ce qui s'est passé, dit-il. Votre amie Valerie est venue ici...

— Megan.

— C'est ça, Megan. Elle est revenue. Elle m'a dit que vous l'aviez envoyée pour me rendre mes... vos tableaux et conclure la transaction. Comment pouvais-je savoir qu'elle vous l'avait caché ? J'ai pensé que vous l'attendiez dans la voiture ou ailleurs. J'ai fait tout ce que vous vouliez, monsieur.

— Comment je peux savoir que tu lui as pas filé plus de fric la deuxième fois ? Je sais que ces tableaux valent carrément plus que t'as dit.

— Non, monsieur, rétorqua Nigel. Je n'ai pas pu les vendre.

— Tu as essayé récemment ? demanda Jonas en plissant les yeux.

— Non, je les ai gardés dans ma camionnette dans l'éventualité d'un client potentiel.

— Tu mens ! Tu les as rapportés dans la même baraque ce soir. Je t'ai filé, enculé. Tu mijotes un truc dans cette baraque avec ces tableaux. Ils valent plein de fric, c'est ça ?

La sueur avait trempé la chemise de Nigel. Il ne parvenait pas à détacher son regard de la lame du couteau qui dansait devant son visage. Ce spectre décharné à capuche et aux yeux menaçants allait sûrement le poignarder s'il ne lui disait pas ce qu'il attendait.

— Monsieur, ce client voulait les revoir, mais il m'a dit la même chose que la dernière fois, qu'ils ne conviennent pas. Mais j'ai une idée. Puis-je vous la soumettre ?

— Vas-y.

— Vous pourriez les emporter. Je serais ravi que vous le fassiez. Si vous pouviez les vendre et en tirer quelques dollars, tant mieux pour vous. Vous voudriez ? S'il vous plaît ? Prenez les tableaux. Mon cœur ne supporte pas ce stress. J'ai de l'asthme et un souffle au cœur.

— Ben, c'est pas la honte qui t'étouffe. Alors, OK, je vais peut-être croire tes conneries. Peut-être que je vais récupérer mes tableaux. Mais tu vas quand même payer pour toutes les emmerdes que cette pétasse et toi, vous m'avez causées. Toi et cette conne, vous avez cru que vous pourriez juste me doubler et me mettre hors jeu, c'est ça ?

Nigel desserra le bracelet de sa montre, la jeta sur le bureau et lança :

— Tenez, c'est une Rolex. Prenez-la. Et j'ai à peu près cent dollars dans mon portefeuille. Puis-je le prendre ?

— Ouais, vas-y.

Nigel sortit son portefeuille de sa poche et le jeta sur le bureau à côté de la Rolex.

Jonas glissa le portefeuille et la montre dans la poche de son jean et poursuivit :

— Les tableaux valent un max de pognon, non ?

Nigel soupira, marqua une pause et finit par répondre :

— Oui.

— Je savais que tu voulais pas me les rendre. Combien ils valent ?

— Trente mille, peut-être plus. Vous pouvez en obtenir cette somme de n'importe quel marchand d'art à L. A. Prenez-les et partez. S'il vous plaît, partez.

— Ah, enfin tu avoues ! Alors, raconte-moi tout, sale enfileur de bites. Où Megan a dit qu'elle allait ?

C'était la fin. Nigel Wickland estima qu'il arrivait au bout du parcours de cette affreuse nuit. Il n'avait plus nulle part où courir se cacher avec des mots. Il conclut que la paranoïa provoquée par la drogue bat la logique, les mensonges et toute forme de raisonnement. Alors, avec le courage du désespoir, il proposa :

— J'ai dans les trois mille dollars dans un petit tiroir. Vous pouvez les prendre aussi. Vous voulez bien que je les en sorte ?

— Vas-y.

— Le tiroir est fermé à clé.

— Trouve-la.

Nigel ouvrit une boîte en papier mâché posée sur son bureau, en sortit une clé et ouvrit le tiroir du milieu, les mains si moites qu'il faillit faire tomber la clé. Une fois le tiroir ouvert, il dit :

— Voilà.

Jonas ne remarqua le Smith & Wesson 9 mm que lorsque celui-ci fut à moitié sorti du tiroir. Il décrivit un grand arc avec son couteau et taillada Nigel à la bouche, lui dessinant un sourire grotesque de la commissure des lèvres à l'oreille. Puis un éclair suivi d'une détonation l'aveugla et l'assourdit un moment. Nigel lui avait tiré une balle près du visage et l'avait raté de peu. Jonas lâcha le couteau et se jeta sur les genoux de Nigel pour attraper l'arme.

Le fauteuil se renversa et les deux hommes tombèrent sur le sol, Nigel hurlant, Jonas hurlant à son tour alors qu'ils tenaient le pistolet. Puis Nigel referma sa bouche ensanglantée sur l'oreille de son assaillant et mordit, broyant le cartilage de Jonas qui poussa un cri plus perçant que jamais. S'ensuivit une épreuve de force tandis que quatre mains essayaient de s'emparer de l'arme.

La drogue avait réduit la force de Jonas de moitié, mais comme il était bien plus jeune, le combat n'était pas inégal. Ils gémissaient, grognaient, criaient et sanglotaient de temps en temps, étendus face à face sur le sol. Puis, pendant une fraction de seconde, alors que le canon de l'arme était pointé sur le visage de Nigel, Jonas Claymore passa le doigt dans le pontet.

La détonation, si près de sa tête, lui fit bourdonner les oreilles, et le souffle le frappa en pleine face. L'odeur de poudre lui pénétra le cerveau tandis que la balle de 9 mm entrait dans celui de Nigel après lui avoir traversé l'œil gauche pris d'un tic. Cela mit fin à la lutte.

Jonas, horrifié, regarda le marchand d'art, son sourire macabre, sanguinolent, l'orbite mutilée et suintante de son œil qui ne clignerait plus et un fragment de son crâne reposant par terre près de sa tête. Il se leva, si faible qu'il manqua de s'effondrer. Puis il se retourna, pris de panique, courut jusqu'à la réserve et chercha un bouton pour ouvrir la porte et s'enfuir. N'en trouvant pas, il conclut que si la porte s'était ouverte au moment où le van entrait, il devait y avoir une télécommande à l'intérieur.

Il ouvrit la portière, avisa le bouton et était sur le point d'appuyer dessus et de courir à sa voiture quand une idée l'illumina malgré sa panique. Les tableaux dans les couvertures, ses tableaux, valaient trois cent mille dollars et ce, n'importe où ! Nigel Wickland le lui avait affirmé. Mais impossible de les transporter dans sa Coccs ; alors il se précipita vers le cadavre, détourna le regard et fit les poches du mort jusqu'à ce qu'il mette la main sur le porte-clés. Il ramassa le couteau plein de sang et le pistolet, qui portaient tous les deux ses empreintes, retourna au pas de course dans la remise, ouvrit la portière côté passager et jeta les armes sur le siège.

Il emballa ensuite les tableaux dans leurs couvertures et les posa sur le plancher de la fourgonnette. Il referma la portière, s'assit au volant et appuya sur le bouton de la télécommande fixé au pare-soleil. Il eut un accès d'euphorie quand la porte se leva.

— Je vais réussir ! s'écria-t-il.

Puis il démarra, s'engagea dans la ruelle et choisit le chemin de la sécurité, celui qui menait à son appartement de Thai Town.

CHAPITRE 27

La 6-X-32 roulait vers l'est sur Sunset Boulevard lorsque le Débris dit au Bris :

— Quand j'étais en arrêt, j'ai repensé au Sliper. Tu vois les appartements au croisement d'Ivar et de Franklin ? Le bâtiment blanc avec les palmiers devant ?

— Ouais, je crois voir de quoi tu parles.

— Je me suis dit que le gars vivait dans cet immeuble. C'est pour ça qu'il frappe plus souvent aux alentours de la bibliothèque. Il a pas besoin de courir trop loin pour rentrer chez lui. J'ai mis un plan au point.

— Et c'est quoi ?

— La prochaine fois qu'on entend parler d'un 4-15[1] près de la bibliothèque, on se magne le cul et on y va. Si quelque chose se présente, on est prêts. Je dois être le seul du commissariat à pouvoir l'identifier.

— Tu peux identifier son dos, lui rappela le Bris. Il t'a laissé sur place quand il a enclenché la quatrième.

— Ce maniaque a une sacrée foulée, dut admettre le Débris. Mais la prochaine fois je vais le coffrer. M'être fait semer par ce gus fait tache dans ma carrière. Faut que je rectifie le tir.

1. Code pour trouble à l'ordre public.

— OK, mec, la 6-X-32 sera l'unité qui arrêtera le Sliper. Si on y arrive, tu crois que le chef nous paiera la pizza ?

***

— Roule tranquille, le Gitan, demanda Viv Daley à Georgie Adams qui conduisait la 6-X-76. J'ai mangé le curry le plus épicé de la terre hier soir et mon bide se remet pas du choc. C'est la dernière fois que je sors avec un Thaïlandais dans Thai Town.

— La plupart des Thaïlandais sont pas plus grands que moi, frangine, lui renvoya Georgie Adams. Vous aviez pas l'air bizarre ensemble ?

— Non, je me suis mise à apprécier son crâne après avoir passé une soirée à le regarder. Il avait des implants ratés, et assez vite, je me suis mise à compter les cheveux dans chaque implant quand je comprenais pas ce qu'il disait. Il a un très fort accent, mais il est riche et c'était vachement mieux que mon dernier rendez-vous avec un avocat spécialisé dans le recours collectif, qui passe un jour sur deux sur Channel Five pour te proposer de gagner du fric. Cela dit, fini les dîners dans le quartier thaï.

— Pourquoi sortir avec un avocat qui fait sa pub à la télé ?

— On embrasse tous une grenouille au moins une fois dans sa vie.

— Des grenouilles, pourquoi pas, mais pas des cobras !

Viv tourna le rétro vers elle pour inspecter son rouge à lèvres.

— Pourquoi tu fais toujours ça quand je conduis et qu'y a beaucoup de circulation ?

— Pour un Gitan, tu commences à marquer un peu trop ton territoire.

Georgie garda le silence un moment, puis il dit :

— Eh ben, si tu sors avec des nabots à implants ratés, sans parler des avocats véreux, tu devrais peut-être tenter un truc qui vaut à moitié le coup et venir à l'hippodrome avec moi la semaine prochaine. J'ai deux, trois cents dollars qui ne demandent qu'à être claqués.

Elle se tourna vers lui, un petit sourire aux lèvres, et finit par dire :

— OK, c'est un rencard si tu promets de regarder dans ta boule de cristal comme un vrai Gitan et de nous choisir des gagnants.

***

Un businessman chaud comme la braise qui quittait le centre-ville pour rentrer chez lui dans West L. A. manqua d'accrocher la 6-X-46. Le problème, c'est qu'il reluquait les putes qui sortaient à la nuit tombée sur East Sunset Boulevard. Deux d'entre elles étaient noires, une autre blanche, et elles portaient leur tenue de boulot : débardeurs, minijupes ou shorts, leggings et escarpins montés sur échasses.

— Et si on dédiait cette prune à maman qu'est à la maison avec les gamins, proposa Della Ravelle à Britney Small en allumant le deux tons pour que l'automobiliste se range au bord du trottoir.

Afin d'expliquer sa conduite déconcertante, celui-ci dit à Della :

— Excusez-moi, officier. J'ai un truc qui m'est rentré dans l'œil.

Une fois le PV établi et le contrevenant parti, Della dit à Britney :

— Je vois ce qui lui a tapé dans l'œil… On lui a peut-être évité une méchante MST qu'il aurait eu du mal à expliquer à sa p'tite femme.

— T'as vu comme cette semaine a été calme? Presque pas de codes 3.

— C'est parfait pour une vieille dame comme moi. Mais je sais ce qui suit les moments de calme. Souviens-toi où tu bosses, ma p'tite.

Britney pouffa.

— C'est vrai, j'ai failli oublier. C'est à Hollywood qu'on est, bordel !

***

Jonas Claymore ne ressentait plus les effets de la montée de méthamphétamine, mais il avait encore de bons restes de parano. En passant devant le Grauman's Chinese Theatre sur Hollywood Boulevard, il jeta un coup d'œil à Barney le dinosaure qui discutait avec l'Incroyable Hulk ; les deux personnages de rue avaient l'air de l'observer.

Les Stups ! C'étaient des flics en civil. Puis il vit Spiderman dire quelque chose à Dark Vador et fut sûr qu'ils le montraient du doigt. C'étaient tous des Stups, putain ! Tout d'un coup, une frayeur intense le fit haleter. Ils le recherchaient pour meurtre ! Ils voulaient l'abattre ! Devant lui, deux voitures étaient arrêtées au croisement d'Hollywood et d'Highland alors que le feu était vert.

Jonas regarda encore du côté du théâtre. Maintenant, c'était Batman qui le dévisageait. Puis un deuxième Batman le rejoignit sur le trottoir. Lui aussi le regardait. En le montrant du doigt. Tous des Stups ! Jonas Claymore s'engagea dans une rue à gauche alors que les voitures d'en face redémarraient et emboutit le pare-chocs arrière d'une Prius qui avait fait un écart juste à temps pour éviter la collision frontale. Jonas continua vers l'est, rata de peu le feu orange et lorsque le van de la Wickland Gallery traversa à toute allure le carrefour encombré, tous les véhicules arrivant de la gauche et de la droite s'arrêtèrent dans un crissement de freins, causant un minicarambolage, un concert de Klaxon et un énorme bouchon. Mais Jonas Claymore avait dépassé le célèbre carrefour, le flot de la circulation avait diminué et… *exit* les flics des Stups déguisés en super-héros qui le dévisageaient en le montrant du doigt. Il rentrait chez lui. Il leur avait échappé.

***

La 6-X-32 attendait de pouvoir tourner à droite sur Hollywood Boulevard depuis Vine Street quand la fourgonnette de la Wickland Gallery la dépassa en roulant vers l'est.

— Waouh ! s'exclama le Bris. C'est le van qu'on a arrêté Nate et moi la première nuit où t'étais pas là.

— C'était quoi le problème ? demanda le Débris.

— Rien au final. Le type au volant était le neveu du propriétaire de l'engin, mais d'après ce que m'a dit Nate, il est plus censé le conduire. Tu veux jeter un œil, gars ?

— On y va, frangin, dit le Débris. On n'a rien de mieux à faire.

Le Bris accéléra et dépassa la file de voitures pour arriver derrière le van, puis il alluma le gyrophare et donna un coup de Klaxon. Le van continua de rouler. Alors, le Bris mit la sirène en marche.

Jonas Claymore avait vu tellement de flics hallucinatoires partout où il regardait qu'il faillit ne pas reconnaître les vrais. Mais il entendit le hurlement de la sirène et contrôla son rétro latéral. Plus aucun doute à présent. Ils le cherchaient. Ils le traquaient. Ils allaient le descendre ! Pied au plancher, il s'engagea sur la file de gauche et les véhicules arrivant en sens inverse durent serrer à droite.

Le Débris saisit le micro et cria :

— 6-X-32, demande de priorité ! Course-poursuite !

Il communiqua la marque, le modèle, la couleur et le numéro d'immatriculation californien du van. Et là, couvrant le boucan du vent qui s'engouffrait par leurs fenêtres ouvertes, les aboiements de la sirène et la voix criarde qui répétait dans la radio le nom des rues et la direction que le Débris hurlait dans le micro, le Bris beugla à son coéquipier :

— Dis-leur qu'il y a Wickland Gallery écrit sur le côté ! Je veux que Nate, Viv et Georgie sachent qui c'est !

Tout à coup, la Crown Vic dérapa au croisement d'Hollywood Boulevard et de Bronson Avenue après avoir freiné à cause du conducteur d'une Toyota, probablement sourd. Le Débris redressa la voiture et cria dans le micro :

— Fourgonnette avec Wickland Gallery imprimé sur les portières latérales !

Quand le standardiste du service des Transmissions répéta l'information, Hollywood Nate, qui roulait déjà à toute allure vers la zone de la poursuite, dit à Snuffy :

— Hé, c'est le van que j'ai arrêté quand t'étais en train de te faire refaire le pif. Bon sang, y a un truc louche avec ce gars.

La 6-X-76 faisait partie des nombreuses équipes qui arrivaient de toutes parts dans l'espoir d'intercepter le véhicule en fuite. Le conducteur, Georgie Adams, lança à sa coéquipière :

— Hé, frangine ! Je crois que c'est le van que notre gars conduisait quand Nate et le Bris l'ont coincé, non ?

Viv Daley resserra sa ceinture de sécurité et répondit :

— Si c'est lui, il me tarde d'entendre son explication cette fois-ci. Fonce, le Gitan !

Della Ravelle, au volant de la 6-X-46, la seule unité trop éloignée pour prendre part à la poursuite, dit à sa bleue de collègue :

— Mince, Britney, fallait prendre cet appel plus haut, dans le trente et unième district. Ces gros paresseux sont sûrement en train de tout faire foirer, comme d'habitude. Je voulais que tu participes à ta première course-poursuite. Et celle-là a l'air bien. Mince.

— Pas de bol, dit Britney avec un petit soupir résigné.

Jonas Claymore décida qu'il n'avait aucune chance de s'approcher de son appartement de Thai Town. Dans son rétro, il aperçut au moins trois voitures de police, gyrophares allumés. Il y avait trop de phares, trop de flics et trop de circulation. Impossible de rouler assez vite pour les semer. Les hurlements de la sirène ne l'aidaient pas à se concentrer.

Il pensa alors à un endroit, où il y aurait moins de circulation à cette heure-là. Un coin où il pourrait abandonner le van, s'échapper dans les bosquets et se cacher dans l'obscurité là où les flics ne le trouveraient pas. Il commençait à bien connaître l'endroit. Dans un gémissement de gomme, il prit à droite par Gramercy Place en dérapant, puis il tourna à gauche dans Franklin Avenue. Il prenait la direction des Hollywood Hills.

— Hé, ils viennent par ici ! s'exclama Della Ravelle. Peut-être qu'on n'est pas complètement hors du coup finalement.

— Ils vont sûrement faire demi-tour et reprendre vers l'est, soupira Britney Small. Avec ma veine…

La voiture en tête de la poursuite, celle des amateurs de surf, dut monter sur le trottoir au nord de Franklin Avenue pour éviter un cycliste qui roulait sans lumière et venait de traverser la rue comme une flèche. Lorsqu'elle regagna la chaussée, la Crown Vic brouta en piquant du nez. Les pneus crissèrent quand le Bris écrasa la pédale de frein, ce qui ne l'empêcha pas de remettre aussitôt le pied au plancher ; des silhouettes se mirent à défiler de plus en plus vite des deux côtés, et des Klaxon beuglèrent.

— Notre atelier tangue comme une navette spatiale qui entre en orbite, grogna le Débris. Je crois que je viens de me reprendre une contracture.

— Désolé, mec ! cria le Bris en donnant un violent coup de volant à droite quand la voiture chassa de nouveau.

— Je vais essayer de les suivre en parallèle par Yucca Street, dit Hollywood Nate à Snuffy, qui resserra sa ceinture avant de répliquer :

— C'est comme ça qu'on traite un vieil homme avec un nez tout neuf ?

Georgie Adams faisait de son mieux pour ne pas s'éloigner de la 6-X-32 en suivant le bruit de la sirène, mais il perdit son avance quand il s'engagea dans la circulation dense au croisement de Cahuenga Avenue, puis dans un trafic pire encore au carrefour d'Highland Avenue.

Jonas Claymore avait dépassé le stade du simple chauffard et roulait comme un dératé. Il traversa Highland Avenue à toute vitesse en ne tenant aucun compte du feu rouge et des véhicules arrivant à gauche et à droite. Il causa trois carambolages avant de traverser – par miracle – l'artère encombrée, et continua de rouler vers l'est. Cela ralentit le Bris et le Débris, forcés de se faufiler entre les collisions, sirènes beuglant toujours, ce qui donna le temps à Georgie Adams et Viv Daley de les rattraper.

Pendant ce temps, le lieutenant O'Reilly et le sergent Murillo contrôlaient la poursuite depuis le commissariat. Le lieutenant était au bord de l'apoplexie à cause des dangers qu'occasionnait la poursuite pour les automobilistes.

— Appel général ! Appel général ! Lancez un appel général ! hurla-t-il au sergent Murillo. Il y a trop d'unités sur l'intervention. Dites-leur de se replier !

Mais évidemment, sur une poursuite pareille, avec les montées d'adrénaline et les éruptions d'endorphines, le Christ ressuscité lui-même n'aurait pas pu les convaincre d'abandonner, le sergent Murillo en avait bien conscience. Il transmit pourtant l'ordre sur la fréquence tactique, en sachant qu'aucun de ses agents ne lui obéirait. Et ce fut le cas.

Quand il tourna enfin à droite dans Outpost Drive, Jonas eut envie de hurler de joie. L'endroit lui était familier. La fuite lui semblait possible. C'était le coin qu'il avait inspecté avec l'autre connasse qui l'avait abandonné. C'était le territoire de la Clique du Clinquant. C'étaient les Hollywood Hills !

Della Ravelle et Britney Small roulaient toujours à l'est sur Woodrow Wilson Drive et s'approchaient de Mulholland Drive quand elles entendirent dans le micro le Débris hurler que les véhicules avaient pris à droite dans Outpost.

— Sans déconner ! s'écria Della Ravelle en virant d'un coup sec pour prendre à droite dans Mulholland.

La camionnette de la Wickland Gallery tangua vers le nord sur Outpost Drive, trois unités de nuiteux à ses trousses. Puis quand l'équipe de la 6-X-46 entendit le Débris s'époumoner dans le micro pour signaler que le van prenait maintenant à gauche dans Mulholland, Della Ravelle lança à sa jeune collègue :

— Ils viennent droit sur nous ! Sors le fusil !

Elle alluma le deux tons et mit pleins phares pour que les véhicules circulant sur Mulholland laissent le champ libre à la course-poursuite qui allait débouler. Jonas Claymore remarqua ces feux, au loin, juste après avoir dépassé la grande maison où il avait volé le van. Il était en hyperventilation ; l'air arrivait mal dans ses poumons et là, avec des flics derrière et des flics devant, il envisagea de renoncer, puis se dit : *Non, pas ici*. Il le ferait près de la grande maison, là où tout avait commencé. Là où il avait posé les yeux sur ce véhicule qui le conduisait vers son destin.

Il fit demi-tour en dérapant dans un hurlement de pneus pour redescendre à quelques mètres seulement des voitures qui montaient. Et là, il perdit le contrôle. Il vira trop à droite, percuta une grande boîte aux lettres en acier devant une villa, et le van fit une embardée qui le projeta dans la trajectoire de la première voiture à sa poursuite.

— Tiens bon, collègue ! s'écria le Bris.

Sur quoi il tenta une manœuvre sur la gauche pour éviter le van qui fonçait sur eux en zigzaguant, mais la portière côté chauffeur de leur Crown Vic fut enfoncée et le véhicule accomplit un tour complet avant de s'écraser dans un eucalyptus et de s'immobiliser dans un nuage de vapeur.

Le van aurait pu se renverser, mais un autre eucalyptus lui évitant de faire un tonneau, Jonas fut secoué comme jamais quand le côté conducteur du véhicule percuta l'arbre, les enjoliveurs roulant sur l'asphalte. Il fallait qu'il descende. Il n'avait que quelques secondes. Il se traîna sur le siège passager. Il pouvait voir dehors et il entendit des hurlements. Des flics couraient, lampes torches à la main. La main gauche sur le plancher, il trouva le pistolet. Il n'allait pas s'en tirer à bon compte, pas avec un meurtre.

Il embarqua le pistolet, sauta par la portière et boita vers les broussailles, où il serait hors de danger. Où on ne le retrouverait jamais. Où il pourrait attendre que les flics se cassent et rentrer à la maison. Il avait du fric. Qu'il arrive seulement à sortir de là. Qu'il prenne un taxi et il pourrait encore s'en tirer !

Mais Jonas n'atteignit pas les épaisses broussailles de la colline. Il manqua bousculer une silhouette munie d'une lampe torche. Il entendit une voix de femme s'élever derrière le faisceau de lumière et lui crier :

— Lâche le flingue ! Lâche-le !

Il ne le lâcha pas. Il le pointa en direction de la lampe, en direction de la voix, et Britney Small ouvrit le feu avec son Glock à trois mètres de distance.

Jonas Claymore aperçut le premier éclair et ce fut tout. Deux cartouches de calibre 40 manquèrent leur cible, mais trois autres frappèrent de plein fouet sa poitrine osseuse et son ventre maigre. Il tomba sur le dos, les yeux ouverts, et ils ne se refermèrent jamais.

S'ensuivit un chaos total : Della Ravelle accourut vers Britney, canon pointé sur le corps de Jonas Claymore. Viv Daley la rejoignit en courant avec son fusil et Georgie Adams pointa son arme sur le corps inerte.

Hollywood Nate et Snuffy s'employèrent à forcer la portière du Bris pour l'ouvrir. Le visage et une main en sang, il refusait pourtant de sortir de la voiture. Il leur criait :

— Une ambulance ! Vite, putain !

Il se tourna vers le Débris, qui gémissait de douleur, le pied droit coincé dans la carrosserie défoncée.

— Tranquille, mec ! Tranquille, collègue ! On va te sortir de là !

Hollywood Nate et Snuffy durent tirer et faire levier pour ouvrir la portière de la Crown Vic 6-X-32, et quand Nate braqua sa lampe sur le pied du Débris, il cria à Viv Daley :

— Passe-moi un garrot, une ceinture, n'importe quoi !

Quand l'ambulance arriva, le Débris était allongé sur le bord de la route et virait au gris. À genoux à côté de lui, le Bris fit signe à Della de partir ; elle avait déchiré l'emballage d'un kit de premiers secours et voulait panser la plaie au front du Bris qui répétait à son coéquipier :

— Du calme, frangin. Reste avec moi. Pars pas, mec. Reste là. Je vais pas te laisser, alors me laisse pas !

Le grand surfeur insista pour monter dans l'ambulance quand on y installa le Débris et il lui parla pendant tout le trajet jusqu'au Cedars-Sinai, même quand l'ambulancier lui expliqua que l'officier était en état de choc et ne le comprenait pas. Le Bris campa devant les urgences jusqu'à ce qu'Hollywood Nate et Snuffy viennent le chercher pour le ramener au commissariat d'Hollywood.

Avant d'être séparées et avant l'arrivée de l'Évaluation, Della Ravelle emmena sa coéquipière au vestiaire et réconforta la jeune femme bouleversée.

— T'as rien à craindre de l'Évaluation ni de qui que ce soit, Britney. T'étais en légitime défense, c'était réglo.

— C'est drôle, répliqua la fliquette. Ça paraît pas normal de tuer quelqu'un et de dire que c'était réglo. Ça semble pas bien. Je me sens pas bien.

— Il est mort et tu es en vie. C'est bien. Très bien.

— Il avàit mon âge

— Et tu n'aurais pas vécu un jour de plus si tu n'avais pas agi comme tu l'as fait. Maintenant, écoute-moi. Quand on t'aura interrogée et quand on t'aura dit que tu peux reprendre tes fonctions, on va te traiter différemment. Les mecs, et surtout les machos qui ont de la bouteille, te taperont dans le dos, te couvriront d'éloges et te témoigneront du respect. On te traitera plus comme une bleue.

— Parce que j'ai tué quelqu'un ?

— Parce que, à leurs yeux, tu auras fait tes preuves. Fais avec, souris poliment et tu verras que ton boulot se passera mieux dans ce monde de mecs où on vit. À partir de maintenant, tu seras plus la petite bleue dont ils se moquent. Ils te respecteront, t'admireront même. Que ça te plaise ou non, ma fille, t'es une véritable et authentique tircuse.

***

Au point du jour, les équipes du commissariat de police d'Hollywood et des Homicides de Beverly Hills avaient toutes les deux fait la lumière sur les événements survenus à la Wickland Gallery de Wilshire Boulevard. Leurs rapports révélaient que Jonas Claymore, récemment arrêté pour possession de stupéfiants, devait certainement être sous l'influence de la drogue quand il avait pénétré dans la galerie et attaqué Nigel Wickland par surprise en lui tailladant le visage avec un couteau retrouvé dans le van accidenté. Il y avait des traces de lutte à mort au cours de laquelle Nigel Wickland était parvenu à mettre la main sur un pistolet Smith & Wesson 9 mm enregistré à son nom. Mais il avait perdu le combat et avait été tué par balle par son agresseur, qui avait ensuite volé le portefeuille du galeriste ainsi que sa montre, retrouvés dans la poche de Jonas Claymore après sa mort.

Dans la mesure où les galeries étaient rarement la cible de ce genre d'attaques, les inspecteurs précisèrent que le propriétaire de la galerie était ouvertement homosexuel. Ils présumèrent que Jonas Claymore étant un beau jeune homme, il avait pu avoir une relation intime avec la victime par le passé, relation qui avait tourné au vinaigre et était devenue violente. Le fait que Jonas Claymore ait été vu au volant de la fourgonnette au moins une fois, quand les officiers du commissariat d'Hollywood l'avaient interpellé, tendait à confirmer la thèse d'une relation intime entre la victime et son agresseur.

L'après-midi suivant, Ruth Langley, la seule employée de la Wickland Gallery, apprit aux inspecteurs, avec force larmes, que tout la portait à croire que le jeune homme qui avait emprunté la camionnette de son patron la fois précédente était son neveu. Nigel Wickland l'avait décrit comme une sorte de brebis galeuse. Mais la mère de l'assassin défunt, domiciliée à Encino, affirma qu'ils n'avaient aucun lien de parenté avec Nigel Wickland. Elle ne put fournir aucune explication quant au comportement bizarre de son fils sinon qu'il prenait énormément de drogue et avait vécu ces derniers temps avec une jeune femme dont elle ignorait le nom. La mère de Jonas Claymore insinua que la jeune femme en question avait certainement entraîné son fils dans la consommation de drogue qui avait conduit à son décès.

Ruth Langley fut incapable d'expliquer la présence dans le van accidenté des faux des deux tableaux impressionnistes. Elle déclara aux inspecteurs qu'il devait s'agir d'œuvres que Nigel Wickland s'était procurées auprès d'un des nombreux marchands d'art de sa connaissance, peut-être dans le but de les encadrer et de les accrocher dans son appartement. Elle apprit aux inspecteurs que ces œuvres n'avaient aucune valeur autre que décorative et qu'elle serait heureuse de les conserver comme souvenir de ses années de travail à la Wickland Gallery.

***

Deux jours après le meurtre de Nigel Wickland, Hollywood Nate Weiss se rendit au Cedars-Sinai Hospital avant de prendre son service au commissariat d'Hollywood. L'infirmière-chef du service l'informa que la mère du patient et ses deux sœurs venaient de partir et que son père lui avait rendu visite seul. Elle ajouta que le policier qui faisait équipe avec le patient était actuellement dans sa chambre et que le patient n'était autorisé à recevoir que de courtes visites.

Elle demanda à Nate s'il savait que le pied du patient ne pouvait pas être sauvé, et Nate répondit que tout le monde au commissariat de police d'Hollywood était au courant. Elle lui dit que s'il le désirait, il pouvait rejoindre le collègue du patient pendant un court moment, mais que le patient aurait vite besoin de repos.

Hollywood Nate avança dans le couloir, surpris d'avoir les mains moites. Il ne savait pas quoi dire au Débris sinon une banalité du genre : « T'as l'air en forme. On s'occupe bien de toi ? Tout le monde te passe le bonjour. Tu as besoin de quelque chose ? Quelque chose en particulier ? »

Il s'arrêta devant la porte de la chambre du Débris pour trouver mieux à dire et entendit des voix à l'intérieur. Il décida d'écouter pour se faire une idée de la manière dont il devait gérer la situation. La voix du Bris était sombre, même s'il tenait des propos censés remonter le moral. La voix du Débris, elle, était tout simplement faible.

— Mec, disait le Bris, j'ai parlé au capitaine et t'as pas à t'inquiéter de te retrouver coincé à l'accueil quand tu reviendras. Tu seras sur le terrain avec moi comme avant.

— Avec un pied ? Autant qu'ils me mettent à la retraite.

— J'ai discuté avec des collègues. Y a déjà eu un flic manchot au LAPD. Il s'était fait souffler la main par une bombe. On lui a mis une prothèse d'enfer. Les gangsters se sont mis à l'appeler Capitaine Crochet. Il était style très célèbre après. Et on a eu des flics qui ont perdu un œil dans une fusillade. Ils ont continué de bosser et ont fait du bon boulot.

— Un flic, faut que ça puisse marcher, gars. Un flic, faut que ça puisse courir.

— Tu vas marcher. Tu vas courir. J'ai discuté avec les toubibs du genre de prothèse qu'on peut te mettre. Ça va être mieux que ton vieux pied, mec. Tu seras comme neuf. Tu vas voir.

— Mon pied, des fois il fait super mal, mais il est pas là. Ils appellent ça des douleurs fantômes.

— Je sais.

— Ça me dérangerait pas tant que ça, mais… je suis surfeur, moi.

— Même que t'en es un super, renchérit le Bris. T'es carrément meilleur que moi, gars. T'es carrément meilleur que je le serai jamais. Tiens, je t'ai vu faire des backsides de taré que personne d'autre pourrait faire à Malibu. T'es un pur. Rien t'arrête.

— J'ai pas envie de m'étaler sur la plage comme un phoque échoué et juste regarder, dit le Débris. J'aurais pas envie de ça.

— Ça n'arrivera pas. Bon, peut-être qu'au début, faudra y aller tranquille. Je t'emmènerai à Malibu tous les jours si tu veux y aller, et on laissera l'océan te guérir. L'océan guérit tout. Et dès que tu seras prêt, on te fera mettre ce nouveau pied. Ils peuvent te faire une prothèse qui adhérera à la board comme de la superglu.

— Mais qu'est-ce que je ferai à la plage avant de guérir, mec ?

— On fera du bodyboard.

— Je suis pas un bodyboarder, gars. Tu me vois genre… entrer dans l'eau sur un bodyboard à côté d'un vrai kahuna et me mettre dans ses pattes comme un calmar boiteux ?

— Mec, le bodyboard, ça serait temporaire, jusqu'à ce qu'on guérisse, le rassura le Bris. Jusqu'à ce qu'on ait notre nouveau pied.

— J'imagine que le Sliper est peinard maintenant, mec.

— Fais-moi confiance. Super vite, ça s'ra toi et moi, les kahunas qui déchirent comme toujours. Et on coffrera ce Sliper, tous les deux. Pleure pas, mec.

— C'est toi qui pleures, mec, le corrigea le Débris. Au cas où t'aurais pas remarqué.

Hollywood Nate tourna les talons, reprit le couloir en sens inverse et passa devant le box des infirmières pour rejoindre la sortie.

— Vous n'entrez pas ? lui demanda l'infirmière chef.

— Non, pas aujourd'hui, répondit Nate. Pas aujourd'hui.

CHAPITRE 28

La deuxième année du mandat d'Obama vit apparaître de grands changements au LAPD. Le chef venu de l'Est avait démissionné et était retourné à New York pour prendre un poste prestigieux dans l'entreprise de sécurité privée qui avait supervisé l'application du décret du consentement civique, source de souffrance pour le LAPD pendant de longues années. Certains affirmaient que le lien du chef avec cette entreprise de sécurité relevait du conflit d'intérêts, mais quoi qu'il en soit, il était parti pour de bon.

Le nouveau chef n'était pas un étranger, loin de là. Il était issu de la deuxième génération du LAPD. Son père avait été shérif. Son fils et sa fille étaient tous les deux officiers au LAPD et sa femme était retraitée du Bureau du shérif. Même sa sœur était flic à la retraite. On ne pouvait pas trouver plus introduit que celui-là. Il hérita du dur boulot de chef pendant la crise financière qui avait failli mener l'État de Californie à la ruine et la ville de Los Angeles dans son sillage. Des remaniements de personnel étaient nécessaires, et un grand nombre d'officiers d'élite de la Metropolitan Division furent renvoyés à la patrouille.

Mais un officier, lui, quitta la patrouille pour revenir à la Metro. Un soir calme, pendant la ronde, Snuffy dit à Hollywood Nate :

— Je suis allé au centre de la police, j'ai parlé à quelques gars et je vais être repris pour veiller sur la sécurité du nouveau chef.

— C'est à cause de mon déodorant ? Pourquoi donc ?

— Comprends-moi bien, collègue. J'ai vraiment apprécié de bosser ici, au commissariat d'Hollywood, et ç'a pas été trop horrible de faire équipe avec toi.

— Je noterai ça dans mon journal intime.

— Mais je crois que pour les quelques années à venir, avant de tirer ma révérence et de dire *adios*, je devrais y aller mollo. Et le nouveau chef a rien à voir avec Monsieur. Alors je me vois bien le conduire encore trois ans, prendre ma retraite et passer le restant de mes jours à tondre la pelouse et à élaguer des arbres comme un bon jardinier mexicain, sauf que ce sera ma pelouse et mes arbres à moi.

— C'est des trucs dans le genre de la baston chez les Gothique qui t'ont donné envie de te barrer d'Hollywood ?

— Nan. C'était marrant de régler son compte à Rolf Thunder, si on peut dire. Du coup, j'ai même un nouveau nez, mieux que l'ancien. C'est juste que pour la patrouille, faut des gars à la peau dure. Des jeunes. Capables de supporter des trucs comme ce bébé de Little Armenia et de rentrer chez eux en se disant : « Ce drame, c'est pas le mien. C'est celui de quelqu'un d'autre. Ça ne me concerne pas. » Quand on arrive à mon âge, la peau devient plus fragile et on est vite à vif.

— Qui va m'apporter des *enchiladas* maison alors ? demanda Nate. Hein, dis-moi ?

— Tu trouveras un autre Mexicain dont la mère sait faire la cuisine, lui répondit Snuffy.

— En cette triste circonstance, je souhaite consacrer quelques minutes à mon avenir, reprit Nate. Ça t'ennuierait qu'on fasse un saut dans une résidence des Hollywood Hills ? Faut que je voie un réalisateur qui va faire de moi une star.

— Tout ce que tu veux, répondit Snuffy. Je suis juste un bagage à main en préretraite.

Nate remonta Mulholland Drive jusqu'à proximité du lieu de l'accident qui avait coûté un pied au Débris et la vie à Jonas Claymore. Il s'arrêta devant le portail d'une propriété particulièrement imposante et sonna.

Un homme répondit, Nate se présenta :

— Je suis l'officier de police Nate Weiss. Je souhaiterais voir M. Ressler, s'il est là.

— Entrez.

Nate et Snuffy franchirent le portail, roulèrent dans l'allée de faux pavés, puis contournèrent la fontaine pour se garer près de la porte d'entrée.

— J'en ai pour deux minutes, dit Nate.

— Prends ton temps. Je vais faire une *siesta*.

Raleigh Dibble ouvrit la porte.

— Ravi de vous revoir, officier Weiss. Mme Brueger est au salon.

Nate la trouva en pyjama de soie et déshabillé assorti, assise sur une méridienne, un verre de vin près d'elle et un exemplaire de *Cosmo* sur les genoux. Les baffles diffusaient *In a Sentimental Mood*[1] de Duke Ellington, une des mélodies qui, selon Nate, convenaient le mieux pour un film promettant glamour et raffinement.

— Oh lala, Nathan ! s'extasia-t-elle. Vous êtes encore plus séduisant en uniforme !

— Bonsoir, madame Brueger, dit-il.

— On dit « Leona », tu te souviens ? Raleigh peut te servir quelque chose ? Du café peut-être ?

— Non, merci. Mon coéquipier m'attend.

— Fais-le entrer. Le ou la.

— Je ne peux rester qu'une minute. Si je suis ici, c'est que j'ai passé une demi-douzaine de coups de fil à M. Ressler ces derniers mois et que je ne lui ai parlé qu'une fois. Il m'a dit qu'il commencerait à préparer son film en février. On est en mars et je n'ai pas de nouvelles. Il ne me rappelle plus. Vous m'aviez dit que vous pourriez m'aider à décrocher ce boulot, eh bien me voilà. Mes rêves, mes ambitions… vous vous souvenez ?

Leona but une gorgée de vin et se pâma :

1. « D'humeur romantique ».

— Oh, Nathan, je suis si heureuse de ne pas être actrice. Pour tout te dire, après notre retour d'Europe, les choses sont allées de mal en pis pour ce pauvre Rudy. Ses investisseurs lui ont retiré leur soutien et le projet a capoté, mais il refuse de l'admettre. C'est sans doute pour ça qu'il évite tes appels. Il se démène autant qu'il peut pour essayer de se maintenir à flot, mais en réalité, sa carrière va à vau-l'eau. Il vogue à la dérive, bientôt on l'ignorera, et à Hollywood, c'est le dernier cercle de l'Enfer. Un calvaire. Tu dois savoir que les gens sans importance sont les zombies d'Hollywood.

Nate resta un moment sans rien dire.

— Je vois.

— Tu ne t'y es pas encore fait, Nathan ? Au rejet, je veux dire ?

— Je devrais.

Le téléphone sonna. Nate entendit Raleigh répondre depuis le cellier, puis le majordome entra dans le salon et déclara :

— M. Brueger a besoin de son coussin chauffant et peut-être d'une friction du dos. Je serai dans le pavillon, madame Brueger.

— Très bien, Raleigh.

Une fois ce dernier parti, Leona dit à Nate :

— Mon beau-frère a fait une attaque l'année dernière, mais il se porte plutôt bien pour un bonhomme de son âge. Je crois qu'il serait mort sans Raleigh. Je n'imagine pas un aide à domicile plus dévoué, sans oublier ses compétences comme majordome et cuisinier. J'ai vraiment de la chance de l'avoir. Je ne le laisserai jamais partir.

— Transmettez mes amitiés à M. Ressler, dit Nate avant de tourner les talons pour partir.

— Oh, il a fini comme tous les médiocres, lança Leona d'une voix avinée. Il allait seulement m'épouser pour mon argent, ce qui ne me posait pas de problème jusqu'à ce que son charme limité s'épuise en Toscane. J'ai décidé de ne pas déménager à Napa. Je vais me contenter de boire du vin et oublier mon projet d'en produire. Cette maison dans les Hollywood Hills est un endroit agréable pour y passer ses vieux jours. Qu'en penses-tu, Nathan ?

— C'est une maison magnifique.

— L'argent est une réponse. Comme l'argent apaise quand on ne peut pas réaliser ses rêves ! Des milliers d'acteurs ratés ne le sauront jamais parce qu'ils n'en auront jamais assez.

— On dirait que c'est de moi que vous parlez, dit Nate. Si je suivais la méthode Stanislavski, je penserais à un pamplemousse ou à autre chose que je déteste et je me mettrais à pleurer.

— Tu pourrais peut-être venir me voir de temps en temps, Nathan ? Qui sait ? Je pourrais rencontrer un autre réalisateur. Peut-être même un de renom qui te lancerait. Je pourrais peut-être t'aider à poursuivre tes rêves ? Ça te plairait ?

Il resta silencieux un moment et se remémora ce que cette femme revenue de tout et vieillissante lui avait dit lors de leur rencontre : à Hollywood, tout est à vendre si on sait comment faire son shopping.

Alors il répondit :

— J'ai l'impression que je ne lirai jamais mon nom sur une affiche. Merci quand même... madame Brueger. Je dois retourner patrouiller maintenant.

Leona Brueger le regarda longuement, puis dans un soupir résigné et triste, elle lui dit :

— Bye, bye, beau gosse.

***

Snuffy quitta le commissariat d'Hollywood au transfert suivant. Et Hollywood Nate fut de nouveau mis en tandem avec le Bris pendant la nouvelle période de déploiement.

Au cours de leur première nuit ensemble au début du mois de mars, Nate demanda au Bris :

— Comment va ton coéquipier ?

— Mec, mon p'tit collègue n'est pas seulement prêt à remonter en selle, il est prêt à essayer son nouveau pied à Malibu. Je suis surexcité. Ça fait des mois qu'on va à la plage et je crois qu'il est OK pour essayer. Je suis sûr qu'il est prêt pour reprendre le boulot, mais le surf, c'est une autre histoire. Mais s'il y a bien quelqu'un qui peut le faire, c'est lui.

À 20 heures, la 6-X-46 reçut un appel pour porter secours à une femme dans une boutique de souvenirs d'Hollywood Boulevard. Apparemment, le Sliper était de retour. Il s'était faufilé dans le magasin avec un groupe de clients, et quand une jolie jeune femme s'était penchée devant une étagère pour examiner des bibelots hollywoodiens, il s'était glissé derrière elle, lui avait attrapé la culotte et lui avait fait un slipage de classe mondiale.

Nate dit au Bris :

— Hé, j'ai pensé au Sliper et j'ai une idée de l'endroit où il habite par rapport à la bibliothèque. Tu vois l'immeuble de Franklin, près d'Ivar ? Le blanc ? On a qu'à se poster dans le coin et voir qui on trouve en train de rentrer chez lui en courant.

Hollywood Nate roulait en direction de Franklin Avenue quand le Bris lui dit :

— Mec, le Sliper frappe en série. Il aime frapper plusieurs fois de suite. On devrait peut-être surveiller la station de métro. Y a plein de victimes potentielles là-bas.

— J'aime bien mon idée. On jette d'abord un œil sur l'immeuble.

— Peut-être qu'il se dirige vers le Grauman's Chinese Theatre ? Tous ces touristes qui matent Batman et Spiderman ? Ils remarqueront jamais ce p'tit pervers en train de se glisser derrière eux.

Le ton pressant du flic surfeur intrigua Nate un moment, puis il se souvint de la conversation à l'hôpital et il comprit.

— T'as peut-être raison, dit-il. Mon idée est débile. Allez, on va faire un tour du côté du Grauman's Chinese Theatre. Le Sliper est sans doute là-bas à chasser du gros gibier. Peut-être la Lanterne Verte[1] ou Dark Vador s'il arrive à passer la main sous sa cape.

1. *La Lanterne verte* est une bande dessinée américaine créée en 1940 qui met en scène des héros aux super-pouvoirs.

Le Bris, soulagé, sourit de toutes ses dents quand Nate abandonna l'idée de l'immeuble de Franklin Avenue et se dirigea vers l'ouest. Reconnaissant, il lui dit :

— Mec, avant que mon p'tit collègue revienne, faut que je t'apprenne un peu de voca pour qu'on puisse, style... communiquer d'égal à égal, d'ac ? Alors, pour commencer, une fibro, c'est une planche de surf.

— Fibro, répéta Nate. OK.

— S'faire coincer dans un tube, c'est quand on est enfermé dans la vague, tu piges ? Et ça peut s'appliquer à d'autres trucs dans la vie.

— Bien reçu, dit Nate. S'faire coincer dans un tube.

— Un goat-boater, c'est un de ces nazes qui viennent nous griller la priorité. Donc, c'est un gars qui s'impose.

— Ne jamais goat-boater les kahunas. Comment je m'en sors ?

— T'es mortel, mec. Ça veut dire que t'es un flic super cool et que c'est le pied de passer un p'tit temps à patrouiller avec toi.

Nate répliqua, mélancolique :

— Et je suppose qu'être un flic super cool, c'est encore mieux qu'être une star de ciné, d'après toi.

— Correct, gars. Alors au final, t'en es arrivé à cette conclusion dans ta vie ? Style, le vieux virus de l'acteur a été écrasé ?

— Pas moyen ! C'est juste en suspens. Je suis toujours bien décidé à finir ma vie à la Motion Picture and Television Country House[1]. Tu pourras venir me voir quand on me nourrira avec de la gelée. T'auras qu'à vérifier ma couche quand tu seras avec des gens délicats et verser de la bonne vodka dans mon verre à bec quand les infirmières auront le dos tourné.

— Il est devenu quoi ton contact dans les Hollywood Hills ? Là où on a filé ta carte au majordome ?

1. Maison de retraite située sur Mulholland Drive, destinée aux membres de l'industrie du cinéma et de la télévision.

— Ça a rien donné. J'ai vu *Boulevard du crépuscule* trop souvent.

— Ça veut dire quoi ?

— Joe Gillis finit à plat ventre dans la piscine.

— L'aurait mieux fait d'aller à la plage, où y a des sauveteurs, dit le Bris.

— En parlant de vieux films, dit Nate, on ferait mieux de se grouiller d'aller vers Grauman's Chinese Theatre avant de louper le coche.

— C'est parti. Je serais grave nul et super dégoûté si des p'tits gamins voyaient le type faire un slipage à Batman.

— Et t'imagines le choc sur la promenade de la Gloire, ajouta Hollywood Nate, si ce maniaque avait le culot de faire un slipage disons… à Marilyn Monroe ? Oh, l'horreur ! Ça ferait trop mélo d'y aller en code 3 ?

REMERCIEMENTS

Comme toujours, pour leurs anecdotes sensationnelles et leur truculent parler flic, tous mes remerciements vont aux officiers du Los Angeles Police Department :
Art Arguirre, Randy Barr, Kevan Beard, Charles Bennett, Vicki Bynum, Don Deming (retraité), Nicole Garner, Brett Goodkin, Mike Gray, Richard Guzman, Tracy Hauter, Craig Herron, Jack Herron (retraité), Don Hrycyk, Oscar Ibanez, Bart Landsman (retraité), Al Lopez, Kathy McAnany, Alfred Morales, Dan Myers, Bruce Nelson, Jeff Nolte, Thomas Onyshko, Al Pesanti (retraité), John Robertson (retraité), Sunny Sasajima, Tom Small, Mark Stainbrook, John Thacker, Geraldine Thomsen, Obie Vaughn, Jeff Von Lutzow, Carl Worrell,

Aux officiers du San Diego Police Department :
Brigitta Belz, Meryl Bernstein, Cindy Brady, Sarah Creighton, Jessie Holt, Ron Ladd (retraité), Joe Lehr, Lynda Oberlies, Mo Parga, Jesus Puente, Tony Puente (retraité), Donna Williams,

Aux officiers du Lompoc Police Department :
Jon Bailey, Jason Flint, Ron Hutchins, Joe Rapozo (dispatcher prisons),

Et aux officiers du Chula Vista Police Department :
Greg Puente et Brian Treuel.

Dans la collection
Robert Pépin présente…

Pavel ASTAKHOV
Un maire en sursis

Alex BERENSON
Un homme de silence

Lawrence BLOCK
Entre deux verres

Martin CRUZ SMITH
Moscou, Cour des Miracles

Chuck HOGAN
Tueurs en exil

Andrew KLAVAN
Un tout autre homme

Michael KORYTA
La Rivière Perdue

T. Jefferson PARKER
Signé : Allison Murrieta

P. J. PARRISH
Une si petite mort

Henry PORTER
Lumière de fin

Craig RUSSELL
Lennox

Roger SMITH
Mélanges de sangs

Photocomposition Datagrafix

Impression réalisée en octobre 2011 par CPI Firmin-Didot
pour le compte des éditions Calmann-Lévy
31, rue de Fleurus 75006 Paris

N° d'éditeur : 15169/01
N° d'impression : 108126
Dépôt légal : novembre 2011
Imprimé en France.